谨以此书献给那些为梦想而奋斗的人们！

[illegible]

二〇一六年十二月三十日

[illegible]

百年高平丛书

●一个民办教育工作者对平民教育的深切思考

●一位知名企业家致力于西部教育的艰难创业历程

●一段从无到有、两代人秉承“高质量、平民化”理念的不朽传奇

華中科技大學出版社
http://www.hustp.com
中国·武汉

2016

眼泪·汗水·鲜血·玫瑰

周　曼◎著

图书在版编目(CIP)数据

百年高平:2016/周曼著.—武汉:华中科技大学出版社,2017.1
ISBN 978-7-5680-2501-0

Ⅰ.①百… Ⅱ.①周… Ⅲ.①日记-作品集-中国-当代 Ⅳ.①I267.5

中国版本图书馆 CIP 数据核字(2017)第 008258 号

百年高平(2016)
Bainian Gaoping(2016)

周 曼 著

总 策 划:贺关先
策划编辑:牧 心
责任编辑:苏克超
封面设计:饶 益
责任校对:何 欢
责任监印:周治超
出版发行:华中科技大学出版社(中国·武汉) 电话:(027)81321913
武汉市东湖新技术开发区华工科技园 邮编:430223
录 排:华中科技大学惠友文印中心
印 刷:湖北新华印务有限公司
开 本:787mm×1092mm 1/16
印 张:22 插页:6
字 数:410 千字
版 次:2017 年 1 月第 1 版第 1 次印刷
定 价:68.00 元

七律·百年高平 2016

沧海横流浊复清，
天降大任于斯人：
三都梦破分南北，
建始情迷醉死生；
高原跃马歌罗甸，
博南问道战永平；
人在江湖轻贫病，
万里征程万里兵！

——周曼

2016 年 12 月 30 日

百年高平教育梦

在中国100个县建100所涵盖学前、小学、初中、高中教育的当地最好的学校，让常年在校100万学生享受“高质量、平民化”教育。

——2016年5月30日周曼如是说

新疆维吾尔自治区

青海

西藏自治区

1. 益阳高平中学、益阳高平小学、益阳高平实验幼儿园
2. 益阳高平迎丰中学
3. 津市德雅中学
4. 永顺高平金海高中、永顺高平金海初中、永顺高平金海小学、永顺高平金海幼儿园
5. 长沙高平明照外国语学校
6. 来凤县高级中学、来凤县高平实验初中、来凤县高平实验小学、来凤县高平幼儿园
7. 建始县民族高级中学、建始县高平国际实验中学、建始县高平国际实验小学、建始县高平幼儿园
8. 恩施市武陵国际实验高中、恩施市武陵国际实验初中、恩施市武陵国际实验小学、恩施市高平国际幼儿园
9. 松桃高平实验高中、松桃高平实验初中、松桃高平实验小学、松桃高平实验幼儿园
10. 三都县高平凤凰实验学校、三都县高平中学、三都县高平幼儿园
11. 罗甸县高平中学、罗甸县高平小学、罗甸县高平幼儿园
12. 宾川县高平第一高级中学、宾川县高平第一初级中学
13. 河北乐亭高平中学
14. 永平县高平外国语学校

湖南益阳高平教育集团在全国已办学校分布图

2016年3月22日，与河北乐亭县杨冬梅副县长签订创办河北省乐亭县高平(国际)实验学校、领办乐亭二中及新戴河初级中学的协议。

2016年3月25日，在潘仕进县长签字的贵州省三都县高平凤凰实验学校办学合同上签字，并与该县教育督导室韦成忍主任合影。

2016年4月17日，与湖北省建始县向红林县长签订建始县高平国际实验中学办学协议。

2016 年 8 月 30 日，与贵州省罗甸县杨兴华县长签订罗甸办学协议。

2016 年 10 月 26 日，与云南省永平县字云飞县长签订托管永平一中、二中，创办永平县高平外国语学校的协议。

2016 年 8 月 15 日，贵州省松桃县高平实验学校小学部、初中部建成开学。

2016 年 8 月 19 日，湖北省建始县高平国际实验中学建成开学。

2016 年 8 月 20 日，河北省乐亭高平中学建成开学。

2016 年 8 月 22 日，湖南省永顺县高平金海实验学校小学部、初中部建成开学。

2016 年 8 月 22 日，贵州省三都水族自治县高平凤凰实验学校初中部、高中部建成开学。

2016 年 8 月 28 日，湖北省来凤县高平实验学校初中部建成开学。

2016 年 8 月 28 日，湖北省建始县高平国际实验学校（幼儿园、小学）建成开学。

代 序

执着一念　必立巅峰

唐仲扬

一位企业老总称赞本书作者、湖南益阳高平教育集团董事长周曼："执着于一事，必立其巅峰。"我将这句赞语，稍改几个字，权作本文正题。

我的书架上珍藏有并细读过《百年高平（2007）》、《百年高平（2015）》，这两本书都是周曼自序。2016 年 12 月的一天，跟随周总（其工作团队都这样称呼他）南征北战多年的贺关先受托给我来电话："《百年高平（2016）》即将付梓，周总希望您能写几句话。"对于周总的嘱托，我没有婉辞而欣然应允，并觉得有话可说可写。

我结识益阳高平教育事业的创始人周桂林和继承人周曼始于 2002 年春暖花开的时节。这年 3 月，时任湖南省教育厅厅长蒋作斌到益阳调研民办教育，并决定当年 5 月在益阳召开全省民办教育工作会议。听到这个消息后，我邀请《中国教育报》记者李伦娥和《湖南民办教育》编辑张见平一道去益阳采访民办教育，并到了益阳高平中学。周桂林校长告诉我们：前不久，蒋厅长来校调研，高度评价他提出的"高质量，平民化"的办学理念，体现了"三个代表"的重要思想。这次我们采写了《忽如一夜春风来——湖南益阳市发展民办教育见闻》的长篇通讯。通讯共分三大部分，其中第一大部分的标题为《"高质量，平民化"民校迅速兴起》，主要采用高平中学践行"高质量，平民化"办学理念的事迹。针对通讯第一部分提出的命题，我写了《多

唐先生正在写作此序

办些“高质量，平民化”民校》的评论，现从中摘抄两段于下，以示一个媒体人当时的浅识：

当前，在家庭总量中，“先富家庭”毕竟是少数，绝大多数还是“温饱型家庭”。除此，在我国城乡，尤其是广大农村地区，还存在“弱势群体”和一大批“困难家庭”。也就是说我们还必须面向绝大多数家庭办学，多办些“高质量，平民化”的民校，来满足这些家庭对教育的需求。如果我们的民办学校，都办成或大多数办成“高质量，高收费”学校（当时坊间称之为“贵族学校”——作者注），而不多办些“高质量，平民化”学校，那么，一些“困难家庭”乃至“温饱型家庭”的子女，莫说接受高等教育，就是接受完高中阶段教育也必将成为纸上谈兵。

我们党要始终代表先进生产力的发展要求，代表先进文化的前进方向，代表最广大人民的根本利益。现在已进入知识经济时代，这就要求我们既要懂得开“金矿”、“银矿”的重要性，更要懂得开“人矿”、“脑矿”的重要性。我国是世界上“人矿”、“脑矿”储藏量很大的国家，只有首先把“人矿”、“脑矿”开发好了，才能更好地开发“金矿”、“银矿”。因此要大力发展民办教育，多办些“高质量，平民化”民校，形成公办学校与民办学校共同发展的格局，把绝大多数国民的“脑矿”充分开发出来，以适应改革开放和现代化建设的需要，这正是我们贯彻和落实“三个代表”重要思想的实际行动。

上述的《忽如一夜春风来——湖南益阳市发展民办教育见闻》通讯和《多办些“高质量，平民化”民校》评论同时刊于2002年5月15日的《中国教育报》头版头条，既为当年5月27日至29日省政府在益阳召开的湖南省民办教育工作会议做了舆论准备，也第一次向全国读者传播了益阳高平中学首创并践行的“高质量，平民化”办学理念。

紧接全省民办教育工作会议之后，我与《湖南教育》的胡宏文、龚鹏飞、江新军几位记者，专程到益阳高平中学，采访周桂林校长。这次采写的长篇通讯《“高质量，平民化”的教育追求——记益阳民办高平中学校长周桂林》，刊于《湖南教育》（半月刊）2002年第20期。我国权威的大型国家级文摘期刊——《新华文摘》，于2003年第4期全文转载了这篇人物通讯。《新华文摘》转载这篇通讯后发生了两件意想不到的事情。

第一件，时任湖南省委副书记文选德看了《新华文摘》转载的这篇通讯后，2003 年 4 月 28 日，他给蒋作斌厅长写了封长信，信中提出：“一个花甲老人，能如此执着办学，解决山区入学难的问题，实在不容易。如今，这所中学已经声名远播，我们教育部门还可以做些什么？”他要求蒋厅长“能仔细阅读此文，并对全省民办教育的发展作些思考”。最后，他强调：“此事务必关注，切勿淡然视之。”

第二件，2002 年 6 月，中央教育科学研究院和光明日报社联合函告各省、市、自治区教育厅（局），决定开展“首届全国民办教育十大杰出人物评选活动”。评选活动办公室成员、我的老朋友、《光明日报》资深记者王劲松阅读《新华文摘》转载的这篇通讯后，以记者特有的敏锐感给我打电话：“益阳高平中学校长周桂林办学理念独特，办学事迹突出，很有代表性，可以申报全国‘十杰’评选。”我说：“周校长是清廉之士，如要交评审费，他不会申报。”她肯定地回答：“不收评审费。”据此，我们协助学校为周校长办理了申报“十杰”的手续。2002 年 9 月 12 日的《光明日报》发表了以记者王劲松领衔署名的《周桂林和他的平民化教育追求》一文。各省、市、自治区教育部门向活动举办单位推荐从各级各类民办学校选送出来的 1000 多名参评人员。举办单位组织初评，从中评出 30 位候选人，并在 2002 年 10 月 11 日的《光明日报》上进行了公示。然后，经评选委员会认真评审，采取无记名投票方式，从 30 名候选人中产生出“十杰”得主，周桂林荣获“首届全国民办教育十大杰出人物”称号。2003 年 1 月 6 日，举办单位在北京人民大会堂举行颁奖会，全国政协副主席孙孚凌、教育部副部长张保庆等领导出席会议并为获奖者颁奖。1 月 8 日，周桂林校长载誉归来，湖南省民办教育协会等单位的负责同志到车站迎接周校长，《中国教育报》、《湖南日报》、《湖南教育》的记者，集体采访了周校长，这几家新闻媒体都及时发表了周桂林荣膺全国民办教育“十杰”的消息。自此，周桂林在全国民办教育界成为知名校长。

2007 年 8 月，益阳高平中学校园，张灯结彩，披上节日盛装，由周曼主持，他和兄姐一道，为其父亲周桂林举行 70 寿诞纪念活动。我和秘书处黄为代表省民办教育协会去为周老校长祝寿。在看望周老校长时，我说：“您终身从教，对教育发展规律了如指掌。您正在培养三儿子周曼接班，这是很有远见的，今后我们会注意宣传周曼。”周老校长听了频频点头，表示完全赞同。

2008年深秋时节，湖南省人大常委会原副主任、省民办教育协会原会长刘玉娥，以湖南省教育基金会理事长身份到湘西北的龙山县考察工作。陪同考察的龙山县同志建议玉娥同志到一溪之隔的湖北省来凤县城去看看。玉娥同志一行走过小桥，进入来凤县城不远处，一个青年人一边跑、一边喊："刘会长！刘会长！"走近一看，原来是周桂林的儿子周曼。玉娥同志问他："怎么来这里了？"他向玉娥同志简略汇报了来这里创办来凤县高级中学的情况，并邀请玉娥同志一行到建校工地察看了一番。玉娥同志回长沙后，很高兴地给我打电话，叫我也到那里去看看。我当即答应："等明年学校招生开学后，我一定去。"2009年11月，我和《湖南民办教育》编辑陶凤翔专程到来凤县高级中学采访。周曼兴奋地告诉我们，这里有天时、地利、人和的办学条件，他自任校长，准备把来凤县高级中学办成一块传播和践行"高质量，平民化"教育理念的试验田。我们听了周曼的介绍，加上各方面采访所得，一口气写下《"高质量，平民化"教育理念的传播人——记益阳高平教育集团董事长周曼》的长篇通讯，以及题为《百年高平，后继有人》的评论员文章。

2010年2月5日，我给湖南省原副省长、时任湖南省民办教育协会会长唐之享写信，请他审定上述通讯和评论。之享会长于2月8日，就给我回了信。信中说："新春佳节之际，十分高兴地读到你和陶凤翔同志的大作《"高质量，平民化"教育理念的传播人——记益阳高平教育集团董事长周曼》这篇通讯。周桂林同志以'高质量，平民化'为理念，创办高平中学，在我省民办教育战线做出了榜样。而这篇通讯，更让我们看到了周桂林同志光辉的一面：他站在高处，看在远处，极早谋划培养和锻炼继承人，把为民办学、为国育才的兴教初衷化为代代传承的伟业，更是富有战略眼光，值得大家学习。"他"希望民办学校的创办者都能读一读这篇通讯，从中受到启示，下定决心，把培养接班人的工作摆上日程"。

时任湖南省教育厅副厅长的杨定忠在审阅上述通讯和评论后，于2010年2月10日也做出批示："我读罢《"高质量，平民化"教育理念的传播人——记益阳高平教育集团董事长周曼》一文后，十分欣慰。因为我从文中感觉到了益阳高平教育集团的成长步入了科学发展的轨道。它有两个突出特点值得肯定，也值得大家学习：一是高平教育集团从初始办学就一直坚持'高质量，平民化'的办学理念，这是最难能可贵的；二是高平中学创办人周桂林老校长站在学校可持续发展的历史高度，坚持高标准、严要求，培养和选拔接班人。"

上述通讯和评论，经唐之享会长和杨定忠副厅长审定后，同时刊于《湖南教育》（旬刊）2010 年 3 月上旬刊。《湖南民办教育》2010 年第 2 期全文转载了《湖南教育》刊发的上述通讯和评论，该刊从这期起，开辟专栏，以“民办学校如何培养接班人”为题，开展大讨论。

《中国教育报》湖南记者站副站长李伦娥，阅读《湖南教育》刊发的通讯和评论后，加上平时采访所获，于 2010 年 4 月 18 日在《中国教育报》的“新闻视点”专栏，发表了以周桂林老校长培养接班人事迹为缘起的题为《民办学校举办者，谁来接班？》的长篇通讯。同日同版还配发了报社约请的上海市教科院原副院长忻福良撰写的《完善民办学校领导人变更的制度设计》一文。忻福良在文中呼吁：“随着时间的推移，一些民办学校出现领导层过度老化问题，不仅一些高龄领导人感到力不从心，民办学校的可持续发展也受到了制约。完善民办学校领导人变更的制度设计迫在眉睫。”

1993 年，老校长周桂林从乡镇中学校长岗位退下来后，为满足村民子女上中学的渴望，他以“高质量，平民化”为理念，在地处益阳市的赫山区和长沙市的宁乡县、望城县交界的高坪村，用自己的一栋简陋住房当校舍，招收了 40 多名学生，聘请了三五名教师，就把“益阳高平中学”校牌挂起来了。周曼从父亲周桂林手中接过办学的重任，不过十一二年时间，他不仅办好了常年有四五千学生的高平中学本部，而且从 2003 年末开始，他走出高坪村，走出益阳市，走出湖南省，传播和践行父亲的“高质量，平民化”教育理念。截至 2016 年底，他在湖南、湖北、贵州、云南、河北等省创办或领办基础教育各学段的学校（幼儿园）共 41 所，在籍学生有 7 万多人，固定资产达 50 亿元，成为远近闻名、正在发展的基础教育集团。周曼办学成功的原因，目前还没有全面、系统、准确的研究，我作为抛砖引玉者，试谈三点看法。

第一，恰逢“天时”。从大局说，就是得益于党和国家的大政方针与法律法规，得益于各级领导人和平民百姓对教育发展规律的认识与把握。“文革”结束，特别是党的十一届三中全会召开后，随着公办教育迅速恢复发展，由于各种社会力量推动，民办教育也逐步萌发生长起来。1997 年，国务院颁发了《社会力量办学条例》，提出了“积极鼓励、大力支持、正确引导、加强管理”的方针。2002 年 12 月 28 日，九届全国人大常委会第三十一次会议审议通过了《中华人民共和国民办教育促进法》，确定了“积极鼓励、大力支持、正确引导、依法管理”的方针，并规定“民办学校与公办学校具有同等的法律地位”。2016 年 11 月 7 日，十二届全国人大常委会第二十四次会议审议通过了《关于修改〈中华人民共和国民办教育促进法〉的决定》，使这部法律更加完善，是促进民办教育健康发展的新里程碑。此外，从 20 世纪 80 年代以来，每次全国党代会的报告，每届全国人大会的政府工作报告，都有鼓励和支持民办教育发展的论述。国家教育部和地方各级人民政府及其教育主管部门对发展和规范民办教育，也都出台了一系列的政策和措施。比如，早在 1983 年 11 月 11 日，湖南省人民政府就颁发了《湖南省社会团体、私人办学试行办法》。现在，很多人都认识到，大力促进民办教育的发展，形成公办教育与民办教育共同发展的格局，是符合教育发展客观规律要求的。古今中外的教育发展史表明，民办教育与公办教育从来都是共存共荣的。当今世界上最发达的美国，其教育也分为国立、公立、私立三种。美国已实行 12 年免费义务教育，但私立小学仍占 20%，私立职业中学占 92%，私立大学占 72%。可以这样说，是恰逢“天时”的有利环境和条件，铸就了周曼办学的成功，成就了高平教育的伟业。

第二，执着一念。周曼在日记中多次用了“执着一念”这个词语。他子承父业，本意就是视传播和践行“高质量，平民化”教育理念为终身事业，怀百年高平梦想，生命不息，奋斗不止。周曼于 1972 年出生，1997 年在湖南师范大学中文系毕业后，放弃到重点中学执教和出国留学的机会，毅然决然地留在高坪村，帮助父亲办学。周桂林对儿子的选择满心欢喜，对培养和锻炼儿子铆足了劲。他先是安排儿子教书，教语文，教历史，教政治，教学效果都很好。然后，他先后安排儿子当班主任、校团委书记、教导主任、副校长、常务副校长、校长。与此同时，他还送儿子参加了益阳市和湖南省的中学校长培训班，特别是送儿子赴京参加了中央党校为期一年的“教育发展战略理论高级研修班”的学习。通过学习和实践，周曼开阔了视野，逐步成长、成熟起来，认识到父亲提出的“高质量，平民化”教育理念，符合国情、民心，必须扩大传播和践行空间，尤其是要扩大到老、少、山、边、穷地区去，使那里有更多的孩子读得起书、读得好书，让知识改变命运，阻断贫困的代际相传。实际上，周曼在最近 10 来年中，实施了“三步走”的走出去计划。

第一步：走出高坪村。2003 年的最后一天，周曼瞒着父亲，带上校印，在大哥周毅的支持下，与益阳市资阳区政府签订了投资 4000 万元的办学协议。2004 年农历正月十五日，资阳区政府为高平迎丰中学举行奠基仪式，周曼这时才把父亲接到现场。周桂林看到彩旗飞舞、人头攒动的热闹场面，看到区政府、区教育局的领导人都来了，区长还兼任学校名誉校长，没有责怪而是叮嘱儿子:“一定要把学校办好，为高平中学争气！”高平迎丰中学办成功后，周曼在益阳的赫山区、常德的津市、怀化的沅陵等地，创办或领办了多所学校。

第二步：走出湖南省。周曼经过认真考查，于2008年5月26日，与湖北省来凤县人民政府签订合作举办来凤县高级中学的协议，并于2009年8月5日顺利开学。来凤县高级中学是周曼在省外创办的第一所学校，也是他推行“高质量，平民化”办学理念的得意之作，其影响逐步扩散到南方多省。现在，在湖北恩施市、建始县，贵州松桃县、三都县、罗甸县，云南宾川县、永平县等地，先后创办了一批集合在益阳高平教育集团旗下的学校。

第三步：走过长江、黄河。中国共产党创始人之一——李大钊的故乡——河北省唐山市乐亭县的人大常委会主任孟宪福，带队考察高平教育集团后，决定放弃其他投资者，引进高平集团办学。乐亭县高平中学建成后，周曼将制作的“高质量，平民化”六个巨型大字安装在校园人和楼顶上。在讨论收费时，周曼首先发言：每生每期收4000元。县教育局的同志说乐亭濒海，经济比较发达，老百姓赚了钱就是送小孩读书，可考虑至少每生每期收6000元。周曼没有接受这个建议。学校已于今秋开学，首次招收了2000多名学生。乐亭高平中学创建成功启示我们：在人类社会发展过程中，“富人”与“穷人”、“贵族”与“平民”是相对而不是绝对的概念。“高质量，平民化”教育理念不仅适应不发达地区和欠发达地区，也完全适应发达地区，在我国960万平方公里的大地上都有其生根、开花、结果的土壤。

第三，人格魅力。不言而喻，人格魅力对成就事业至关重要。这里仅从个人品德角度，说说我对周曼感受较深的三点。

一是“干净”干事。“金钱通关”、“权钱交易”，这在党的十八大之前，更让人担忧一些。但周曼的头脑一直很清醒，既不害人也不害己。他说一个人“纵有黄金满屋，一朝锒铛入狱，一切成为过眼云烟”。他常告诫自己“走南闯北办学，需要赚钱，但不贪钱”，“在我有生之年赚的钱全部用来办学校”。与他合作办学的地方官员都说他是个“干干净净做人，扎扎实实干事”的人，与他合作办事，放得心，有安全感。这些地方也有落马官员，但至今没有一个在这方面与周曼有瓜葛。

二是真诚待人。“士为知己者用”，先说件小事。2016年5月4日，有关方面通知周曼参加 5 月 6 日在武汉由清华大学招生办主任召开的座谈会。他即想到："潘哥 6 号收媳妇，十多年的兄弟了，我必须参加。"周曼对集团员工以兄弟姐妹相称，被视为亲人。潘哥即潘建国，既是集团公司一个部的部长，又是他的常年司机。周曼认为重要的人比重要的事更重要。这一天，他硬是放弃了参会的机会，和一班兄弟高高兴兴地参加了潘哥儿子的婚礼。有朋友曾问我：周曼办这么多学校，人从哪里来？钱从哪里来？管理如何搞？

父亲曾告诉周曼："作为董事长，你并不一定事必躬亲，要学会用人，善于用人，用好人，用对人。既锻炼了别人，又给自己留下足够多的时间和精力去办更重要的事情。"周曼办学校不搞家族式、家乡式管理。校长是办学团队中的关键人物，实行五湖四海，就地选才取人。校长人选一经确定，他用人不疑，要求校长们按《高平典章》治校。《高平典章》是高平文化的核心所在，是凝聚治校育人力量和智慧的"定海神针"。凡计划内的人、财、物诸事均由校长自主施职。周曼每个学期只向校长要两个数字：一个是开学时的学生数，另一个是期末考试学生的分数。

建校经费主要一靠办学结余，二靠银行贷款。因高平教育集团白手起家时，第一笔 3000 元的贷款是找信用社解决的，从这以后，周曼有了"信用社情结"，无论到哪里办学，一般都是与信用社发生金融业务关系。有个叫曾凡树的基建老板，有意承建湖北建始县思源实验学校，但缺 2000 万元资金，便找周曼帮忙贷款。周曼与建始县信用联社领导一说，全额由他担保，仅用 7 天时间，2000 万元贷款就到了曾老板的账号上。信用社的同志说："周总是个认真办事、真诚待人的人，他担保贷款，我们不拖泥带水。"

三是"草根"生活。周曼 2007 年 11 月 7 日的日记中有一段话，给我留下很深的印象："在父亲面前，我不仅是一个孩子，更是一个学生。从管理一个班到管理一所学校再到管理一个集团，父亲用他的思想和精神感召着我，用他的智慧引领着我，用他的勤勉、质朴与永不言败的精神鼓舞着我。"的确，周曼做人、做事以及里子、面子都有父亲的影子。

2016 年 5 月 16 日，周曼第一次到河北乐亭县，县教育局事先就为他在承启大酒店安排了一个套房住。他怎么也住不安心，很快就搬到学校与师生同吃、同住去了。县电视台约请周曼做一次电视讲话，集团执行总裁崔晖陪他到演播室，主持人要崔晖脱下上衣换给周总穿，并说：“上电视，面对观众，还是讲究点好。”贵州省罗甸县杨兴华县长了解周曼后发表感慨：“周总这么有钱，却不抽烟，不喝酒，不打牌……实在罕见！”

其妻子龙华用“好儿子、好女婿、好父亲、好老公、好老板、好男人”评价丈夫周曼，真谓知夫莫如妻。

父亲周桂林人前人后赞儿子：“周曼了不起！”老人家说的“了不起”，就是人们常说“忠孝难两全”，而周曼却是“忠孝双全”的楷模。

2014 年 5 月 14 日，时任湖北省省长王国生到周曼创办的该省建始县民族高级中学调研后，评价加鼓励地对周曼说：“你的办学模式很好，混合所有制经济；办学理念不错，‘高质量，平民化’。”“政府要为你这种献身山区教育的人树立雕像！”

教育是世代延续的事业。高平教育有这样可圈可点的继承人，百年高平绝不是梦。如果把高平教育事业视为一棵树，不容置疑，它必定是一棵亭亭如盖、枝繁叶茂的常青树，必将恒久地立在盛世华年的神州大地的巅峰上！

2016 年 12 月 25 日

（作者系编审，湖南教育报刊社原社长兼总编辑、《中国教育报》湖南记者站原站长，曾任中国民办教育协会理事、湖南省民办教育协会副会长兼秘书长、《湖南民办教育》总编辑）

目录

每个人的一生都是在似水流年中纵情表演。仅仅因为信念并因之产生的责任感不同，我们便演绎着不同的人生。2004 年担任高平教育集团董事长以来，推广“高质量、平民化”的办学模式成了我毕生的信念，并视征途中的一切挫折与牺牲为追逐梦想所必需！开始，亲人、朋友并不理解，更不支持，可是，我特有的近乎固执地执着一念让我破茧成蝶。我知道自己要做什么，并且我知道我所做的正是这个国家尤其是其大片的贫困山区所迫切需要的。振兴中国少数民族贫困山区教育是我今生的使命，这一使命注定我胸怀天下！

这一世海阔天高是红嘴白鸥，
这一年南来北往你追随着气候，
这一天滇池水暖是家乡的街口，
这一刻啄一口面包你舞蹈着自由……

不过，最吸引我的是永顺一中一批德才兼备的好教师。恰逢腊月二十四，过小年，我便邀了其中七位在民族宾馆三楼举杯欢庆。饭后喝茶，我兴致勃勃地朗诵并解读《百年高平 (2015)》封面的诗篇……

“人品是最大的能力，因为清华、北大的学历证书不能天天挂在额头上，而人品却洋溢在你的一言一行之中，大家都感受得到。你还要培养自己的英雄气概，就是要一不怕苦，二不怕死，舍得牺牲。有了这种牺牲精神，就会胸怀天下，以天下为己任！这个世界上真正有大作为的，不是才华横溢的人，而是胸怀天下的人；不是‘心有多大舞台就有多大’的人，而是‘责任有多大事业就有多大’的人。责任心强不是豪言壮语，而是表现在对身边的人、事、物饱含激情并积极负责。做好小事便成大事。所以，回家要孝敬父母、帮助邻里，在校要尊敬老师、团结同学！这就是平民情结。具备平民情结，事情做得越大，社会贡献就越大。”

听着父母的讲话，句句都与孝道相关。只是，看着日益衰老的双亲，面对永不停步的岁月，我突然觉得孝道的核心实乃“真诚”两字。我们辛辛苦苦生育子女却倍感快乐和幸福，似乎都没想过他们要给我们多少物质的回报，但是，内心深处，却在渴望子女过年过节和自己生日时都回家看看，同时，也期望自己为之拼搏一辈子的事业因为子女的真诚付出而发扬光大。反过来，如果过年过节或生日时子女根本没放在心上，更不愿为了自己打拼的事业继续真诚付出，就算能力再强，对于父母的灵魂深处又有什么用呢？若无真诚，能力无足轻重！

而这样不计生死的征战，寄托了多少人的牵念？！在潘哥老家桂花树前，我心怀感激地与他两口子合影留念。感谢他老婆十年如一日的默默支持，记住这一世她与男人聚少离多的岁月……

……大家非亲即故，今日齐聚高平，请记住：没有真诚，能力无足轻重！

我能力一般，却因真诚投入百年高平教育事业而在每一块教育的热土上获得了朋友和领导的赏识与器重。

我对学生一直就是这样真诚，以至于几年前在超计划招生有违州教育局文件规定的情况下，州教育局王局长对我为杨元、张伟不倦的奔波仍然赞不绝口：“他们的父母都没有你十分之一执着！”

我致力于传播“高质量、平民化”的文化思想，并在19年的平民教育生涯中形成了高平文化模式——《高平典章》。而且，根据中国的国情，地不分南北，人不分东西，高平文化模式都有其顽强的生命力。2016年，我将全面复制高平文化模式——《高平典章》，一场平民教育的高平文化运动即将在中华大好河山中风起云涌！

7日晚上7：30，我准时开讲。我回忆了自己办学过程中三件触动我灵魂的故事，就备考的知识储备及思想情绪进行强调。最后，我说："同学们，马云三战高考而进'杭师'，俞敏洪三拼高考而入北大，刘邦屡败屡战终得天下，孙中山'吾志所向，一往无前，愈挫愈勇，再接再厉'！既然，整体而言，我们做官做不赢官二代，做生意做不赢富二代，面对相对公平的高考，让我们放下与高考无关的一切，奋力拼搏！记住：命运安排了我们不同的出身，却也安排了我们可以相同的奋斗的勇气！"

今天上午9：40，我召集高中部全体教职工开会："大家学习了《高平典章》，了解了高平文化。高平文化与三都文化从此要碰撞并产生火花。好好捕捉这些火花就是两种文化的交流与融合。从今天开始，全体教职工、全体学生用一个月时间全面、深入讨论《高平典章》并提出修改意见。一个月之后，我再综合大家的意见完成典章的'三都版'。"

退一步海阔天空！本为振兴三都教育而来，无欲则刚，我还争什么呢？！只是想到三十多位湖南教师携老带幼追随我的"秀秀三都民族梦"而来，而食堂、宿舍、多功能馆的建设也全面铺开，现在一个"停"字，我有种空空又沉沉的痛觉。

"人在，阵地就在！有阵地，就有生命力！"王局长给我打来电话，"县委、县政府100%地支持你租赁职中老校区办学！同时，支持你到猴场新建学校。原三中蒙校长本来安排到职中老校区创办凤凰实验学校，现在又调回三中去当校长！"

我内心一阵欣喜……

所以，我决定：不同意在四月份配小学校长，我就不办初中了。因为，修一所学校很简单，但不允许择优选聘校长与教师，要办好一所学校几乎不可能！我确实喜欢办学，但我不擅长一边执着办学一边还要去点头哈腰地求领导做那些按合同规定本由该教育局履行的合约。又要我办学，又在关键的时候不支持，本来是一件好事，却弄得大家都不高兴，我又何苦呢……

我陈述了自己的一些困难，表达了自己对县委、县政府的感谢，最后说：“自从 2013 年到建始办学以来，承蒙县委、县政府、教育局及各部门的关心、爱护，现在高中部已有 4000 多名学生，并且今年首届高考有望突破教育局下达的一本目标，而且杨鑫同学不出意外的话上清华没问题。我是一个办学的人，内心深处我肯定希望与政府签下二中初中部的办学协议。但是，高平国际小学我投资一亿多元，今年秋季可以建成开学了。我按协议找教育局要个校长都不同意，我现在又花 6500 万元办初中，到时候又要招校长，岂不会更麻烦？！修学校易，办学校难呀！”

小范随即将老李的照片发给我。看着突然之间目光呆滞、左脸僵硬的老李，这位我生命中为“百年高平”教育梦想开疆拓土的贵人与“福将”，我的心如同突然发现车钥匙丢了却翻箱倒柜找不到的失措与茫然。2006 年 8 月，我到沅陵领办四所学校并与老李结缘。在所有亲人的反对下，只因沅陵老李比我更为执着的办学追求，他带着我先后开创湖北来凤、贵州松桃的高平教育事业。从去年十月至今，他作为集团总经理，坐镇云南大理宾川县。他要在云南推广高平教育，却不料突发疾病，我心怆然……

“无论是合同约定的还是合同没约定的，基本上是有求必应！”晖总说，“为了便于衔接工作，郑局把我安排住在教育局6楼，提供专门的办公室，隔壁就是郭局长办公室。”

“给一个民办学校在教育局专门安排一个办公室，可能是中国首例！”我笑道，“这是教育的奇迹！”

“投资乐亭，事事畅通！”晖总应道。

父母、爷爷奶奶、外公外婆自觉或不自觉地以爱的名义想方设法满足孩子的需要，忘了告诉孩子：这个世界是残酷的，每个人在地球上都没有自我认为的那么重要，只有受得了委屈，才能尽情享受人生。相反，我们步步妥协，不敢跟孩子说“不”，甚至演变到哪个老师敢跟孩子说“不”，父母就要找老师的麻烦，甚至胁迫其下跪！

没有惩戒的教育，未历委屈的人生，又怎么担当社会赋予每个人该有的责任？

如何解决生命终极之痛？当我们局限于一己之身的时候，我们对生命、对人类的命运实际上是看不清的。但是当我们看到“星垂平野阔”，当我们仰望星空，“月涌大江流”时，我们生之为人的那种渺小和孤苦无依的痛苦瞬间被宇宙的浩瀚包容了、化解了……唯有“无我”，才能无痛、无苦。唯有将“我”化入浩瀚之宇宙，才能从生命之“点”融入生命之“流”。生命的本质永远在川流不息当中。当我们有了这一番彻悟之后，我们便可以走出霏霏之大雪，找到平野和星空，继续轻盈地前行，一如褚时健从监狱走向哀牢山的橙园。

我便有了“为而不争”的人生态度。我一定要以自己的方式平静而有所作为地走过余生。

“应当这样理解：越发达的地方办事越容易，越贫困的地方办事越有意义。”三都教育局王局长给我微信留言。

我眼睛一亮。这位兄弟，每每在我出现思想问题时，他总是用经典而富有哲理的话语给我指明前进的方向，使我不致从一个极端走向另一个极端。

“顺其自然”

/ 135

是的，习惯成“自然”，自然实乃天道呀！我欲穷一生之力以接近自然，一切运作都不为自己，不以对自己的标准来要求别人，把自己放在别人后面，“以其无私，故能成其私”。

在子女教育问题上，我也在培养小孩品德并确保其身心健康的前提下“顺其自然”，“儿孙自有儿孙福”也正是这个道理。

无题

/ 138

观花草虫鱼，竟不再固执一己，
看蓝天白云，便不悲不喜……
就这样爱过便不再忘记，
就这样走过竟不离不弃……

为了你时刻近在眼前

/ 139

你高兴时我感觉你离我很近，
你不高兴时我感觉你离我很远……
为了你时刻近在眼前，
我发誓：从此我只给你报告喜讯！

端午

/ 140

父母一生享受了多少？将来又能带走多少？我们呢？当有一天风烛残年时，不也期盼着子女回来吃饭么？

午饭后，我去看看岳父母，又要赶长沙去天津的飞机。

合作共赢

/ 142

到乐亭这么久了，我看得最重的“一”件事就是与乐亭一中合作。我认为，把一个县内相对优秀的高中教师挤在一所学校里吃大锅饭，不如一分为二来挖掘各自的潜能。“分”的办法有两种：我把钱砸在一中老师身上无序竞争或者我把钱交给一中由学校有序派遣老师到高平合作共赢。经过艰难谈判，一中冯校长及其校委会选择了合作。

为了教育的尊严

/ 144

很幸运，我已做到了这一点。在感受到作为一位民办教育工作者的尊严时，我才发现，只要我以高平模式激发了地方党委、政府对教育的无限重视，我所做的一切，就是为了教育的尊严！这，必将颠覆性地影响一个地方的现在与未来。

在招生竞争中，每招到一个优秀生都无比欢喜，每错过一位优秀生又无限失落。只是，学校越办越多，我在优秀生的得失上日趋麻木抑或淡然，却一门心思扑在如何创造一流的办学条件、打造精英化的教师团队、组建强大的行政班子和根据实际完善《高平典章》上。只要把面上的宣传与点上的家访做到位，不选择高平已不是我的过错，所谓“尽人事、听天命”吧！也可以说成“行万里路心宽”！

今年，我从亲戚、老乡、朋友、学生中选拔了一批人担任后勤副校长以及膳食主任、总务主任。半年的实践证明，他们中有的谦虚好学又勤奋节俭，是我的福气。而有的确实文化水平太低又不肯学习，说话、做事严重影响高平形象。有的人虽聪明但实在太懒，不堪培养。看来，只有真诚而无能力，真诚只是骗人的假象，迟早会要误了高平的大事。我要寻找的，是人品好、能力强并真诚投入高平的人。具备以上条件，我就应跳出家乡与家族的圈子，无论亲疏，就地选材！

“今天是高平招生专题会。乐亭高平国际是高平集团在北方办的第一所学校，也是河北省第一家响应省委‘产城教’战略的教育园区。周曼董事长身体力行，亲任学校总校长，足见高平集团对乐亭办学的重视。大家要站在讲政治的高度支持高平！”赵局长在会上提出要求。

这是一场教育布局大调整。它必将深远地影响乐亭教育。就是在这场深刻变革中，我将高平的办学理念由“高质量、平民化，为学生终身发展奠基”改为“高质量、平民化，为师生服务”。

南国的风雨已经越来越肆无忌惮了，无情的山洪已两次冲垮民高的围墙并淹没这美丽的校园。人在自然面前是多么渺小，就让我本着“就地选材”与“就地取财”的原则，朝着“百年高平”的目标一直小心翼翼而又大刀阔斧地走下去……

团结就是调动一切积极因素为共同的目标而奋斗。团结是高平教育取信于民的法宝。今年高考的全面丰收再次彰显了团结的魔力！而今秋新创办学校的招生更依靠的是团结！

“佛教在中国根深蒂固是因为它与中国的实践相结合，我们办事创业也要从实际出发呀！”散步去餐厅时，王书记说，“大踏步后退是为了大踏步前进！你现在便可以轻装上阵了！在工作中记住：喝乐亭水、吃乐亭饭、说乐亭话、做乐亭事！”

关键是高一了。连续几天以来，上百个家长围着教育局与县政府上访。

我决定直面现实，分别在8月1日上午9：00、下午15：00、8月2日上午10：00分三次召开高一家长会，以置之死地而后生的勇气突破困境。

培训会上，我指着启智堂说：“刚到乐亭这房子只修好了框架，室内装修是按我的思想搞好的。《高平典章》就是各校行政工作的框架，谁动了框架，房子就会垮。体现行政思想与智慧的地方，就是看大家在同样框架下怎样搞好装修。譬如，典章规定，课程设置根据各省学业水平考试的难易，由校长与教学组商定。只要不突破每周51节正课、18节辅导自习课的框架，文科开不开理、化、生，高三开不开音、体、美，等等，均由学校自定。我找校长要什么？分数只是表象，我要学生！每年8月行政培训会时，各位校长提人头来见！没有完成招生任务，校长的‘人头’，也就是职位，那就不保了！就地免职！”

人生百年

/ 186

我姑且就这样猜测吧！只有这种猜测能让我面对每个人百年人生的暮岁而心生敬畏。人类生生不息，传宗接代是最简单而又最有价值的事情，何况我们在完成这项伟业时还情深义重！只是，许多人同时迷上了和生命一样宝贵的事业，并且执着一念，直到迟暮之年才小心翼翼地放下，一如此刻的父亲。放下的一瞬，或能悟到人这一生最美好的还是爱情，事业只是爱的结晶和必然的产物。爱火不熄，事业不止！情到深处，责任如天！

“热烈欢迎”

/ 189

“……这么多年来她成了我心中最大的遗憾，不知道唐山大地震她遇难没有？如果她还活着，不知道今生还能见她一面不？前几天我委托你寿哥帮我找,他是‘黑客’，半天就找到了！她还活着，住在秦皇岛。她妈妈也活着，九十多岁了！我打电话问她还记得我不？听得懂我说的话不？她说当然记得，听得懂话。我说我到秦皇岛看她，她还是年轻时那样热情大方，说：‘热烈欢迎！’”

情不自禁

/ 192

这时，收到寿哥的微信：

“……启动计算机，进入网络，大海捞针，锁定秦皇岛，在北戴河第三中学发现了杨女士的信息，调出杨女士照片，经老叔辨认，说是很像。再通过杨女士所在学校校长证实，杨女士毕业于北京大学历史系，可以确认了。该校刘书记传来杨女士的电话号码，拨通后是杨女士儿子的电话。她儿子说不知她妈愿见不愿见，叫我留个短信。半小时后杨女士打来电话，一句‘桂林哥哥我记得’，感人！我已不知道我做了什么！南无阿弥陀佛！”

“谢谢寿哥帮我父亲了却一生遗憾！”我回道。

大美人生，情不自禁。

人在江湖

/ 195

坐多了飞机、高铁，越坐越烦。现在要在慢腾腾的火车上站一个通宵，看你还烦不烦？！看着候车室拥挤的人群，才晓得这世上有许多人是不坐飞机和高铁的，而且由于没有买到票，许多人还要身不由己地站着，甚至站一个通宵。

“你们来之前我们开了各部门碰头会，大家一致欢迎高平到罗甸办学。大家也讨论了办学合同，除了500万元的保证金，其他都没意见。至于职高校区的租金也就免了吧，高平不来，我们照样要办学，谁来交租金？不但没租金，政府每年还要投几百上千万元！我们要的是优质教育，各级各部门必须一切为高平服务！”

最后，人还是要有“尽人事，听天命”的胸怀。生命就是一个过程，或长或短，何妨坚决地相信“生死有命，富贵在天”！这样，就不会不知满足并杞人忧天了。

不是尽了力就一定成功，不是特别注意就一定健康。可是这次做胃镜的经历告诉我：当麻药让我失去知觉任由医生摆布时，我想，死亡或许就是这样的甜蜜。医生将我拍醒后，我倒特别留恋生命中这种短暂的无知无觉的滋味。未来面对的死亡，一定就是这样的美好！

所以，我相信死亡是生命给人的最后奖赏！在我接受这份上天的恩赐之前，我要无忧无虑、无畏无惧、无怨无悔地享受今生！

真是天道酬勤。历尽艰辛，2016年9月，是高平教育集团有特殊收获的季节。老学校不算，集团新创办的七所学校同时开学。横跨四个省的七所新学校同时开学，标志着在“高质量、平民化”教育实践方面的成功和我个人在人脉、融资、创业和管理方面跨越式的突破。

初中部田径场北端有一股千年泉水，周围一百多户老百姓千百年来都在这里取水饮用。启动场平工程时，应老百姓的要求，我们将水引到挡土墙外面并修了一个蓄水池，供老百姓继续饮用。同时在校园内垂直留一个井道，供校园取水用。这有山有水的地方，一定是培育天下英才的风水宝地。

“曼总，我们一行已回到大理。谢谢您的精心安排。一路走来，大家眼界大开，收获不小。您的人品、您的能力和您对教育的倾心都让我深深折服。也对永平的教育充满了信心。期待能很快在永平见面。”今天上午 11：00，我收到赵县长的信息。

“谢谢赵县长的鼓励！愿我们用最有效的方式，共同振兴永平教育！”

有时候，突然有人煞有介事地对我说：“给我 1000 万元，帮你运作个全国人大代表当当！”也有人说：“拿 500 万元来，我把某某国家领导人介绍给你！”我睁大眼睛看着对方，心想：当了人大代表、见了国家领导人又能怎么样呢？周曼就是个土生土长的办了几十所学校的农民！你这不是想骗钱吗？要当，就堂堂正正地当；要见，就干干净净地见！这就是尊严。

在中国，胡雪岩那样的“红顶商人”不也正是败在“红顶”上吗？！守住自己的底线，永远相信国家的威严、党的廉洁与自己的尊严，与“红顶”做朋友但不做交易！

在这里，我要开启“百年高平”新的征程。在这含笑前行的征程上，我要尽快让“高平”账上有大量现金。我要用最快的速度过渡到高平每一所学校不欠一分钱债务。当高平有了结余，再用结余的钱投入新的学校。

总之，永远要记着“现金为王”的道理。

从第一次接触陈县长到现在，他一直这样热情，给我的感觉就是一个字：爽！我才悟到，真正的朋友不是天天见面，甚至也不需要天天联系，而是彼此内心认可对方的为人、处事，哪怕时隔十年、二十年，再相见，依然情深义重！

当然，不是每个人都有这样的福气，因为，不是每个人都能遇上彼此相惜的朋友！

“高平教育之路”

2016年1月6日　星期三　小雨　来凤—津市

每年春节，我都在高坪村与兄弟姐妹们共享陪伴父母的快乐。而近几年的元旦，我都在来凤陪老婆、孩子。

今天，我与潘哥从来凤出发，经永顺赴津市。

从来凤开车到永顺，在弯弯曲曲的盘山路上要耗三四个小时。在这山水间转了十年，我已习惯。

开着开着，我眼前一亮：红岩溪收费站！哈哈，来凤到永顺的高速开通一截啦！听说今年7月1号前将全部开通。届时，来凤到永顺也就一个小时车程。

在永顺下高速，走了不到五分钟，我突然看到“溪州大道”的标牌。天啊！这不是到了我正创建的永顺高平金海实验学校吗？！

“以后在来凤下了晚自习，可以带几个老师飞到永顺来吃夜宵了！”我笑道。

“高速通了之后，高平所有的学校都连成一串了，校与校之间联系起来很方便……想起来都不简单呢！”潘哥赞道。

与老婆、孩子合影于来凤县高级中学

哈哈，来凤到永顺的高速开通一截啦

确实，等建始到恩施、来凤到永顺的高速通车后，高平教育集团在贫困山区的办学点便因高速公路连成一串了：建始到恩施四十分钟、恩施到来凤一个半小时、来凤到永顺一个小时、永顺到松桃两个小时、松桃到三都四个小时、三都到宾川十二个小时。要是在松桃到三都高速沿线找两个县办学，三都到宾川高速沿线找六个县办学，高平教育之路便呼啸来袭了！

“贫困的两大原因，一是交通落后，二是教育落后！”铜仁市政协副主席，松桃县委书记冉晓东对我说。

我深有感触。2006 年 8 月，我到怀化市沅陵县办学，揭开了高平教育服务贫困山区少数民族子弟的教育大幕。在山路弯弯中，我也隐约听到了共和国西部大开发的号角声。斗转星移，十载风雨，随着国家突破贫困瓶颈的一条条高速公路的开通，我和高平人在高速沿线的国家级贫困县创办的一所又一所涵盖幼儿园、小学、初中、高中教育的当地最好的学校无疑要成为国家突破贫困瓶颈的与高速同样重要的风光艳丽的教育之路！只是，我情有独钟地在这条教育之路上冠以“高平”两字以慰我的初心！

这份献身山区民族教育的初心，需要用我和我的后代的生命来兑现！所以，子娟、子龙的小学、初中、高中在来凤我自己办的学校读，而不是在长沙、武汉或者北京！教育，从来不仅仅是培养学生依靠分数跨进大学之门，更重要的是培养学生个人切肤感受贫穷与落后的家国情怀。献身，也从来不仅仅是忘我学习和工作以摆脱贫穷，更重要的是自己摆脱贫穷后依然在这片贫瘠的土地上为大家的脱贫而以此为家，以此为乐！

这样，我竟然带着一种历史的神圣感快乐工作于贫困山区，哪怕若干年后这里富裕起来的人们肯定不会记得拓荒者的辛苦，但快乐与幸福自己才能感受，不需要他人记得。

所以，应潘哥之约，元旦中午我携老婆、孩子到龙山聚餐去！贺仙与“来高”总务主任周细华也来了！几个异乡人，在外就是一家人！

潘哥、贺仙、细总喝酒，我给子娟、子龙高声朗诵我在宾川酒后写的《我没醉》……孩子们听得鼓起掌来。

“爸爸，搬了这么多次家，我们住的房子好像都没有精心设计，下次搬到恩施，可不可以按我的想法设计一下啊？”饭后子娟抱着我的左手、子龙抱着我的右手散步，子龙问道。

这些年每新办一所学校，就在学校教工宿舍里搞了一套小房子，也无意精心设计。最近想把集团武陵山区学校总部设在恩施，看来是得好好设计一家人的住房。我便笑着说：“就按你和姐姐的设计修！”

孩子们高兴得跳起来。

下午子娟到教室做作业去了，子龙在我的书房看书。不知何时他们变得争分夺秒地搞学习，根本都不想玩了！全总到了来凤，我们便到办公室聊些办学的事。我们约好，晚饭后一家人散步到电影院看场电影。还有贺仙和潘哥。

王宝强主演的《唐人街探案》一顿恶搞，惹得子娟、子龙走出影院后边走边笑，为了里面的人物与情节及“完美的犯罪”争论不休。

仰望夜空，思绪飞扬。少年时哭着闹着追着哥哥姐姐们跋山涉水跑几十里路就为看一场露天电影却乐在其中！没有奔驰、宝马，村庄里的有情男女们相约徒步“游马路”竟也神魂颠倒！幸福有约却始终与金钱、权势无关，只关乎信仰与我们的初心，一如今夜一家人漫步在有凤来仪的边城街头……

二号上午，我与全总一起到来凤高平国际实验学校工地开会。学校全部封顶了。

应潘哥之约，元旦中午，我和老婆、孩子及贺仙、细总到龙山聚餐

与全总合影于来凤高平国际实验学校工地

“前天胡书记主持召开了教育城工作会，明确要求高平与思源 9 月份必须开学！”殷总高兴地说，“土地电视问证的风波解决了，教育大道也会拉通！”

今日中华，像这样一心为子孙后代百年大计兴学一方的书记越多越好呀！就算所有人都忘记，我代表高平学子永生铭记……

读者评论选登

1. 高平集团财务部龙华：做自己喜欢的事情，和自己喜欢的人在一起确实是最幸福的。幸福的体现，不一定要洋溢于外观，而在于自己是否真实触及幸福的肌肤与灵魂。幸福不是用有形的东西装扮与点缀出来的，而是需要用心灵感受与发现，保存在自己的心灵最深处。我愿意静静地欣赏这朵朵幸福之花绽放的姿势和馨香，一直到老！

2. 高平集团文化宣传部贺关先（贺仙）：

细雨霏霏伴小寒，玉带飘飘舞大山。
高速沿途风景美，教育扶贫克万难。
校校如珠一线串，湘鄂滇黔再登攀。
五湖四海星光闪，千秋功业乐心间！

“以观沧海”

2016年1月12日　星期二　晴　河北乐亭

2006年，因为办理集团法人登记证找高中校友立冬帮忙，他带了朋友崔晖在益阳银日广场二楼喝茶。

“置心一处，无事不办！”晖总说。

转眼十年了。晖总致力于高平集团教育品牌的推广、公共关系的维护和市场拓展，屡战屡败，屡败屡战。

“曼帅，我布局江西、河南、海南，实战重庆、贵州、广西、河北，未有实绩。接近猴年之际，喜获河北乐亭与广西靖西积极回应，心中顿生暖意！”7日晚，晖总发来微信。

“这个冬天很温暖！”我回道。

晖总、二哥和我从武汉出发，坐高铁赴唐山

10日上午8：33，晖总、二哥和我从武汉出发，坐高铁赴唐山。下午16：30到达。晖总的小兄弟立武和乐亭县教育局招商办孙主任在出站口等我们。

从唐山到乐亭也就一个小时车程。

“不读le，读lao！”孙主任说，“lao亭！”

“哈哈！”我不得不相信中国地大物博，文化深奥而不可全部探个究竟。

昨天上午，教育局张局长一行带我们考察了乐亭新修的可容纳6000名学生但尚未交付使用的新高中、乐亭二中和乐亭新寨高级中学。

“一见周总，感觉像一个人。”午饭时，分管教育的杨县长和教育局郑局长都参加了，杨县长思考着说，“想起来了，电影里面的青年毛泽东！”

“我不像毛泽东，但我是湖南人！”我笑了。

“下午怎么安排？”郑局问。

“想去看看渤海！”

我在高铁上办公

"好！"

站在唐山港，极目远望，只见一片汪洋中菩提岛温婉点缀，一轮火红的太阳在微波中留下艳影，真是人间仙境！"东临碣石，以观沧海"的情境，只有身临其境才可感知一二呀！大好江山，一代代勤劳、勇敢的中国人挥洒汗水与鲜血，终于赢得"萧瑟秋风今又是，换了人间！"

"对酒当歌，人生几何？"生就男儿身，陪父母久了，父母会忧心忡忡地说"没出息"；陪老婆久了，老婆看不惯蓬头垢面、通宵达旦看电视连续剧的样子而"日久生烦"；陪小孩久了，孩子吃完饭便匆匆忙忙赶去上课说"拜拜"……好男儿在对家庭尽责后自当志在四方，在一条路上执着一念，享受苦短人生的每一次日出、日落！我便把一些人"勤奋"而享受地打麻将、玩纸牌、泡美女的大好时光用来在全国和全球布局高平教育吧！在不计成败、不论生死，只因对一条道路的执着信仰与喜爱并因而不负此生的征程中，我感觉生命的每一天绚烂多姿，让我深深地呼吸，又深深地呼吸……中国高铁事业，既让所有人纵横中华而不觉遥远，又让我穿梭于高平教育集团一所所学校时可以就地办公了！我热爱每一秒钟都无法复制的生命，我享受其中！

在全球五大洲的教育布局让我心花怒放，但是现在时机尚未成熟。全国的布局正在打开。百年高平 2016 年，或许在祖国的大西北与留下"冲冠一怒为红颜"的凄凉故事的山海关内要有所动作了！

"每一项事业快速发展时，一定要注意质量！也就是说，你的每一所学校，都要办成当地最好的，要有抗风险能力！"呙教授嘱咐我。

"贪多嚼不烂！"吴县长告诫。

好朋友的诤言都是我前进时的精神食粮，更是我向上的动力。实际上，品牌越响亮，钱越不是问题。人才非常重要。

教育局张局长一行带我们考察

以观沧海

晚饭后，郑局长率教育局党组成员到我房间交流。

“我们想以新高中为龙头做一个涵盖幼儿园、小学、初中和高中的教育园区，把城市的眼睛做活！”郑局长说，“乐亭是李大钊的故乡，是一个教育文化名城。县委、县政府以衡水为标杆，全面抓高考升学率。高考不行，我不辞职老百姓也会把我赶走！乐亭的老百姓特别勤劳，零下十几摄氏度还在蔬菜、瓜果大棚里劳作，赚的血汗钱用于送子女通过高考跳出农门！”

“高平在每个县的办学都是从

集团办学在全国和全球的布局

幼儿园到高中！”我说，“我们有共同的目标！”

“好！争取年前到高平集团考察几所学校！”郑局长有一种北方人特有的豪爽，“把我们的新高中卖给高平，再在新高中边上划一两百亩地办幼儿园、小学。二中与县城两所初中的任何一所交给高平领办！”

我和冉冉（左一）在湖北民族学院召开了财务人员招聘会

“好！具体合作细节在考察后再说吧！”我表态。

这时，建始县朱大明局长给我打来电话：“周总，在哪忙？”

“乐亭！”

“又准备到河北办学啊？！”朱局长关心地说，“你尽快回建始。我们谈下你办初中的事！”

“谢谢朱局长！我明天回武汉，后天回建始！”

看来，2016 年，高平教育在建始县即将完成幼儿园、小学、初中、高中“一条龙”的建设。感谢建始县委、县政府和教育局给我和高平人这么好的舞台，我必不辱使命！

但此后的高平教育，更加旗帜鲜明地以教学为中心，以德育为保障。北京城畔、“天子脚下”，大家都在毫不遮掩地决战高考，在“天高皇帝远”的贫困山区，我们还要假惺惺地以“素质教育”为学校疏于管理、教师懒于工作寻找逃责的借口吗？！要记住：文化素质是人类生生不息的最重要的素质之一！

读者评论选登

1. 三都民族中学赵国良老师：篇末点睛。语言经典！文化素质低下的民族是愚昧落后的民族！要使国家兴盛强大，就必须提高民族的文化素质！国家正需要你这样的提高民族文化素质的领军人物！

2. 集团文化宣传部贺关先：周总美文传播着这样一个信息：高平教育国内布局早已成功启动，全球布局蓝图成竹在胸并第一次公示；在扩张发展的同时广纳良言，紧盯当下，把教育质量摆在首位。理想和现实紧密结合，抓手十分给力。我们坚信：高平定雄天下！

舍得牺牲（一）

2016 年 1 月 21 日　星期四　雪　恩施—益阳

百炼成钢的最后境界或许是舍得牺牲。所以，一边是金钱、美色，一边是手铐、铁窗，舍得牺牲者会笑着选择后者，而不愿牺牲者随时准备着为了更大利益出卖兄弟、朋友与组织！这样，舍得牺牲更是一种人品。我便不以交往次数、时间长短、血缘亲疏、距离远近、职位高低、财富多寡作为自己择友的标准，而是将人品摆在第一位。自己在创业过程，也以舍得牺牲为做人的准绳，虽执着一念，但只要影响朋友的利益，便高兴地放弃。不像有的人，哪怕帮了他一千次，只要有一次没帮忙，便满腹牢骚，甚至反目成仇。

“宣恩这九位老师若不能顺利建档，你要做好放弃的思想准备！”来凤县向县长说。

来自宣恩的九位骨干教师因为宣恩县教育局与政府坚决不在商调函上签字，虽然已在“来高”工作一个学期，但至今没有办好调动手续。“新常态”下，县长必须带头守规矩。尽管学校利益损失很大，我依然非常高兴地听从向县长的意见，要这九位老师期末考试后全部回宣恩上班。

面对利益，能高高兴兴地舍弃，这样的精神，就是牺牲！若心存不甘或有一丝一毫的埋怨，那就要继续修炼。

一、乐亭县来宾人员名单

姓　名	职　　务
孟宪福	乐亭县人大主任
杨冬梅（女）	乐亭县人民政府副县长
郑洪涛	乐亭县教育局局长
赵新民	乐亭县教育局副局长
刘　华（女）	乐亭县政府督查室主任

二、建始县陪同人员名单

姓　名	职　　务
向红林	建始县人民政府县长
吴绍溶	建始县人民政府副县长
朱大明	建始县教育局局长
周　曼	湖南高平教育集团董事长

河北乐亭考察团成员名单

昨天上午，河北省乐亭县人大孟宪福主任带队，分管副县长杨冬梅，教育局副局长赵新民，政府督查室主任刘华一行五人考察了我集团正在建设的建始县高平国际实验学校和建始县民族高级中学（简称“建始民高”）。

在学校人和楼会议室，吴县长幽默风趣地介绍了建始县情与建始县和高平集团合作办学的情况，最后说：“我们是穷县办大教育。没钱，我们便找到了高平。和高平合作有几个优势。周总懂教育，管理到位，更重要的是他为人大气，舍得吃亏，可靠。另外，他按规矩搞，领导不会犯错误！”

接着，立波介绍了学校情况，我回顾了高平的办学历程。我要立波给每位领导送一本《百年高平（2015）》。

“说实话，来之前我只是抱着完成任务的心态来看看，看了之后我坚定了引进高平到乐亭办教育的信念！”杨县长说话很文静，“看来我们有缘。乐亭是李大钊的家乡，李大钊是共产党的缔造者之一。而周总是湖南人，来自毛主席的家乡。”

“我插句话。”孟主任说，“当年毛主席曾在北大图书馆工作，李大钊任北大图书馆主任。既然有缘，我们就合作。我特别欣赏周总父子两代人办教育的情怀，尤其是高质量、平民化的办学定位很切合中国国情。只要周总愿意，我坚决支持！”

“那我们下午找个地方谈判，争取定个框架协议带回去！”杨县长当即安排。

“下午三点在亚龙酒店十三楼会议室。”我说。

教育局郑洪涛局长中午 12：33 才到建始高铁站。下午谈判，由他主讲，赵局长、刘主任配合。孟主任、杨县长在房间等。

我和晖总、贺仙、潘哥、民高刘校长等参与谈判。

河北乐亭考察团一行考察建始县高平国际实验学校和建始县民族高级中学

孟主任（右二）、杨副县长（右一）在我建始民高的办公室合影留念

一晃就快 17：00 了。郑局长说：“土地无偿划拨，配 100% 公办教职工都好说，反正是为乐亭办教育！关键是学校我们已花两点七亿修好，高平集团至少要承担一点五亿！”

“分八年付清，否则不谈！”晖总步步进攻。

“不能超过五年，这是底线！”郑局长有一种北方人的豪爽，“否则我不会向杨县长、孟主任汇报！”

“五年付清，一点二亿！”刘校长以退为进。

“一点五亿一分都不能少了！否则怎么找书记、县长说？”

“那就一点五亿，五年付清！”我干脆地说，“州教育局王局长在恩施安排了晚餐，我们还要赶过去！”

我和晖总（左二）、贺仙（右一）、申烨（左一）在谈判桌前

“我们到孟主任房间开十五分钟会，再作答复。”郑局长说。

大约二十分钟后，孟主任一行五人上来了。

“我们主要是引进高平办好学校，付款的多少与期限好商量！”杨县长温和地说。

“我们暂时达成初步意向，同意高平承担一点五亿，五年付清。”孟主任最后表态。

“合个影纪念一下吧！”我提议。

参加谈判人员合影留念。

到恩施时已 20：30，王局长等了我们两个半小时。

参加谈判人员合影留念

“周总，你的目标是什么？”吃饭时，杨县长问。

“在一百个县办一百所学校，常年在校 100 万名学生！”

“湖南人真是了不起！”杨县感叹，“我们回乐亭后尽快向书记、县长汇报，争取年前把合作协议签了！”

“我们找了这么多合作伙伴，与高平是一见钟情！”孟主任坚决地说，“合作不是钱多少，要看人。我看了周总写的书，了不起！有梦想、有情怀，知进退、肯吃亏！一定要引进高平，越快越好！”

舍得牺牲（二）

2016年1月23日　星期六　晴　云南宾川

前天上午送乐亭教育考察团进入恩施高铁站后，潘哥、贺仙、冉冉和我驱车奔赴高坪村为我母亲祝寿。

汽车在张常高速上飞驰。我专心地用手机写着日记。突然，一声爆破让车子朝左边严重倾斜。潘哥不慌不忙，车子左右摇晃着，慢慢减速，停在了高速右边的护栏旁。

“后轮右胎钢圈爆了一个洞！”潘哥说，“开了几十年车，第一次遇到！全总的奔驰车也爆了两次，以后还是开那台丰田吧！”

看来，所谓的品牌也不完全可靠。若是我开，说不定今天就出事了。可是我一如既往地执着一念，快乐追逐“百年高平”教育梦。而且，此刻也进一步悟到，追梦的人生，生死无常便注定置生死于度外并舍得牺牲，对世间人、事、物饱含敬畏与感激，内心竟是一种万籁俱寂的美丽与安宁……所以，舍得牺牲者必有大人生！

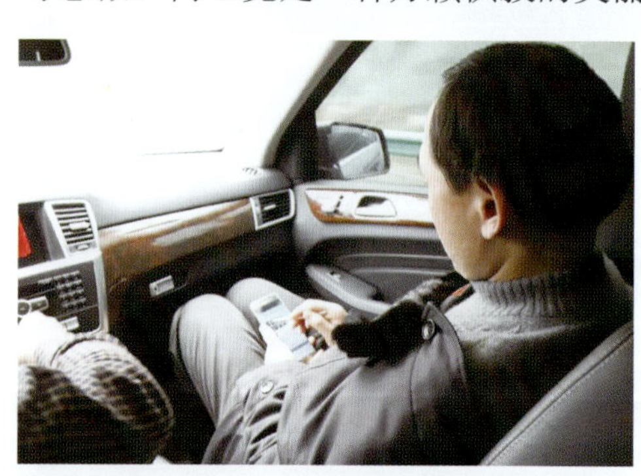
我专心地用手机写着日记

奔驰车后轮右胎钢圈爆了一个洞

“周曼，到了哪里？大家都在等你回来吃晚饭！”父亲来电话了。

“还要三个小时，不要等我了！”潘哥正在紧张地换着备用胎，我赶忙给父亲回话。

昨天中午，在高坪村学校食堂二楼，亲戚朋友欢聚一堂，热闹而祥和。母亲身体一直不见好转，我们按乡下的习俗，多请些人把病魔“吃”走。

妈妈见到子女们总是喜不自禁。

“周曼从小就讨人欢喜。调皮时我要打他，他一不哭二不跑，反而笑嘻嘻地说：妈妈你尽管打，反正长大了我天天买好东西给你吃！”妈妈沉浸在回忆中，眼中噙着幸福的眼泪，“我举起手硬是打不下去

亲戚朋友欢聚一堂为母亲庆生

了！周曼想读书，我便节衣缩食、卖猪卖谷送他读！邻居的子弟都辍学打工去了，周曼就一根筋地要读书，说自己将来肯定比不读书的要强！那我就自己少吃少穿、咬紧牙关送他读书……”

我的泪又止不住滚了出来。我赶忙走出别墅到庭院散步。正好遇到冉冉，我邀他在两层的老屋前合影。就是在这里，1993 年，父亲招来 42 位初一学生、4 位退休教师，放飞起“高质量、平民化”的教育梦想。母亲，一位只读了小学四年级的农村妇女，或许不懂什么叫“相夫教子”，更不懂得为理想而奋斗，可是，她却用了自己全部的血汗，靠着农村里十几亩田土和猪圈里几十头猪，无怨无悔地与父亲一道，不求结果地送了四个子女读书读到他们不想读为止！父亲办学后，她又每天凌晨到长沙马王堆菜市场为降低办学成本与菜贩们讨价还价，直到有一天她突然说走不稳了……这样平凡而又不平凡、盲目而又不盲目的奋斗，不正是中华民族生生不息的牺牲精神吗？作为“百年高平”的第二代领头人，我在追梦征程中照样要舍得牺牲！

当然，抛开理想、信念，舍得牺牲还是一种笑傲人生的做人态度。

1 月 16 日，在永顺民族宾馆，我与 1975 年出生的益阳基建老板吴红波签约，要他承建三都民族高中与三都三中的食堂与学生宿舍。

“这些年在碧桂园集团做工程赚了些钱，更主要的是在碧桂园严格要求下长了见识，这个比钱更重要！”吴总信心满满，“多亏孔局长牵线让我结识周总。下半辈子就跟着高平干！”

“你就做我贵州省的工程部长吧！”我当即表态，“孔局长，习大大说‘当官不发财，发财不当官’，您退休这么多年了，把一生的积蓄投到基建工程里‘发点财’

看？！”

“好！全民创业，我也跟着周总干！不管赚钱亏本，创业就要舍得牺牲呀！”

而在益阳高平中学追随我工作多年后又投奔“金海”的周为民老师，这次被金海杨总派到永顺高平金海实验学校担任初中部校长。地球太小，我们又到了同一战壕。

我邀冉冉在两层的老屋前合影

“多亏曼校培养！”为民说，“我一直记得曼校以前开会必提的‘百年高平’！”

我与父母在老家门前合影

“你不错！有些人离开高平后到处讲高平坏话，甚至到劳动局告黑状。好像这辈子从此就无交集。”我笑了笑，“一个有信仰并舍得为信仰牺牲的人，对别人永远只有感恩，决不会离开一个单位后讲原单位的坏话。而这种牺牲，成就的是自己的胸怀与人生大格局，换来的恰恰是未来的幸福重逢甚至更大的合作共赢！”

我与1975年出生的益阳基建老板吴红波（左二）签约

所以，面对恩施武陵国际实验学校的建设因为一个又一个该办却迟迟不办的手续已拖延三年且现在依然不能动工的困境，我始终满心欢喜地期待，从不为搭起的工棚空着而发愁。

我与孔局长（左二）、吴红波（右二）等合影于永顺民族宾馆

与永顺高平金海实验学校初中部校长周为民（左二）等合影，左一为孔局长，右一为孙大帅

与潘建国（左一）、刘江峰（右二）、谭甜（右一）在恩施学校工地合影

我相信：世间万事，没有哪一桩可不经牺牲而信手拈来！

“周总，市教育局杨局长、邓局长天天找州规划，总算通过了！”谭甜发来微信，“市委向书记把武陵国际学校建成开学列为2016年重点工程，亲自督办！”

一“念”天下

2016年1月24日 星期日 晴 长沙

寒潮来袭

寒潮来袭，大雪封山。

我决定去宾川晒太阳，看遍地的红花与绿叶。

今天凌晨四点就起床了，要赶7：05从长沙到大理的飞机。

“我们抱歉地通知，您乘坐的MU9733次航班因天气原因不能按时起飞，起飞时间改为16：00，请您在候机厅休息，等候通知。”

哈哈，又可以一个人在飞机场静坐，享受飘飞的思绪了！我喜欢这种因为意外的理由而独处的时光……我便交了15元钱，找了一个按摩椅坐了下来。

似水流年，孩子们在不经意间长大了。1月13日，今年6月就将大学毕业的来凤县高级中学首届毕业生刘明艳，与我签下就业合同。

一位学生将我戴眼镜的一张照片发到我微信里

“想清没有？我们师生之间，有话讲在前面，免得彼此辜负。”

“回母校工作，我义无反顾！”

紧接着，又有刘金菊联系到我。

“还有很多师范专业的想回母校工作！”

“回来，周老师欢迎！四年时间，都长变样了！”

“母校变化更大呀！到处都是高平的学校！”

我又翻看子娟、子龙的照片，他们也长大了！应当不出十年，他们就将有自己的天下。

这时，一位学生将我戴眼镜的一张照片发到

我微信里。

“你怎么有我以前的照片？”

“2009 年招生简章上的。很喜欢，就剪下来保存起来了！”

今昔对比，不到七年时间，浓密的黑发变成了稀薄的衰草！

每个人的一生都是在似水流年中纵情表演。仅仅因为信念并因之产生的责任感不同，我们便演绎着不同的人生。2004 年担任高平教育集团董事长以来，推广“高质量、平民化”的办学模式成了我毕生的信念，并视征途中的一切挫折与牺牲为追逐梦想所必需！开始，亲人、朋友并不理解，更不支持，可是，我特有的近乎固执地执着一念让我破茧成蝶。我知道自己要做什么，并且我知道我所做的正是这个国家尤其是其大片的贫困山区所迫切需要的。振兴中国少数民族贫困山区教育是我今生的使命，这一使命注定我胸怀天下！

“周总，三都高平民中在全州 27 所高中统考中名列全州第七，是 25 年来考得最好的一次。梁书记在全县人大闭幕会上说：事实证明，引进高平领办民族高中的决策是正确的！”

哈哈，多年全州倒数第一的三都教育总算有了起色。教师还是这批教师，学生还是这批学生，关键靠机制与模式呀！

我决心进一步研究高平模式，然后靠适应环境与任务不断改变的统一的《高平典章》走天下！

我与 6 月就将大学毕业的来凤县高级中学首届毕业生刘明艳等签下就业合同

我所研究的，不仅仅是教育、教学，包括所有的工程，都要统一其设计与装修标准，大到外墙砖颜色，小到厕所的蹲便器，都要形成高平物质文化。

我又翻看子娟、子龙的照片

不懂就学。1 月 16 日上午，在永顺民族宾馆茶座，我拜吴总为师。就着昏暗的灯光，吴总打开手机电筒，我一字一句地看着

我就工程基建问题向吴红波部长请教

基建合同，不懂的地方现场向吴总请教。定稿后，我将基建合同作为《高平典章》的一部分，要贺仙录入。

“以后哪个老板想到高平集团搞基建，不需要谈判，只要将《高平典章》交给他，就是固定的高平模式，愿意干就签，不愿干就拉倒，别浪费时间！”吴总说。

很好！管理的最高境界就是文化治理。既已一“念”天下，我便要将《高平典章》上升为一种文化，而我也摇身一变为高平文化的传播者。

红嘴鸥

2016 年 1 月 24 日　星期日　晴　昆明滇池

风大了水凉了奔腾起寒流，
衣薄了食少了流动着忧愁……
适应不了也改变不了这身边的气候，
天涯万里振翅长歌你说走就走！
风小了水温了洋溢起暖流，
衣厚了食多了沉浸着丰收……
不要改变立马适应这远方的气候，
海角西山轻翔浅唱你说留就留！
这一世海阔天高是红嘴白鸥，
这一年南来北往你追随着气候，
这一天滇池水暖是家乡的街口，
这一刻啄一口面包你舞蹈着自由……

平民教育百年志（一）

2015 年 2 月 5 日　星期五　晴　永顺

普安姜副县长带我在普安城郊选地

“县委常委会议一致通过引进高平！”1 月 27 日下午，普安姜县长带我在普安城郊选地，高兴地说，“书记特别重视教育，希望高平幼儿园、小学、初中、高中一起办，认为上次规划的 166 亩地太小，要求重新选地，至少 300 亩！”

看了三块地后，姜县长又带我去参观普安一中。这所 2006 年兴建的学校占地 200 亩，校园文化淡薄，有点苍凉。

“希望周总快点过来领办一中！”花校长说。

我笑了笑。领办只是形式。要真正振兴普安教育，必须按高平文化创办新学校。

“周总，政府欠你的 200 万元到账了。”沅陵职中李培养校长打来电话，“你过来签字吧！”

30 日中午，李校长请我和当年的老教育局长向卫国吃饭。

“《百年高平（2007）》一直摆在我床头柜上，那时你在沅陵办学，我当教育局长。”向局长动情地说，“你为沅陵六中、职中的振兴起了奠基的

我与向卫国局长（中）、李培养校长（右）合影于沅陵

作用！我们的兄弟感情也持续不变。”

在松桃，龙智（右）、王助理（左）带我在工地上转了一圈

饭后，我决定去松桃。龙智、王助理带我在工地上转了一个圈，四万多平方米的建筑拔地而起。

“我一直计划找时间专门拜访你！”新上任的松桃县龙县长笑容满面，“高平诚信，建校速度快！你想好，我们搞个补充协议，全县的老师随你挑，全县的学生包括松桃民中的学生随你挑，你只要给我搞出质量，考上清华、北大奖励你 200 万元一个，考上‘985’高校奖励你 10 万元一个！”

真爽！难得又遇上一个重视教育的县长，真是松桃人民的福气！

“周总，省‘两会’明天闭幕，这次高平民高考了个全州第七名，书记、县长要请你吃饭呀！”石大大高兴地告诉我。

吃饭就不要了。但书记、县长对教育能有这番情意，夫复何求？我决定去三都。

听说，证明对方心中是否有自己，就是在凌晨一点给他打电话，若对方接了，他心中就有你！

2 月 1 日凌晨一点，我莽撞地给三都县潘县长发了个信息。想不到他马上给我打了过来！

“我不认钱，不认权，就认周总你这个人！统考全州第七，把教育强县瓮安的二中都压下去了，我在省里开会，脸上有光呀！”在政府大院，潘县长紧紧握住我的手，“三都教育拜托周总了！教育发展我都依靠王局长，有困难就找他！”

民高的破旧艺术馆年前拆除，在此新修现代化的食堂与艺体馆

“高平教育就是三都的高中教育，一个民族的教育！一切关于教育的好的政策都给你，你一定要搞出质量！”1 日上午 9：00，梁书记语重心长地说。

爽爽贵州！县委、县政府把优质教育托付给民办教

我与陈海波县长等领导一起在溪州新城森林公园山顶俯瞰高平金海实验学校

在溪州新城森林公园山顶俯瞰到的高平金海实验学校

育，不像其他地方只是将民办教育视为公办教育的一个有益补充。看来，2016年，我的主要精力将放在贵州！正月初八，我将在三都高平民高与高平三中投资六千万元改善办学条件。民高的破旧艺术馆年前拆除，在此新修现代化的食堂与艺体馆。

2月2日下午三点，我又到了永顺。陈海波县长、樊未副县长、全智副主席陪我在溪州新城森林公园山顶俯瞰高平金海实验学校。

“高平建校速度太快了，超乎我们想象！”陈县长充满激情，“我们会全力以赴搞好服务工作！”

永顺本届县委、县政府高瞻远瞩，太牛了！硬是发扬愚公移山精神，打造一座崭新的城市！而高平金海实验学校有幸成为溪州新城落地的第一个项目。

不过，最吸引我的是永顺一中一批德才兼备的好教师。恰逢腊月二十四，过小年，我便邀了其中七位在民族宾馆三楼举杯欢庆。饭后喝茶，我兴致勃勃地朗诵并解读《百年高平（2015）》封面的诗篇……

平民教育百年志（二）

2016 年 2 月 5 日　星期五　津市—长沙

昨天，我来到建始。刘焕章老师正在对高三杨鑫同学进行“一对一”辅导。

午饭后，我邀了刘老师与杨鑫同学在校园里散步。

“2016 年清华大学自主招生考试在高考后，你先全力以赴备战高考。过年后，我邀清华大学呙教授到建始民高指导你一下！”

“谢谢周老师！”

午饭后，我邀了刘老师与杨鑫同学在校园里散步

“我特别喜欢的是你的人品，所以就要过年了还来看看你！”我摸了摸杨鑫的头，“人品是最大的能力，因为清华、北大的学历证书不能天天挂在额头上，而人品却洋溢在你的一言一行之中，大家都感受得到。你还要培养自己的英雄气概，就是要一不怕苦，二不怕死，舍得牺牲。有了这种牺牲精神，就会胸怀天下，以天下为己任！这个世界上真正有大作为的，不是才华横溢的人，而是胸怀天下的人；不是‘心有多大舞台就有多大’的人，而是‘责任有多大事业就有多大’的人。责任心强不是豪言壮语，而是表现在对身边的人、事、物饱含激情并积极负责。做好小事便成大事。所以，回家要孝敬父母、帮助邻里，在校要尊敬老师、团结同学！这就是平民情结。具备平民情结，事情做得越大，社会贡献就越大。”

晚上，我到了津市。这里是我 2005 年离开高坪村创业的第一块沃土，也是我成长的摇篮。

“加盟高平，去贵州干几年！”原津市三中校长、现津市一中副校长王文汉爽快地说。

“好！今晚签约后，您就是高平人了！”我高兴地说，“您一直在公办学校当校长，正月初五随我去来凤见习一个月，熟悉《高平典章》后到贵州走马上任！”

“好！”王文汉副校长说，“一中黄大喜校长是位专家型校长，有意加盟高平。”

我高兴地对王文汉副校长说：“好！今晚签约后，您就是高平人了！”

这次在永顺与向校长相遇，相谈甚欢

“您代表我找他谈谈。当时领办津市三中，他在教育局任党委书记，学者型，我喜欢。”

我又想起花垣高级中学向校长。2000年我们在全省校长培训班是同学。这次在永顺相遇，相谈甚欢。广交天下知名校长是百年高平的又一任务。

而长沙的学校，夏院长正积极筹备。

“长沙办学必须与‘四大名校’合作。就选师大附中吧！”夏总建议。

“好！”

明天，我就要回高坪村过春节了。一年一度，父母、兄弟姊妹、亲戚朋友欢聚一堂，别有一番风味。回首2015年，展望2016年，思绪翻飞，得诗一首：

舍得牺牲笑红尘，
一念天下唱大风：
秀秀三都民族梦，
郁郁宾川日月情；
关内乐亭观大海，
天下普安望苍穹！
平民教育百年志，
海阔天高慰此生！

读者评论选登

三都民中赵国良老师：周总对高三学生杨鑫的教诲字字珠玑，饱含对青年学子的告诫、勉励与期待。文末的七言律诗豪放、大气。一个胸怀天下、心系平民、舍得牺牲、豪情满怀、叱咤风云的英雄形象跃然纸上。

“长沙办学必须与‘四大名校’合作。就选师大附中吧！”夏总建议

若无真诚，能力无足轻重（一）

2016 年 2 月 13 日　星期六　高坪村—建始

“还想这样大碗喝酒，全家团聚过十次年！”除夕夜守岁的家庭会上，父亲快乐地说，“但是不晓得还能活几年。不管了，反正能活一年算一年。只要还活着，你们过年过节、父母生日都必须回来！其他时间国内国外随你们去闯荡！”

“你们到我这个年纪这个样子很容易，但我要回到你们这个年纪这个样子难上加难！”妈妈一发言便语惊四座，但讲话明显地失去了当年的豪气且有点含糊不清，可是她费了很大的力气，“有你们就好。我生育了三个崽一个女，但你们现在四姊妹的所有子女加起来只有两个崽四个女。周家少了一个男的。你们抓紧给我生！等到你们老了，你们的后裔还在继续办高平的学校！”

除夕夜守岁，一家团圆

听着父母的讲话，句句都与孝道相关。只是，看着日益衰老的双亲，面对永不停步的岁月，我突然觉得孝道的核心实乃“真诚”两字。我们辛辛苦苦生育子女却倍感快乐和幸福，似乎都没想过他们要给我们多少物质的回报，但是，内心深处，却在渴望子女过年过节和自己生日时都回家看看，同时，也期望自己为之拼搏一辈子的事业因为子女的真诚付出而发扬光大。反过来，如果过年过节或生日时子女根本没放在心上，更不愿为了自己打拼的事业继续真诚付出，就算能力再强，对于父母的灵魂深处又有什么用呢？若无真诚，能力无足轻重！

我依然满怀真诚，快乐拜年

由此想到一些人，平常想找我承包工程或谋个更好的工作，那便是鞍前马后大献殷勤。一旦工程做完或工作敲定，过年过节连个祝福的信息都没有，更别说打个电话或当面问候了。这些人，心中只有利益，没有真诚。以后不要与这种人交往，虽然当我又有了好的项目或好的工作岗位时，这种人的鼻子比猎狗的鼻子还灵，他们会突然从地底下钻出来，围着我打转。

那我是不是在倡导贪腐之风呢？是不是认为过年过节给自己送礼物或者送红包的人就很真诚？

不是。我只是想，过年过节子女给不给父母送礼物、送红包并不重要，重要的是做子女的必须要在这样美好的日子回家。同样的道理，面对生命中帮助过自己的同事、朋友和领导，过年过节送不送礼并不重要，但面都不见，音讯全无，这便很不真诚。我们可以帮天下人，就是要对这种人从此不闻不问。

因此，过年过节，我都会自己写一首诗发个信息给帮助过我的同事、朋友与领导。我还会在他们允许的情况下当面拜访。我专注地看他们的眼神，听他们的讲话。我只想让他们知道周曼一直记着他们对我的好，周曼无以为报，只能努力把学校办好，只有满腔真诚并等待他们的召唤。

我依然满怀真诚，初二、初三、初四、初五走亲访友，快乐拜年，有时跟着父母，有时带着妻子儿女。无论贫富贵贱，这些人，我都以诚相待并让我幸福满满。

正月初三上午，我又带了妻子、儿女去杨泗庙祭拜并抽签。今年又是上上签:“多才多艺是君身，南北东西有贵人。出入营谋皆遂意，神灵自佑尔精神！”我高兴地给了庙祝 400 元。面对生命中的贵人，我用一世的真诚顶礼膜拜。我要依靠他们完成百年高平教育梦，在祖国的大好江山中沉醉。

正月初三上午，我又带了妻子、儿女去杨泗庙祭拜并抽签

我与龙赞在他曾经读书的教室前合影留念

“曼老师，真想不到您能办这么多学校。”1998年在我班上读书的龙赞腊月二十九来给我拜年时说，“当年全校就一百多学生，四间教室。”

“心心于一艺，其艺必工；心心于一职，其职必敬。一个人能力大小并不特别重要，特别重要的是对人对事的真诚。若无真诚，能力无足轻重。”我笑着对龙赞说，并与他在他曾经读书的教室前合影留念。

读者评论选登

三都民中赵国良老师：重情重义，孝心感人，堪为人范！我等自愧不如。

若无真诚，能力无足轻重（二）

2016年2月17日　星期三　恩施

要做天下事，必须要联合天下人。

而最好的联合方式就是股份合作。这样既能解决资金问题，又能联合一批真诚投入高平教育的同志。

“曼哥，我想投资办学！”表妹仁义一直关注着“百年高平”，她突然给我发了个微信。

在高坪村，我与表妹仁义签下合作办学协议

我想起那一年暑假，在仁义老家梅家湾，大姨从烧焦的土灶里掏出一只烤得金黄的红薯给我吃。我认为是对我“要成功必须考上重点大学”的“邪念”的最大奖励，信心百倍地在仁义引路下去她的母校宁乡县十一中找彭校长。她骑着自行车在前，我骑着自行车在后。下坡时飞车，上坡时拼命地推着自行车，汗流浃背。或许尘缘从那时缔结。

“好啊！”我回道。

正月初五上午十点，在高坪村，我与她签下合作办学协议。

“我们到云南去办十所学校！”大哥喝了酒，便有了永不遮拦的雄心。

“周总，期望一聚！”朱志民校长再次邀请。

我便约了晖总，赴宁乡共进晚餐。

“老爸千遍万遍地讲周总的办学神话！我们一家人都跟着周总办学去！”朱校长的女儿说。

“乐亭近期就要签约了，北伐定首战告捷。”晖总信心十足。

此刻，我想的倒不是新签项目了，而是应对今秋九月建始、恩施、来凤、永顺、松桃、宾川六所新建学校同时开学的难题。我手里只有一百八十多个工作日，却要完成这么多事情，而且每一个项目都面临“新常态”下有的部门以走程序为招牌根本不作为而不断浪费时间的困惑。如何打造并依靠一支真诚投入高平教育的团队用几个月时间打赢这六场硬仗，是百年高平，更是周曼的凤凰涅槃。我决定以点带面，循序渐进且重点进攻。

第一站定在建始。

正月初六10：08，潘哥、贺仙以及曾经替我开过一年车的刘谷良和我一道，启程奔赴建始。

“最喜欢听周曼回家讲他办学的故事。今年上半年这么多学校要开学，祝你成功！成功后回家给我讲故事！”父亲握着我的手，满眼的期待。

“建国，好点开车，周曼拜托你了！”妈妈捉着潘哥的双手。

是的，2016年，我要担当前所未有的责任。若成功，我便实现了质的飞跃；若失败，或将万劫不复？

而这样不计生死的征战，寄托了多少人的牵念？！在潘哥老家桂花树前，我心怀感激地与他两口子合影留念。感谢他老婆十年如一日的默默支持，记住这一世她与男人聚少离多的岁月……

我们在宁乡高速入口与刘娟、袁宗华夫妇会合，又到津市接了王文汉副校长。

与信心十足的晖总合影

潘哥（右二）、贺仙（左一）、刘谷良（右一）和我与父母合影

二哥（中）在我们出发前与我们合影于益阳高平中学校园内

初七上午 8：30，在建始民高行政会议室，我召开特别会议。我说：“中国历史上有名的军队都是嫡系部队。岳家军、杨家将、戚家军莫不如此。曾国藩打造了‘湘军’，毛泽东造就了将军元帅之乡。我要在全国办一百所学校，我也要成立集团干部培训学校并亲任校长，培养好干部后再派到全国各地推广《高平典章》。集团总部设在哪里，干部培训学校就设在哪里。目前，北京总部尚未成立，那就只能我在哪，总部就在哪，干部培训学校就在哪。今天是干部培训的第一课。大家都是我的嫡系：刘娟、袁宗华大学毕业就进入高平，王校长曾任集团津市三中的校长。鲁旺华是我 1997 年带的第一届学生，雷刚是我在来凤高级中学带的第二届学生。文亮是龙校长的侄儿，小刘是我同学的外甥。刘祥是刘娟的弟弟，刘师傅曾为我开车一年。大家非亲即故，今日齐聚高平，请记住：没有真诚，能力无足轻重！”

三都水族自治县教育局

三教函〔2016〕16号

三都水族自治县教育局
关于赴湖南益阳高平教育集团考察学习的函

湖南益阳高平教育集团：

为学习贵集团先进的教育管理经验和办学模式，更快地促进我县深化教育改革与发展。我局王炳银（三都县教育局局长）、韦成忍（三都县政府督导室主任）、覃祖亚（县教育局政工科科长）等3人，拟于近期赴贵集团考察学习。望予以接洽安排，望复函为谢！

此函。

三都水族自治县教育局
2016年2月14日

（联系人：覃祖亚　联系电话：13595475588）

三都水族自治县教育局办公室　2016 年 1 月 14 日印发

贺仙交给我的《三都水族自治县教育局关于赴湖南益阳高平教育集团考察学习的函》

这时，贺仙将《三都水族自治县教育局关于赴湖南益阳高平教育集团考察学习的函》交给我。看来，三都教育改革就要有实质性举措。

读者评论选登

1. 高平集团崔晖：战战兢兢，即生时，不忘地狱；坦坦荡荡，虽逆境，亦畅天怀。

2. 来凤县天一科技有限公司老板彭福海：我相信在周总的带领下一定会带出一支会打仗、打胜仗的队伍！

若无真诚，能力无足轻重（三）

2016年2月24日　星期三　阴　建始—来凤

正月初八吴县长（左三）来看望我，心中顿生暖意

“在哪？”正月初八上午，吴县长问我。

“建始。”

“我马上到学校看你。”

心中顿生暖意。我能力一般，却因真诚投入百年高平教育事业而在每一块教育的热土上获得了朋友和领导的赏识与器重。

送走吴县长，我决定找“民高”刘华海副校长谈话。

“你去年每个月要请六七天假，对学校工作影响大。我建议你不如回家把该处理的事都处理好了再说。”

“耽误了周校的工作，对不起周校！去年‘清空饷’，纪委盯着，每个月要回原单位待几天，没办法。”刘校长真诚地说，“要我离职我没意见。之所以留在建始，一是‘金太阳’董事会要我留在这儿收高平分期应付的收购‘金太阳’的款项；二是吴县长

我与刘华海副校长夫妇合影

要我把‘金太阳’合并到高平的高二、高三学生平稳地送毕业；三是建始情结。跟了周总两年半，佩服周总的人品与教育情怀。我想丢掉编制，随周总到乐亭入股办学！”

我与初中部德育主任卓成军合影

“欢迎！”我高兴地说。

正月初九，在亚龙酒店，我邀建始民高全体行政人员为刘校长夫妇饯行。

午饭前，初中部德育主任卓成军说：“正月初三凌晨四点，我做了一个梦，梦见自己与周总睡在一个铺上，中间睡着杨鑫。”

我赶忙与他合影，说：“如果杨鑫考上了清华，我第一个请你喝酒！”

是的，日有所思，夜有所梦。他对高平的真诚幻化为梦境，征兆着幸福与丰收。

恰好清华大学呙教授回建始过年，我便邀了杨鑫与文科班的向思微去呙教授家向他求教。

“想不到这么大的董事长对学生竟这样好，真是学生的福气！”呙教授一直在夸我。

我对学生一直就是这样真诚，以至于几年前在超计划招生有违州教育局文件规定的情况下，州教育局王局长对我为杨元、张伟不倦的奔波仍然赞不绝口：“他们的父母都没有你十分之一执着！”

我随即通知来凤县高级中学四位学生初十上午到建始向呙教授请教。

来凤县高级中学四位学生初十上午到建始向呙教授请教，中为该校李作军校长

恰好三都县教育局王局长一行在初十上午也到了建始。他们想把三都高平高级中学与第三初级中学原来由教育局任命的校长、副校长提拔重用，然后引入高平管理团队，全面复制高平文化。

我想要刘娟担任三都高平高级中学的校长，袁宗华担任教学副校长，王文汉同志担任后勤副校长，雷刚担任校长助理。这四位同志接受王局长一行的考察。

在人和楼二楼会议室，王局长一行听取完刘娟、袁宗华、王文汉三位同志的汇报后，王局长说："韦主任、覃股长再找两位老师座谈下，午饭后我们和周总去恩施参观高平学校。"

恩施的学校已搞完场平，但一个又一个难办的手续导致近一个月内恐怕依然开不了工！我带王局长一行在工地上转了一圈。

"我们去土司城转转吧！"我提议。

"好！"

从土司城城墙下到山谷，石板路旁有个小亭子。

"我们坐坐，谈点事。"王局若有所思，欲言又止但终于直言不讳，"刘校长、袁校长此前当过校长吗？看上去是干实事的人，但4000多人的高中，驾驭得了吗？还有各部门的协调……"

"校长就是以校为家，调动全体教职工积极性，一起抓教育教学，我反对校长花时间去搞部门协调！"我笑道，"高平文化注定了我们需要学术型校长。"

"万一操作不好导致不稳定，三都教育岂不乱套了？"王局双眉紧锁，"他们做副校长可以，当校长，我这关都过不了，还不要说严部长。过渡时期，反正我就找你要个打江山的好校长！"

"高平文化强调的不是校长，而是强调制度转化为人的自觉行为。"我沉思良久，艰难决策，"复制高平文化需要高平嫡系部队——高平人！这样吧，我亲任校长，刘娟任校长助理，老袁抓教学，老王抓后勤！"

刘娟（右六）、袁宗华（右三）、王文汉（右一）、雷刚（右一）等接受王局长（左五）的考察并合影

"你披挂上阵，带着大家融入《高平典章》，然后再要刘娟接你的旗帜，太好了！"王局笑逐颜开，"我们明天回三都，

向严部长汇报后立即给你回话！”

正月十一下午四点半，王局来电：“我们一回三都就向严部长汇报了，他很高兴。初中部校长你自己定，我们就不考察了！”

我带王局长（前左一）一行在恩施武陵国际实验学校工地上转了一圈

我想起了小川。他大学毕业就在高平集团津市三中工作，后随我到来凤，2013 年到建始民高任德育副校长，2014 年到长沙复读学校工作。

“离开高平经历了两个老板，才明白遇上曼总这样的老板是我一辈子的福分！”小川诚挚地说，“什么时候到？”

“正月十八，三都高平第三中学！”

高平文化运动（一）

2016 年 3 月 2 日　星期三　晴　普安—三都

我在建始民高培训教师，精讲《高平典章》

校长管理为人治，制度管理为法治。当所有的制度不只挂在墙上，说在嘴里，而是融入教职工心中并变为一种自觉的行为，就是一种文化，如中国历时多年终于深入人心的一夫一妻制。当这种文化顺应时代潮流并写成典章制度，它就是一种模式，如麦当劳、肯德基。有一天，我们登高望远，面向全国甚至全世界复制模式，这就是一场文化运动。历史上每一场文化运动都足以成就一个新时代，毁灭一个旧时代，如日本的明治维新，中国的新文化运动。

我致力于传播“高质量、平民化”的文化思想，并在 19 年的平民教育生涯中形成了高平文化模式——《高平典章》。而且，根据中国的国情，地不分南北，人不分东西，高平文化模式都有其顽强的生命力。2016 年，我将全面复制高平文化模式——《高平典章》，一场平民教育的高平文化运动即将在中华大好河山中风起云涌！

“你哪里来的这么多钱？”廖宗龙老师问。

“不要钱，只要智慧！”

当为衣、食、住、行忙碌时，我们愁的是钱。当在一场文化运动中，我们做的是思想，靠的是人。钱是真正的身外之物，呼之即来！

因此，在这场文化运动的平台上，满载高平文化的高平人都能脱颖而出，掀起这场运动并成为运动的受益者。而与高平文化格格不入的人必将在这场摧枯拉朽的文化洪流中被淘汰、淹没。

乐亭县教育局郭成副局长（左四）一行考察津市德雅中学并与校领导合影

乐亭县教育局郭成副局长（左三）一行考察建始民高并与校领导合影

这次在建始民高，我就地提拔学生处主任李启彬为后勤副校长，教务处主任伍齐国为校长助理，高中二年级教学主任顾放平为教务主任，团委书记刘美玲为学生处主任，康燕老师为高中二年级教学主任，彭辉老师为初中部教学主任，董秘老师为团委书记。同时，破格提拔来自湘阴、毕业于湖南师范大学的陈亮老师到三都高平初中担任校长助理。他们是这场文化运动的受益者。

我与参加本次在建始民高举行的行政培训会的全体人员合影

建始民高的学生在整齐地跑操

高平文化运动（二）

2016 年 3 月 3 日　星期四　晴　三都

“累不累啊？！”

为梦想而牺牲，不累！只有幸福和快乐。而且，2016 年，我在推行高平文化的过程中，采取“以点带面”的模式……在每一所学校至少待十天，然后去下一所学校。当我待在某一所学校时，其他学校有天大的事，由校长解决。我要全身心研究《高平典章》，让它在适应环境与任务中不断完善，代表广大教职工与学生的最大利益。

我与孟宪福主任（中）、杨冬梅副县长（右四）等乐亭教育考察团成员在三都高平高中（民中）合影

2 月 20 日，乐亭县再次组织教育考察团考察高平集团，他们想去三都并要与我见面。

“我在建始。能否来建始？若去三都，我只能要晖总陪同。”

刚刚上任的郭副局长带队。他们 20 日到津市德雅中学，21 日到来凤。22 日，元宵佳节，我在亚龙接待郭局长一行。

因为，高平文化运动的旗手，只能在最需要我举旗的土地上举旗。其他事，由高平文化运动的追随者去做吧！

同时，我时刻把培训高平文化运动的干部视为工作的重中之重。

2 月 23 日晚上，我又召集建始民高全体行政以及在建始民高跟班学习的全体学员在人和楼一楼开会。

我说：“明天，刘娟、袁宗华、王文汉、邓文亮、刘祥、雷刚、陈亮、刘谷良、刘彪、鲁成良就要随我去三都。剩下五位学员继续在民高跟班学习，到时再考虑派往新办的学校。大家记住：高平人的特性就是不贪、不懒，真诚而有创造性地执行《高平典章》。高平学生的校服不是最贵最好的，但我们全国都用这一套校服，在高平人心目中是最贵最好的，不羡慕其他学校的校服，这就是真诚，就像奔驰公司并不模仿宝马公司的工艺一样。对品牌的真诚就是文化。又如典章规定开学第二周星期一下午举行开学典礼，没举行就是不真诚。举行了，但校长讲话时能像随州二中的女校长讲话一样轰动全世界，那就是创造。最核心的是校长要牵头对《高平典章》进行不断学习与落实，形成高平文化。”

2月24日课间跑操后，我召集所有学员在人和楼前合影留念。这是我掀起高平文化运动办的第一期干部培训班。下午，我们一行到来凤。2月25日，我们从来凤出发，奔赴三都。

我与孟宪福主任（左五）、杨冬梅副县长（右五）等乐亭教育考察团成员在三都三幼合影

到三都时已是下午17：30。石大大、韦校长为我们接风洗尘。乐亭人大孟主任带队，杨县长、郑局长、郭局长、刘主任一行也从天津飞贵阳。晖总从机场接他们到三都时已是晚上19：00。

“我们带着诚意请周总去乐亭办学！”2月26日上午，孟主任一行看完三都高平高中、初中及三小、三幼后，回到民高会议室，说，“今天下午我们还要去松桃，明天去大理！”

“我要晖总陪大家！”我感激地说。

我与孟宪福主任（前左六）、杨冬梅副县长（前左五）等乐亭教育考察团成员在三都高平初中（三中）合影

杨冬梅副县长（前左二）考察三都三中时留影

孟宪福主任（前右三）一行在考察三都三幼时留影

秀秀三都民族梦（一）

2016 年 3 月 4 日　星期五　阴　三都

2 月 28 日上午 9：00，在三都第三初级中学二楼会议室，召开全体教师会议。

三都三中召开全体教师会议，县教育局领导参加

县教育督导室韦成忍主任宣布“关于叶小川同志任职的通知”后，我接着讲话。我对县委、县政府、教育局对高平的信任深表感谢，对三中全体教职工上学期的辛苦工作给予充分肯定。我说：“在生源质量二流的情况下，去年全州统考，八年级总平均分全县第一，七、九年级总平均分全县第二，与第一名相差不到一分。这充分证明了改革的决策是对的，《高平典章》适合三都这一方水土。集团先拿 40 万元奖励大家。”

小川做表态性发言

紧接着小川做就任校长的演讲。他在对县委、县政府、集团深表感谢之后说：“今天开始，三中更名为三都水族自治县高平初级中学。我先后追随曼总在津市、来凤、建始办学，今天愿和大家一道，在三都的秀秀山水中为三都教育做些实实在在的事情。”

王局长充分肯定了高平教育集团，强调任何人拖改革的后腿都将被淘汰。他说：“我从来没见到一个人像周总一样，在没有一分钱收入的情况下拿四十万元奖励教职工。他的钱也是血汗钱

呀！本学期，全面推行《高平典章》，凡不适应的都可以申请离开，教育局负责安置到缺编学校，周总再面向全县择优招考教职工。原三中蒙校长、周校长和莫校长以及盘主任组织另有任用。”

会后，我安排小川与蒙校长交接，陈亮与周校长交接，雷刚与莫校长交接，鲁成良与盘主任交接。同时要去年已到三都工作一年的孔孝云任后勤副校长，原教学副校长莫娟留用。

我深信，校级领导决定学校成败。

下午 15：00，在民族高级中学五楼会议室，召开高中部全体教职工会议。当王局长把三都水族自治县高平民族高级中学校长的聘书交给我的时候，我感受到一个民族对我的信任，也感受到来自一个民族教育梦想的沉甸甸的压力。我表态：“为了振兴三都教育，我将在五个月时间内，在高中投资六千万元，初中投资五千万元，全面改善办学条件。同时，《高平典章》代表着广大教职工的根本利益，大家期待已久。从今天开始，我将有序推行《高平典章》，传播高平文化，为学生谋前程，为全体教职工谋福利！”

在三都县高平民族高级中学全体教师会议上，王局长把三都县高平民族高级中学校长聘书交给我，我感受到一个民族对我的信任和压力并做表态发言

“能请到周总亲自担任民高校长是三都人民的福气！期望全体教职工配合周校长的工作，以开放、包容的胸怀接纳周总，振兴水族教育。高平和民族中学是两家人，现在要变成一家人，肯定有一个磨合期。无论怎么磨合，只能成功，不能失败！大家尽量适应，适应不了的可以申请离开！”王局长做了总结发言。

我为振兴三都水族教育而来！我相信，再次走上校长岗位，这段或许不仅仅是艰辛，甚至隐藏某种凶险的履历会进一步丰富《高平典章》。基于此，我竟只有激情，没有一丝一毫的畏惧！

秀秀三都，我携梦想而来，我愿与你共荣辱！

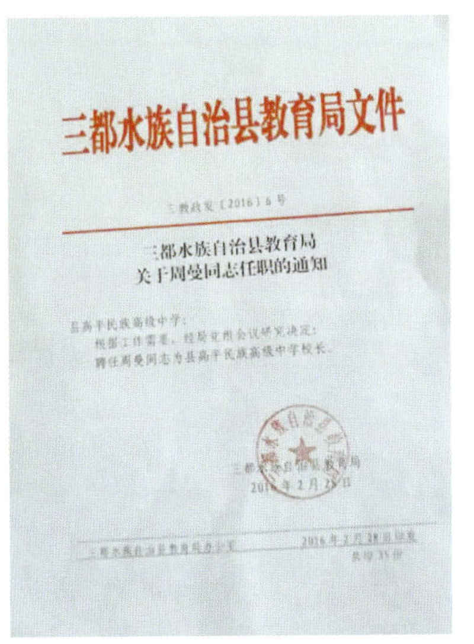

三都水族自治县教育局文件

三教政发〔2016〕6号

三都水族自治县教育局
关于周曼同志任职的通知

县高平民族高级中学：

根据工作需要，经局党组会议研究决定：

聘任周曼同志为县高平民族高级中学校长。

三都水族自治县教育局

2016年2月2[illegible]日

三都教育局下发给我的任职文件和聘书

三都县高平民族高级中学全体教师会议会场一角

秀秀三都民族梦（二）

2016 年 3 月 4 日　星期五　阴　三都

在 2 月 29 日第八节课举行高考百日誓师大会

全体师生举起了右手激情宣誓

迅速改变并振兴一所学校，核心依然是校级领导团队。2 月 28 日晚，我与石大大商量好，要他作为三都教育的一个符号把握方向，主要务虚；而我率领校级领导团队，务实。虚、实结合，稳步推进改革。

我记住王局长单独与我的谈话：“韦光明校长另有重任，学校就靠你了！既要稳定，又要大刀阔斧。”

石大大作为校党支部书记保稳定，我作为校长奋然前行……真是绝佳搭档。

校级领导，继续任用原德育副校长韦建萍，聘请刘娟为校长助理、袁宗华为教学副校长、王文汉同志为后勤副校长。

第一次校级领导会决定：在 2 月 29 日第八节课举行高考百日誓师大会，点燃学生的激情。

誓师大会上，我用煽动性的语言和“曼校普通话”作为与全体学生的见面礼，获得了久久的掌声。

全体教师、全体学生举起了右手激情宣誓。

散会后，县委副书记一行来学校视察，我邀艾书记、石大大与激情燃烧的学生们合影。

我邀艾书记（前左八）、石大大（前左七）与激情燃烧的学生们合影

调动学生激情后，主要精力便是提振教职工士气。多年以来，学校形成了“无为而治”的慵懒文化。包括高三，现在依然是早晨起床后先吃饭，7：05才进教室读书。晚上自习课老师空堂从而导致学生嬉闹现象成风。而“没有落后的群众，只有落后的管理”。我决定尽快完成行政岗位调整。

可是，原有公办体制下，人浮于事，行政岗位 25 个。按照《高平典章》，行政岗位设置仅 15 个。如果直接要哪几个下岗，势必会激发矛盾，导致不稳定。只能召开行政会，公布岗位及其职责，然后竞聘上岗。

今天下午第八节课，在四楼行政会议室召开全体行政会。

我先组织大家学习《高平典章》的“岗位设置”与“作息制度”。然后说：“昨天，我与本学期从都匀一中聘请来的退休教师谢永湘老师交流，获悉他出生于 1938 年 10 月 25 日，比我父亲小两天，78 岁了！可是，他现在教高一一个班物理兼任学校物理学科组长，还兼任两个班的副班主任。他说他不抽烟、不喝酒、不打牌，从教五十多年，只喜欢教书。我从他身上看到了我父亲的身影，崇敬之情油然而生。作为物理特级教师，谢老不缺钱，而且他一个儿子在独山县任副县长，女婿曾做过商务部部长的秘书。他一辈子为教育而生，他充分见证了物质与精神并重且精神至上的人生法则。我们要振兴三都教育，关键在于管理。《高平典章》对教师相对宽松但对行政要求甚严就是这个道理。大家了解岗位职数及职责后，如果觉得自己喜欢这种以校为家的工作方式且足以胜任这份工作，就在 3 月 8 日下午 5：30 前到石大大处报名。如果此

艾书记与我和石大大亲切交谈，右一为王炳银局长

召开行政会，部署行政岗位调整工作

前未报名，则视为自动放弃。学校将根据报名情况确定新的行政班子。”

石大大形象表达了文化碰撞的往事，说：“九十年代初，三都人不知道深圳，把‘圳’读成‘川’。但现在都知道了！2014年，贵州万好集团领办我校，不懂教育。当时学校缺数学老师，老板说，文科就不要开数学课了。领办一个月，学校教职工群起把万好集团赶跑了。但是，三都要振兴，教育是最大的瓶颈。引进高平成了我们的理性选择。我们全体行政要在高平文化与三都传统文化的碰撞中发挥正面作用。三都教育要发展，必须按高平文化做。大家要付出，领导要先行。”

读者评论选登

1. 宁乡某校教师高利兵：读罢“秀秀三都民族梦”，不由心生感慨，如同看到沅陵四中的“前景”，相信曼董的魄力，以铁的手腕强化班子，定能取得全面胜利！

2. 高平集团崔晖：村看村，户看户，群众看干部！火车跑得快，全靠车头带！

3. 高平集团李兴文：夯实、拓宽、严行。

天下普安问苍穹

2016 年 3 月 5 日　星期六　阴雨　三都

（一）

2 月 26 日，普安县教育局魏局长给我发来邀请信，希望我参加 3 月 2 号在普安县城举行的会议："书记、县长想与您见一次面，进一步沟通高平教育集团拟到我县办学等相关事宜。"

3 月 1 日下午搞完三都高平民高开学典礼后，已是下午 18：00。魏局又打来电话："周总，到哪了？"我决定立即启程去普安。

3 月 2 日上午 8：00，魏局到温泉大酒店等我。

"要作教育专题讲座，40 分钟。"魏局突然交给我一个任务。

我一看会议活动指南：中共普安县委中心组集中学习（扩大）会暨 2016 年第一季度党建约谈·行动培训会。再看参会人员：从县里四大家一把手到村里党政一把手均参会。对象层次参差不齐，我决定阳春白雪与下里巴人一起讲，还要生动活泼，让大家在笑声中想哭。

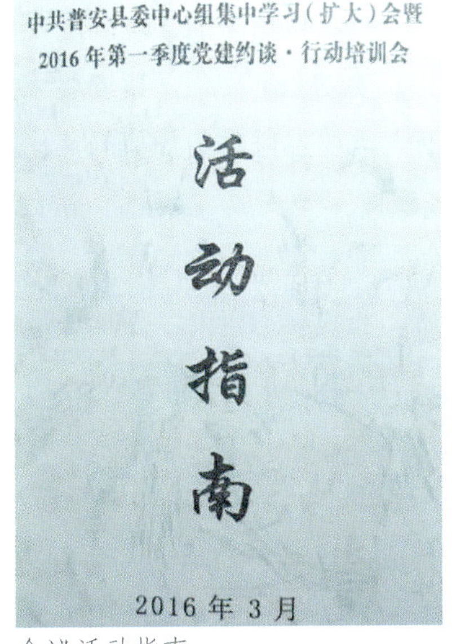

会议活动指南

邦城规划公司薛总讲完后，我走上主席台，对大家深鞠一躬，开始讲话：

"感谢尊敬的农文海书记，感谢各位领导、各位朋友，让我有机会与大家分享下面的时光。

"刚才，听了薛总的讲话，我对普安文旅小镇的未来充满向往。如果县委、县政府愿意，如果大家支持，高平教育集团愿意在普安文旅小镇投资四亿元人民币，创办涵盖幼儿、小学、初中、高中教育的当地最好的学校，让常年在校的一万名学生享受'高质量、平民化'教育。"

话音刚落，我眼睛的余光感受到农书记第一个鼓起掌来。台下掌声雷动。

我走上主席台，对大家深鞠一躬，开始讲话

我接着说："我到普安要做的第二件事就是推行《高平典章》，传播高平文化。《高平典章》即高平文化，物质与精神并重且以精神文化为先导。任何一个讲求绩效的部门或企业在实施管理行为时，总是努力将管理者和被管理者普遍接受的、经过提炼的、相对稳定的管理理念表现为一种文化，通过文化的传播达到管理的效果。可以说，在任何一种成功的管理背后都有着浓厚的文化背景。今天，我们进行的管理和为之设定的相应的规章制度也不是闭门造车的结果，而是从具体的工作实际中总结出来的全体高平人的智慧，力求能够体现高平优越的人文观、先进的人才观、正确的人生观和崇高的价值观。当然，随着时间的推移，这些从实践中来的管理制度还要继续接受实践的检验和修正。我们所倡导的就是一种鲜明的管理文化，我们要让《高平典章》成为学校文化的重要组成部分，变成一种与高平品牌融为一体的文化，变为'健康、专业、诚信、谦和、勤俭、光荣'的校训代言，变成'高质量、平民化，为学生终身发展奠基'的办学理念的形象体现！"

紧接着，我又阐释了《高平典章》"三要素"，强调高平文化以物质文化为基础。我说："年前，姜县长带我参观普安一中，花校长正愁基建老板找他要钱。我认为校长只能安心抓管理，债务应当由政府一肩挑。这是物质基础。高平集团不要校长筹钱，其全部精力就是教育教学。同时，正因为《高平典章》代表着广大教职工的根本利益，《高平典章》也就变成全体教职工的一种内在需要和自我文化积淀，变成大家一种自觉的文化行为。我们追求这样的境界：管是为了不管，教是为了不教。通过一段共同的不懈努力，我们要达到这样一个目标：让《高平典章》成为全体高平人共同的心理秩序。因此，我们要大力加强学校管理中的文化建设。在学校发展壮大的过程中，我们要注重管理行为中文化心理的积淀和传承；要尊重人，沟通人，让我们的一切工作、生活行为潜移默化在优秀的文化理念内，并逐渐渗透到我们每个人的内心；要把写在纸上的制度通过我们的行动，久而久之变成我们共同的习惯，形成高平的一种道德伦理和广大师生所共识的理念。而当我们真正认同我们所追求的价值标准的时候，自觉维护学校的利益的时候，更加积极地投入到工作学习中的时候，我也就胜利完成了传播高平文化的任务。”

（二）

紧接着，我简介了自己的办学经历与高平教育集团，用亲身经历的故事诠释高平的教育思想。最后，我自豪而负责任地说：“以赏识、养成、吃苦、国际、创业教育的思想，为学生终身发展奠基！”

台下掌声雷动。下台经过姜县长座位前，她向我竖起了两个大拇指。能得到好朋友的赞赏，我高兴得飘飘欲仙，仿佛此前所有的历练在此刻鲜花般绽放。

主持人宣布休息十分钟。

“我女儿读高一，就需要高平这种教育！周董快到普安来！”县委徐副书记说。

“我听着听着就要哭了……”县人大主任握着我的手，“最好到一中、二中给学生做个专题报告。”

“太棒了！第一次听这样的演讲！”县政协主席在我面前竖起大拇指。

难道我的报告真有这种感染力吗？我在老师与学生面前经常这样脱口而出呀！难怪我无论在哪所学校当校长，学校立马洋溢向上的激情。

“周董，你下周到普安来，给普安一中、二中的学生作个报告，洗洗脑，顺便谈下办学合同！”姜县长诚挚邀请我。

可是，我正在三都高平民高当校长，我没有时间出来演讲呀！我要利用当校长的时间完成《高平典章》贵州版，以后若到普安办学就只要复制即可。我没有拒绝姜县长，也没有答应，只是说道：“看情况吧！”

上午最后一个议程是县委书记农文海讲话。他强调一个字：“干！”他说：“如果周董事长愿意到普安投资办学，各部门必须全力配合。教育局不配合，我就

会场一角

上午最后一个议程是县委书记农文海讲话。他强调一个字："干！"

普安："普天之下，芸芸众生，平安生息"

当教育局局长；分管副县长不配合，我就当副县长。我们要记住一个字：干！在前面加个'大'就是'大干'！"

中午，农书记牵头，四大家领导陪我吃饭。

"不重视教育的领导不是好领导！"农书记深情地说，"我在望谟当县长，当时教育全州倒数第一。我花几个亿办了三所学校，教学质量也摘掉倒数第一的帽子了。现在普安教育全州倒数第一，期望周总过来振兴普安教育！"

"什么时候可以动工？"我问道。

"只要周总选好了办学地点，明天就可以动工！"农书记豪气地说，"普安教育不能再拖了！学生厌学、老师厌教，要耽误几代人啊！"

"我吃完饭去看看地吧！"

"好！"姜县长安排教育局、国土局、规划局领导陪同。

计划在今年9月1日开通的沪昆高铁在普安有一个停靠站。普安县委、政府规划以高铁站为依托打造"文旅小镇"。而引进学校成为打造小镇的当务之急。站在这片旷野，想起"普天之下，芸芸众生，平安生息"，我不由仰望苍穹，想问普安这块贫瘠的荒野，是否为高平教育的沃土？不过，若有缘，我会来的！

今天一大早，接到蔡云的电话："曼哥，我到了三都。"

我赶忙到校门口。表妹岸英与蔡云都来了。

“我们想好了，决定跟你出来闯天下！”蔡云说。

“父母的工作做通了？”

“可以带到学校来。”

“不怕距离远？”

“安心就不远。而且高铁、飞机、高速都方便。”蔡云下定了决心，“我的编制可以调动吧？”

“可以！”我说。蔡云在宁乡朱良桥中心学校工作，表妹在益阳高平迎丰中学当财务总监。他们可以独当一面。

“准备安排我们去哪里？”

“普安，或者乐亭，看哪个地方先签约吧！”

送走表妹岸英两口子，我继续投入三都高平民高的管理工作并以点带面，遥控整个集团。来凤、建始高平国际学校的建设正如火如荼，恩施州刘芳震州长到建始高平国际学校视察，常务副州长到来凤高平国际学校视察，我均只能遥致问候。当我看到胡泽书记、向红林县长陪同的照片时，心中一念：“生命的贵人，此生永远铭记！”

与表妹岸英两口子在三都民高校门口合影

向红林县长（前左一）陪同刘芳震州长考察建始高平国际学校

胡泽书记陪同刘芳震州长考察来凤高平国际实验学校

秀秀三都民族梦（三）

2016年3月6日　星期日　阴　三都

今天上午9：00，雷刚到我办公室。

“师傅，脑子一片空白，快爆了……我胜任不了学生处工作。”

“培养人就是给一个岗位！”我望着他，“你不是在建始学了三个月吗？”

“我不能独当一面，我不想搞砸了反而对不起师傅！我想回来凤或建始再学习！”

“不是学了三个月吗？怎么一上阵就喊‘退’？没跟对人，反而学坏！”我轻声说，“如果准备在高平发展，今天到初中站好最后一班岗，明天到高中部跟着我学点东西。如果不想在高平，那就离开！”

“我跟您学！”雷刚下定决心。

我拨通小川电话：“在学校物色一个扎实点的人接雷刚学生处主任的位子。马上带到我办公室。”

新学期，刚开学，刚接手，安全为大。

与原三中安全处蒙泉松主任（左二）合影

上午10：30，小川带着原三中安全处蒙泉松主任过来了。

“经小川推荐，要你担任学生处主任。希望你以校为家，忠诚于高平。你若做叶校长的铁杆，待遇、职位都会提升。试用一学期。怎么样？”我开门见山。

“我搬到学校来住。谢谢信任。”

“你老婆是公办教师吗？”

“不是。”

“下学期安排到学校后勤做点事。”

“谢谢！谢谢！”

“你是我在三都火线提拔的第一个干部，来，合个影！”我笑着说。

我与吴红波（左二）合影

晚上 7：30，在三都高平初中召开行政会。我宣布了蒙泉松主任的任职决定，最后说：“高平文化为热心教育、以校为家的教职工提供展示才华的舞台。同时也绝不欢迎没有责任心的人在这里误人子弟。请大家以叶校长为核心，共同打造黔南州最美学校。”

高平民中食堂效果图

这时，老婆发来子娟下晚自习后在我书房“开晚车”的照片并说：“不要太辛苦，改制学校不好搞。”

“喜欢打球的人不怕流血流汗，只是你没在我身边，有时有点孤单。”

但是，人生就这么短短的一遭，为什么不笑傲江湖多一些历练呢？昨天晚上与刘娟交流，她说：“其实我们在宁乡已很安逸，父母也不同意我们出来。看了曼校的《百年高平（2015）》，我和老袁都有了创业的冲动。而且贝贝也乐意过来，我们便过来了。在这里感觉很好，有您撑着，我们会全力以赴！”

一方面整章建制，逐步完成人事改革；另一方面加快基本建设。高中部食堂也如期动工了。

“24 小时施工，6 月 15 日前交房子！”吴总说。

读者评论选登

宁乡某集团教师高利兵：人为第一生产力，来高平如此顺利，凭的就是兄弟们的鼎力相助。其实我一直在帮着找人！

秀秀三都民族梦（四）

2016 年 3 月 11 日　星期五　阴　三都

“高三第一轮复习要到三月底才能结束。”袁校长担忧地说。

“只能加快进度，亡羊补牢。另外，七、八、九号晚上 7：30 将高三学生分三批到五楼大会议室召开备考指导会。”我说，“七号我讲，八号刘娟讲，九号你讲！”

7 日晚上 7：30，我准时开讲。我回忆了自己办学过程中三件触动我灵魂的故事，就备考的知识储备及思想情绪进行强调。最后，我说：“同学们，马云三战高考而进‘杭师’，俞敏洪三拼高考而入北大，刘邦屡败屡战终得天下，孙中山‘吾志所向，一往无前，愈挫愈勇，再接再厉’！既然，整体而言，我们做官做不赢官二代，做生意做不赢富二代，面对相对公平的高考，让我们放下与高考无关的一切，奋力拼搏！记住：命运安排了我们不同的出身，却也安排了我们可以相同的奋斗的勇气！”

学生们激情燃烧。会后，我收到许多学生来信，纷纷表示“背水一战”，并期望学校尽快改革作息制度，加强管理。

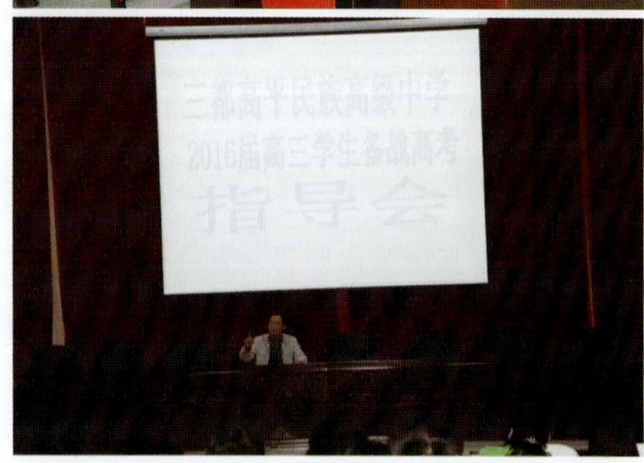

我在给学生做高考备考指导

看来，有了学生拥护，改变一个民族的教育秩序的时刻即将到来。

教职工呢？我尽量接近他们，了解他们。“三八”节，教职工拔河比赛的震天呐喊，自助餐桌前举杯互祝的“秀秀”呼声，都在征兆着大家对《高平典章》的期盼与渴望。

8 日下午 17：30，是行政人员竞聘上岗的最后时刻。我与石大大、韦姐、王校长、刘娟、袁校长商定行政人员名单后，晚上 20：00，在石大大办公室，我要石大大通知相关人员过来，我一个一个地与他们谈话并委以重任。

新的班子显著的特点是老、中、青相结合。石大大、韦姐、王校长是“老”的代表，经验丰富，德高望重。来自吉林的三年前才大学毕业的东北小伙李春亮、于作龙分别担任高一年级教学主任和团委书记，信息中心主任罗朝先、总务主任刘祥、膳食主任邓文亮均为“80后”。刘娟、袁宗华以及教务主任韦光远等人都在35岁左右。其余和我年龄不相上下。另外，我聘请了学校原来的会计潘晓芬为集团驻校财务总监。

教职工拔河比赛的震天呐喊，自助餐桌前举杯互祝的“秀秀”呼声，都在征兆着大家对《高平典章》的期盼与渴望

“人品是最重要的！”我对她说。

而这次没有报名的原三都民族中学的行政人员，我在9日上午分别找他们交流。

“如果年轻十岁，我第一个报名！”原安全处杨主任诚恳地说，“我大学毕业到现在一直在民高工作，我更期望将学校办好。我是教政治的，我每天在课堂上跟学生讲改革，现在学校改革，我全力支持！早就应当这么搞。我爱人也在学校教书，我们会努力把书教好。以后有用得着我的地方，尽管吩咐！”

其他退出行政人员队伍的教师均表示拥护改革。

9日下午第八节课，在四楼小会议室，我召开第一次新聘任的行政人员的全体会议。我号召大家凝心聚力，振兴高平民高。同时，布置本周星期六、星期日上午、下午和晚上集中高中和初中400多名教职工封闭培训两天两夜，全面学习《高平典章》（贵州版）。培训结束后，在两校全面按典章运转。高平，将要深远地影响一个民族的学习与生活习惯。

昨天，泰哥从来凤赶到三都。

我召开第一次新聘任的行政人员的全体会议

一位领导说："签个字吧！"

"到三都，到处画着不认识的文字，仿佛到了另一个国家。"泰哥笑呵呵地说，"董事长，我是真的服了你了！放着好日子不过，到这种地方来办学，还自己担任校长，你可真吃得苦！不过又很佩服你，在这种人生地不熟的地方，突然办了两所学校！"

"我到山区办学，还是你引的路呢！只是没想到，竟会走这么远！"

今天，河北省保定市徐水区冯连良副区长、教育局杨自群局长一行十人到高平高中与初中考察。

"一见周总就觉得像教育专家，有没有什么资料或书之类的？"一位副局长问我。

我要潘哥每人送一本《百年高平（2015）》。

"签个字吧！"一位领导说。

"欢迎周总到徐水办学！从我们那里到北京、天津、石家庄都只有150公里，高平落户徐水，便可俯瞰全国了！"

读者评论选登

三都民中教师赵国良：周总演讲是专家级水平，办学是高铁般速度，为人是大海似的度量！我们这些教师对你心悦诚服！

秀秀三都民族梦（五）

2016 年 3 月 16 日　星期三　阴　三都—古丈

经过不断调研与持续伏案，我终于在 3 月 10 日完成了《高平典章》（贵州版）。我决定利用 3 月 12 日、13 日两天两晚组织初、高中部全体教职工学习《高平典章》。

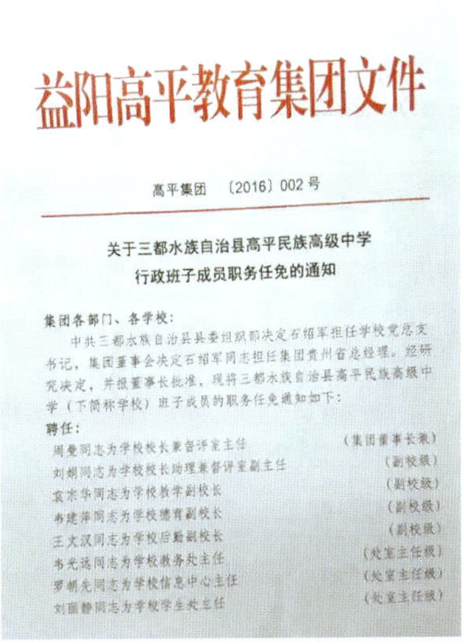

3 月 12 日上午 8：30，培训会准时开始。

首先，我宣布了两校的人事任免。

益阳高平教育集团文件

高平集团 〔2016〕002 号

关于三都水族自治县高平民族高级中学
行政班子成员职务任免的通知

集团各部门、各学校：

中共三都水族自治县县委组织部决定石绍军担任学校党总支书记，集团董事会决定石绍军同志担任集团贵州省总经理。经研究决定，并报董事长批准，现将三都水族自治县高平民族高级中学（下简称学校）班子成员的职务任免通知如下：

聘任：

周曼同志为学校校长兼督评室主任	（集团董事长兼）
刘娟同志为学校校长助理兼督评室副主任	（副校级）
袁东华同志为学校教学副校长	（副校级）
韦建萍同志为学校德育副校长	（副校级）
王文汉同志为学校后勤副校长	（副校级）
韦光远同志为学校教务处主任	（处室主任级）
罗朝先同志为学校信息中心主任	（处室主任级）
刘丽静同志为学校学生处主任	（处室主任级）

我宣布了两校的人事任免

高中部原校长韦光明荣调教育局任副局长，原办公室王主任荣调二中任德育副校长；初中部原校长蒙建平调任县凤凰实验中学校长，原两位副校长与总务主任也分别调任凤凰实验中学副校长。除了这些人，我免去了以前担任行政职务而这次未予聘任的所有人的职务。我从湖南、湖北带过来的人全部进入行政班子。为了推动三都基本建设，我还特别聘任高中部原总务处副主任潘炯波同志为集团基建部驻三都的部长助理。

两天两夜的培训，我除了偶尔叫小川、刘娟与冉冉“代劳”外，其他全部由我主讲。喉咙有点痛，但我坚持讲完。

在整个培训过程中，会场除了一次小议论外，均鸦雀无声。大家听得很认真，但正因为太认真，我心中冒出丝丝冷气。

3 月 13 日上午 8：00，我到办公室时，贺仙递给我一位未署名的教师给我写的一封短信，其中有“给予‘民族假’”的建议，而这点我确实没有想到。水族的“端节”，相当于汉族的“春节”，其热闹程度有过之而无不及。看来，我在完成人事改革后就急于推行没有全面调研的《高平典章》是脱离实际的。若强力推行，必引发群体事件。但我必须坚持让大家学完，不学，老师们会“不识庐山真面目”。

13 日下午五点，江西宜春热衷于办教育的陈总一行四人赶到三都。我抽了半个小时与他讨论在江西办学事宜。

“希望周总到江西办学，我很欣赏您的教育情怀与智慧。像你这样办学，董事长亲任校长，亲自培训员工，只怕是中国教育第一人！”陈总夸张地说。

“有好政策就联系我！”陪陈总一行吃完晚饭后，我说，“我要潘哥、贺仙陪大家，我还有晚上 19：30 开始的最后一场培训。”

我与三都高平初中全体行政人员合影

我与三都高平高中全体行政人员合影

培训会场一角

3 月 14 日第八节课，我又召开全校学生广播大会，组织学习作息制度并宣布 3 月 16 日全面推行。

“班主任都习惯了以前的工作模式，要送小孩上学，要照顾老人，以校为家没错，但也不能没有家呀！”德育副校长韦姐说，“班主任若不能按时到岗，就培养学生干部代理班主任工作。有八个班主任跟我提出辞职都被我劝住了。”

我深知，任何一项改革都是一场文化的碰撞。三都教育在全州落后，就是这种慵懒文化导致的呀！但是，换一个角度，当我把自己变成三都教育人时，我对于高平文化的理解或许就是“要钱不要命”！我决定先建立模式，至于大家是否到岗到位，是否努力工作，我都不予追究，先把事做起来再说。

昨天晚饭时，王局长说：“毛泽东有‘实事求是’，邓小平有‘一国两制’，《高平典章》要有“三都版”！水族就是这样，不能急于求成，慢慢来！”

“那就暂缓执行，来一个月的大讨论吧！”我说。

我与集团基建部驻三都的部长助理潘炯波合影

今天上午 9：40，我召集高中部全体教职工开会：“大家学习了《高平典章》，了解了高平文化。高平文化与三都文化从此要碰撞并产生火花。好好捕捉这些火花就是两种文化的交流与融合。从今天开始，全体教职工、全体学生用一个月时间全面、深入讨论《高平典章》并提出修改意见。一个月之后，我再综合大家的意见完成典章的‘三都版’。”

台下掌声雷动。

而我恰恰要利用这段时间回建始去报名参加建始县第二中学附属初中的办学竞标。报名截止时间：3 月 23 日下午 17：30。

秀秀三都民族梦（六）

2016 年 3 月 20 日　星期日　三都

还是没有适应三都一会儿 20 多摄氏度、一会儿 4 ～ 5 摄氏度且昼夜温差大的气候，加上那晚陪江西陈总吃了个牛肉火锅，上嘴唇同时起了 5 个火疱。

3 月 17 日上午，古丈县分管教育的祁副县长（左一）带我到规划的新城区看地

突然想离开三都，想四处走走呼吸春天的花香与绿意。或许是担心无限度地修改《高平典章》会颠覆自己对教育的信仰进而影响高平文化模式，在与王局长讨论了两个多小时，最后，我请求道：“我真不想领办三中，我只想租赁职中老校区办一所纯民办学校。”“坚持领办，老校区要办凤凰实验学校。”王局长说。我笑了，握别后直奔具有“山水精神”的精致小城——古丈。3 月 17 日上午，古丈县分管教育的祁县长带我到规划的新城区看地，只觉花果山一片葱郁，龙潭畔水流潺潺，顿觉心旷神怡。晚上，我们赶到津市。李阳副市长约我谈德雅中学田径场回购之事。一谈就是三四个小时，而且和往常一样没有结果。

晚上 11 点多了，三都王局长来电：“周总，快点回三都，越快越好。”

“很急吗？”

“个别老师策动学生准备在明天的听力高考时游行，建立了一个 2000 人的 QQ 群！”王局长说，“我也收到了民中 200 多位教职工按指印的联名信。”

我意识到，领办三都民中已不是两种管理文化的碰撞，而已演变为利益团体利用学生绑架政府的行为。可以想象，易于造谣的网络上关于周曼的流言应已飞速扩散。振兴三都教育的梦想或许就要灰飞烟灭。如果，县委、县政府和教育局不能力挺改革，我的智慧与努力都只是飞蛾扑火。

三都民中食堂、宿舍、多功能馆的建设已全面铺开

3 月 18 日上午 8：00，我决定回三都。

“潘哥，原计划到你家祝贺你儿子订婚，现在没法了，只能你一个人回去！”我遗憾地说，“我和冉冉、贺仙要去三都！”

下午 13：20，严部长来电：“周总，情况紧急，决定暂停领办三中与民中！”

我想，这是解决问题最简单也最有效的决策，高兴地应道：“很好！”

退一步海阔天空！本为振兴三都教育而来，无欲则刚，我还争什么呢？！只是想到三十多位湖南教师携老带幼追随我的“秀秀三都民族梦”而来，而食堂、宿舍、多功能馆的建设也全面铺开，现在一个“停”字，我有种空空又沉沉的痛觉。

“周总，我们究竟咋办啊？”下午 14：45，王文汉副校长发来信息。

“没问题……还是要纯民办！”

“好的，与你风雨同舟！”

刘娟紧接着发来信息：“13：30 召开全体教职工会，组织部严部长宣布暂停高平集团领办民中、三中。会后开湖南老师会。”

“一切在意料之外，也在意料之中……还讲了些什么？”

“支持集团自己新建学校，自己招老师。公办教师可以自由流动，学生能带走的都可以带走。”

这时，立波的同学潘虹发来信息：“对不起，周总。”

“没事……人生只是一种经历，若只有成功，我们又怎能领略失败的滋味呢？！”

“您的豁达真值得我学习！谢谢！”

晚上 20：00，我到了三都。严部长还在学校开座谈会。21：30，王局长过来了。

在我办公室，王局长讲了很多，可我的精力总是无法集中，也没有听清王局长讲话的要点，只是不停地笑。大约 22：00，严部长也到我办公室了，他讲了很多，我想努力集中精力听，但依然无法集中精力，只是满脑空空，不停地答“是”并不停地笑。我告诉自己被人抛弃的时候一定要坚强，做最好的自己。

凌晨 1：00 了，湖南老师刘坤乾找我。我到他卧室。

“很多想做点事的骨干教师想把你留下来！职高老校区闲置在那里，可以办学。只要你举旗，很多人会跟过去！”刘老师说，“越会教书的越拥护《高平典章》，县教育局，被一小撮教不好书也从来就不认真教书的懒散惯了的教师绑架了！三都教育没得救了！”

似睡非睡中又响起了起床的闹铃。上午与石大大聊了 3 个多小时。

“绝处逢生，相信周总！”最后，石大大鼓励我。

工地几百号民工眼巴巴地看着我。吴总见到我就唉声叹气。

“一瞬间变天了……大家都不想干了，想回湖南老家了！”吴总盯着我问，“干还是不干，你要给句话。”

“干！”我说，“要相信我！”

“我们不想干了！”

昨天下午 14：30，我召开所有湖南教师与管理人员会议，先听大家意见，再做工作安排。

大家有点气馁，老师们都不想进课堂上课了。

“我们是冲着高平来的，突如其来中止合作，我们走路都像踩在气泡上一样，心里难受。”

“我们听周总的！”

“说停就停，政府总得有个交代！”

我默默地听着，说：“停了多好，大家可以无忧无虑地玩几天了！管理人员就地待命。凡上课的，力争把课上得更好。不管三都怎样对待我们，对学生负责，把书教好是教师的本分。我们要这样：成功

我召开所有湖南教师与管理人员会议

时是自己，失败了还要是自己！我们还要做到：别人成功时怎样待他，别人失败时还要怎样待他。感谢大家陪我一起享受了一回失败的滋味，这是人生难得的一次历练，我们会因此收获更多，并懂得什么是自己人，高平人，要好好珍惜！”

散会后，韦姐找我聊天。

“昨天宣布到现在，心中一直很堵。这不是我们想要的结果。90% 的教师支持你，支持改革。”

“达到一个目的，只要 10% 的人就够了！”我笑道。

看着刘娟的校长工作日记，3 月 18 日上午大家还在努力工作，突然一下子全部叫停……一切就像做梦，我要快速醒来，该跑步时跑步去，该做事时做事去……

读者评论选登

1. 湖北天一科技彭福海：在某部分人面前利益会高于一切！思想有多远就能走多远！

2. 高平教育集团崔晖：不畏难方能克难，不怕事方能成事！

3. 高平教育集团曾泰：《高平典章》是高平教育的灵魂，是“高质量，平民化”的保证，是高平人的一部“法典”，我看集团旗下所有学校都必须严格遵照执行，不能另搞一套。公办民领的改革确实阻力不小。总裁请保重身体！今后投资办学模式就以湖北模式做参考。

4. 三都民中赵国良：周总，您处变不惊，临危不乱，这是儒雅的大将风度！吃一堑，长一智。阳光总在风雨后。风雨后的阳光会更加灿烂！更加明媚！绕过暗礁也是一种明智的选择。我们这些高平集团的追随者会永远与您同舟共济，荣辱与共。

“人在，阵地就在”

2016 年 3 月 22 日　星期二　晴　乐亭

前天傍晚，风呼云啸，乒乓球大小的冰雹砸击窗户，滚落阳台。

看风起云涌，我的心越来越宽，眼越来越亮。没有风雨便没有万物生长，没经历过失败的人生定然营养不良。此刻，才发现冰球竟无限美丽。我便满心欢喜地欣赏李总发来的桃枝与霞光。

“人在，阵地就在！有阵地，就有生命力！”王局长给我打来电话，“县委、县政府 100% 地支持你租赁职中老校区办学！同时，支持你到猴场新建学校。原三中蒙校长本来安排到职中老校区创办凤凰实验学校，现在又调回三中去当校长！”

乒乓球大小的冰雹砸击窗户，滚落阳台

我内心一阵欣喜。领办民中与三中，州教育局一直不批民办学校办学许可证。个别教师冒充学生在厅长信箱举报我们补课、收费，虽有县委、县政府支撑着，但始终有点心虚。现在终于可以合法地办学了，真是祸福相依呀！一小撮人的

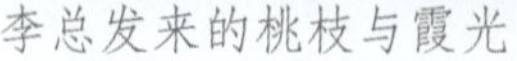

李总发来的桃枝与霞光

阴谋恰恰让我适时地摆脱了领办三中与民中的当改革"傀儡"的困惑。虽然"虎落平川被犬欺"，但老虎终究是老虎，给我一张民办学校办学许可证，就是给我一片山林，我又要呼啸而行了！高平教育的旗帜依然要在三都的天空高高飘扬。

昨天，我到职中老校区考察，只见凤凰山环抱校园，幽静而交通便利，真是读书的好地方。

"周总，怎么到了这里？"蒙校长热情地打招呼。

"停止领办民中、三中后，政府要我到这里办学。你又要调回三中了。"

"我正准备模仿《高平典章》制定一个《凤凰典章》来办全县最好的初中呢！三中那边根本推行不了，无法实现校长理念。我真想跟着周总从无到有地干！"

转眼快九点了。约了县委梁书记九点见面，我匆忙赶到政务中心。

在梁书记办公室，王局长汇报了事情的经过，严部长也回顾了他参与处理的一些细节。

"周总，你有什么想法？"梁书记问。

我说："事情没办好，对不起书记和各位领导。我只是三都教育改革的一颗棋子，没有县委、县政府的支持，我无异于飞蛾扑火。当年，我领办津市三中、桃江六中，全体师生罢课，政府几个小时就摆平了，坚决要领办。后来我创办建始县民族高级中学，建始二中罢课，县委、县政府没让我操一点心就处理好了，学校照办不误。所以，我期望县委、县政府支持改革要有担当，不能让改革执行者吃哑巴亏。下

迎风飘扬的旗帜

县委、县政府100%地支持我租赁办学的职中老校区

与原三中蒙校长合影留念

我与罗甸教育局卢局长（左四）一行在三都民中校园合影

一步，我希望出台《三都水族自治县促进民办教育发展的若干意见》，允许我租赁职中老校区办学，面向全县择优招聘100%的公办教职工，政府承担财政待遇。等到猴场征好地，我再投资新修学校。高平的办学旗帜，不能在三都倒下！”

“感谢周总依然信任县委、县政府，你的想法与我们的一拍即合。”梁书记坚决地说，“改革没有回头路！公办教师只要愿跟你走，身份、待遇都不变，县里马上出台相关规定。职高校区装不下了，你就到猴场去办学。炳银局长牵头抓紧征地。别的县是工业强县，我们县是教育强县。请周总放心，县委、县政府是你最坚强的后盾，我们必须对民族的未来负责。”

我心中不由佩服起梁书记来。一个地方的人缺乏包容，只想伸手要钱，不愿动手做事，如果再加上领导没有担当，那就会永远贫穷！好在现任领导尚有担当，我便愿继续为这个地方的教育振兴尽绵薄之力。

“周总，罗甸教育局卢局长一行六人大约11：30下高速，我们一起去接吧！”小姚发来信息。

我要石大大安排在土牛馆接待，民中新选出的常务校长周凤让陪同。

“我们先来学习三都经验，再请周总到罗甸办学。”卢局长说。

我哭笑不得。迟不来、早不来，偏偏在这个刚刚叫停的节骨眼上来学习“经验”。是不是搪塞或撒谎？！我突然想起王局长的话：“周总，我们做兄弟，必须坦荡！上次到建始考察校长，我们一接触就知道刘校长不是建始的校长，只是我没有点破。这一点你做得不坦荡，以后不能这样了！有什么讲明不更好吗？”或许，无所求就能坦荡一生，真实面对吧！我决定讲真话：“卢局长，我们已停止领办民中、三中。主要原因是州里不批办学许可证，不能按民办收费。而且部分老师策划学生反对，县委、县政府压力太大！如果罗甸要办民办教育，可以采取新建与租赁的办法。”

卢局长没有因为我坦言失败的事实而对我失去信任，反而更有兴趣：“一定要请周总去罗甸办学。我们还想去松桃、永顺、津市、建始考察周总办的学校。”

“好的！我今晚19：00从贵阳飞天津，去乐亭。我要小姚陪大家。”

“锦上添花”

2016年3月23日　星期三　晴　乐亭—徐水

前天晚上21：45，飞机准时降落天津。郑局长、赵局长、大明、晖总、申烨、立武在出口等候。

到乐亭时已近零点。

在承启酒店501房间，晖总将协议草案递给我：“你审下，没意见明天下午15：00就签约。”

我快速浏览完，说：“没意见。”

县委书记王东群（右二）在签约仪式上说：“引进民办教育集团不同于一般的招商，这关系到乐亭人民的未来。各级各部门都要高看一等，厚爱一层。”

昨天下午3点，乐亭县人民政府，湖南益阳高平教育集团合作办学签约仪式按时举行。人大孟主任主持会议。

县委王书记发言时把高平与市教育局刘局长称为“乐亭教育的恩人”，说今天是“结婚的大喜日子”，并强调了乐亭“雅重教育”的传统。最后，他说：“引进民办教育集团不同于一般的招商，这关系到乐亭人民的未来。各级各部门都要高看一等，厚爱一层。”

市教育局刘局长说：“自古以来，山西人赚了钱买房子，乐亭人赚了钱办学校。在经济新常态下，乐亭县委、县政府创新办学模式，走在唐山的前列！相信乐亭教育会有更大的发展！”

我简介了高平集团，接着说：“受王书记委托，人大孟主任亲自带队，先后考察了我集团建始、来凤、永顺、津市、松桃、三都、宾川的学校，从中既看到了领导的重视，也看到了决策的艰难，更看到了乐亭对高平的信任和对我个人的认可。非常感谢。今天午餐时，刘局长说乐亭县高考排在全市第三，曾经还是全市第一，培养了十几个将军与院士，是个教育强县。而高平集团主要在湖南、湖北、贵州、云南的国家级贫困县办学。那里教育基础薄弱，属于雪中送炭。兴学教育强县乐亭，则需要锦上添花了！‘一方水土一方人’，乐亭是高平跨过长江、黄河，在经济较发达的县城办的第一所北方学校，期望县委、人大、政府、政协及各部门帮助高平，我和高平人必不遗余力，为乐亭教育锦上添花！”

我在签约仪式上发表激情洋溢的讲话

最后，杨县长和我签订投资创办乐亭高平国际实验学校与领办乐亭二中及新戴河初级中学的协议。我花 1.5 亿元人民币买下已由政府投资建好的可容纳 6000 名学生、占地 190 亩的新学校的 50 年的经营权，政府按省定师生比配 100% 的公办教职工，允许学校按民办收费。同时按相应政策无偿划拨 100 亩地并“三通一平”后给集团办小学和幼儿园。领办的二中和新戴河初中按公办收费，主要解决新学校的生源问题，由政府负责在今年九月份将高三、高二、初三、初二的学生全部迁入新学校，同时，高平启动高一、初一招生。教职工由集团面向全县择优选聘。将来三都猴场新学校建好后也可按照这一模式办学。好在地没征好，民中也停止领办，我便可腾出资金与精力先开辟北方第一个办学根据地。

“大家站到后面做个见证，以示支持！”王书记说。

签约后，孟主任、杨县长、郑局长一行陪我们参观了李大钊纪念馆和乐亭一中。我为李大钊先生开创中国共产党的丰功伟绩而深感钦佩，又为乐亭一中每年 400 多名学生录取一本而感觉压力重重。这是一块血拼高考的教育热土，在三都，教职工感觉《高平典章》太严；在乐亭，《高平典章》的要求又太松了！我要尽快适应。

今天早餐，王书记、孟主任、于主席、杨县长、郑局长、赵局长等领导一起参加。

“不以高考为标准，那又能拿什么标准来衡量乐亭教育？”王书记说，“期望高平给一中压力，一中老师愿来高平的都放行！要竞争，这样虽苦了校长和老师，但乐亭的老百姓得了好处！”

“我想办复读班！”

“可以！明年考得好，一中就不办复读班了！你要亲自来，以乐亭为中心，向华北、东北发展高平教育！外部环境孟主任亲任组长来协调！”王书记说，“这次我们谈了好几家，孟主任力排众议力挺高平，杨县长评价你的九个字也打动了我，我一年后再告诉你！哈……哈……”

杨县长（右二）和我签订投资创办乐亭高平国际实验学校与领办乐亭二中及新戴河初级中学的协议

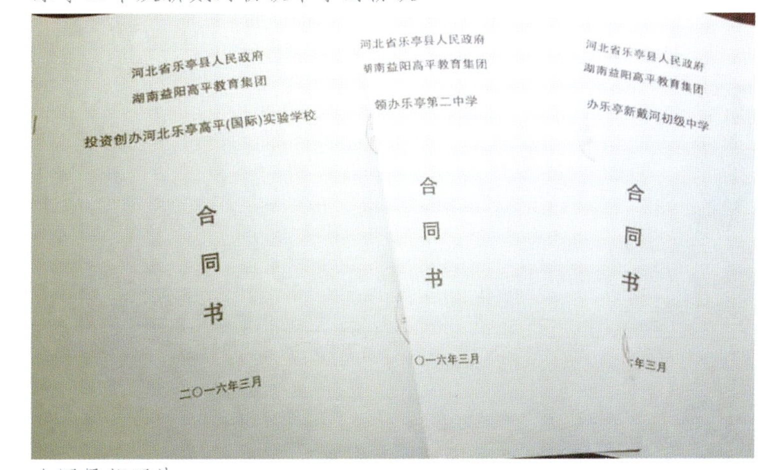

合同局部照片

“好！我先回去安排好一些事情后便带队伍过来！我亲自当高中部校长！九月份就有四千多学生开学，我喜欢！”

饭后，我们合影留念。郑局长安排车子送我们去保定。

突然接到父亲的电话：“周曼，三都的事处理好了吗？”

“处理好了！”

“损失不大吧？”

“民中多功能馆动工了，要花 1000 多万元……”

“损失了无所谓，钱都是身外之物。乐亭隔保定近，你去寿哥那里看看，他帮你找了个项目……”

“正在去的路上！”

“好！”

……我沉浸在温暖的海洋里。读书时考试没考好，父亲总是鼓励我“继续读”。

创业以来，每一次失败，他总是用他独有的说话方式让我痛定思痛，一往无前。他是我灵魂的导师。他从来不像那些“事后诸葛亮”的人一样在我失败时讲一些看似鼓励其实让我更伤心、无助的话语。此刻，我进一步彻悟了“有其父必有其子”的深义，而“愈挫愈勇”更不是文学青年挂在嘴上的漂亮修辞……

读者评论选登

高平教育集团崔晖：筚路蓝缕，以启山林，中南西南百年高平，基业初成；克绍箕裘，继往开来，华北东北挥师过江，再上层楼。

大成者诚

2016年3月24日　星期四　晴　徐水—贵阳

“市场不是战场，而是情场；最狠不是宪法，而是看法！”晖总又在阐述他攻下乐亭办学项目的理论，“北方人爽直，没有什么弯弯曲曲！认可你就是兄弟！他们也讲排场，认为你过来签约肯定前呼后拥，没想到就你一个人。我跟他们解释：大道至简，大成者诚。前呼后拥是没有自信的表现！”

“哈……哈……”我笑了。阅尽人事，历经成败，我更要修身养性，让自己，也让高平文化变得越来越简单、真实。若能在此后遇见所有人、经历所有事都追求100%简单、真实，我将拥有王者之气……厚道而霸道，朴素又奢华，合天地自然之元气，纳海阔天高之芳华！让我尽余生身体力行“简”与“真”两字。

我与寿哥、晖总在巨力古玩馆合影

“1977年考上景德镇陶瓷学院，上着上着课进来一只猪婆，两只猪崽，我想没意思，回老家又种了半年田。高考前你爸爸辅导了几个月，1978年高考考上华北电力学院。大学毕业又留校教书，在保定学习、生活一晃三十多年了！”昨天，寿哥在保定请我吃中餐，用家乡话说。

我笑得米饭喷了一地。寿哥的成功是我少年时期听妈妈讲得最多的传奇故事，那些往事那么简单，那么真实，见证着“文革”后恢复高考的前几年的百废待兴。

下午，寿哥要他儿子的同学开车，送我们去徐水区。巨力集团执行总裁姚军战与副总裁刘冠军在三都与我见面后，约我到徐水考察教育。

巨力集团办了亚洲最大的索具厂，又经营“刘伶醉”酒业，还有巨力地产，同时做文化传媒。董事长的弟媳黄圣依，好像参与了电影《叶问3》的制作。

姚总安排我们参观“刘伶醉”老酒厂。品一口酒水，嗅一厂酒香，忆“竹林七贤”，见人生百态。

我们在巨力总部大厅合影

今天上午9：00，在巨力集团总部七楼小会议室，姚总与夫人杨总以及刘总等共八人与我们商谈合作办学事宜。

“杨总是董事长的二姐，我与她是夫妻关系。我们是白手起家的家族企业，所以上次在三都听了周总的演讲后心灵相通，很是励志！这次请周总过来给杨总和巨力高管再次演讲，并且我把我的女儿与董事长的女儿都喊来听您讲话！”姚总主持会议。

我真实而简单地讲述了自己的办学历程，最后说：“前天下午，我与乐亭县人民政府签下了合作办学协议，我想以此为华北、东北的总部，在北方二十个县办学！”

“讲话很接地气，听得进去！”杨总说，“你需要股东吗？”

“要！”我高兴地说，“如果巨力与高平联手办学，我可以短期内在华北、华东、东北掀起一场高平文化运动！我今天要坐12：00的高铁从保定去贵阳，等我到乐亭安营扎寨后，接杨总、姚总、刘总和各位到乐亭指导。”

透过高铁窗户，华北平原一览无遗，嫩绿铺满了原野……

“好！”杨总很高兴。

我们到一楼大厅合影留念。

“在哪？”三都王局长问我。

“徐水，您党校培训班同学这里。”

“快回来，明天找潘县长汇报凤凰实验学校的事，争取这两天把合同签了！”

“好！”

透过高铁窗户，华北平原一览无遗，嫩绿铺满了原野……

“天时”决定“命运”

2016年3月25日　星期五　晴　贵阳—三都

“高平凤凰实验学校办学协议草案刚刚在政府常务会上通过了，你选个好日子和县长把它签了！”昨晚十点，王局长打来电话。

我突然想起2015年8月26日签领办三都民中、三中协议时，是农历七月十三日，中国传统的“鬼节”。现在想来，不胜唏嘘。

是签约时间没选好导致领办失败吗？我不相信鬼神，但闯荡这么多年，又隐隐感到这一生似乎很多事都是命中注定！什么是“命运”？我想就是国家政策，就是时代背景，就是“天时”吧！所以，“天时”决定“命运”，“时势造英雄”！没有国家大力促进民办教育发展的“天时”，周曼何德何能为传播高平文化而南征北战呀？！因而，领办民中、三中的形式应当是我只当校长但不能违背国家政策收费，而教职工的待遇提高部分只能集团花血本补贴呀！那领办的目的又是什么？打造高平品牌，为师生迁入猴场新校区作铺垫！就像这次兴学乐亭，我便吸取三都教训，领办乐亭二中与新戴河初级中学，我按公办收费，给教职工适当提高待遇，然后在今年秋季学期把师生引入新校区。在三都办学，既然未按“天时”，失败便是必然的“命运”！

当然，决定命运的虽是“天时”，但在遵照“天时”做事时依然要小心谨慎，敬畏天、地与芸芸众生。包括签约这等大事还是要选择一个良辰吉日。

我赶忙查了一下：3月25日，宜祈福、订婚、订盟！我立即给王局长回话：“明天是签约的好日子！”

今天翻身起床，我吃完早餐后在酒店二楼理了个发

“好！地点呢？”

“最好在贵阳吧！”我突然觉得地点也有讲究，那就跟着感觉走吧！

“好！”

昨晚23：06在贵阳北下高铁，我要的士司机给我找了个酒店住下来。

我通知潘哥明天一早从三都开车过来与我会合。

3 月 21 日去乐亭，到今天一晃四天了，胡须也没有剃。今天翻身起床，我吃完早餐后在酒店二楼理了个发。

“把头发尽量剪浅，胡须也刮下。”我说。签大合同时还是要干净一点。22 日乐亭签约后吃饭时，杨县长笑道：“2 月 25 日我们到三都考察时，董事长穿着这一身外套，今天 3 月 22 日了，还是这一身外套！这么久没有回家了吧？！我欣赏周总彻头彻尾一个干实事的人！”

“久仰大名，见了更是名不虚传呀！”王书记在一旁爽朗地笑了！

我不好意思地笑了！不知道是表扬还是批评……但县委、县政府既然放弃许多风度翩翩的绅士而选择了不修边幅的周曼，那我权当是对我的表扬与肯定吧！因为，我做事时确实有点忘我而不拘小节。此后能注意的就注意一下吧！

我才知道这么久没有回家了！我不由翻看微信上子龙最近写的作文：“突然发现，父爱的表达总是很隐晦，隐晦地（得）让我无从觉察。因为父爱太简单了，让我有时完全理解不了。对孩子的爱不铺张，不喧哗，不做作，甚至有些笨拙，有些简单，但这就是父亲的爱啊。”子女能感悟父母之心，正是我今生莫大的安慰！百年高平，不会是神话。

“周总，在哪？”下午 15：30，三都县政府教育督导室韦成忍主任给我打来电话，“我们拿着办学协议到机场了！”

请在各题目的答题区域内作答，超出黑色矩形边框限定区域的答案无效

23（60分）

爱，其实很简单，让你未曾察觉它的存在，一次拥抱，一双新鞋，一排针线或一句祝福。

拥抱

父亲带我们出去吃饭。吃完之后，我与姐姐出来了，之后，他也出来了。他两只手分别搭在我与姐姐身上。他的臂膀很沉重，把我紧紧地抱住，让我感到压迫。来自手心的暖流传到我的内心深处，激起阵阵涟漪。突然发现，父爱的表达总是很隐晦，隐晦地让我无从察觉。因为父爱太简单了，让我有时完全理解不了。对孩子的爱不铺张，不喧哗，不做作，甚至有些笨拙，有些简单，但这就是父亲的爱啊。父亲大多都是这样的。

我翻看微信上子龙最近写的作文

“天怡豪生大酒店。”

“好，我们过来！”

两个多小时过去了，韦主任还没有到。

“您到哪了？”我忍不住问。

“堵！太堵了！”

爽爽贵阳，人们的工作与生活状态，是不是一个“堵”和一个“等”字呢？

18：30，韦主任腋下夹着一个文件包直奔酒店大厅，我赶忙迎上去。

“不到十公里堵了三个小时！潘县长还要赶到坪塘去，进了城再出去就来不及了，提前签字、盖章了！你签字、

我签下了三都高平凤凰实验学校的合同

盖章就好了！”

饭后，20：00，我与韦主任在酒店大堂完成合同签字、盖章的所有程序。

“能够见证三都教育走向繁荣的过程，我很兴奋！”韦主任说，“我今晚回都匀。”

“那我们就回三都。”我知道，今天签约，标志着三都教育正式迈开了向前的强健步伐！

“合同刚刚签了，谢谢潘县长！”

“抓紧启动各项工作，我是水族人，只要有利于水族教育，我全身心为你服务！”潘县长诚挚地说。

读者评论选登

1. 恩施州政府公务员郑建春：好事多磨，峰回路转，柳暗花明，桃花盛开。

2. 宁乡某民办教育集团教师高利兵：一个转机，新的希望，祝愿更上新的阶梯。

兵分两路

2016 年 3 月 29 日　星期二　晴　松桃—建始

怎么办好高平凤凰实验学校（简称“高平凤凰”）呢？3 月 26 日下午 15：00，我与石大大一道去找王局长。一会儿，韦主任也来了。一直讨论到 18：30，没有形成一致意见。

“周总和我一起吃晚饭去，饭后继续讨论！”王局说。

一直到晚上 23：00，终于达成一致意见：今年秋季，初一精品班、高一精品班将放开招生，高三复读班同时开学。

我相信，每一次失败都是进步的阶梯。我要放手一搏，用成功的事实证明县委、县政府和教育局引进高平的决策是对的。我相信支持改革的教职工在 90% 以上。高平办学旗帜一举，大家必望风归附！

28 日上午，教育局韦成忍主任带我们到职高老校区与蒙校长搞交接。

我们来到了职高老校区

蒙校长带着我们，教室、寝室、食堂、科技楼转了一个圈。

“是回三中当校长，还是跟着高平干？”我问蒙校长。

“跟着高平干！”蒙校长坚决地说，“但你从湖南带过来的这帮兄弟怎么办？你考虑两天再做决定吧！”

“我从独山兴农调过来的，他们的要求比《高平典章》严得多！我跟高平干！”民中高一凤凰班班主任苏老师和高一年级主任杨春也过来看场地，苏老师坚决地说。

“90% 的老师都想出来跟着高平干，个别人就不要管他了！”杨春主任说，“我下定决心出来！”

大家激情飞扬，转眼吃中饭了。

下午 14：30，我到石大大办公室。

“怎么样？到高平凤凰干校长去！民中的书记职位继续保留！”

“去干校长，不在民中干书记了！”石大大沉思良久，说，“这样做肯定会被人骂，说民中‘成也石绍军，败也石绍军’！其实没有谁对民中的感情能超过我，这次改革被个别人搅浑了，我是最伤心的。2014 年大家是把领办的老板赶跑的，这次县里突然宣布停止领办，90% 的老师很后悔，很想把周总留下来继续领办。民中怎么搞都没救了，为了水族的教育，我只能顶着骂名离开民中跟着高平干！”

韦成忍主任（中）、石大大（左二）、我一起与蒙校长（左一）交谈

我们立即搭建高平凤凰的行政班子。决定由刘娟任常务校长，韦姐任校长助理，袁宗华任教学副校长，杨春任德育副校长，孔孝云任后勤副校长。原来安排在民中的，我从湖南带过来的刘祥、邓文亮、唐龙一并安排到高平凤凰担任总务、膳食与采购主任。其他中层再由石大大牵头在民中物色并谈定。民中愿到高平凤凰的骨干教师则由石大大牵头“一对一”地谈好。

民中高一凤凰班班主任苏老师（左二）和高一年级主任杨春（左一）也过来看场地

民中新当选的后勤副校长孙池章义无反顾地追随高平，说：“我从去年起就认定了高平，《高平典章》我反复看了三遍，办学校就应当这么做！

韦成忍主任（右五）与我们一起合影留念

我想为水族教育做点实事！”他还给我发了一首诗：“改革暂停心皆碎，何以心仪民中天。典章呼唤强人应，拥者济济待欢颜！”

我决定要他担任招生专干。

高平凤凰的班子搭建好了。剩下的人马随我去乐亭。小川任初中部校长，王文汉任后勤副校长，陈亮任初中部校长助理，刘彪任膳食主任，刘谷良与鲁成良分别任采购与采购监察，易哲任财务总监，我亲任高中部校长。就这样兵分两路，决战南北！

我召集留在三都与开赴乐亭的两套湖南来的班子在我的办公室开会

晚上19：00，我召集留在三都与开赴乐亭的两套湖南来的班子在我的办公室开会。我宣布了人事安排，强调各人职责后说：“这段生活就像坐过山车，有惊无险，锻炼了我们的胆魄，增长了我们的见识，并且因为高平凤凰实验学校的成功签约，也找到了我们在三都办学的最佳模式，开创了高平教育集团租赁办学的第一所学校！我现在甚至这样认为，2015年7月25日第一次到三都至2016年3月25日期间在三都的所有付出与努力，都只是为了高平凤凰成功签约！所以，自身坚定不移的信念与奋斗，再加上朋友始终如一的扶持，正是我们成功的原因。今晚开会后，我们就要兵分两路：一路留下创办三都高平凤凰实验学校，一路4月10日到乐亭。留在三都的明天进入工作状态，去乐亭的4月10日前自由安排，4月10日后进入工作状态。在今后的工作与生活中，我送大家三句话：“逢人且说三分话，未可全抛一片心；害人之心不可有，防人之心不可无；用尊重的态度对老师，用欣赏的眼光看学生！”

鏖战正酣（一）

2016年4月2日　星期六　晴　建始—来凤

3月29日下午15：00，我在松桃高平国际实验学校工地上转了一圈：主体工程接近尾声，附属工程全面启动，绿化也正有序推进。随即，在松桃高平国际实验学校建设指挥部召开学校各项工作促进会。

“龙智负责各项手续的完善，尤其是办学许可证的办理；王总负责工程质量及安全，确保5月30日前主体及附属工程全部竣工、验收；何主任全面落实招师招生工作！”

“校长、副校长迟迟不到岗，一切陷于被动。”何主任说。

晚饭后，我要麻书记约了田局长。

“我已安排好了，校长、副校长清明节后到岗！”田局长说，“周总放心，松桃多的是学生，而且现在成批的骨干教师想进高平，这几天很多朋友要我给你打招呼，我一概回绝了！我保证不给周总介绍一个关系户！”

“谢谢田局长。”

30日上午，我到达永顺高平金海学校工地。

“6月1日前一切都能搞好！”孙大帅信心满满，但又略显忧郁，“只怕政府的配套工程跟不上呢！高压铁塔不移，教师住房到三层就动不了了！”

我直接找石书记。

“4月份移走，请放心！”石书记爽快地说。

“招师方案什么时候通过？我们要面向全县择优选拔呀！”

“我从长沙回来后定！全力

我与麻书记（左五）等在松桃工地上合影

松桃校园正在进行绿化

支持高平！投资这么大，不容易，但请相信：永顺不愁师资与生源！尽快启动高中建设吧！”

“看小学、初中招生情况再定。”

“现在好多家长都在等着把孩子送到高平！生源一定爆满！”

30日晚上，我又到了建始。建始县第二高级中学附属初级中学合作办学项目就我一个人报名，可是我一点也激动不起来。在建始投资1.2亿元修了一所小学，可是马上就是四月份了，找教育局要个校长都无法落实。或许许多人，甚至包括一些官员认为周曼办学是为了赚钱，所以学校办得怎么样他们无所谓。但我赚钱一直是为了办学，而且我认定自己是在为政府做事。2013年至今，我在建始投资已超过3亿元人民币，一年利息都是天文数字，但小学拖了两年还未开学，尚无一个学生，周曼赚了几个钱呢？可是，我按合同找教育局要几个人却如此艰难！算了，既然教育局不支持，周曼有什么能力办好学校呢？！初中就不要办了！免得本来是政府要办的学校，本来是政府同样要安排的校长，我合同一签，承担所有基建投入且承担40%的教师，却有人认为，招个校长便在搞垮公办学校。

我在学校建设指挥部召开学校各项工作促进会

我与孙大帅在永顺校园合影

我与潘建国（左）、冉华国（右）两位部长在永顺合影

“要有信心！”31日上午，吴县长到学校视察正在建设的学生宿舍，说，“你内心强大但本性孤独，迅速从三都的阴影中走出来吧！抓紧把初中部的合同签了！”

我笑了笑，说："和您在一起总是很温暖！"吴县长一直关心我，所以一见到他，我又不想流露出委屈。其实，三都并没有给我留下阴影，高平凤凰实验学校的快速签约与强力推进，是三都教育也是高平教育唯一正确的选择！况且，配置 100%的公办教职工，我看上哪个校长，王局长都不假思索地立即同意。

"没有激情！"我又没头没脑地说了一句。

"振作起来！"吴县长鼓励我。

"我想要个小学校长！"我说出我的本心话。

"你先在民高内部找个，中考后再说吧！"

我没有作声了。我在调节情绪，我要在一直关心我的吴县长面前表现出应有的快乐，可是我的心已冷到冰点。

"初中减少 1000 万元租金就干！而且以前也有承诺！"我又冒出这样一句话。

我在建始县民族高中的建设工地视察并与吴县长交流

其实，我知道这是不可能的，1000 万元我也不放在眼里。只是因为集团各部部长和民高核心领导都不赞成我办这所初中，认为条件太苛刻。而我为建始教育做了这么多事，我按合同要个小学校长都不同意，我又投资 6500 万元办初中，是不是发疯了？！所以，我决定：不同意在四月份配小学校长，我就不办初中了。因为，修一所学校很简单，但不允许择优选聘校长与教师，要办好一所学校几乎不可能！我确实喜欢办学，但我不擅长一边执着办学一边还要去点头哈腰地求领导做那些按合同规定本该由教育局履行的合约。又要我办学，又在关键的时候不支持，本来是一件好事，却弄得大家都不高兴，我又何苦呢？站在另一个角度，这些年来，建始县委、县政府、教育局给了我这么多扶持，为了一个小学校长，搞得大家意见纷纷，若办初中，马上又要招个初中校长，意见会更大。不干了，不想了，大家还是朋友，也不负领导们多年的帮助与器重。所以，我宁可放弃。

这时，蔡院长发来三都高平凤凰的校园规划图。我决定用四个月时间把这所学校改建成可容纳 3000 名学生的三都县最精致的学校，而且我要修一栋 16 层的教师公寓，让全体教职工安居乐业！

"周总，国务院减负办要到三都民中复查收费情况，除580元的学费外，其余全部要退还学生！幸亏停止领办，要不高平就要背黑锅了！"石大大来电，"我们齐心协力，把高平凤凰办好，决不辜负县委、县政府和教育局。民中大部分骨干教师都要到高平！"

"坏事就是好事呀！"我笑道，"征地、迁坟情况如何？"

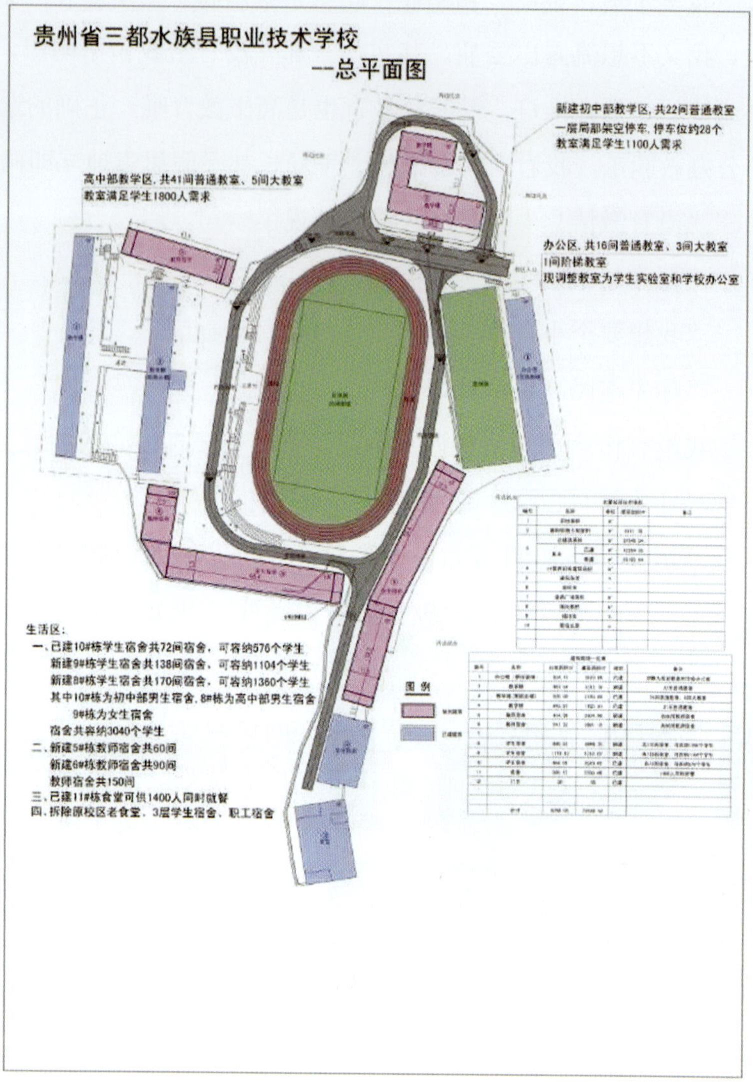

蔡院长发来的三都高平凤凰校园规划图

"三都有名的钉子户，我来想办法！"石大大意气风发。

读者评论选登

恩施州公务员郑建春：不容易呀。执着坚持，但还得理性、科学办事。

鏖战正酣（二）

2016 年 4 月 4 日　星期一　阴　来凤

“下午 15：30，向县长带教育局朱局长、法制办黄主任到民高找你谈二中附属初中的事。”3 月 31 日下午 14：30，吴县长来电。

“周大校长，你也舍得来一下建始啊？！”向县长说话总是一下子活跃起气氛，给人批评，也给人力量，“先到校园转转，踏下青。”

二中附属初中与高平民高仅有一道栅栏隔开，而且中间开了一张门。学校按照香港办校理念规划设计且已全部建成，感觉十分敞亮、现代。今年秋季可以开学。

一路谈笑，最后到高平民高人和楼行政会议室，就合作创办建始二中附属初中进行交流。

我与吴县长合影于建始县民高校园

我陪向红林县长（右二）一行在初中校园考察，左一为吴绍溶副县长，右一为建始县教育局朱大明局长

“我们要让政府工作深入基层，今天就在这里谈。周大校长你先说。”向县长开门见山。

我陈述了自己的一些困难，表达了自己对县委、县政府的感谢，最后说：“自从 2013 年到建始办学以来，承蒙县委、县政府、教育局及各部门的关心、爱护，现在高中部已有 4000 多名学生，并且今年首届高考有望突破教育局下达的一本目标，而且杨鑫同学不出意外的话上清华没问题。我是一个办学的人，内心深处我肯定希望与政府签下二中初中部的办学协议。但是，高平国际小学我投资一亿多元，今年秋季可以建成开学了。我按协议找教育局要个校长都不同意，我现在又花 6500 万元办初中，到时候又要招校长，岂不会更麻烦？！修

向县长一行在建始民高人和楼行政会议室专题研究高平办学之事

学校易，办学校难呀！”

“为建始教育做了这么大的贡献，配个校长又有多大的事嘛？！”向县长高屋建瓴，“只是你不要到处跑，多花点时间在建始，高平在建始的事业已经够大了，很快就是一万多名学生了！你不要天马行空，好像这些事都与你无关似的！你写个详细的文字报告，政府近期开个会定了！”

送走向县长、吴县长、朱局长、黄主任、郑主任一行，已是下午 18：30 了。我有钻在胡同里一下子走了出来的豁然开朗。县委、县政府和教育局在我心灰意冷、孤独无依时给予我阳光般温暖。同时，我也明显意识到自己只适合做校长而缺乏行政思维，缺乏与部门协调的时间、激情与兴趣。事业已做这么大了，我只能经营自己的强项，研究教育、教学与后勤管理。而我不擅长的，就请擅长的人来做吧。刘邦似乎什么都不会，可他有了韩信、张良、萧何不就什么都会了吗？我要在高平集团办学的省份，每个省聘一位总经理直接代表我专门协调部门关系，而每所学校的校长都聘业务型的。我依然反对校长不把心思放在教育、教学上而经常在外面跑关系。但社会潮流我又不能不去适应啊，除非胸无大志，得过且过。

就在这一瞬间，我又突然感觉自己有所成长。面对新的办学项目，我竟已没有此前那种夜不能寐的激情。包括孔局长几次催我“速回益阳谈箴言实验学校”，我都婉言拒绝，说：“要我二哥去办吧！”换了以前，接到电话当夜就赶回去了。现在，我只想一步一个脚印地办好已有学校。此后，凡“天时、地利、人和”不同时具备的项目，一概不谈。看来，青春若刻上秋的皱纹，生命会更加丰富、艳丽。我已四十四岁了，我要学会让这颗一直像一个毛头小伙的青春而创业的心越来越沉静，在享受事业的同时享受生命的芳华。

好久没回家了。父母身体依然康健？子娟、子龙还是一样的快乐无忧？子娟的英语老师陈满花因为“清空饷”回桃江老家了，这学期换了范霞，她为此与龙智分

途经恩施，我在武陵国际实验学校工地看看

居两地，会有怨言吗？老婆又要当子娟的班主任，又要当初中部主任，还要带着三岁多的小豆豆和一岁多的小嘉嘉，一定很忙吧？！

“周曼，一切要顺其自然！”

与父亲通话一个多小时，他反复叮嘱。

4 月 2 日，我决定回来凤。子龙还在等着我回家教他打篮球呢。

途经恩施。我决定到武陵国际实验学校工地看看。经过三年多的努力，建设指挥部谭甜主任终于告诉我：“高中部施工许可证办好了！”

到工地上转了一个圈，二十几米深的桩基础已完成了一半工程，一切工作正有序推进。

“政府希望今年能开学。”谭甜主任说。

“办手续拖了这么久，才动工，今年开学肯定不可能了！”我说，“年前把主体搞好，明年秋季高中部开学。请你马上启动初中、小学与幼儿部的各项手续办理工作，争取明年九月份启动初中部建设，后年九月份启动小学与幼儿部建设。”

回到来凤时已是下午 17：30。晚餐时孩子们此起彼伏的声音让这饭、这菜格外香甜。

晚上 19：20，李校长召集行政会，我在会上布置了秋季高一招生工作。

昨天上午 9：00，我和田哥又召集来凤高平国际实验学校朱江校长，田佑明、青三元、周绍友副校长开会，布置招聘与招生工作。

“一直在做地下招师招生工作，现在已经四月份了，我们必须公开身份，由幕后走向台前了！”朱校长说。

李作军校长召集行政会，我在会上布置了秋季高一招生工作

“具体事情校长们做，政策要靠周总争取呀！”田哥说，“他们现在都在公办学校当校长，不公开身份不利于今年秋季开学。”

“好！清明收假后我找县委、县政府和教育局汇报。”

我和田哥（右一）又召集来凤高平国际实验学校朱江校长（左三），田佑明（左二）、青三元（左一）、周绍友（右三）副校长开会，布置招聘与招生工作

读者评论选登

建始电脑公司老板李景凤：周校长，祝你用良好的心态去处理一切，正如老人家（指周桂林老校长）所言，“一切顺其自然”。

归途

2016年4月8日　星期五　津市—长沙—益阳

“周……总……周……总……我……生……病……了……”

4月6日下午16：00，沅陵老李来电。电话里的声音断断续续，含混不清。

我赶忙拨通小范的电话。

“李总昨天突然讲话含糊不清，到昆明检查，怀疑是脑梗塞。”小范说，“李总不想在昆明住院，我们正在回宾川的路上，订好了明天从大理回长沙的机票。”

“其他方面没问题吧？”

“走路、吃饭都没问题，就是不能讲话，面部有点僵硬。”

“你亲自护送他回长沙，送到医院，与他夫人对接好！我后天来看他！”

“好的！”

4月7日上午7：30，我又给小范电话：“你给李总照个相，发给我。我想看看他。”

小范随即将老李的照片发给我。看着突然之间目光呆滞、左脸僵硬的老李，这位我生命中为“百年高平”教育梦想开疆拓土的贵人与“福将”，我的心如同突然发现车钥匙丢了却翻箱倒柜找不到的失措与茫然。2006年8月，我到沅陵领办四所学校并与老李结缘。在所有亲人的反对下，只因沅陵老李比我更为执着的办学追求，他带着我先后开创湖北来凤、贵州松桃的高平教育事业。从去年十月至今，他作为集团总经理，坐镇云南大理宾川县。他要在云南推广高平教育，却不料突发疾病，我心怆然……

与沅陵老李合影

看来，2016年是“百年高平”的一次“炼狱”。前不久，大哥酒后疼痛异常，住院诊断为胰腺炎。从此，他不能喝酒、不能战斗，也变得苟安于当下的富贵而不愿开创更大的事业。

我刚刚失去一位冲锋在前的猛将，现在让我福星高照的老李又病了。我的事业因这些人而兴起，会不会随着这些人的离开而受到影响甚至停顿？初中时读《三国演义》，我对关羽大意失荆州后张飞、刘备相继以命相搏百思不得其解，今天似乎懂得：地球离了谁都会照常转动，而人这辈子一起经历白手起家、从无到有的朋友与兄弟实在不多。当这些人开始进入生老病死的轮回，自己的生命也开始踏上归途。我们开始面临新的选择，或如刘备、张飞以命一搏，或如唐玄宗前半生励精图治而后半生却“从此君王不早朝”，或如刘邦百战归来“休养生息”而盛世同享……我想，“百年高平”走到今天，是该“休养生息”了。世界是年轻人的，让他们去延续自己青春时期的创业神话。我既已踏上生命的归途，今天都是余生最年轻也最美好的时刻，我要好好珍惜，完全拥有，把已办和正在建设的学校经营好。而且，不要把所有的钱都用于办学校，要留不少于一亿元的风险储备金以防万一。同时，“天时、地利、人和”不同时具备的新学校不要办，老学校也要舍得放弃。人在归途，我不再沉迷于金戈铁马，也不想沉睡于温柔之乡，就用最美的今天做余生最值得贪恋的事业，其余的一切，权当一路亮丽的风景，满心欢喜地欣赏，没有计较，无须拥有。

所以，我决定同意津市市政府意见停止领办集团津市三中。2005 年 4 月 22 日签约三中办学至今，由于“天时”不够，学校只能招津市一中线下生且限定每年高一招生计划为 350 人，我只能办津市二流的高中。可是，普及高中教育是政府的使命，民办教育应当而且必须做当地最好的教育。如果政府的本意就是要保一中，那还坚持什么呢？是因为这所学校是我走出高坪村成功领办的第一所学校的“初恋”情结？

请三都到德雅中学挂职学习的六位乡镇中学校长在刘聋子粉馆吃完全国有名的津市牛肉粉后合影

还是舍不得剩余九年合同期内或多或少的蝇头小利？既然，办“当地最好的教育”是我生命归途的唯一追求；既然，人的生命随时随地都有可能结束，那“天时”不够、政策受限的事业，又有什么放不下的呢？在津市，我就放弃三中而继续领办在湖南享有盛名的德雅中学吧。生命的归途，只赚钱而无精神享受的事情最好不做。

“三中是你走出高坪村领办的第一所学校，按合同还有九年。你为津市教育做的贡献有目共睹，现在普及高中教育，收回三中也恰逢其时。德雅成了全省的品牌，你要继续办好。这是高平的活广告。”市委张书记说，“你是一个厚道人，你说，政府补多少钱给你。”

“一次性付款，三中250万元，德雅中学田径场回购款850万元。”我当着张书记、李市长、蒋局长说，“多的钱我也不要了，再少，政府也不好意思让个体吃亏吧？”

“我们都很佩服周总的教育情怀，市委常委会讨论后再说吧。”张书记高兴地说，“报的价钱很实在，政府应当能接受。”

今天早晨，请三都到德雅中学挂职学习的六位乡镇中学校长在刘聋子粉馆吃完全国有名的津市牛肉粉后，我想回高坪村看父母。

“爸爸，我回高坪村吃中饭。”

“我和你妈妈在益阳市中西结合医院住院。七楼。”爸爸说，“周立也在这里住院，腰椎间盘突出。”

很快就到了医院。爸爸、妈妈都在打吊针，伟姐和向满看护着。

“看到周曼就高兴了！”爸爸很快乐，“中午就在病房吃饭吧！”

“好！”

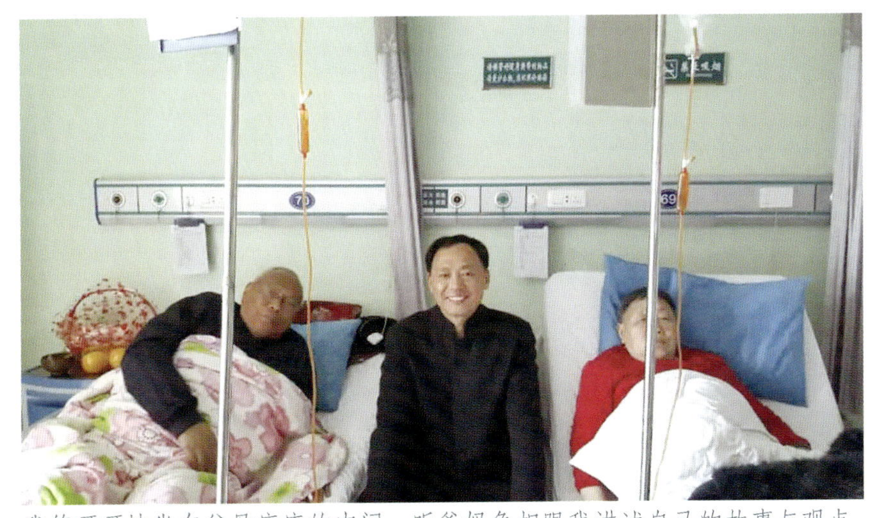

我笑呵呵地坐在父母病床的中间，听爸妈争相跟我讲述自己的故事与观点

妈妈兴致极浓地回忆刚刚包产到户时的峥嵘岁月。

我笑呵呵地坐在父母病床的中间，听爸妈争相跟我讲述自己的故事与观点。我想，人这一生无论做过什么事情，到生命的尽头于自己而言都只剩下一系列故事。连车子都在定期保养，可是我们对自己的身体定期保养了吗？多数人是生病了之后才去看医生。难道，人的本性是并不珍惜自身却对身外的人、事、物执着一念么？！我不由对身边的所有生命，包括自己，心生无限的敬畏与热爱。人在归途，爱人及己，爱己及人。

读者评论选登

1. 三都民中教师赵国良：人生短暂，生命宝贵，多注意检查、保养身体，但也希望你精神振作，办教育的热情不减。

2. 高平集团龙华：且行且珍惜！

3. 宁乡某教育集团教师高利兵：第一次看到兄弟伤感的文字，不无道理。办优质教育才是民办教育的唯一出路，但愿高平精益求精！

4. 高平集团崔晖：老李吉人天相，早日康复！3月下旬在大理宾川聆听李总声若洪钟的“四项基本原则”，中间又电话信息咨询、请教、沟通多次，受益良多！李总是良师也是益友，老弟在河北遥祝您龙马精神早日归队！曼总代问桂爹周妈好！代问毅总、立总好！

家

2016年4月11日 星期一 晴 建始

4月8日下午16：00，我和潘哥到达湘雅附属二医院。拨打老李的电话一直不接。我们在医院里里外外、上上下下转了一个多小时，找不到人。最后，转到急诊室诊疗区，突然撞见老李。医院病房特紧，他睡在走廊上+3床。

我端详着老李，只见他目光呆滞、表情僵硬，听他讲话含混不清，再也不是声若洪钟、谈笑凯歌还的沅陵老李了。

“我老公特别喜欢和你做事，说你能干，为人低调，每次回家都夸你。”老李的夫人说。

“好……了……继……续……跟……你……干……”老李断断续续地说。

“好的！”我搀着老李在走廊散步，“诊治及时，安心休养，很快就会康复。”

潘哥很快找朋友为老李找到了病房。老李很高兴。

我想，每一项成功的事业背后都有一批死心塌地跟着奋斗的同志与兄弟。他们以事业为家，引领着团队前赴后继。作为“家长”，我要让所有成员倍感温馨。同时，当我在三都第一次遇到第一个比我年轻的教育局长王局长时，我也明白，韶华易逝，我余生的主要任务是培养“百年高平”的接班人，培养年轻人。

晚上，在益阳旺府茶座，孔局长介绍我认识一位姓王的机电厂的负责人。

“我负责与政府签办学协议，你负责投资办学。”王总说。

“在全国闯荡，还是要回益阳老家办所学校，叶落归根呀！”孔局长鼓励我，“挂箴言中学附属实验学校的牌子，办精品小学与初中。”

箴言中学是省示范高中，也是我的母校。若能办好这所学校的附属学校，或许是我晚年的精神家园。我便应道：“明天上午去看看校址。”

孔局长（左）和王总（右）带我看办学的土地

4月9日上午9：00，孔局长、王总带我到了办学地。方方正正 100 亩地，位于湖南城市学院正对面，益阳医专围墙边，是益阳市城市黄金地段。王总原计划修机电厂，怎奈全国经济下行，工厂修到一半只能停下来，决定转型办学校。

“可以办一所精品学校，请王总抓紧与政府谈好合同，争取办益阳最好的民办小学与初中。”我充满信心地说。

下午 16：30 到达来凤高平国际实验学校。全总也来了。学校主体基本完成，剩下的是加快附属工程的建设。

“努力把学校建设成教师、学生都特别愿来的美丽、幸福的家园！”我在基建推进会上强调。

今天中午，突然接到宾川岳书记的电话：“李总身体怎么样了？”

“正在康复中。我正在组建新的班子，不会影响宾川一中的建设。”

这两天，何县长、周部长、徐局长都在打电话关心老李的身体与宾川一中的建设。我深感“四海为家”的温馨。

读者评论选登

1. 高平集团李兴文：周董对我叔叔的关心，真诚致谢！

2. 高平集团曾泰：如亲人一样关怀，如兄弟一样真诚相待，难能可贵！

干净

2016 年 4 月 17 日　星期日　风雨　建始

“师傅，今天杨县长、郑局长到我们学校来视察了！”雷刚给我发了几张照片过来。

雷刚发来照片：今天杨县长（前右一）、郑局长（后右三）到我们学校来视察了

兴学乐亭的第一批人马已于 4 月 10 日入驻乐亭高平国际实验学校。我要他们先在学校安排好吃住，抓紧熟悉环境。

今天，三都高平凤凰实验学校的鸟瞰图也出来了。新宿舍正式放线动工，各项维修维护工作全面启动。我想在 8 月 1 日前，一所精美的学校会展现在三都人民面前。这所学校的定位，就是两个字：精品。

这时，父亲用微信与我视频聊天。这是我们父子之间第一次视频聊天。以后想父母了就“视频”吧。

“前天，宾川县何县长、徐局长、杨主任到医院来看了我们。”父亲高兴地说。

“您的身体好些了吧？”我关切地问，“妈妈的身体也好多了吧？”

“好蛮多了，我们明天出院。”

父母健康就好。

昨天晚餐，我与潘哥在品上咖啡边吃边聊。人生中像潘哥这样形影不离的兄弟与同志实在少之又少。

近四天，我的手机一直处于关机状态。这种与世隔绝的“地下”生活让我的灵

三都高平凤凰实验学校的鸟瞰图也出来了

魂若有所失又若有所获。我想：当鲜花、掌声，财富、权位突然消失时，我们无需大智慧，只要依靠勤劳的双手依然可以拥有健康，解决衣、食、住、行。反过来，当我们拥有健康，解决了衣、食、住、行时，鲜花、掌声，财富、权位实际上更多地属于社会而并不属于我们个人，实际上都是身外之物。既然这样，我应当把健康及衣、食、住、行视为立身、立业之本。以此为根本，在追逐鲜花、掌声，财富、权位时，能干则干，不能干则不争取，不与任何党政领导与公务员发生一分钱的利益输送，不为争取任何项目而请领导吃饭、唱歌、打牌，做一个干净的人，做一份干净的事业。同时，节省每一分钱，让集团员工享受当地最好的待遇。“干净”两字也从今日开始要成为周氏家族子子孙孙恪守的家训之一。

这样做，有些人会觉得我“高高在上”。这样做，也有可能会让我的事业因不善协调而寸步难行。但是，既然生命的根本是健康与衣、食、住、行，其他都是身外之物，别人的看法与事业的成败便不复重要。我只愿因为工作而与政府官员碰撞出思想的火花，缔结纯洁的情谊，留下一生干净而美好的回忆。

这样，我就可以在当今和以后中国的不计成本、不论代价的反腐风暴中至少守住自己和朋友们的健康与衣食住行的人生底线，不会为了身外之物而丢了宝贵的自由。

当然，2016 年，由“焦点访谈”曝光的“恩施州校服腐败案”引发的恩施州教育反腐的风暴会让纪委“惦记”上我——“木秀于林，风必摧之”。每“双规”一个教育局的官员，纪委就有可能找我谈话。我不需要勇气，让我从开始到结尾坚持“没有利益输送”几个字的就是我确实就没有做过。如果担心谈话影响我的声誉与事业，我只要想想，除了健康与衣、食、住、行，其他都是身外之物，那么，我就该轻松

美丽的校园与明朗的天空

地告诉自己：一旦进去，就不要急于想着要出来。生命的每一个段落都有其包含的中心思想。我渴望：我和我的后代真心满足于个人的健康与衣、食、住、行。我们还要与一批也满足于个人的健康与衣、食、住、行的朋友仅凭兴趣去做些干干净净的事业。我们的眼前，是美丽的校园与干净而明朗的天空。我们的心中，是如花的笑靥与干净而清纯的情谊。

如果，我和我的子孙不小心沾染了俗世的灰尘，上天一定会用一场暴雨清洗生命的原罪……

读者评论选登

1. 高平集团龙华：健康、快乐地活着，做自己喜欢做的事情！

2. 高平集团贺关先："干净"是为人处世的最好方法，也是事业发展的内核推力。

3. 益阳市人民政府副厅级干部喻国良：周总的感悟实在太深刻与精辟。

4. 津市市教育局副局长刘明华：周总的感悟实在太深刻与精辟。

5. 高平集团崔晖：中国首富、大连万达集团王健林说过一句话："亲近政府，远离政治。"很有韵味，如何处理好政商关系值得深思细品！

醉美金建始

2016 年 4 月 17 日　星期日　阴雨　建始

“今天下午 15：30 与向县长签约。”上午 10：00，建始县教育局朱大明局长给我发来信息。

我赶忙查今日的“宜”与“忌”。“宜婚嫁、出行、破土、祈福”，好日子！

下午 15：30，吴县长、朱局长、政府办刘主任走在前面，我、潘哥、贺仙跟在后面，我们一起到了向县长办公室边上的小会议室。

16：18，向县长过来了。

“周总坐过来，签字。”向县长一声招呼，随即开始签约。

我赶忙坐过去。这是我在建始县签下的第三份办学协议。我花 6500 万元，创办建始县高平国际实验中学，创办寄宿制初中。计划今年秋季学期招收七、八、九年级学生共 1100 人。允许面向县内外择优招考校长与教师。这样，今年秋季，高平集团在建始县学前、小学、初中、高中四个学段便将全部开学，在校学生将超过 7000 人。

签约前朱大明局长（右一）向我发来短信，右二为吴县长

“新常态”下的签约没有仪式，没有致辞，有的只是开怀的欢笑与心中的责任。

“今天尘埃落定了！”向县长高兴地说。

“好事多磨呀！”朱局长笑道。

“具体招师招生的事情你就找朱局长。”吴县长嘱咐。

突然想起2013年1月18日签约建始民高的情景，想起当年签约后带着王先文、曹世贵、严宇飞、黄立波等人到建始创业的艰难，心中生出无限感慨。尤其今天早晨听说曹世贵在来凤家中英年早逝，真有说不出的滋味。“江山如此多娇，引无数英雄竞折腰！”醉美金建始，你承载我“百年高平”的教育梦想，让我沉醉、贪恋。我为你赋诗一首聊表心意：

签约中的向红林县长

这么远却又这样地近在眼前，
这么近却又这样地遥不可见……
而我依然这样地莽撞肤浅，
一如既往地执着一念：
那一年我沐浴春风驻足山前，
不为跨越只为遇见；
那一天我满心欢喜偷看你一眼，
不为拥有只为惊羡；
那一夜我想入非非幸福无眠，
不为梦想只为实现；
那一瞬我仰望苍天灵光一闪：
只因，只因做着相同的事件，
便注定你我今生不散，来世同缘……

建始县高平国际实验中学效果图

“到哪里去”

2016 年 4 月 28 日　星期四　晴　建始

4 月 26 日晚，雨后的恩施到处湿漉漉的。我不知不觉漫步到了舞阳坝立交桥下。

“周老师，真的是您啊？！”从身后突然冒出一个人，紧紧地握住我的手。

我定睛一看，是来凤县高级中学的学生刘大勇：帅气而阳光。2012 年高考前，5 月份，他没生活费了，我掏了 1000 元给他。后来他成了他们村子里当年唯一考上二本的学生。接到录取通知书的第二天，他和他妈妈到学校来看我，提了两个腊猪腿，一只约十斤重的西瓜。

“我以为您出来都是开车呢？您也走路啊？！”

“走路好！”我笑了笑。走路多好呀！尤其是当一个人在纪委没有窗户的谈话室坐着“谈话”一整天后，出来的那一刻会感觉一辈子只要能走路就是最大的享受，奔驰、宝马都不屑一坐。

“到哪里去？”

“到哪里去？”我回了一句相同的话。我不知道自己要到哪里去。我只是想在人来人往的街头毫无目的地漫步，享受走路的健康与清爽。这一路走来，遇到更多的是陌生人，他们或欢笑，或深沉，或一门心思地在走路。

“到哪里去？”我与刘大勇紧紧拥抱后分开，我不由问自己。人到中年，越活

来凤学校工地

越感觉生命的意义不是以前那样的单纯，甚至，找不到自己前进的方向……

我突然想起刘少奇、彭德怀、贺龙等一批老一辈无产阶级革命家。他们为了共产主义信仰自觉或不自觉地走上了革命的职业生涯。已不清楚他们在蒙受冤屈时的所思所想，但我似乎悟出了一点：为了一种信仰，曾经做出再大的牺牲却没有回报甚至身败名裂都是正常的。若悔恨，那么一开始就别走上这条道路。就像在一些战场上，那么多人牺牲或被杀，但胜利者最终是不受谴责的！

与邱丰（左三）等合影于建始县高平国际实验学校工地前

在滚滚历史洪流中，我算得上什么呢？！受了些委屈就要茫然并消沉？

“如果你不是办教育，解决了这么多人读书的难题，如果你做的是其他生意，肯定要搞你！”

乐亭县成立了以人大孟宪福主任（前右三）为组长的“乐亭县推进教育工作领导小组”

我的耳边又重复响起这样的声音。这让我听到一种无形的力量：“君要臣死，臣不得不死！”

可是我把自己和股东们的所有资金都投资教育了！为了教育，我的银行卡上经常只剩下几十块钱。而且这世界又这样现实：你有钱时，大家都有钱了；你没钱时，大家都没钱了！我似乎看到：当我有钱时，大家会笑里藏刀地找我来赚钱；当我没有钱时，大家或许甚至一定会拿着刀子找我来要钱！看透了，才能不以物喜、不以己悲呀！

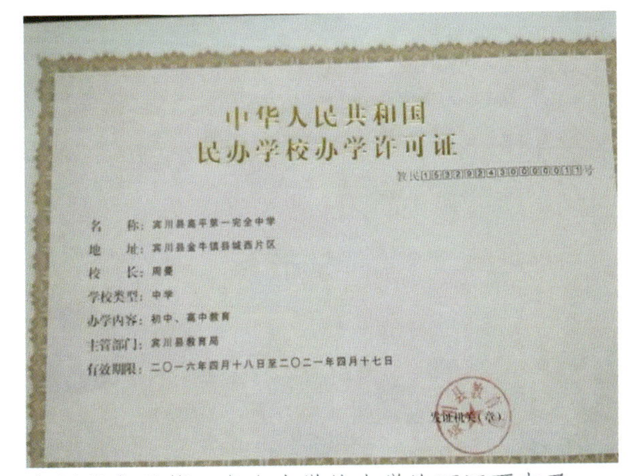

中华人民共和国
民办学校办学许可证

教民153292430000011号

名　　称：宾川县高平第一完全中学
地　　址：宾川县金牛镇县城西片区
校　　长：周爱
学校类型：中学
办学内容：初中、高中教育
主管部门：宾川县教育局
有效期限：二〇一六年四月十八日至二〇二一年四月十七日

发证机关（章）

宾川县高平第一完全中学的办学许可证下来了

所以也才理解这一生最后要去的地方，宗教中称为“极乐世界”。

当一个人没有财富、权位，没有爱恨情仇时，他才是彻底自由和快乐的。

而在“极乐”之前，就这样健康地漫步在生命的街头吧！不管艳阳高照，抑或风也好，雨也罢：不急，不慢；不悲，不喜。没钱就凭勤劳的双手保自己的健康与衣食住行，有钱就继续办好现有和将有的学校：让选择高平的所有教职工在高平的舞台上变得更有尊严和幸福，为选择高平教育的所有学生的幸福人生奠基。这样，如果这一生要有自豪的回忆，不是饱含深情地一直在做自己喜欢的事业，而是我在改变高平教职工的同时依靠他们改变一批又一批的高平学子，让他们变得更加健康和幸福。

就靠这样的情怀，我要快乐而健康地走完余下的人生。

这两天，我先后到来凤与建始高平实验学校工地。

“6月1日前，校门、科技楼、教室、寝室全部竣工，校园道路硬化，我提前付点钱给你。”我对邱丰说。

“谢谢。一定提前！”

晖总代表我在乐亭做前期工作。乐亭县成立了以人大孟宪福主任为组长的“乐亭县推进教育工作领导小组”，并设立“乐亭县教育局驻高平国际实验学校协调服务办公室”。

“如果万事俱备，我们的价值何在？”晖总说。

“宾川县高平第一完全中学的办学许可证下来了。”小范给我发了个微信。

原计划今年秋季宾川初中部开学。但各项手续没有全部办下来之前我决定按兵不动。现在，是全面启动建设的时候了。

4月22日，长沙市教育局也下发了《关于同意筹设长沙高平明照实验中学（暂定名）的批复》。

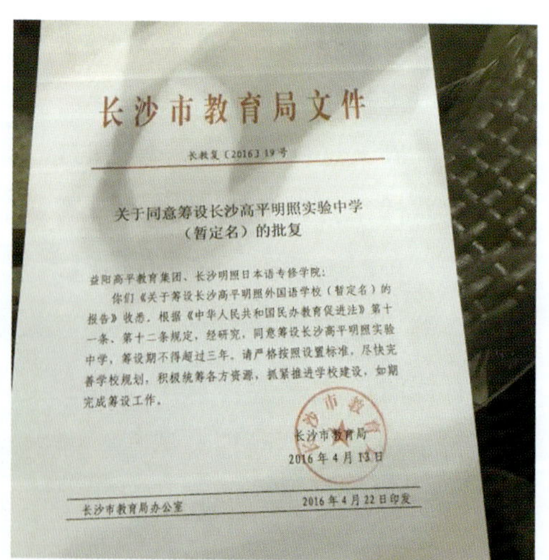

长沙市教育局文件

长教复〔2016〕19号

关于同意筹设长沙高平明照实验中学（暂定名）的批复

益阳高平教育集团、长沙明照日本语专修学院：

你们《关于筹设长沙高平明照外国语学校（暂定名）的报告》收悉。根据《中华人民共和国民办教育促进法》第十一条、第十二条规定，经研究，同意筹设长沙高平明照实验中学，筹设期不得超过三年。请严格按照设置标准，尽快完善学校规划，积极统筹各方资源，抓紧推进学校建设，如期完成筹设工作。

长沙市教育局

2016年4月13日

长沙市教育局办公室　　2016年4月22日印发

《关于同意筹设长沙高平明照实验中学（暂定名）的批复》

各项事情正在有序推进。做“改变人”的事业让我快乐健康。我看到，0：30了，来凤高中人和楼的几个小宿舍，灯光在静夜格外耀眼，冲刺高考的孩子们还在做这一天最后一道题目吧？

今天下午，我带官店镇中的潘校长去看三年前他推荐给我的学生杨鑫。由于七市州联考他比班上第二名多了三十多分，我决定高考前给他一个人单独在人和楼三楼开一个班。

“这样好多了。”杨鑫憨憨地说。

“自主学习，不懂就问，快乐健康地冲刺清华！”我笑道。

潘校长与杨鑫交流

“政治经济学”

2016年5月3日　星期二　晴　来凤—松桃

读书时死记硬背的“政治经济学”，在经历19年创业后，形成一个简单的结论：“政治”即人，“经济”即钱。人与钱完美结合，就能在任何行业中都有所作为。

“财散人聚”。当老板的不要每时每刻都想着自己要赚好多钱，而要想着自己能否给大家提供当地最好的待遇。做到了这一点，就能很快聚集一批当地最好的人才。人与钱结合至此，即可完成当地最好的事业。

所以，作为董事长，一门心思要谋划的就是“人”与“钱”。这种谋划，可以是“有多少钱筹多少人”，也可以是“有多少人筹多少钱”，还可以是“一边筹人一边筹钱”或者“一边筹钱一边筹人”。

如上诸种状态我都曾亲身经历。而今已年过“不惑”，我想步入“有多少钱筹

我与田哥（右四）等合影于来凤县高平实验学校

多少人”的相对稳定的守业阶段。当然，有时因客观因素导致临时缺点钱，那就要依靠“人”来生“财”了！

最近我在全力寻找“人才”。终于，我有了突破性收获：来凤县高平实验学校校长朱江、校长助理田佑明、教学副校长青三元、德育副校长周绍友、后勤副校长周铁刚正式上班了。

建始县高平国际实验中学的校长付志海于5月1日开始上班。他作为花坪中心学校的校长还兼了花坪中学一个初三班的数学，专业而务实，很有思想。付校长推荐现职中总务处副主任易永彩老师为校长助理。我将民高的初中部教学主任彭飞推荐任教学副校长，并拟调来凤县高级中学财务总监杨钦为后勤副校长。班子齐了，一切工作有序推进。

来凤县高平实验学校校门一角

我与付志海校长（右二）、易永彩校长助理（右一）等一起学习《高平典章》

建始县高平国际实验小学与幼儿园的校长还未确定，原计划要建始县最大的初中的校长雷明武担任，但他要中考后才能出来，所以只能由我暂时代任。同时，我决定调民高后勤副校长龙新华到小学任后勤副校长，提拔民高学生处主任李启彬为民高后勤

气派的建始县高平国际实验学校

我与建始县高平国际实验学校班子成员合影

与向大平副校长合影于我在建始民高的办公室

副校长。我又通过努力，终于与建始县最好的小学的德育副校长向大平签约，请他到高平小学任德育副校长。

大家各就各位，开启基建、装备与招师、招生工作。

4 月 21 日，永顺县陈海波县长召开第十六届县政府第 42 次常务会议，同意高平金海面向全县在编在岗公办教师按办学协议择优招考。这是一个诚信政府。

而松桃在招师上出了一点状况。政府鼓励在县外招师，县内招师要与我商量具体办法。

涉及“人”的事情都是关乎事业成败的大事。我于今天赶到松桃，计划明天上午与县委冉书记商量县内招师事宜。

平衡

2016年5月4日　星期三　阴　松桃

“清华招办主任与清华湖北招生组组长到武汉与湖北知名高中校长开座谈会，邀请你参加。”

“什么时候？”我急切地问，也很想参加。

“5月6日上午10：00。”

“啊？”我顿了顿，抱歉地说，“潘哥6号收媳妇，十多年的兄弟，我必须参加。我的车还要做婚车呢！”

“哦……那下次再见！”

我知道，世间人无数，亲近的人并不多。有些人有喜事托人带个情就完事，有些人有喜事不去喝杯酒会一辈子遗憾！而事业永远忙不完，该放时放放也无妨。在事业与感情中找一个平衡点：重要的人比事业重要，重要的事比一般人重要。

当然，在创业的过程中，我们也要学会与同行业找到平衡点：竞争是为了共同发展，而不是消灭或打败对方。

今天上午，我站在松桃县会议中心等了两个小时，终于散会了。

“冉书记，我是高平周曼。想找您汇报工作。”

“周总好！”

“关于县内招师的事情要请您支持。”

我在河边的船前留影

我与付校长（左）、易校长助理（右）在建始县民族高级中学校园合影

“现在各学校的骨干教师都要往高平跑，学生也往高平涌。高平要办好，公办学校也不能乱。你尽量到外县招老师，我们给钱给编。最好不要在县内公办学校招。”

“没与政府签约我是不会到松桃投资几个亿的。当时政府困难还找我借了2000万元解燃眉之急。我是按合同办事。我现在还没招师招生，仅凭想象和传闻就不允许高平在县内招师，书记，您说我该怎么办？”

“你没错。我也知道你的合同政府常务会和县委常委会过了。你找政府和教育局商量一个办法再报给我！”

“当时引进高平的人只剩下我了，我是最为难的。”教育局田局长说，“你下午找下新任分管副县长谈谈。你过来是实实在在干事业的，不要轻易放弃。”

今年真倒霉。2014年与我签约的吴县长调走了，当时分管教育的黄县长也调走了。难道，定好的事情真的会因为人事变迁而说变就变，没有法律保护吗？

下午16：00，我和麻书记找到龙副县长的办公室。石主任通知田局长也过来了。

“您有什么意见？”田局长问。

“高平建校是松桃历史上最快的。他们在认真履行合同。政府也要诚信，必须履行合同。”龙县长干脆地说，“你拿个方案。”

“关键看周总。”田局想了想，“一是不在县内招师，政府违约；二是允许在县内招师，但每个学校不超过5位教师，周总让步；三是在县内招师，不设限。”

我想，有限制地在公办学校招师是平衡公办学校与民办学校师资并达到公办、民办共同发展的有效办法。这世界，没有妥协便没有成全。就像上次来凤县教育局杨明局长要我不在同为民办学校的来凤春晖学校招老师并要我新招的初二、初三学生全免学费我都答应了一样，我坦诚而坚定地说：“田局，就这样：县内招师每个学校不超过5个。”

“好。我们局党组和城区几所学校的校长开会研究下。到时请龙县长参会。”

“要得。”

看来，除非不做事，否则矛盾无时不在。而解决矛盾绝不能固执己见，也不能死抠合同。能够学会退让并找到双方的结合点，学会平衡，自然能达到双赢的目的。

当然，平衡是建立在彼此妥协的基础上的。如果政府一味地违约，甚至不允许高平在松桃县内招老师，我保留法律赋予我的权利。

付校长发来的建始县高平国际实验中学校园文化的效果图

“书记、县长干几年就走了，学校永远办在松桃，我们力挺高平。没有高平，松桃每年仅仅在秀山花高价读民办学校的就有1200多人！高平一来，公办学校就喊会垮，松桃公办教育未免太没有自信了吧！这样没有自信力的教育早点垮了也好，免得误人子弟！”我也听到这样的呼声。

“佛渡有缘人。”一切顺其自然吧。我又欣赏起付校长发来的建始县高平国际实验中学校园文化的效果图来。而忙里偷闲带小豆豆与小佳佳玩耍真的让我万念俱消，只有欢娱。

高坪村

2016 年 5 月 5 日　星期四　晴　松桃—高坪村

“周总，告诉你一个好消息：今天梁书记到了高平凤凰现场办公，决定在学校校门外街对面的约 20 亩的废弃的农贸市场那里修 200 套教师住房。这样，我们原计划修教师住房的地方就可以修图书馆和艺体馆了！”昨晚 21：00，石大大打电话给我，并发了三张照片。

梁书记对教育的重视，是三都人民的福气，更是高平的机会。为三都教育做点事，我始终幸福满满。我要用四个月时间给三都人民一所精致而漂亮的高平凤凰学校。

今天上午 8：30，我准时赶到松桃县政府龙群跃县长的办公室。不知道龙县长对教育的重视是挂在嘴上还是像三都梁书记一样身体力行。

“不要跟龙县长提县内招师的事，就汇报一下工程进展吧！”麻书记提醒我。

“只谈县内招师，其他不谈。”我纠正道，“高平是来为松桃办教育的，政府支持就干，不支持随时可以不干。有困难就要当面讲清楚。”

和龙县长寒暄几句后，我说：“县内招师请求县长支持！”

“和教育局商量着办。把松桃教育搞好就行，别出乱子。”

从县政府出来，我突然感觉全中国的公办教育都面临危机：五花八门的纯属应付的材料，哗众取宠，隔三岔五强力推行的“高效课堂”，不能区别教师付出程度与工作质量的全国大一统的待遇……教师缺乏自主发展的空间，教育最大的财富，即优秀的校长与教师，正在脱离体制走向即将繁荣的民办教育！而在这样的时代背景下，只要政府支持，我所实践的办学模式是很实用并具备一定影响力的。但若政府不支持，千万不要去自讨苦吃。

今天梁书记（前中）到高平凤凰现场办公

我到学校工地上转了一个圈，交代佳哥确保 5 月 30 日交屋，随即与冉冉、智哥驱车回高坪村，去潘哥家喝喜酒。

全总、龙新先到。立波、刘部

长、潘校长、邱丰、向总等人后来。

酒过三巡，我给大家满满地倒上一杯，说："潘哥收媳妇，大家不远千里赶来，我很高兴。大家都是有福之人，所以我也跟着大家享福了！来，敬大家！"

我与佳哥（左）、王助理（右）在学校工地上合影

今夜，我想喝酒。

饭后，我们一行到高坪村看父母，我们合影留念。

"每次回家我都要到老屋转几个圈。一看到自己 1997 年到 1999 年的办公室，我就明白钢铁是怎样炼成的！"我指着我曾经用过的在楼梯间门洞里狭窄、阴暗的办公室说。

"这是高平办学活生生的博物馆，要好好维护！"全总说。

"高平"诞生于高坪村，高坪村是"高平"不竭的营养圣地。在平民教育的征程中，高平是旗帜，更是方向。高平无论经历多大的失败，全体高平人始终要高举高平的办学旗帜，都要以高平为荣且不以失败为耻。我们始终从实际出发，顺时而变，不断丰富高平文化的内涵。

父亲与来看他的各位"高平人"合影

高坪村，你孕育了"高平"，也培育了我这样一位"高平"的旗手。

“千年等一回”

2016年5月7日　星期六　风雨　长沙

“感谢各位来宾、各位朋友。我与潘哥是十多年的兄弟，今天潘哥收媳妇，我和他一样心花怒放。潘亚是我的学生，看到他快乐、健康地成长，成家立业，我更十分欣慰！在座各位都是有福之人。请允许我集合各位的福气，代表各位共同祝愿潘亚、黄诗：千年等一回，瞬间成永远！”

昨天上午，潘亚结婚典礼上，我真诚祝福。绿油油的秧苗，排成长龙的祝福气拱门，书写着爱情的甜蜜。

或许，每一对夫妻都是前世的约定：我们欣赏过、暗恋过甚至呵护过或多或少的“她”或“他”，然而这一切都限定在精神的范畴。真正以物质的方式在亲朋好友面前以青春的名义宣誓爱情的人就是这么一位。彼此倾慕又彼此需要，十指相扣，看好山好水，享尘世繁华，正是千年等来的缘分！一旦走进婚姻的殿堂，就要好好珍惜这千年等待的不易。这时更多的是物质的守护，或许要虚掩浪漫之门。而珍惜，恰恰不是对自己尊严与情感的坚守，而是对对方无条件的近乎没有底线的原谅与包容。就像我大舅，当许多亲戚朋友当年嘲笑我数学只得了8分时，他笑盈盈地说：“急什么？曼伢子偏文科！”

潘亚结婚典礼

事业也似乎是前世的宿命。我们在经历诸多选择并上下求索之后，自觉或不自觉地走上了适合自己的工作岗位与创业之路。面对人生，我本茫然失措，是父亲把我引上了平民教育之路。他于1993年招了42名初一学生，办起了高平中学。1997年，在父亲的召唤下，我回到了已有初一、初二、初三共3个班183位学生的益阳高平中学。我追随父亲，用7年时间，把这所当时占地不到两亩的学校发展到占地420亩、在校学生5218人的中国唯一一所办在乡村的全日制寄宿学校，涵盖幼儿、小学、初中、高中教育。这所学校，解决了我的衣、食、住、行。慢慢地，我有了超越个人物质需要的精神追求，我便在高坪村完成了自己的凤凰涅槃，成为“高质量、平民化”教育理念的传播者与践行者。

“我们到井冈山去看看！”婚宴后，兵哥提议。

“这里到井冈山只怕还有六七百里吧？！”田哥说。

“来高”李作军（李老大）校长在一旁浅笑。

“高平的井冈山——高坪村！”兵哥大笑，“这里过去才5公里。”

李老大（左二）、田哥（左一）等在我老家看望我父母，并合影留念

李老大、田哥、兵哥、吴校长一行随我到了高坪村，与父母相谈甚欢。我们一起看了我家的老屋、我当初回家创业的办公室与教学楼以及新修的滋兰亭与养沐亭。把过去与现在联系在一起，我们不得不感恩“天地君亲师”！我也更想珍惜今天的一切，不负千年等来的尘缘。

我与李老大（左二）、田哥（右二）等在滋兰亭合影

今天，冉冉、贺仙与李总先赴三都，我决定在湘雅体检，买点药，明天坐高铁去凯里再转三都。

今天上午真是高效率：先后看了耳鼻喉科、皮肤科、口腔科与脊柱外科，而且都买了药。当然一切得益于专门挂号的“号贩子”。我的身体一向强壮，想不到今年在三都工作期间极不适应那方水土，弄坏了身体很多器官，尤其是鼻子天天流血。离开三都回建始后，吴县长见面就说：“你至少老了十岁！”在建始待了几天后身体立刻恢复常态，加上事情多，也就没到医院看病。现在又要去三都，我不得不搞下体检。好在身体尚无大恙，医生却给我开了两大包中、西药品，我准备好好地吃上一个月，再适量运动。因为，我还是信奉有病就治，治好了有利于更好地工作与生活。我总觉得“焦裕禄”的荣光中有一丝或可避免的悲剧色彩。这或许也是对千年等一回的每个人的生命的珍惜吧！

我与李老大（中）、冉冉（左）在养沐亭合影

当然，即将“北上”乐亭的我，最主要的是做好身体的准备！愿此行吉祥！

自信高平

2016年5月12日　星期四　晴　洱源—宾川

5月8日到三都时已是下午16：00。

“周总，你们先开会，晚餐我就不陪你了！晚上19：00你和石大大到教育局开会。”王局长来电。

在民中一楼办公室，我召集石大大等人开会。

“前两天听说我办公室的沙发都被民中新班子叫人搬走了，怎么没搬走呀？”我问。

“先搬走了。王局长知道后，又叫他们昨天搬回来了！”石大大叹了口气，“年轻人呀，不知道做人做事的门道！我辛辛苦苦把民中办起来，现在他们把我和选择高平的教师都当作眼中钉了！恨不得把我们早点赶走！说民中‘成也萧何，败也萧何’，我是‘晚节不保’了！7位教师被纪委下放到偏远乡镇后更是恨死我们了！”

在民中一楼办公室，我召集石大大等人开会

“哈……哈……”我笑了，“大家委屈了！从去年8月26日到今天，我始终饱含振兴三都教育的激情！引入竞争不是要搞垮民中，而是要促进民中发展并全面振兴三都教育。这样，我们高中只招一个班，在民中少招点老师，不影响民中发展。我们主要精力用来办初中。”

晚饭后，我与石大大赶到教育局。王局长及教育局全体党组成员和相关股室长都在会议室等候。

“今天开会讨论确定高平凤凰招生招师规模。”王局长开门见山，“5、6、7月份为三都教育自信宣传月，我们要提振三都教育的士气！”

石大大自豪地介绍了工程进展的神速。

我说："高平凤凰改造工程在6月10日前完成，新建工程7月20日前完成。我会建一所三都最精美的学校。关于招生，我想高中招50个就够了。我不想搞乱民中。民中乱了，我的日子也不好过。我想面向全县招二流的初中教师，二流的初中学生，用一年的时间把二流的师生打造成全县一流，全面促进三都教育！"

三都教育局正门

工地上灯火通明，工人们正在紧张地作业

"初一招多少？"王局长问。

"500人。"

"能招到吗？民中的事把高平名声搞坏了！"

"您刚才不是说要进行教育自信的宣传吗？自信高平是高平能成功走到今天的根本原因！现在松桃好老师、好学生都争着要到高平来，县委、县政府还在出台限制招师的政策呢！另外，我想在农贸市场那里投资办所幼儿园。"

"大家都发表意见吧！"王局长说。

最后，王局长总结道："周总的观点我很赞赏。但高一招50人太没人气了，招300人！初一争取招500人吧！先面向全县招14位高中教师，23位初中教师。到时若学生招多了，再面向全县补招教师。另外，全力支持周总在农贸市场办个全县档次最高的幼儿园！"

与吴红波（前）、石大大（右）在工地上留影

散会时已是晚上22：00了，天下着蒙蒙细雨。

"大大，到工地上去看看！"

我召集石大大、刘娟（右二）、老孔（左二）等人在校园转了一个圈

看着装修一新的“腾飞楼”，格外亲切

工地上灯火通明，工人们正在紧张地作业。

“无论天晴下雨，我们一天24小时工作！保证按时交屋！”吴总自信满满。

9日上午，我召集石大大、刘娟、老孔等人在校园转了一个圈。看着装修一新的“腾飞楼”，格外亲切。而新建的学生宿舍已做好了桩基，主体工程再过一个月应该会拔地而起。

“还有一个事：招生的时候能不能不挂‘高平班’？在民中这么一折腾，大家都是谈‘高平’色变。”石大大忧心忡忡地说。

“不挂‘高平’挂什么呢？”我语气坚决地修正，“无论一个人还是一个集团，自信是成功的基石。我敢在高平凤凰投资6000万元，就有办好这所学校的200%的自信！此前领办民中，没有民办许可证，是非法办学，是强迫！现在办高平凤凰，州教育局全力支持，是合法办学，是自愿：无论师生，愿来则来，不愿来则互不相干。校长是高平集团驻三都的形象代表，校长都怕谈高平，那还当什么校长？当年白色恐怖下，冒着砍头的危险，地下党员到一个地方就立即发动一批新党员。何况现在三都县委、县政府和各部门这样支持我们，我们必须自信，必须理直气壮地打高平旗号！招师难易决定了办学的难易。按我的安排，高中老师难招就少招点，初中老师好招就多招点！只要予以限制，无论招师招生，立即火爆。现在好多老师千方百计想挤进高平，我们为什么自己却没信心？！从现在开始，凡事只谈高平，必谈高平。第八节课召集民中有意向到高平的教师开会，公布待遇，到时候您看效果！”

“我没搞过民办教育，边干边学吧！”石大大说，“既然是高平办学，确实要打高平的旗号！”

晚饭在高平凤凰临时餐厅吃。每创办一所学校，第一批创业者总要历尽艰辛。

而我在学校办好后又去创办新的学校，以此为乐。

今天上午，石大大打来电话："周总，现在高平火了！原来怕招不到老师，现在限制招师后，尤其是明确待遇后，大家都要到高平来！看来，高平是被有些人妖魔化了，原来很有吸引力！难怪三都到高平集团挂职学习的校长回来都说高平好！看来，也不搞什么《高平典章》（三都版）了，就是《高平典章》。好东西就是好

晚饭在高平凤凰临时餐厅吃

东西。我马上在电视台、教育信息网全面宣传高平与《高平典章》，让大家了解高平，戳穿一些人的谣言！"

"很好！《高平典章》的核心是'高平可以改变你，你也可以改变高平'。一切从实际出发正是高平生命力之所在！自信高平、幸福高平是我俩奋斗的共同目标！"

读者评论选登

1. 高平集团崔晖：唯其难能，所以可贵！沧海横流，方显英雄本色！高平教育和高平人就是在挑战与困难中成长、发展壮大，并能浴火重生、凤凰涅槃！

2. 三都凤凰实验学校孔孝仁：以苦为乐，成就事业，充满自信，幸福高平！

3. 高平集团曾泰：一切从实际出发正是高平生命力之所在！为总裁点个赞！

彩云之南

2016年5月13日　星期五　晴　宾川—大理

“要是能在这里办所学校该有多好呀！”2000年，游大理、洱海、丽江、玉龙雪山、泸沽湖时，月薪只有200元的我却油然而生这样的想法。

时隔16年，我真的来了！而且，在彩云之南，高平教育以宾川为示范，或许不只是办好一所学校。

当然，办好高平宾川一中是当务之急。从徐局长、何县长与张主任的微信中，我也隐隐看出领导们对高平宾川一中进度的担忧。

我决定全面启动学校建设，把承建恩施武陵国际实验学校的向总调到宾川。

前天，我从贵阳飞至丽江。昆明设计院李院长派车到机场接我。

车行不到20分钟，我突然看到玉龙雪山。16年不见，我赶忙下车照了个相。从很大意义上讲，现在的人生是由以前油然而生的想法结成的果实。反过来说，现在的想法也正决定着我们的未来。我也奇怪，当年身无分文的我为什么会想来这儿办学？原来，梦想不需要钱却在人生中又最值钱！

时隔16年，我真的来到了彩云之南办学

李院长是洱源人。他邀我到洱源看茈碧花，住大理地热国。

“宾川办好后，也到洱源办所学校吧！”李院长提议。

昨天中午，我赶到宾川。刘部长、向总一行也从重庆飞大理到宾川。下午

15：00，我们一行到教育局徐局长办公室。

“何县长一再交代让我问你什么时候来，他要到机场去接！”徐局长说。

我突然从何县长的真情中感悟到真正支持高平宾川一中的领导对项目缓慢推进的失望与忧虑。

我与向总（左二）在宾川合影

“这么大的项目，办齐各项手续至少要一年。现在不到半年基本办妥了，我们算做了事的！”徐局长宽慰道。

晚饭前，我邀刘部长、向总一行到工地勘察，筹划全面启动建设。通向初中部校门的大道已经修好，到高中部校门的大道也修了一半。800套公租房就在高中部正对面。当我们站在学校制高点擎笔山上，宾川县城尽收眼底，我们与即将就读宾川一中的高平学子，都要沐浴鸡足山灵光，放飞远足的梦想。

晚上20：00，在教育局三楼会议室，何县长主持召开基建会议。

“尽快完善基建班子！”何县长直击要害，“至于工作中出现任何问题，我们一起商量，共同解决。组建学校班子，招师招生都不是问题，因为高平宾川一中本身就是我们宾川的学校，所有的事都是我们自己的事！”

我不由想起松桃。我满腔热忱用短短几个月把学校修好，却突然听到不允许在县内招师的消息。相比之下，我先把宾川一中修好该多好呀！但世事谁能把握得那么准呢？

我邀刘部长（右四）、向总（左三）一行到工地勘察，筹划全面启动建设

我最后坚定地说：“感谢各位领导辛苦而卓有成效的工作。这次过来主要是确定基建班子。刘部长任指挥长，范工为甲方代表，向总施工，小范为办公室主任，小李协助小范。我们计划年前搞好主体及外装修和附属工程，明年6月1日前完成一切。另

会场一角，左三为何副县长

想在今年8月确定校级班子，9月份到集团培训。保证办好一中，给各位领导交一份尽量完美的答卷。”

今天上午11：00，在宾川宾馆304房间，我与向总签下施工合同。

“一定如期完成任务。”向总信心满满。

中午人大张主任请客。何县长、周部长、徐局长等领导都来了。

“见到你我就放心了！”张主任分外亲切，“你不过来，不动，书记、县长，宾川的老百姓要骂人的！会说我们做事不牢靠，弄虚作假。要知道，当初引进高平，是徐局长、何县长和我力排众议呀！”

“主任放心，我这次过来是组建工作班子全面启动建设的。我和高平的风格是：不动，悄无声息；一动，昼夜兼程。高平绝不会给您脸上抹黑！”

“北上”

2016年5月15日　星期日　晴　长沙

“没见面不好说，见面了我给你提个建议：暂停发展，巩固发展好现有学校。”宾川县人大张主任握着我的手，诚挚地说。

张主任是我的领导，但从这句箴言更让我感受到他是我的良师益友。我开始思考下一步征程。

去年8月到今天，我共投资近十五亿元人民币创办高平国际实验学校。今年秋季建成并新开学的学校共七所：建始县高平国际实验学校（小学、幼儿园）、建始县高平国际实验中学、来凤县高平实验学校（初中）、永顺县高平金海实验学校（小学、初中）、松桃苗族自治县高平实验学校（小学、初中）、三都水族自治县高平凤凰实验学校（初中、高中）和乐亭县高平国际实验学校（初中、高中）。若全部完成招生计划，集团将新增学生15000人。同时，已启动建设计划且明年开学的学校有恩施武陵国际实验学校（小学、初中、高中）和宾川县高平第一完全中学。长沙市高平明照实验学校（小学、初中、高中）预计9月份动工，明年秋季开学。这是一项令人激动的事业，同时也肩负沉甸甸的责任。此时我已不是“韩信将兵，多多益善”了，而是要“将将”，并择重中之重“御驾亲征”。

我的“将”就是校长。无论是已办学多年的老学校，还是刚刚建成的新学校，第一是选准校长的人品，第二是在预算范围内授予校长绝对的人、财、物的权力。我要让高平集团的每一位校长永远不愁钱。我只在每年开学的时候找校长要计划招收的学生，在每次期末考试后找校长要理想的分数。如果给校长花钱他却不能帮我做成事，无所作为，这就是高平集团最大的腐败，也就是集团反腐换人的唯一标准。至于工作中出现一些差错，要允许、要包容，因为不作为的人永远不会有差错，而做事的人犯点错误在所难免。

目前，恩施、宾川正在建设期，只要资金到位就没问题了。建始、来凤、永顺、松桃、三都我都已聘好当地最好的校长，目前均已形成师生对高平“众望所归”的态势。当下，我的重中之重便是乐亭了！乐亭的成败，决定着高平集团今秋的成败！我决定北上乐亭，亲任校长，力争今秋招收新生4000人，开辟高平集团北方“根据地”。

即将“北上”，忙里偷闲，我又重游大理古城，享洱海风月。对生命与自然的

即将“北上”，忙里偷闲，我又重游大理古城，享洱海风月

万般热爱造就了我对自己选择的事业的一往情深并用自己的方式去默默成就。

“我印象中的周总和高平集团就是董事长一个人，出来从不带助理和秘书。偶尔出现个总经理。”原宾川县长、现永平县委书记阿泽新说。

大家都笑了。我也感到奇怪：做了这么大一个集团，比一个五十万人口的县教育局管的师生还要多，而且跨了五个省，为什么一个教育局局长下面有那么多股室，而高平集团除我之外，下面就四个部长呢？我想，把管理力量放在学校、放在基层，完全砍掉中间环节，就是高平模式的精华。

彩云之南以宾川为示范，我还面临着许多办学的机会。但这都是我“北上”告捷后才能考虑的事了。我临时任命基建部刘部长兼任董事长助理，与宾川小李一道，代表我赴大理州永平县及楚雄州牟定县做前期考察。

我临时任命基建部刘部长（中）兼任董事长助理，与宾川小李（右）一道，代表我赴大理州永平县及楚雄州牟定县做前期考察

昨天，我飞回长沙，到湘雅复查身体。这段时间一天三次大量服药，身体飘飘然了。但我想，在将病未病之时服药，所有的药物都是真药；在病入膏肓时服药，所有的药物都是假药！与疾病做斗争并泰然处之，也是人生必有的美景。

明天上午 10：10 就要坐飞机去天津转乐亭了，极目湘天，心神俱宁。这些年来，或因上苍庇佑，更赖朋友扶持，虽历经风雨但节节胜利。2009 年办来凤县高级中学得“秀才泉”，2013 年办建始县民族高级中学遇“斑鸠窝”，今春修恩施武陵国际实验学校又见一眼百年泉水……北上乐亭将会发生和遇到

些什么，在百年高平的历史上留下哪些神奇，用心以赴之吧！

“曼帅，过来安排住在承启大酒店吧！学校还没通水，教师宿舍要6月上旬才能验收。”晖总来电。

“住学生宿舍吧！我习惯了同甘共苦。”

刘部长（左一）与永平县教育局杨局长（右一）在永平思源学校工地考察

“投资乐亭，事事畅通”

2016年5月18日　星期三　晴　乐亭

“董事长，你终于来了！我们有主心骨了！”前天下午16：30，刚下唐港高速，乐亭县教育局郑局长带着赵局长、郭局长与孙主任在路旁接我。小川、王校长带着第一批“北上”的“高平人”一齐迎了上来。

春雨浇灌出翠绿，轻风绕着明净的阳光，暖洋洋的。

“无论如何先住承启大酒店！”郑局长为我订了个套房。

晚餐，教育局请客。

“为董事长接风洗尘。”郑局长说，“高平国际是乐亭的学校。王书记说了，要让乐亭百姓的孩子享受优质教育，高平的事就是乐亭的事，各级各部门必须100%搞好服务！”

“无论是合同约定的还是合同没约定的，基本上是有求必应！”晖总说，“为了便于衔接工作，郑局把我安排住在教育局6楼，提供专门的办公室，隔壁就是郭局长办公室。”

我大步走出天津机场

“给一个民办学校在教育局专门安排一个办公室，可能是中国首例！”我笑道，“这是教育的奇迹！”

“投资乐亭，事事畅通！”晖总应道。

下午20：00，借用教育局六楼会议室，我召开乐亭高平国际第一次全体会议。

小川、王校长总结了近一个月的工作，晖总在讲话中强调：“乐亭寄予高平厚望。每个人的一言一行都代表高平，不要给高平丢丑。”

我充分肯定了大家的成绩，最后强调：“从现在开始，我们的一切工作围绕两个目标：乐亭的优秀教师乐意到高平来，乐亭的优秀学生乐意到高平来！”

昨天上午8：30，在教育局五楼会议室，赵局长牵头召开招师、招生及基建与装备协调会。赵局长负责高中招师、招生，郭局长负责初中招师、招生，聂局长负责基建与装备。立洁与石卫敏长驻高平，协调服务。在高平国际运行图表上，各项事情均明确了截止时间与责任人。很明显，各项事情均由教育局牵头来做，我们只是决策。“把高平引进来，我们要负责到底，请董事长放心。”郑局长反复强调，事实上也是这么做的。

我突然感到，民办教育的最高境界，就是县委、县政府和教育局把民办学校的一切事情当作自己的事情来做。而不是合同一签便不管了。招校长、招老师、招学生这些常规工作还要“求爷爷告奶奶”都不批准，甚至如临大敌，层层设卡。更有甚者，干脆就准备不履行合同了！“高平办好了又不会搬走，还不是一样教乐亭人民的子弟？！”县委王书记说。在这里，我感受到民办教育工作者久违的尊严。

借用教育局六楼会议室，我召开乐亭高平国际第一次全体会议

“6 月 15 日前 100% 搞完验收，交钥匙。”赵局长说。

“新戴河初中每年中考在全县前 100 名中占了 80 个以上，是县里最好的初中，我建议学校验收后把这所学校所有师生平移过去。”郭局长说。

“怎么处理与乐亭一中的关系？”赵局长问我。

“共同发展，合作共赢！”我坚定地说。

一会儿，赵局长就把一中冯校长喊到了办公室。

“高平要发展，需要好老师、好学生；一中要发展，需要钱。”冯校长直接地说，“我给你老师与声誉，你给我钱！”

“好的！”我笑道，“您拿个方案吧！”

中午，人大孟主任、政府杨县长请客。

“董事长来待多久？”杨县长问。

“一直干到开学。”晖总在一旁应道，“人事调整了一下：小川调到初中部任校长，曼帅亲任高中部校长！”

“很好！很好！我更有信心了！”孟主任以茶代酒，“全县人民都在关注高平，我们要齐心协力办好高平国际！上午已协调好那32亩地与小学用地。事无巨细，随时可以找我！”

为了科学决策，下午13：30，赵局长、郭局长带我们考察了邻县两所民办学校：滦南县唐山英才国际学校与滦县海阳私立学校。

“我们这里没一个公办教师，纯民办。”海阳学校李校长羡慕地说，“配100%的公办教职工，政府支持力度这么大，还办不好，那就真对不起乐亭人民啊！”

晚餐后，郑局送我回宾馆。他反复强调：“董事长放心，乐亭人很好客，不欺生。到乐亭投资的老板都发财了。何况您是办教育，乐亭人特别崇拜老师！”

读者评论选登

1. 来凤天一科技公司老板彭福海：高平教育之花终将开遍中国的大江南北！期待……见证……

2. 高平集团崔晖：大道无形、大音稀声……缘聚则生！

3. 华北电力学院教授周建良：乐亭政府英明！

受得了委屈

2016 年 5 月 20 日　星期五　阴雨　武汉

教育，正面临着人类历史上最奇特的群体：以“计划生育”的方式在短时间内集中养育的一大批没有兄弟姊妹的独生子女。

正因独一无二，便易唯我独尊。

父母、爷爷奶奶、外公外婆自觉或不自觉地以爱的名义想方设法满足孩子的需要，忘了告诉孩子：这个世界是残酷的，每个人在地球上都没有自我认为的那么重要，只有受得了委屈，才能尽情享受人生。相反，我们步步妥协，不敢跟孩子说“不”，甚至演变到哪个老师敢跟孩子说“不”，父母就要找老师的麻烦，甚至胁迫其下跪！

没有惩戒的教育，未历委屈的人生，又怎么担当社会赋予每个人该有的责任？

原来，一次次对孩子让步的教育培养出来的压根就是没有社会责任感的、一切以自我为中心的“时代宠儿”。

一位高一女生，独生女，不小心爱上了班上一位男生。爱上了就要得到，可是男生喜欢上了班上另一位女生。

习惯了在父母、老师的爱中获得，一朝被“白马王子”拒绝，女生选择了跳楼。

我日益怀念自己曾经受过的教育

这一跳应痛醒溺爱的教育！举国上下，全县中考前 100 名的学生，被各所高中视若珍宝，包吃包住百般呵护，只差没有为男生配个“小妞”，女的配个“小帅”了！这样的教育，怎样培养未来受得了委屈而又有社会担当的接班人？！

我日益怀念自己曾经受过的教育。

小学三年级，我与琼姐放学回家在路旁捉回一只小白鸡。

“马上给我送回原地！不听话就打！我就不信你将来不养我！”妈妈操着一根

竹棍朝我远远地挥来，我吓得一溜烟地将小白鸡送回原地，从此再也不敢乱拿别人的东西了。

我和郭成副局长（左四）到二中与学校领导座谈，了解情况

小学四年级，未交语文作业。曹老师当着全班同学面用竹片狠狠地抽了我手心二十下。第二天，我找妈妈讨了一只七八斤重的南瓜送给曹老师，从此爱上了语文。

至今，我深深地敬爱打过我、骂过我的父母与老师，因为他们在我做了不对的事情时及时对我进行惩戒，让我不犯相同的错误。他们用棍棒告诉我：只有受得了委屈，才能有所担当。

所以，当我后来不小心喜欢上班上一位女生而她要我“认真读书”时，我没有选择跳楼，而是津津有味地继续活下去！

所以，我越来越反感那些似是而非的教育专家所倡导的快乐教育与游戏教育，我也害怕教育的高官们唱着“尊师重教”的高调却在大惊小怪地一天天剥夺教师们“惩戒”学生的权利，辱没师道尊严。现在，公办教师基本上不想管学生了，好与坏，拿着相同的待遇。管严了，一旦学生和家长举报，还怕挨处分。

我便下定决心：此后的高平教育，在赏识与温情中，必须让孩子们学会吃苦，养成好习惯，具有国际视野，培养受得了委屈的有担当的创业者！

我在教育学生的同时还要不停地教育自己。现在兴学乐亭，各级各部门对高平呵护有加，我应清醒地看到，这是一种“溺爱”！如果我一下子忘乎所以，不认识自己了，我会失败得很惨！“由俭入奢易，由奢入俭难！”虽是教育局买单，我也不能住宾馆了。我要马上搬到学校学生宿舍去住。别人把我当上帝，我要把自己当学生！同时，我要立即带着大家深入招师招生第一线。

前天下午，我将小川与陈亮送到新戴河中学。学校专门为高平安排了一间办公室。

“从今天开始，你与陈亮找学校 152 位教师一对一谈话，动员他们去高平。”

我自己到了二中。学校为高平安排了两间办公室。

“从今天开始，潘哥调研后勤，我、冉冉、贺仙分头找二中所有老师一对一谈话，动员老师们去高平并搜集老师们的意见与建议。”

读者评论选登

高平集团龙华：当老师确实应当先让孩子成人，后成才！你的四大教育思想一定是孩子们一生的宝贵财富！

为而不争

2016年5月29日　星期日　晴　乐亭

幼读《诗经》，似懂非懂，但里面那艳丽的诗句实在过目难忘。譬如：“昔我往矣，杨柳依依；今我来思，雨雪霏霏。”

应寿哥的邀请，我先后考察了保定市的蠡县、容城县和高阳县

我想，这是写人生吧。年轻时“杨柳依依”，觉得人生可能永远如此美好。等经历了大半个甚至整个人生时，才知道人生是非常艰难和令人迷惘的，就像身陷迷蒙大雪之中。尤其是当你衰老“衣锦还乡”时，你可能会突然觉得生命其实最终还是毫无意义而令人伤感的。当你老了，家，还在不在？父母，还在不在？妻子，还在不在？……人生到底有没有等待，有没有坚守？一切情感，最后是否有一个真实的归属？！

如何解决生命终极之痛？当我们局限于一己之身的时候，我们对生命、对人类的命运实际上是看不清的。但是当我们看到“星垂平野阔”，当我们仰望星空，“月涌大江流”时，我们生之为人的那种渺小和孤苦无依的痛苦瞬间被宇宙的浩瀚包容了、化解了……唯有“无我”，才能无痛、无苦。唯有将“我”化入浩瀚之宇宙，才能从生命之“点”融入生命之“流”。生命的本质永远在川流不息当中。当我们有了这一番彻悟之后，我们便可以走出霏霏之大雪，找到平野和星空，继续轻盈地前行，一如褚时健从监狱走向哀牢山的橙园。

我与曦曦等人交流并聘任他为集团投资部部长

乐亭县委书记王东群（前右二）带队调研教育，在乐亭二中考察

我便有了“为而不争”的人生态度。我一定要以自己的方式平静而有所作为地走过余生。

5 月 22 日到 24 日，应寿哥的邀请，我先后考察了保定市的蠡县、容城县和高阳县。最后，在河北大学科技园四楼会议室集合。

“北方办学政策与人文环境远远优越于南方，”我召集寿哥的儿子曦曦及他河北大学的两位同学说，“就把这里作为高平集团河北学区总部，曦曦任集团投资部部长。”

“杨柳依依”的年轻人，好好历练吧，未来是你们的。

25 日上午，乐亭县委书记王东群带队调研教育。

“各级各部门对高平集团要高看一等、厚爱一层。重点学校的牌子不能成为特权，一中办得好，挂在一中，高平办得好，挂在高平，就像‘流动红旗’一样！全县好老师、好学生自由选择学校。引入竞争，共同发展。”在调研会上，王书记强调。

在北方短短的工作期间，我深感北方人的耿直与豪爽。在他们心中，只要有利于孩子，招师招生就是教育局的分内之事。那我何必还在那些政策与人文环境不好的地方苦撑呢？“岂无膏沐，谁适为容？”人生百年，我剩下的生命要在需要我、尊重我、支持我的地方尽情绽放，为而不争！

我在听取王东群书记发言，我的右边为教育局郑局长

“儿子身高一米六七了！”老婆骄傲地说。

孩子，在生命的长河中，让我们一起奔腾，无论“杨柳依依”，还是“雨雪霏霏”……

“越有意义”

2016年5月30日　星期一　晴　乐亭

“每学期收多少钱？”郭局长问我。

“4000元/期。”

“杂费呢？”

“除生活费外再无任何杂费，一费制。”

“太低了，老百姓反而觉得教学质量不可靠！至少6000元/期。”大家一致说，“这里老百姓随便一个菜棚一年收入就是二三十万，大家都不外出打工，一门心思赚钱送小孩读书。”

可我践行的是“高质量、平民化”的办学理念呀！并且这一理念在山区广受欢迎。今天，我第一次在经济发达的县域办学，不愁收费。更重要的是，经过市场调查，这里的课桌、床铺、办公家具、钢筋水泥等的价格比山区便宜了近四分之一。同类公办学校除财政外几乎没有其他待遇。收入高，成本低，办学不是太容易了吗？

应教育局卢局长（右二）的邀请，我与石大大（右一）和小姚到了贵州省罗甸县考察

我似乎动摇了在中国一百个少数民族贫困县办一百所学校的信念，甚至不想再到贫困县办学了。

“应当这样理解：越发达的地方办事越容易，越贫困的地方办事越有意义。”三都教育局王局长给我微信留言。

我眼睛一亮。这位兄弟，每每在我出现思想问题时，他总是用经典而富有哲理的话语给我指明前进的方向，使我不致从一个极端走向另一个极端。

我决定，将百年高平教育梦改为“在中国一百个县办一百所涵盖幼儿、小学、初中、高中教育的当地最好的学校，让常年在校的一百万名学生享受‘高质量、平民化’教育”。这样，发达地区容易的事我做，贫困地区有意义的事我更要做。

在政府二楼会议室，我与杨县长（左一）等领导交流

这样，我才能以苦为乐，站在更高的层面笑对贫困山区办学的种种困难而永不言弃。

所以，我接受了罗甸县教育局卢局长的邀请，26 日下午 16：00，我与石大大和小姚到了贵州省罗甸县。他带我考察了罗甸一中、职高与民族初中，然后到县政府见分管教育的马县长。

吃晚饭时，杨县长过来打招呼，说：“欢迎周总。今晚休息，明天上午谈。”

“我今晚要去松桃。”

“我今晚还有两个会……这样，就定在晚上 20：30，政府二楼会议室。”杨县长没有一点官架子，善解人意。

“我仔细研读了卢局长一行考察高平集团的报告，对高平与周总已经很了解了。周总这么有钱却不抽烟、不喝酒、不打牌，我想肯定就是干事业的。这次特意要卢局长请你过来，就是想听听周总的想法。”转眼 20：30 了，杨县长开门见山。

“下午卢局长带我参观了城区几所学校，形成了如下想法：政府无偿划拨土地，‘三通一平’，提供 100% 的公办教职工，配套教师住房，高平先新建一所可容纳 2400 名学生的小学，明年秋季开学；同时在罗甸一中办一个高平班，不超过 50 个学生，确保 100% 上‘211’大学；待条件成熟时新建或租赁职中老校区办初、高中，一中高平班师生移至高平校区。”经历了三都的磨炼，我对于振兴贫困山区县域教育有了一套简单而有效的思路。

“黔南州曾经因教育落后而著名的‘三波罗’，荔波县教育质量早就上来了，三都县去年引进高平使质量一下子翻了两番，现在只剩下我们罗甸稳居倒数第一了！卢局长，你谈谈想法。”杨县长说。

“坚决引进高平办学，尤其是办好一中高平班！否则，按现在这样搞，考不了几个‘985’，我也只能辞职了！”卢局长语气非常坚决。

三都高平凤凰教师招聘考试现场

“罗甸教育只有改革才有出路。政府自己修学校，除了土地和师资，还要一亿多元的建设资金。高平来了，带来了资金，更带来了民办机制，我坚决支持引进高平！”马县长补充道。

“好！再不能耽误下去了！7月底之前搞好小学的征地、拆迁与场平，同时请马县长、卢局长抓紧拟好与高平的合作协议，尽快达成一致意见报政府常务会。”

离开罗甸时已是晚上23：00。我要龙智开车到凯里接我，到松桃时已是27日凌晨5：30。

下午16：00，在松桃国际酒店一楼茶座，松桃教育局田局长对我说：“受冉书记委托，县人大主任、政协主席、编办主任、人社局长和我没与你联系，悄悄考察了长沙达材、建始与来凤高平、龙山皇仓及永顺高平，大家都很震撼，回来向书记、县长汇报后形成一致意见：坚决履行合同，支持松桃高平学校高质量开学。同时，为确保松桃公办学校既受到冲击又基本稳定，县内招师在满足高平招师总量的前提下设一定的限制。你尽快将招师方案报教育局。冉书记很敬重你，说你就是一个想做点事的文质彬彬的书生，给松桃教育引入竞争机制也是他当初的提议，要我们好好扶持。周总放心，我一定会全力支持你。这次考察回来，我改变了民办教育成不了气候的观点，未来中国的优质教育，一定是民办教育。”

离开三都民中的潘虹（右）充满希望地说：“我想扎扎实实做点事，将来还想跟着周总去外面办学”

山区办学，真是苦尽甘来呀，这就是意义所在。

今天，石大大抑制不住兴奋地给我打电话："周总，这次我们高平凤凰招考老师真是火爆呀！23个岗位80多名老师报名，经过笔试、面试后，挑选的全部是三都一流的教师！"

"很好！下一步就是布置老师们一对一招生了！另外，王局长同意高平凤凰今年招小学生，请抓紧筹划。"

"好的。"

在这次招师中，立波的同学潘虹毅然离开三都民中，选择了高平。

"我想扎扎实实做点事，将来还想跟着周总去外面办学。"他充满希望地说。

“顺其自然”

2016年6月1日　星期三　晴　乐亭

“曼总，不知道你到底有多少钱？只知道你一会儿办一所学校，投资两三个亿，过一会儿又办一所学校，投资两三个亿，而且好多就是你一个人投资，没有股东。”

“可是我想不通的是你坐拥数十亿元资产，却始终和大家住在学生宿舍，吃大锅饭。”

……听着朋友们的议论，我微微一笑。我不知道自己为什么这样爱办学，但我知道办学是我不爱抽烟、喝酒、打牌的理由。每新办一所学校，我都要吃、住、工作、锻炼在校园，我像拥抱两三岁的子娟、子龙一样热爱着这所学校。

我与崔晖（右一）、冉冉（左二）、王文汉（左一）在乐亭高平临时宿舍合影

我与员工在临时食堂就餐

今天，看着乐亭高平国际实验学校即将竣工验收、交付使用，看着这占地280亩的乐亭县办学条件最好的学校，我心花怒放。人生的意义不是用金钱来衡量的，无就是有。所以我回答所有人问我有多少钱时，只有一个答案：“我其实真的没有钱，但我能够把自己喜欢做的事情做好，我快乐。”正因为无我，正因为喜欢和基层的职员吃住在一起，正因为个人物质生活平民化，正因为无所求，所以我想做的事情都会坚定不移地做下去，什么都不怕。

当我和潘哥、鸟鸟一行围着乐亭县城散步8公里后回到学校，看到校门对面灯火通明正在抢修的地产乐府，我意识到，高平在培养祖国未

我与潘哥在学校运动场上合影

来精英的同时也正在深远地影响当下的经济。听说停了一年多的乐府因为高平的进驻，房价直线上升，如今是一房难求了。

那我一定要办好高平，不负众望。

“《高平典章》一定要顺其自然。”领办三都民中时，父亲送给我一句话。当时不甚明白，只有满腔振兴三都教育的激情。经历了这么多，越来越明白，父亲是要我按照当地的习惯与实际，制定顺应教职工生活与工作规律并在给教职工最大自主发展空间的同时尽最大可能释放教职工的潜能，用人之力而不是听之任之。

此时再读《道德经》，我也就更深层次地理解“道常无为而无不为，侯王若能守之，万物将自化。化而欲作，吾将镇之以无名之朴。镇之以无名之朴，夫将不欲。不欲以静，天下将自正”的含义。

看着乐亭高平国际实验学校的效果图，我心花怒放

“无为”即顺其自然。也就是说，天道永远是顺其自然的，然而没有一件事不是它所为。侯王将相如果能持守它，事物就会自生自长。自生自长而至贪欲萌作时，我就用道的真理来镇住它。用道的真理来镇住它，就会不起贪欲。不起贪欲而归于安静，天下自然上轨道。

所以，集团各校，我要放手让校长去抓教育教学，给其人事权和工资制度下的经济权。如何镇住校长在学校发展过程中逐渐萌生的贪欲？我手中“道的真理”就是：《高平典章》中的后勤财务制度。涉及钱，后勤副校长与财务总监按《高平典章》为校长搞好服务的同时进行制约，并且这两个人由我亲自聘请，在人事关系上不受校长制约。同时，只办好一所学校可以信奉“一位好校长就是一所好学校”的校长文化，而要在全国办好一百所学校必须是可以复制的全国统一的集团文化。这样，就不会出现校长只手遮天，因“天高皇帝远”而占山为王的局面，也不会出现为达到某个目的而以“不干了”来要挟集团的行为，因为在统一集团文化后，我们实施的是文化治理而非校长治理。简而言之，一旦校长私欲膨胀，随时换掉对学校均无半点影响，而且在学校内马上可以选拔新的校长。所以，“道的真理”的第二个方面，是顺其自然而又全国统一的《高平典章》。并且，作为董事长，为了更接近自然，更切合实际，我每年要在搜集各校校长的意见后亲自修改《高平典章》并统一执行。一年一修改，不断创新，最大限度地接近自然，办中国最大的民办基础教育。

我与潘哥、鸟鸟一行围着乐亭县城散步 8 公里后回到学校

现在，我便在全面调研乐亭教育，充分考虑师生“自然”的生活与工作需求的前提下，以《高平典章》(2016 年 1 月版）为基础，全面修订《高平典章》(2016 年 8 月版），今秋推行。

“刚创办时教师上午、下午签到，还要坐班。时间长了，习惯成自然，现在既不签到也不坐班，效果还蛮好。”恩施清江外国语学校姚校长说。

是的，习惯成“自然”，自然实乃天道呀！我欲穷一生之力以接近自然，一切运作都不为自己，不以对自己的标准来要求别人，把自己放在别人后面，“以其无私，故能成其私”。

在子女教育问题上，我也在培养小孩品德并确保其身心健康的前提下“顺其自然”，“儿孙自有儿孙福”也正是这个道理。

无题

2016年6月3日 星期五 阴 乐亭

有就是无，得就是失，
最好的暗含着最坏的。
就这样吸一口乐亭的空气，摸一下酸酸的鼻子，
在绿茵场上散着零碎的步子，
整齐地坐着看地板上的影子……
忽然听说建始的校园成了江河，
又听说恩施的挡土墙在垒地基：
那钉了四年的农户正在办喜事，
办完后就准备搬家了，
因为，再下场大雨，房子可能被埋在泥沙里……
生命就这样川流不息，
在无情的尘世中我深情地爱你：
观花草虫鱼，竟不再固执一己，
看蓝天白云，便不悲不喜……
就这样爱过便不再忘记，
就这样走过竟不离不弃……

读者评论选登

高平集团龙华：不以物喜，不以己悲！我常常这样告诉自己！因为活着就是幸福！

乐亭高平中学校门

为了你时刻近在眼前

2016年6月8日　星期三　晴　建始—长沙

你高兴时我感觉你离我很近，
你不高兴时我感觉你离我很远……
为了你时刻近在眼前，
我发誓：从此我只给你报告喜讯！

易飞易降便易忘造飞机的兄弟，
常依常傍更常忘初恋的甜蜜。
今生，你有意无意给了我最想要的，
来世，我依然傻傻地捧着傻傻的你……

我在来凤县高平实验学校工地上做自创操

端午

2016年6月9日　星期四　晴　高平

“端午回来吃中饭不？”父亲6日来电。

“8号高考，我在建始……有点忙。”

“回来不？不回来我就要与你娘分开住。”

“哈哈……”我与潘哥忍不住笑了又笑。

昨天晚上18：50我从恩施乘飞机到武汉，打的飞奔武汉火车站，只差一秒钟就没跳上20：59出发去长沙的高铁，晚上住长沙。今天从长沙赶回高坪村已是上午11：00。

妈妈一个人坐在堂屋门前，就那么坐着，显得瘦小了许多。

“妈妈……”

“周曼回来了啊？”妈妈颤抖着站了起来，我忙扶着她坐下。

妈妈很高兴，开始跟我讲她的快乐与不快乐。

父亲从后门进来，看上去比上次要胖。

“爸爸。”我站起来大声喊道。

父亲很高兴，坐下来给我讲他的快乐与不快乐。

“我每晚给你妈妈削个苹果，她还对我恶。”

“削苹果要得啵！”妈妈笑呵呵地说。

“我听你对我恶不舒服。我一个人搬到建始去！”

“要得啵！你到哪里我到哪里！”妈妈笑呵呵地说。

我与琼姐都笑出了眼泪。我坐在妈妈的身前，越坐越拢。我睁大眼睛看着妈妈干瘪的脸与手，她并没看着我。她的身体越来越不行了……曾经给我

三都端午节集市掠影

做可口饭菜的母亲。

父母一生享受了多少？将来又能带走多少？我们呢？当有一天风烛残年时，不也期盼着子女回来吃饭么？

午饭后，我去看看岳父母，又要赶长沙去天津的飞机。

“约好乐亭一中冯校长，明天上午 9：00 见面。”我交代晖总。

读者评论选登

1. 高平集团龙华：好儿子、好女婿、好父亲、好老公、好老板、好男人！

2. 建始网络公司李景凤：为了把事业做好，有时真是身不由己啊！

3. 华北电力学院教授周建良：高平如日东升。

合作共赢

2016年6月14日　星期二　阴　乐亭

“缺一不可，‘一’就是一切！”晖总说。

我与郑局长亲切交流

到乐亭这么久了，我看得最重的“一”件事就是与乐亭一中合作。我认为，把一个县内相对优秀的高中教师挤在一所学校里吃大锅饭，不如一分为二来挖掘各自的潜能。“分”的办法有两种：我把钱砸在一中老师身上无序竞争或者我把钱交给一中由学校有序派遣老师到高平合作共赢。经过艰难谈判，一中冯校长及其校委会选择了合作。

今天上午8：30，在教育局6楼会议室举行乐亭高平国际学校与河北乐亭第一中学合作办学签约仪式。人大王凤亭副主任及郑局长、郭局长、聂局长出席仪式。因一中冯校长在石家庄开会，由一中张书记与我签约。

合同约定一中派今年高考成绩好的老师带复读班并将6个复读班放在高平国际学校。同时，经双方商定派6个高一班的教师共21人给高平。高平集团在合作期内给一中一定的办学经费，解决公办高中因取消择校费而导致的经费瓶颈。

乐亭高平中学招生简章封面

“只要有利于高平办学，我们都要全力扶持！”王主任说，“今年乐亭教育的大事就是让高平国际成功开学。没开好学，乐亭教育今年就是失败年。郑局长要带着全体成员为高平服务。”

“大家做得太好了！”我不好意思地说。

“高平办学模式占尽天时地利人和，与政府无缝捆绑，何愁办不好学校？”

“我到乐亭是为了办好乐亭教育！”

确实，办学时间越长，我越厌倦教育内部无序的内耗。而地方政府不给我人、财、物的足够扶持，作为一个不为赚钱、只为梦想的人，我更没必要厚着脸皮苦撑着办学。与乐亭一中的合作标志着我找到了教育内部的平衡并快乐无忧地为当地教育做贡献。同时，我要以此提醒一下至今如井底之蛙的个别教育行政长官：你拼命维护的公办学校也就办成那么个水平，你是不是挂着“教育公平”的旗号行歧视并限制民办教育之实？铁打的衙门流水的兵，你不要在我面前动不动就讲“不能办好一所民办搞垮所有公办”的怪论！几十年的公办学校会那么容易垮吗？如果真这样脆弱，早点垮掉又何妨？！

与河北乐亭第一中学合作办学签约仪式

万事俱备，我决定招生去。我们分成两组：一组由教育局初中教研室刘主任带队，小川、二中徐校长及立杰参加。我这一组由郭局长带队，教育局办公室副主任晓静做主持，二中赵老师解读入学须知。

今天先后在三合、蔡庄与三中进行招生宣传。面对这些年轻的学生，我深感韶华易逝……

读者评论选登

高平集团龙华：应该把乐亭模式向各地区推广，只有这样才能促进当地教育的发展！乐亭领导高明！

为了教育的尊严

2016年6月16日　星期四　晴　乐亭

“教育局不支持，那县委、县政府把高平招过来干什么？”昨天，做完麦港、汤家河、闫各庄、马头营、大相各庄、庞各庄等六所初级中学的招生宣传后，回到郭局长办公室，他笑着对我说，“郑局长在局党组会上要求全体班子成员全力以赴，确保高平成功开学。”

在乐亭县委、县政府和各科局领导的办公室，我看到一个奇怪的现象：办公室都摆了一张单人床。领导们每周要轮流在机关值守，晚上睡在办公室。有什么事可以在领导轮班的晚上谈通宵，平时找领导汇报工作，只要他们没出乐亭，基本上可以随叫随到。在这里，我真正领会到毛主席确立的“为人民服务”的深刻内涵。或许，这得益于离北京较近，党员干部更讲政治的缘故？我感觉到，这里党的力量随处可见，从干部到基层，一切服从安排。譬如，每到一所初中，校长早就把学生集合在操场等候，而初三的班主任都拿着笔记本和笔在会议室听我讲话并作笔记。在备受尊重时我突然深感惭愧，因为我开会常常忘了带纸和笔，上次在建始吴县长还善意地批评了我。以后再也不敢了，马上去买个笔记本吧！

我与乐亭教育局郭成副局长亲切交流

“面对学生的宣传搞完后，我们明天开始策划电视访谈，做两期，全面宣传高平，让高平家喻户晓。你做好讲话的准备！”郭局长交代道。

三都高平凤凰实验学校自主招生考试现场

从教育局的工作思路可以看出，大家并没有把高平视为“洪水猛兽”，而是倾全力要办好的一所乐亭的学校。

今天，从县委王书记办

我在乐亭乡下进行招生宣传

公室出来，郑局长说："董事长，我没有你那么大的理想，要办一百所学校。我只想做好一件事：把乐亭高平国际办好。乐亭人民需要一所优质的学校，在现在的公办机制下，老师们没有工作的激情，只能走高平道路。我从来没有把高平视为单纯的民办学校，而是视为乐亭教育。高平办好了，十年至二十年后，乐亭人民会记得这所学校是我当教育局长时办的，我终究为家乡做了一件好事！"

一股暖流传遍全身。切身感受了乐亭教育局对高平的扶持后，再听郑局长这番讲话，心里格外感动。中国的民办教育自孔子举旗以来一直担当了中华文明代代传承的历史使命。新中国成立初期，一夜之间，举国上下曾一度消灭了民办学校。而世界历史证明：有教育，就必有民办！改革开放后的中国，民办教育又如雨后春笋。顺应时代潮流，高平高举平民教育的大旗，成为中国最大的民办基础教育航母。

今天，在不知不觉中，我又遇到了千载难逢的办学机会。举国上下公办教师厌教，公办学校的校长找政府要钱没没钱、要人没人，因而产生了畏难情绪以致产生了辞职的想法。然而"教育公平"的美好梦想终究麻痹不了接近 50% 的群众要让孩子接受优质教育的强烈想法。所以，高平要借助国家的民办教育政策并获得地方政府人、财、物的全力支持，办当地最好的教育，满足人民群众对优质教育的迫切需要。

宣传现场中可爱的学生

很幸运，我已做到了这一点。在感受到作为一位民办教育工作者的尊严时，我才发现，只要我以高平模式激发了地方党委、政府对教育的无限重视，我所做的一切，就是为了教育的尊严！这，必将颠覆性地影响一个地方的现在与未来。

这时，建始高平国际小学向大平副校长发来练习本的样稿，这位可爱的校长，连做个练习本都在宣传高平，是有真功夫的。不考虑钱而满脑子在考虑事并全面推行，才是高平值钱的校长。

三都高平凤凰实验学校更是扬眉吐气：初一招收500名学生，昨天全县参加高平自主招生考试的就有3700多人。而州教育局也下发了同意筹办高平凤凰实验学校的批复。

建始高平国际小学向大平副校长发来练习本的样稿

“也有孩子在贵阳、都匀、荔波、独山、丹寨读六年级与初三的家长来电联系要让孩子到高平就读，‘我们三都终于也有了自己的民办学校’，这句话真让我感到温馨和鼓舞，只有办好高平才对得起三都人民啊！”石大大发来信息。

读者评论选登

1. 宁乡某教育集团教师高利兵：我应该算得上一个真实的读者，在点赞的同时，但愿曼董及高平教育集团蓬勃发展，尽量少走弯路！

2. 高平集团曾泰：总裁您辛苦了！建始民高和来高县外招生情况比去年更好，在外县教育局无孔不入地加大打压我们招生的形势下，同样有很多学生和家长主动填报了这两所学校的志愿！

行万里路心宽

2016 年 6 月 18 日　星期六　晴　乐亭

在乐亭县二十所初中的招生宣传如期结束。一石激起千层浪，习惯于孩子考不上一中便读二中的乐亭人民从现在开始便日夜纠结起来，校门口来咨询的家长络绎不绝，招生热线也响个不停。

在招生竞争中，每招到一个优秀生都无比欢喜，每错过一位优秀生又无限失落。只是，学校越办越多，我在优秀生的得失上日趋麻木抑或淡然，却一门心思扑在如何创造一流的办学条件、打造精英化的教师团队、组建强大的行政班子和根据实际完善《高平典章》上。只要把面上的宣传与点上的家访做到位，不选择高平已不是我的过错，所谓“尽人事、听天命”吧！也可以说成“行万里路心宽”！

在用人上我也跳出了家族与家乡的圈子，只要人品好，就地取材，“四海之内皆兄弟姊妹”！我的主要心思是搭起高平事业的舞台，制定舞台上演出的规则——《高平典章》，就像培养学生一样让每一位在高平舞台上的高平人得到培养并收获成功与幸福。至于员工的去留，自有其去留的理由，我不准备考虑。在高平文化中，有“三顾茅庐”的坚持，但无强人所难的念想。员工有更好的舞台，应祝愿其一路安好。

我在乐亭乡下进行招生宣传，图为演讲现场

“心宽”更是一种自信。我相信，只要高平真正办好了，学生自会蜂拥而至，员工也会纷至沓来。来者都是客，一定要款待所有的来宾。

21 号就是中考了。和南方不同，乐亭的中考考点设在县城，所有初三学生全部在县城参加考试。学生填志愿设在高考与中考成绩公布之后。这意味着高考考得好的学校就能吸引中考考得好的学生。所以，不把管理抓起来，不把教师配置好，不把成绩提上去，单纯的招生宣传作用不大。

好在与一中合作，能共享其优质师资，这为我招收优秀生提供了条件。而一中减少了 300 个招生计划，只招收 800 人，这又保障了高平招生的数量。一切正按照我期望的路子走下去，我十分珍惜党委、政府与教育局对高平办学事实上的扶持，不像有的地方，本身全县初三毕业生也就两三千人，一中却还在拼命扩招，教育教学质量居低不上，有意义吗？

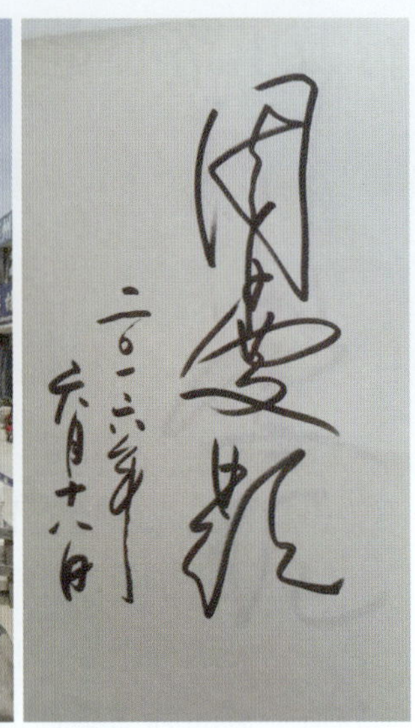

我在校门口设立“文曲石”并题词

剩下的时间要抓紧校园文化布置并装备设备设施。一马平川的华北平原，我能遇见等我千年的镇校奇石吗？今天，2016 年 6 月 18 日，我在唐山国际石材城巧遇一块 3.8 米长的巨石矗立路旁，翘首以待，仿佛为我，为高平学子等了千年。我便把这千年奇石运回学校，安置在校门正中央。正面一看，恰似高高竖起的大拇指为高平师生喝彩，侧面一看，又如孔夫子诲人不倦，真是“文曲星”下凡，当然要叫“文曲石”了！我便挥笔题写“百年高平”，要让“高质量、平民化”的社会理想与这“千年文曲石”共同庇佑高平师生梦想成真，一生幸福！

就地选“材”（一）

2016 年 6 月 20 日　星期一　晴　乐亭

“爸爸，节日快乐！”昨天，父亲节，先后收到子娟、子龙的祝贺。

“在哪？”我问子娟。小孩节日的问候比他们考一百分更重要。或者说，小孩考试可以打零分，但不可以心中没有父母。

“恩施。”

“子娟获了‘华佗论箭个性奖学金’，奖金一万元，今天上午在州文化中心领奖！”老婆接过电话说。

独处异乡，心中顿生暖意。孩子，若为衣、食、住、行，父亲创造的财富足够你十辈子享之不尽。你兼具“个性、聪明、善良、勤奋、健美”的品质，你这辈子注定要超越物质享受而追逐精神的富足与自由呀！相反，若贪恋物质享受便注定裹足不前甚至成为败家子！就像我，若贪图享乐，当年就不会走出高坪村。仅仅因为“百年高平”的教育梦想，每新办一所学校，我总是冲锋在前，与员工同吃同住，等到学校建成开学，我又去开创新的学校。正因物质上无所求，才创造了物质与精神财富呀！

当然，我只是用高平模式搭起创造财富的舞台，我所依靠的是每一位献身高平

华佗论箭个性奖学金

周子娟

兼具“个性、聪明、善良、勤奋、健美”的品质，在“2016年度华佗论箭个性奖学金”评选中脱颖而出，获得个性奖学金10000元。

特发此证，以资鼓励。

子娟获“华佗论箭个性奖学金”，在州文化中心领奖

教育的高平人。

今年，我从亲戚、老乡、朋友、学生中选拔了一批人担任后勤副校长以及膳食主任、总务主任。半年的实践证明，他们中有的谦虚好学又勤奋节俭，是我的福气。

我在乐亭二中办公楼召开高中部第一次全体会议

而有的确实文化水平太低又不肯学习，说话、做事严重影响高平形象。有的人虽聪明但实在太懒，不堪培养。看来，只有真诚而无能力，真诚只是骗人的假象，迟早会要误了高平的大事。我要寻找的，是人品好、能力强并真诚投入高平的人。具备以上条件，我就应跳出家乡与家族的圈子，无论亲疏，就地选材！

按照这一用人原则，我亲自担任乐亭高平国际学校总校长，津市一中后勤副校长王文汉担任初、高中部总后勤副校长，要小川担任高中部校长，聘请二中徐海彪校长担任学校常务校长主管初中部。然后要小川、徐校长全县排查，自己最后拍板，首先确定了学校高中部全体行政班子：聘请乐亭一中教学副校长兼新寨高中校长艾绍刚主管教学，二中教学副校长谷向东为校长助理，二中后勤副校长罗德平为德育副校长。然后经各位副校长推荐，在二中、新寨高中和汤家河高中选拔出所有处室主任。值得一提的是：我大胆任用闫各庄中心校会计刘永存为财务总监、汤家河教学副校长周振奎为总务主任。在后勤财务系统中，我也开始就地取材！

今天上午 10：00，在二中办公楼，我召开高中部第一次全体会议。我说：“省委书记赵克志提出要推动‘产城教’融合发展，这为高平集团提供了北方发展的战略背景。我决定把乐亭高平国际学校作为高平教育集团北方总部。以此为据点，围着天津、北京转，向秦皇岛、承德、张家口、保定、沧州、廊坊、衡水发展。星星之火，可以燎原。大家都将成为高平的元勋！所以，大家要有一种历史使命感来加盟高平，办好学校。”

徐校长强调：“县编办已下文，高平国际是全额拨款事业单位。大家级别和财

我与高中部行政班子成员合影

中餐在丞启生态园进行

政待遇都不变，变的是有一个更好的舞台，做好了事，从物质和精神上都可以得到更大的肯定！”

“我又焕发第二青春了！”谷校长说。

“一中派过来的42位老师我来把关。”艾校长认真地说。

小川交代招生事宜并分配好任务后，我们在明理楼前合影。站在身高一米八的北方汉子中间，我显得矮小起来。但我就要团结这班异乡的兄弟共创高平在北方的天下！

中餐在丞启生态园进行。

“我们团结一心，效忠高平、服务高平、奉献高平！”大家以饮料代酒，一齐举杯，政教主任史主任致辞。

身体力行

2016年6月21日 星期二 阴雨 武汉

高一招生告一段落，马上开始初一招生了。

昨天下午14：30，在乐亭教育局五楼会议室，召开县一、二、三、四小校长与全县各乡镇总校长会议。

“今年乐亭教育最大的事情就是响应省委号召，建设教育园区。全体校长必须以大局为重，无条件支持高平国际招收初一新生！”郭局长向大家介绍高平集团和我后，强调道。

“今天是高平招生专题会。乐亭高平国际是高平集团在北方办的第一所学校，也是河北省第一家响应省委‘产城教’战略的教育园区。周曼董事长身体力行，亲任学校总校长，足见高平集团对乐亭办学的重视。大家要站在讲政治的高度支持高平！”赵局长在会上提出要求。

郭成副局长（左一）在会上介绍高平集团并强调支持高平国际招收初一新生

我将初中招生简章发给大家并进行解读，最后说：“23号开始，我和高平国际的老师们将深入各小学六年级班级开展招生宣传，请求大家支持！”

这么多年来，每办一所学校，我都冲锋在前。而我评价高平集团各分校校长的标准，也是看他在做什么，而不是在说什么。然后看他做得怎么样。无所事事却大话连篇，甚至不做事却跟我谈办学思路与理念的校长，我根本看都不想看一眼，因为高平天下是我和高平人用血汗蛮拼出来的！如果不幸聘请了一位空谈误校的校长，没有战绩，立马换掉。因为高平事业经不起耽误！

“你们用这两天把初中部的行政班子搭建起来！”我交代小川与徐校长。

石大大在阅卷并与大家一起吃盒饭

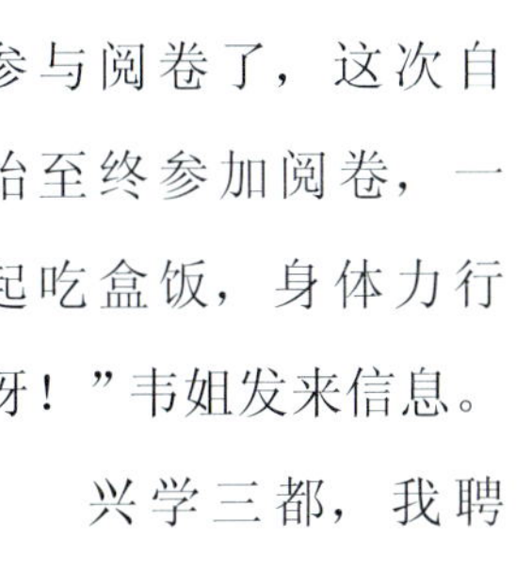

“已经有好多年没有看到石校长亲自参与阅卷了，这次自始至终参加阅卷，一起吃盒饭，身体力行呀！”韦姐发来信息。

兴学三都，我聘石大大为贵州省总经理兼高平凤凰实验学校校长。他身先士卒，克难攻坚，首战告捷：初一报考高平的达3700多人！忙完初一招生，现在又统率老师们深入全县所有初三班级一个班一个班进行招生宣传，相信效果一定很好！这个世界，成功往往饱含眼泪、汗水与鲜血。那些受不了委屈又舍不得身体力行的人当校长是万万不行的。

在三都这场硬仗中，孔局长介绍的基建部吴红波部长立下了汗马功劳。5月1日才动工的一万多平方米的五层学生宿舍，现在居然已完成了坡屋面。

石大大进教室亲自进行招生宣传

“不给加班就走人！”说话直爽的吴总说，“不过有了钱，这些人都像发了疯一样，不管天晴下雨，24小时干！但我申明，我只听老板你一个人的，指到哪杀到哪！”

哈哈，又得一位开疆拓土的猛将。

不过社会是有纪律的。无论你在中国哪一个地方，无论你为这个国家做了多大的贡献，纪委一个电话，你就得放下一切，接受约谈。

我生性愚钝却命中注定了巧遇贵

人，他们帮我完成“百年高平”教育梦却从未吃过我一餐饭，抽过我一支烟，拿过我一分钱。这些生命中的贵人，一一珍藏在我内心最温暖的地方并时刻给我温暖和力量。

又得一位开疆拓土的猛将——基建部部长吴红波，图为他日夜加班在基建现场忙碌

为师生服务

2016年6月27日　星期一　晴　乐亭

昨天上午9：00，在乐亭县文化中心召开乐亭县推进教育工作会议。县人大主任孟宪福，县人大副主任王凤亭，副县长杨冬梅，县教育局局长郑洪涛等领导出席会议。县教育局全体工作人员，县二中与新戴河初中全体教职工，全县各中小学全体班子成员参加会议。

会议明确县二中与新戴河初中现在高一、高二与初一、初二的学生今年秋季按照“老生老办法”的原则进入高平国际就读，二中与新戴河初中的教师按照双向选择的原则或者进入高平，或者留在二中。新寨高中与汤家河高中全体师生并入二中。高平不足的教师再面向全县公办在岗教师和今年入编的200名大学毕业生选聘。

乐亭县推进教育工作会议会场（局部）

这是一场教育布局大调整。它必将深远地影响乐亭教育。就是在这场深刻变革中，我将高平的办学理念由“高质量、平民化，为学生终身发展奠基”改为“高质量、平民化，为师生服务”。

我作了如下发言：

尊敬的孟主任，尊敬的各位领导、各位朋友，谢谢大家！

当我听到乐亭一中今年高考理科考取一个清华并喜获唐山市文科状元时，和大家一样，我沉浸在高考全面胜利的喜悦之中。我甚至感到，这场胜利是对高平兴学乐亭的无限欢迎和深情拥抱！

高平来了，高平带给乐亭师生的是在现有学校的基础上多了一次选择的机会。选择从来都是双向的，这就注定了高平教育的办学理念为“高质量、平民化，为师生服务”！服务不是华丽的辞藻，而是点点滴滴、尽心尽力的工作！

我想起2013年7月10日上午，在来凤县高级中学英才厅，人头攒动，高一新生及其家长们正在排队报名交费。

“周老师，我想进高平班！”一位长得壮壮实实的男孩突然找到我。

“中考多少分？”

“469 分！”他憨憨地笑着，眼睛直望着我，充满渴望。

“高平班要 600 分啊！”我望着他，突然想到平民教育的本质就是为一次次跌倒的学生倾情提供一次次重新站起的机会，而他也是第一位分数没有达到标准却没有依靠父母、领导而仅仅依靠自己找我调班的学生。我决定褒奖他的勇气，便说：“好吧，你先到创业班，期末只要不是班上倒数第一，就将你调到高平班。”

肖崇岳（右一）与来高校长李作军（中）合影

高一下学期，他被调入高平班。我安排老师给他“一对一”辅导。三年弹指一挥间。今年 6 月 23 日 00：00，他给我发了个信息：“周老师，我考了 679 分。谢谢您！没有您就没有我的今天。”

6 月 24 日上午，我从恩施州教育局获悉，他名列恩施州八个县市理科第一名。他叫肖崇岳。

从中，我深刻领略到“教育服务”的伟大，我更渴望这种以人为本、厚德博爱的教育让更多师生被高高捧起并完成生命的蜕变，享受幸福人生。所以，今天，此刻，我便坚决地将高平的办学理念定位于“高质量、平民化，为师生服务”！作为董事长，我不愿用空话、大话来作秀，只愿以此为宗旨，再次修改《高平典章》，让服务师生的理念成为一种行为习惯与高平人共同信守的高平文化，并结出丰硕的教育成果。

谢谢大家！

就地选“材”（二）

2016 年 6 月 28 日　星期二　雨　乐亭

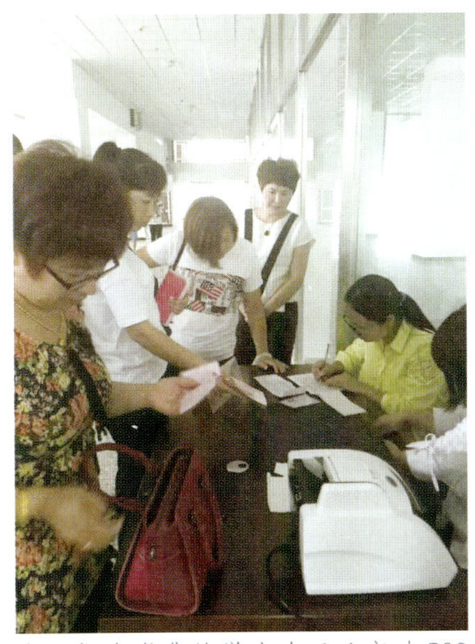
高一报名缴费的学生昨天已突破 500 人

高一报名缴费的学生昨天已突破 500 人。看来，高一招 1300 人实在太容易，若放开，招 3000 人都没问题。

现在重点转向初一招生了。

把乐亭县最优秀的初中教师集合起来是制胜的有效办法。

经过层层筛选以及与小川“一对一”谈话，我们确定了初中部全体行政人员：二中徐海彪校长任高平常务校长，主管初中部；县教育局基教科科长李德齐任校长助理；新戴河初中教学副校长高丽凤任教学副校长；三中德育副校长陈新锋任德育副校长。考虑到新戴河初中集合了全县最优秀的师生，故处室主任以新戴河为主体：石晓震任教务主任，曹兴光任学生处主任，汪会萍、白艳玲、王志香任年级教学主任，赵玉侠任年级德育主任，刘静任团委书记。另在二中找了田克涛老师任信息中心主任，大相初中教务主任张涛、三中物理教师李亚辉任年级德育主任，汀流河初中王兴军老师任招生专干。

同时，面向全县择优选聘了语、数、外、政、史、地、理、化、生、音、体、美共 12 位学科带头人。再由组长选聘教师。

我与全体初中部行政班子成员合影

“大家一定要深入全县每一所学校每一个六年级班级演讲一节课，”我召集大家开会说，“我们将 6 月 30 日与

我在就餐前的留影

7月1日的全市小学质量检测成绩作为高平录取初一新生的依据。”

今天，高平初一招生宣传在全县各小学全面铺开。我自信这批乐亭教育的精英会招来乐亭精英的学生，我还要让那些父母并非精英的平民子弟享受高质量的教育：有教无类呀！

我便把“高质量、平民化”六个大字立在集团北方总部大楼人和楼正面屋顶。这在有些人心目中有点土里土气而非“高大上”的办学理念，会因为平民情结与“为师生服务”的宗旨，以其独特的魅力与顽强的生命力而在大江南北生根、发芽、结果！

今天，我们又从学生宿舍搬到高坪村的职工宿舍三楼住了下来。感觉北方学校的学生宿舍与职工宿舍的内部装修材料比南方学校的教师宿舍还要高档。我又特意买了两张办公桌、两盏小台灯，用于子娟、子龙暑假过来做作业。这盏格外精致缀着彩色丝线的小台灯，子娟一定会喜欢吧？！而男孩子需要简单，所以子龙的台灯就分外简单了，缀在上面的小闹钟被我取下电池后已安静了下来……只是，每年难得的暑假，老婆总是带着孩子们国内国外到处游山玩水去了，只剩下每所学校为孩子们准备的桌椅和床铺……

“高质量、平民化”六个大字立在集团河北总部大楼人和楼正面屋顶

“老婆、孩子、热炕头”

2016年7月3日　星期日　晴　乐亭

一些对我好的人突然没有了：因为病变、因为灾祸、因为年龄……

一些对我好的人突然不见了：因为事变、因为法纪、因为陈年旧事……

没有了，不见了，我若有所失。不知道那边有没有人替你拿笔记本、替你开车门、替你洗衣服、替你在药品包装袋上贴上“一次2粒，每天3次”的标签？不知道你还会不会在有人替你拿笔记本、替你开车门、替你洗衣服、替你贴药品标签时埋怨对方动作有点慢、反应有点迟钝？

没有了，不见了，我才发现了自己鲜活的生命与宝贵的自由。我才真切地悟到现在要尽情地活着、尽情地做着、尽情地爱着，就连吃药都是一种享受，好像这世界只有我一个人一样。

我们要在乐亭上电视了，台长要求我衣着不能太随意

只是头有点昏、眼有点花、肩有点酸、腰有点痛、腿有点软。不知不觉到了这样的年纪，生命失去了以前的模样！好在还活着，便要尽情地工作和生活！

“与晖总换一下上衣吧！”乐亭电视台台长说，“要上电视，不能太随意！”

我赶紧把几十块钱的白色校服换了。观众是关注我的讲话还是关注我的穿着？或者两者都要关注？但我只想随意地生活！

“你的角色意识太弱！在学生前你就该激情飞扬，在老师前你就该率先垂范，在社会上你就该敬业奉献，在家里你才可以随心所欲！”朋友忠告我。

可是，我的家在哪里？若是四海为家，谁愿与我随心？

大家一声召唤，下乡家访去！

在姜各庄一个低矮的平房屋里，我看到一个可以睡五六个人的大床，我看到一位男孩站了起来并让我眼睛一亮：这不是来凤的张远吗？

与张远及其父亲合影，左一为徐海彪校长

“我叫张远，远大的远。我想读清华。”他望着我，眼神坚毅。

“跟着周老师，三年后一定上清华！”

“招生宣传后我就认为高平有优势。我决定去高平！”

这是一位有主见并有远大理想的孩子。“佛渡有缘人”。如果张远不再改变志愿，三年后，我要将他送到清华。

“我搁句话：是不是千里马还要看你高中三年跑得怎么样！”张远的父亲常年出海，皮肤黝黑，“跟着周老师，中不中？”

“中！”

返回的路上，我叹道：“第一次见到这么大的床！”

“这叫炕！”徐校长说，“你们南方人喜欢勇敢往外闯，我们北方人迷恋老婆、孩子、热炕头！一家人睡在这个大床上，好舒服！”

“老婆、孩子、热炕头”，多么朴实无华而又让多少男人迷醉的词汇！既然，注定有一天会没有、会失去，今天，何不在尽情工作之余跳上热乎乎的炕头与今生所爱幸福同眠？！不谈事业、不念风尘，只求静静地入睡……

这样，醒来之后，头不晕了，眼不花了，肩不酸了、腰不痛了，腿不软了！再看自己创办的一所所学校和创办这些学校的开始陌生却越来越熟悉的四海亲朋，不禁满心欢喜。

而且，活着活着便趋于简单。我决定把那些连自己都不甚理解的“国际”与“实验”都去掉，把乐亭的学校正式命名为“乐亭高平中学”。

贺仙设计了校旗。

乐亭高平中学 Logo 说明：

乐亭高平中学校园掠影

(1) 标识由两部分组成：上面是LtGP四个大、小写字母组合，下面是波浪线。

贺仙（关先）设计的校旗

(2) LtGP四个字母，即“乐亭高平”的汉语拼音首拼，校名是“乐亭高平中学”，四个字母线条由细变粗，由粗变细，连贯自然，组成一个动态组合，含义是乐亭高平中学生机勃勃，不断发展；学生蓬勃向上，厚积薄发，生生不息。

(3) 字母组合下面的波纹象征海洋，字母t形如大船之锚，意为地处沿海的乐亭高平中学正在波澜壮阔的大海上起航，乘风破浪奋勇前行，不断走向辉煌；学生漂洋过海，学业有成，桃李满天下。

(4) L红黄渐变，象征朝阳，与tP的绿黄渐变自然连接，绿色代表生机，也与乐亭的绿色生态环境相融合。下面的波浪线用了蓝白渐变，象征了乐亭的沿海特色。整体色彩设置与字母组合一致。

读者评论选登

1. 益阳云天印务公司董事长颜云：每每拜读曼兄文章，敬佩之心必然剧增，其思维，思想，精神，精力，让人仰慕！执着于一事，必立其巅峰！

2. 高平集团贺关先：仁兄今安在？乐亭启新猷！筹谋布大局，高平遍五洲！

“你别骗我”

2016年7月5日　星期二　晴　乐亭

和在其他地方办学一样，一到乐亭，我就主动到信用社营业部办了张个人卡。照样有领导介绍建行、农行、中行、工行的行长与我见面，我照样都因“信用社情结”而婉言谢绝。

“曼总，烦死了，每次去存学费都要排一两个小时队！”刘主任喊道。

“你找下营业部主任，提着那么多现金排队，不安全呀！”

“找了，他说安全，说没设贵宾室，大家一律抽号排队，公平公正！”

我苦笑了一下。公平是人类社会追求的美好境界，但是公平的标准到底是什么？一天几十万元的学费也必须抽个号排一两个小时的队才能入账，这就是公平吗？以此类推，这世界取消一切特殊，从百姓到政府官员一律走路上下班、一律坐公共汽车出差，那国家领导人怎么能在任期内完成对那么多国家的访问呢？

我直接找到营业部负责人。

“没法，大家都在排队，不能搞特殊。”

这时潘哥来电：“中行王行长和一位副行长找了你三天了，见不见？”

“不见！”我依然态度坚决。

由于创业初期欧江岔信用社给我贷了第一次款，从此，我对全中国的信用社都满怀感激。

“曼总，农行夏行长在我办公室等你。”晖总来电。

“不见。”

“你必须到教育局来下，合不合作是另一回事，人家毕竟是行长，给个面子！就五分钟。”

夏行长很热情。

“晖总已跟我讲了周总的信用社情结，很佩服周总。但我还是要讲几句。我可以在你开学时派一个团队帮你收费，现在就可以安排！”夏行长笑了笑，“前天我到你学校观察了一个多小时，我准备在校门附近租个场子，到时为高平专门开个收费窗口！现在我们营业部也有贵宾室。另外，讲个事，2500万元以下的贷款信用社有优势，2500万元以上的贷款我有优势。贷得越多越好！而且利息低。”

“学校可以在农行贷款？”

“一中就贷了！高速公路也贷了！收费权质押！”

“只有收费权，没有政府担保？”

“没有！收费权就够了！”

“你别骗我！”

“看行动吧！”

我与夏行长合影

一个是找上门去爱理不理，一个是找上门来热情服务。这做事创业似乎和谈情说爱有点类似：你越对对方痴情，对方越觉得理所当然甚至有点不珍惜你！那何不无论上当还是受骗，就享受一下这找上门来的快感呢？！反正人生就这么一回事：活着还是人，死了就成鬼！

我决定到农行开户。这是我到今天为止人生中第一次与除信用社外的其他银行合作。

我与冉冉到了营业部。夏行长、营业部晁主任等五六个人围着我转。不到十分钟，学校临时户和我的个人户全部开好。

“我们照个相来见证今天吧！”我笑着对夏行长说。

紧接着，郭局长又带了乐亭电视台到学校采访。而乐亭县首届“高平杯”小学足球联赛正在我校举行。一所乐亭县办学条件最好的学校即将开学！

绿茵场上，我似乎年轻了起来。

不过，成功背后总是有一些难言之痛。

昨天上午，学生张远打来电话：“曼总，您能告诉我物理和数学老师是谁吗？”

“在一中挑的今年高考考得好的骨干教师！”

“哦！”

绿茵场上，我似乎年轻了起来

“前500名的学生，只要填了高平的志愿，不到半个小时，一中的老师便到了学生家里，并且说一中派到高平的40个教师都是一中不要的！”徐校长气愤地说。

哈……哈……我笑出了眼泪。晚上到教育局找相关领导了解，原来招办志愿的终端设在一中。一中的老师在志愿终端守株待兔呀：填一中的不管，填高平的立即派人去捉！

“佛渡有缘人”！张远的志愿改填一中了，但依然有一千多人选择了高平。“平民化”的办学模式永远不愁生源呀，愁的是怎样让平民子弟经过高平的培育脱颖而出，过上更好的生活。

乐亭县首届“高平杯”小学足球联赛正在我校举行

琐事已无，潜心研究下河北高考吧！

已是晚上十点，晖总陪我从教育局散步回学校。

“打仗要子弟兵呀！”晖总略带伤感。

清凉的晚风扑面而来，有凉意也有清爽。我笑道：“有学生就有高平！”

读者评论选登

1. 北京某集团黄为：靠北京更近了，尽快在北京设立集团总部。国际学校很火，要价高。建议以并购北京民办中小学校的方式，进入北京。如认可，我尽快帮您找标的学校。

2. 高平集团曾泰：一直以来都是老百姓对银行求爷爷告奶奶的，这下可好，行长找上门来也求我们总裁了！就是牛牛牛！

见好就收

2016年7月8日　星期五　晴　津市

2004年11月，我与周师傅在原津市教育局楼下吃享誉三湘的津市牛肉粉，偶遇津市教育局职业教育和成人教育科长。经他引荐，我见到了津市教育局朱立春局长。后来，市委吴副书记、政府张副市长和朱局长两次考察益阳高平中学后，经三轮磋商，2005年4月22日，我签下了领办津市三中的协议，领办时间为20年。

那时我33岁。满头浓密的黑发，一脸书生意气。佳哥6月10日动工，8月28日就给我修好了合计13000多平方米的教学楼与学生公寓。而我在三中老校长刘明华和我新聘任的校长黄道军的带领下走遍了津市每一个乡镇。2005年9月，我成功招收高一新生1200多人。这是我走出高坪村成功领办的第一所学校。以此为转折点，我走上了艰难而又饱含激情与梦想的平民教育之路。

十一年过去了，弹指一挥间。一个人走在这熟悉而又陌生的小城，竟有物是人非的慨叹。想当年签约时觉得二十年该有多久多长呀，却不料来不及品味、来不及掂量，一晃就是十一年了！这三十三岁到四十四岁的十一年该是人生多美的岁月，我却不假思索、毫无保留地将它完完整整地交给了“高质量、平民化”的教育梦想。以道军兄为首的一批“高平人”也与我并肩战斗到今天。直到今年，我才明显感到身体大不如前了。“百年高平”的教育伟业，我只能“运筹帷幄”了。我要尽快培养年轻人和接班人，让他们“决胜千里”！

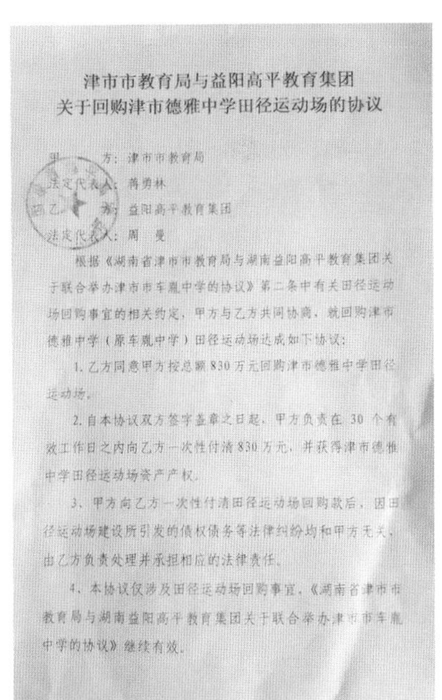

津市市教育局与益阳高平教育集团
关于回购津市德雅中学田径运动场的协议

甲　　方：津市市教育局
法定代表人：蒋勇林
乙　　方：益阳高平教育集团
法定代表人：周　曼

根据《湖南省津市市教育局与湖南益阳高平教育集团关于联合举办津市市车胤中学的协议》第二条中有关田径运动场回购事宜的相关约定，甲方与乙方共同协商，就回购津市德雅中学（原车胤中学）田径运动场达成如下协议：

1. 乙方同意甲方按总额830万元回购津市德雅中学田径运动场。

2. 自本协议双方签字盖章之日起，甲方负责在30个有效工作日之内向乙方一次性付清830万元，并获得津市德雅中学田径运动场资产产权。

3、甲方向乙方一次性付清田径运动场回购款后，因田径运动场建设所引发的债权债务等法律纠纷均和甲方无关，由乙方负责处理并承担相应的法律责任。

4、本协议仅涉及田径运动场回购事宜，《湖南省津市市教育局与湖南益阳高平教育集团关于联合举办津市市车胤中学的协议》继续有效。

田径场与看台的回购协议

而这十一年，我做了太多的事，结识了太多的人。这些事都与高平和中国教育有关，这些人现在大多幸福健康，有的不幸仙逝，有的身陷囹圄……唯愿好人一生平安！并愿趁现在还活着、还自由，尽情地工作、尽情地爱恋，就像从未也永远不会受到伤害……

2005年签约的条款，时隔十一年，已无法适应瞬息万变的教育现实。譬如每年还要向教育局上缴教师财政工资。要政府按照高平现在的办学模式修改合同，那肯定会招来个别人打着老百姓的旗号的义正词严的“反对”，因为这么多年来，我只专心办学，没有考虑有些人有多么嫉妒和愤愤不平。可是不修改合同，学校连教职工的待遇都无法保证，更谈不上发展。

人生应审时度势，在正确的时间知进退，见好就收，该放必放。而且，我在2010年7月投资领办的津市德雅中学，政府按协议应付给我的800多万元田径场与看台的回购款已拖了四年分文未付，这次也可一并解决了。

“有什么意见没有？”在市政府二楼会议室，教育局蒋局长将协议草案递给我，问道。

我看完后说：“没意见。只是在谈判过程中政府要求学校接受省里督导评估，我在三中又投入了近五十万元，于情于理，应由政府负责。”

“停止领办协议还没正式签，所有债权债务你自己负责。”李阳副市长当即拒绝了我的请求。

“既然这样，那我就继续办吧！”我叹了口气，“本身是政府想收回，我也不想领办了，所以彼此妥协，才能达成协议。现在不讲实际情况，本身我已不办了，政府要求投入我又如实投了，为什么不能由政府负责呢？”

“我下午跟书记汇报后再说吧！”市委张副书记打圆场。

下午15：00，我联系张副书记。

“我找了书记，新增债务当然由政府负责。”张副书记说。

与三中校长华长明等合影于三中校园

“张书记找了陈市长，答应新增债务由政府负责。”蒋局长又给我打来电话。

我想，都是为教育做点事，大家都在尽力而为。谢谢一切重事实、愿妥协的人！

下午四点，在津市教育局一楼办公室，我签下了停止领办津市三中和德雅中学田径场回购协议。按照协议，就三中补偿我370万元，就德雅田径场付给我830万元。签约后30个有效工作日内一次性付清。我停止领办三中，继续领办德雅中学。

德雅中学已是湖南初中教育品牌，今年中考，全市前10名中有9人，前100名中82人。集团各县初中部，均应以德雅为榜样。

三中华校长请我吃完晚餐后，我们到三中转了一圈。这是集团办学条件与办学政策最差的学校。只有茂盛的樟树，在诉说着学校的过往与今天。我携青春而来，今日挥一挥双手而去。

“很难想象，周总仅用十一年时间就创造了数亿元的资产！”三中办公室刘主任说，“你当时刚到三中第一次给我们开会的样子还在眼前……”

“钱多钱少不重要，做事创业才重要！”我笑了，“一心做事的人，钱会找上门来！一心找钱的，往往一事无成。”

黄校长安排张斌送我回高坪村。我想与父母聊天了……

读者评论选登

1. 高平集团周曼：是您的信任，让我有了走出高坪村的机会。从此，开启了我丰富多彩的平民教育之路。谢谢您，永远的朋友与贵人！

2. 高平集团贺关先：“我携青春而来，今日挥一挥双手而去！”情定教育，一往情深，感性挥彩，理性显光！

“自己的队伍”

2016 年 7 月 13 日　星期三　晴　乐亭—建始

二〇一六年六月初六星期六上午六点，多美的时刻，我在故乡高坪村跪拜杨泗将军。

“今天杨泗庙唱花鼓戏，你赞助了 5000 元，你去看戏不？”父亲一边张罗祭品，一边问我。

回到故乡高坪村与父母在家门前合影

父亲一边张罗祭品一边让我跪拜杨泗将军

“我十点从长沙飞天津去乐亭，那边初、高中部行政人员全部定好了，教师还没定好。我要迅速组建自己的队伍，才能打赢招生仗。”

“高一招生不是很好吗？”

“高一没问题，主要是初一。毕竟刚创办，而我计划招 600 人！”

“你在外面不舒服时就用手在额头上向上摸三下，鬼都怕！”妈妈双手撑在大腿上试了三下终于颤抖着站了起来，是腰还是腿很痛吗？

“周波浪 8 月 3 日从北京坐飞机去美国留学，我们 8 月 1 日先到乐亭去看看你的学校，你再开车送我们去北京！”

“太好了！”我跳了起来。

“三月份才签约，今年八月份就开学，而且今年七所新学校同时开学，分布在五个省，我家周曼是有真本事的人呢！”父亲笑逐颜开。

我美滋滋地飞赴乐亭。得到父母的肯定比得到国家领导人嘉奖更让我骄傲。回望父母，我沐浴天下父母心的光辉。而老两口间的关系就像三岁小孩子之间在闹翻之后十秒钟又破涕为笑。我心飞扬。

这么多年，我把梦想挂在嘴上，写在日记里，化在行动中。我也明白，梦想是美好的，而当我把现在当作梦想时，我会深情拥抱现在的每分每秒。

我在乐亭高平中学校园留影

前天下午，在乐亭教育局郑局长办公室，我直接说:“对不起，一中不履行合作协议，至今不给我明确派往高平的教师，相反，在社会上大肆宣扬一中到高平的教师都是一中不要的。这样合作还有什么意义？我必须要马上打造自己的队伍。”

“全县都知道一中这种做法不对，但你现在中止协议，至少，一中校长会就地免职，你愿意？！”郑局长说，“我希望你继续合作。当然，我尊重你的选择。你一年花五百万元给一中，却被它牵着鼻子走，确实受不了！”

赵局长、聂局长都给我做工作，希望我继续合作。

“毕竟协议已履行一部分了，一中今年砍掉了300个计划，高一只招了800人！”郑局长又说。

“好吧！”我痛下决心，“我一直感恩县委、县政府和教育局，就等于丢掉500万元，与一中合作一年，明年坚决不与一中合作了，向它挑战！”

“谢谢，谢谢！”郑局长站起来，紧紧握住我的手，眼角竟有一丝泪花，“董事长这个决策，证明我当初没有看错人！舍得吃亏，政府必回馈于你！真的终止协议，若书记知道了，责怪教育局办事不力，我的日子也难过呀！马上给高平配老师！”

经过磋商，达成一致意见：由郭局长牵头，高平参与，12日下午到新戴河初中

美丽的三都县城

选教师，13 日上午到二中选高中教师，14 日上午到一中选教师。凡新戴河与二中自愿报名到高平的教师，安排在初一和高一，不足部分面向全县招考。不愿报名的教师按“老生老办法”的原则由组织统一派遣到高平教高二、高三与初二、初三。

“高一、初一是乐亭高平创办后招的第一批学生，教师也必须自愿报名，这样才是自己的队伍，才能打硬仗！”我在全体行政会上宣布。

迈步乐亭高平中学崭新的校园，雕刻“百年高平”的“千年文曲石”为每一位高平人竖起了大拇指。愿门中学子沐浴“高质量、平民化，为师生服务”的教育光辉而蜕变为天下英才，造福社会！

而今天，我又要飞回建始，与建始民高的兄弟们共同祝贺首届学子杨鑫同学荣录清华大学。

“没有您，杨鑫肯定考不上清华。”杨鑫的妈妈发来微信。

读者评论选登

1. 益阳陈生：周总，您的办学历程和坚定的信念是伟大的，您为教育事业付出的光和热将普照华夏大地，普照高平学子每一个人的心灵！高平集团因您而骄傲，您因高平而自豪。加油！

2. 高平集团龙华：回建始了也不回来凤啊！三过家门而不入啊！

就地取“财”

2016 年 7 月 14 日　星期四　风雨　建始

昨晚 20：30 才赶到建始亚龙酒店。立波召集民中全体行政和杨鑫的六位任课教师已等了几个小时了。还有杨鑫和他的父母以及他初中的班主任与表舅。

民高设宴庆祝杨鑫考上清华大学

在天津上飞机时腰痛得厉害，冉冉帮我提包。我怀疑是腰椎间盘突出。潘哥要我住院疗养。可是，真奇怪，一回建始，一看到杨鑫，我一身的病都好了！真是“人逢喜事精神爽”呀！

我与黄立波、杨鑫的班主任刘焕章老师（右三）以及杨鑫的父母等合影

“之所以兴奋，是因为三年前我一眼便看中杨鑫是一个清华苗子。我与唐老大约定，三年后杨鑫考上清华，我要与他‘PK’！喊了三年的口号，今天终于成为现实，而且是清华的航天航空专业！来，我用白酒敬大家！”我格外高兴，举起酒杯。

大家都放开了喝酒。尤其是正月初三凌晨四点梦见杨鑫的卓成军主任更是两个字：痛快！

原来，人生最大的享受，是梦想成真！

而 2013 年我本着“就地选材”的原则在建始二中选拔了以刘焕章老师为首的五位老师担任杨鑫的任课教师，事实证明，我用对了。

杨董和她所带的建始农商行人是我心中的"贵人"

"茨泉宾馆第一次见到周总，我就豁出去了！周总是真男人，我还要跟着周总干十五年！"焕章老师举起了酒杯。

"茨泉之夜，终生难忘！"我一饮而尽。

"就地取材"让我解决了"人"的问题。"钱"呢？办学不像当年的房地产，短、平、快，而是投资大，回报周期长的事业。而我每一个项目一投就是两三亿元，办一所学校简单，办一百所学校就面临"钱"的问题。

我想，也只能用"就地取财"的办法解决问题。

一方面，每一个新的项目，我必须有足够的启动资金，而且这个钱是自己的闲置资金。正因闲置，不考虑要马上赚钱，也不怕亏损。

另一方面，与政府合作，无偿获得土地与按省定师生比的 90% 到 100% 的公办教职工。获得政府一定比例的配套资金。不满足这些条件，我根本就不去投资办学。

最后，与银行合作，适量贷款。

建始县农商行是我在建始创业的一个支撑点。以杨允华董事长为首的建始农商行一班人马，以热情、周到的服务让我更加热爱"醉美金建始"，也坚定了在建始长期与农商行合作的决心。我也深知，这世界真正替我着想的人并不会很多，而杨董，就是这不多的人中让我终生铭记的一位。

"建始农商行的权限是 1700 万元，高平需要贷款，我们加班加点也要在五个工作日内放款。"杨董真诚地说。

无情的山洪已两次冲垮民高的围墙并淹没这美丽的校园

我这辈子就重“痛快”与“真诚”，而这恰恰是杨董和她所带的建始农商行人的共同品质。我心中尊称他们为“贵人”。虽然，自乐亭开始，我迈开了与其他银行合作的步伐，但在建始，我只认农商行。

南国的风雨已经越来越肆无忌惮了，无情的山洪已两次冲垮民高的围墙并淹没这美丽的校园。人在自然面前是多么渺小，就让我本着“就地选材”与“就地取财”的原则，朝着“百年高平”的目标一直小心翼翼而又大刀阔斧地走下去……

团结

2016 年 7 月 26 日　星期二　晴　建始

“如果健康，我要一醉！”21 日晚餐，来凤县高级中学全体行政人员与高三高平班教师共同庆祝肖崇岳同学荣录清华大学水利科学与工程专业，我似醉非醉地说。

“本届高考成功就是两个字：团结！”丁老感慨地说。

“没有大家就没有我的高平！”我笑道，“来，为团结干杯！”

团结就是调动一切积极因素为共同的目标而奋斗。团结是高平教育取信于民的法宝。今年高考的全面丰收再次彰显了团结的魔力！而今秋新创办学校的招生更依靠的是团结！

我与肖崇岳（右四）的任课老师合影

譬如来凤高平实验学校，朱江校长团结并带领全体高平人，走村串户，披星戴月，初一招生 809 人！而永顺高平金海实验学校更是一举成功，初一招生 1250 人！

只是我最放心的建始，招生工作因为招师在 7 月 15 日才启动笔试而陷于被动。因为教师迟迟不到位，团结谁呢？

我用最快的速度确定了面向全县招聘的 24 位初中教师和 22 位小学教师，同时聘请七里坪初中雷明武校长担任小学部校长，我亲自指挥初中部招生。

21 日上午 10:00，我召开初中部全体教师会。我说：“集团今年七所新学校同时开学，目前除了建始，其余各校招生均已完成预期目标并放暑假。建始小学部雷校长承诺不少于 1000 人，那么，今年集团招生工作就全部集中在建始初中部了。我们打赢这一仗就靠两个字：团结！招生就是占山头、抢地盘，就是‘不是我们踩着敌人的尸体走过去，就是敌人踩着我们的尸体走过来’！所以，我们要团结起来，一致对外。我们要形成这样的共识：凡教育、教学、后勤，教育局要求我们做什么，我们就老老实实地做什么，并且要努力做好，力求超过教育局要求的标准十倍以上！但涉及招生，我们永远不要听教育局的，只能听我的，全面落实《高平典章》中的招生办法。如果大家有了这样的共识，6月4日招生考试就不会因为教育局的一纸禁令而在1000多名考生过来参考的情况下宣布停考，也就不会因为教育局不准入校入班宣传而躲在小学校门外。我们聚在一起干什么？就是团结一心，想尽千方百计把学生招进来！不准考，我们偏要变着法子不断地考，譬如周六、周日的家长开放日！不准宣传，我们偏要调动一切人脉资源杀到班上去！做不到这样的校长就不配在民办学校干！在公办学校干不好纪委找麻烦，而在民办学校，办不好学校招不到学生就是最严厉的批评、最大的麻烦！我们永远要记住：这个世界本质上不同情弱者，而胜利者又是不受谴责的！我们不幸遇上了县委、县政府招商引资让高平办学而县教育局却下文称高平'非法办学'的百年难得一遇的'聊斋'轶事，但这毕竟是百年一遇并且在中国仅此一例，铁打的衙门流水的兵，什么都不要顾忌，让我们反戈一击，全部冲出去，占山头、抢生源！从今天开始，招了10位学生的评为品牌教师，每学期奖励5000元。招了15位学生的评为王牌教师，每学期奖励10000元。招了20位学生的可提拔为主任，招了30位学生的可提拔为副校长，招了50位学生的可提拔为校长！"

来凤高平实验学校举行夏令营，右二为朱江校长

战斗立即打响。每一场战斗必有牺牲，也必有逃兵。指挥官要坚信：凡不能团结在身边并肩战斗的都不是战士，这样的人只能做朋友而绝非战友，只能祝愿其安好而不要依靠其前行。

"实小五位教师签约了却不来了，怎么办？"雷校长忧心如焚地打来电话。

"非他们不行吗？"我回道，"一个对自己的诺言都可以视同儿戏的人是不会为高平打硬仗的。高平需要的是攻城略地的战士！别浪费时间了，马上团结新的战友！"

"邹昌斌老师准备到教育城思

建始招师考试现场

源学校当政教主任！”老婆心急火燎地打来电话，“周子龙马上读初三了，谁来教他的物理呀？！”

“不是签了三年合同吗？还只有两年呀！”我反问。

但我马上意识到这不仅仅是周子龙的物理没人教的问题。来凤两所公办、两所民办学校的招生烈火已经烧到我的头上了。没有教育局的支持，一个不履行协议的教师是不可能调到公办学校担任政教主任的。可是，我一直严守不到一中、实验中学和春晖学校招一个老师的承诺。如果教育局支持邹昌斌去思源，我就开始向一中招师了！

“必须履行协议，无条件服从组织安排，留在高平！”教育局态度强硬并找邹老师谈了话。

我的心中无限温暖。在来凤，有这样的环境，我亏本办学也兴高采烈。“高平为来凤做了贡献，来凤也应回馈高平！”胡泽书记的话萦绕耳畔。

把邹老师留下了，我想要他继续教初二。子龙的物理教师，我想要讲诚信而仗义的人接任。

“强哥，到来凤教我儿子的物理吧！”我把李强约到办公室，说，“把老婆孩子都带过去！”

“好啊！我儿子也读初三了！”打篮球的他还是豪爽。

“让他和周子龙一个班吧！”

看来，成功人士永远不能只有一条路要走！在搞不懂这个世界有些人竟可随时薄情寡义地撕毁合同时，我依然立即团结一批战友，在薄情的世界深情地活着……

读者评论选登

恩施网络公司廖总：文风言辞犀利，完全不像是谦和的周老师。但能够这么快取得这么大的成就，当真是铁腕手段。敬佩。

“说乐亭话、做乐亭事”

2016 年 7 月 30 日　星期六　阴　乐亭

“书记找我谈了三次话，要求我对一中负责、对高平负责、对乐亭教育负责！”乐亭一中冯校长在郭局长、晖总陪同下到我设在高坪村三楼的小办公室，谦虚地说，“今天特意来找曼总汇报。”

“措辞不准，不叫汇报，请指示！”晖总在一旁说。

“招生的时候各为其主，作为校长，我应当做的都会全力以赴。哪怕明天不干了，今天也要尽心尽力。在一中如此，若是有一天到了高平，我也会这样做。学生张源的事，郑局长狠狠批评了我，如果曼总要，我愿意做工作让他回高平。”

“不要了。不要无缘人！”我轻声说，“您做得对，校长理应如此。”

其实，只要让每一位高平学子都快乐健康，学有专长，有没有学生考上清华其实关系并不大。

“跟您商量下，按合作协议，复课班应放在高平。但从稳定的角度，我们还是想把复课班放在一中。”

签约前，我与有关领导合影

“好啊！一切依您的！只是那 21 位教师，请您尽快安排到位。那 500 万元我照给不误。也不谈什么违不违约了，反正就合作一年，把事情办好就行。”

“好的。明天到位！我亲自选拔好老师，亲自送过来！”

这么多年来，我为人处事其实就是个傻子，别人给我讲多了我其实根本就没听，而且心里一阵阵抓狂，只好择其要点说干就干，也不考虑赚钱亏本。所以了解我的人都说周曼其实没什么本事，就是凡事好商量，不怕吃亏，而且运气好。

在我上下求索的人生中，真是福星常照。看着厄运降临，一会儿又成了好事。

在乐亭办学，再一次验证了我的运气！

由于新戴河初级中学一小部分人的策划，河北电视台经济频道到了乐亭并就新

我与董县长交流

戴河初级中学整体搬入高平的事情做了个报道。恰好习近平总书记28日到唐山视察，依照“稳定压倒一切”的原则，27日晚，乐亭县教育局宣布新戴河初级中学在原址办学，不再整体搬入高平。

我一直对那些因不肯进高平而说这说那、散布流言的老师头痛。天幸习总书记莅临唐山，政府顺应民意，停止领办。可是按照办学协议，新戴河初级中学是由政府负责整体搬入高平，现在突然不搬了，政府对高平有何交代呢？

“下午17：00与董县长签补充协议！”昨天上午，晖总说，“你抓内部管理，我负责外联！”

“好！”我像做梦一样。今年春节以来，我的脑袋一直是木的。这中间遭遇的一切，我都觉得很好。

书记、县长都来了。

签约前，王书记讲话。他从谈恋爱的磕磕碰碰聊到乐亭与高平合作办学。最后，他说：“期望周总不忘初心，坚定在乐亭办学的信念。我们的办学符合党中央的大政方针，方向是对的。过程中遇到困难，县委、县政府与高平集团要携起手来，共同克服。经常委会研究，大家一致要求无论如何，坚决要把高平留在乐亭！今天签补充协议，就是体现政府的诚意。期望高平总结经验教训，以乐亭为北方办学的总部，完成高平北方办学布局。”

我与董立群县长签订补充协议

根据补充协议，减少高平上交政府款2500万元。同时，政府继续负责将二中整体搬入高平。

“周总还有什么要求？趁着四大家领导都在，抓紧提！”王书记笑着说。

“乐亭是高平进入北方第一

站，研究并深入乐亭的教师、学生和家长还不够，但我会坚定信念，不负领导的期望。”我顿了顿，说，“目前的核心工作是教师尽快到位，否则高平新高一与新初一的学生家长会找学校麻烦。由于新戴河停止领办，我请求面向全县择优招聘初一教师，明天到位，后天上午十点召开初一家长会，我亲自主讲！”

散步去餐厅时，王书记告诫我“喝乐亭水、吃乐亭饭、说乐亭话、做乐亭事”

“很好！洪涛局长带领教育局班子成员今天开晚班，明天上午十一点前高平高一、初一教师全部到位，下午常委会过了后派送到高平，后天开家长会！稳定学生和家长！”王书记很高兴，“乐亭与高平利益一致，都是办人民满意的教育。签约后县委、县政府宴请周董与晖总！”

“佛教在中国根深蒂固是因为它与中国的实践相结合，我们办事创业也要从实际出发呀！”散步去餐厅时，王书记说，“大踏步后退是为了大踏步前进！你现在便可以轻装上阵了！在工作中记住：喝乐亭水、吃乐亭饭、说乐亭话、做乐亭事！”

是的，我若有所悟……

置之死地而后生

2016年8月6日　星期六　阴　乐亭

7月30日上午9：00，在县教育局五楼会议室，来自全县各初级中学的30位骨干教师开会。

“你们不担心到高平工作丢掉公办编制吗？”郑局长笑着问。

“不担心！”大家齐声说。

“高平抓得紧些，工作量要大，你们都愿意去？”

在县教育局五楼会议室召集全县30位骨干教师开会

“愿意！”大家大声说。

“我看大家选对了！明年，无论老师与学生，都要抢着进高平！”郑局长最后强调。

7月31日上午10：00，在启智堂召开乐亭高平中学初一家长会。

我亲自主持会议，全体行政人员与全体教师分别作了3至5分钟的自我介绍。这些老师的讲话一个个让我怦然心动。我深感全县最优秀的教师都已汇集到高平。

“选学校就是选老师。大家还犹豫什么？”我最后号召。

家长会圆满结束。下午，全县小考第一名的学生过来报名了。

关键是高一了。连续几天以来，上百个家长围着教育局与县政府上访。

我决定直面现实，分别在8月1日上午9：00、下午15：00、8月2日上午10：00分三次召开高一家长会，以置之死地而后生的勇气突破困境。

8月1日上午8：00，我在英才厅门口突然发现地上摆着一袋传单，家长们纷纷检阅。我赶忙捡起来，还剩200多份。传单上把2009年沅陵六中一位“书记”在网络上攻击我的文章翻印出来，号召大家“退钱”！我突然意识到，这是一场有幕后指挥与策划的斗争，其目的就是赶走高平。

我赶忙给教育局郑局长和政府杨县长汇报了情况，决定以加倍的勇气面对家长。

家长会由郭局长主持。一中冯校长慷慨履约，亲率21位骨干教师莅临家长会。

家长会现场有人捣乱

“我这次吐血了，今年带清华学生的班主任闫佳老师与带唐山市文科状元的数学老师都派到高平来了！”冯校长极舍不得的样子。

“闫佳老师是稳定家长的定海神针呀！谢谢冯校！”我感激地说。

会上，一中教学副校长介绍了21位教师的基本情况，闫佳老师作了自我介绍，冯校长作了主旨讲话。

我在发言时说：“家长朋友们手中都有一份‘退钱是最明智的选择’的传单。如果大家相信网络上对高平和我个人的攻击，今天下午15：00在英才厅退钱。但是，在退钱之前，我想向家长朋友们宣传高平的办学理念、办学宗旨与办学思想！”

紧接着，我充满激情地演讲了约30分钟。

会场寂静。当郭局长宣布散会时，台下才突然爆发出怒喝声。这声音，与对教育的顶礼膜拜格格不入。

冯校长和一中的老师匆匆走了，剩下我和郭局长被家长围困着。我看见郭局长满脸是汗，我也开始流起汗来。

“请大家坐好，安静下来，一个一个地提问。”我安抚道，“如果大家选择高平，那就必须彼此理解和支持，不要起哄！如果大家要退钱，下午15：00到英才厅拿钱就可以了，更用不着吵！我向大家承诺：哪怕只有一个学生，高平也要在乐亭扎下根来，坚定不移地办下去！”

会场安静了下来，我和郭局长有序解答家长的提问。这阵势，与答记者问没什么区别。好在多年积淀，家长所有的提问我都对答如流，我顺便进一步宣传高平教育，给家长“洗脑”。

这种工作是辛苦而有意义的。到第三场家长会时，我越来越有底气。绝大部分家长最终选择了高平，而我在解答家长这样那样的提问时更全面地宣传了高平教育。

我和郭局长（左三）有序解答家长的提问

小部分学生退费，但初、高中还有1300多人选择了高平，而且都是成绩相对好点的

幕后策划者越来越没有市场了，唆使几个人在我解答家长疑问时在台下大喊大叫。

“请互相尊重！”我大声呵斥，“如果是家长，请听我讲话！如果不是家长，请离开会场！我看有的人场场家长会都到了，请不要再捣乱！”

最终，在200多位学生退费后，我赢得了这场战斗。初、高中还有1300多人选择了高平，而且都是成绩相对好点的。高平所到之地，总是颠覆性地改变当地教育布局，也理所当然地在非议中壮大……

读者评论选登

1. 宁乡某教育集团高利兵：理解当时的心情，从此严格抓质量是学校的生命线，精选抓质量的人；如有需要，兄弟愿助一臂之力！

2. 高平集团崔晖：阳光总在风雨后……

3. 来凤天一科技公司彭福海：到处都是无硝烟的战争！永远支持你，如有需要我也愿意带上小米加步枪。

“提人头来见”

2016年8月12日　星期五　晴　乐亭—建始

8月7日至9日上午、下午和晚上，集团来凤县高级中学、建始县民族高级中学、津市德雅中学和乐亭高平中学的全体行政在乐亭高平中学启智堂集中培训。“首届全国民办教育十大杰出人物”、益阳高平中学创始人、高平教育集团总顾问周桂林先生，乐亭县人大主任孟宪福、副主任王凤亭，乐亭县教育局局长郑洪涛及副局长郭成、聂文普、陈春艳出席开幕式。集团今年有学生考取清华大学的班级的任课教师出席“功勋教师”表彰大会。

孟主任对集团培训会的召开表示祝贺，对各位行政人员的到来表示欢迎，对高平集团举旗乐亭教育改革深表感谢，期望高平在县委、县政府和乐亭人民的支持下办好乐亭高平中学。

“周曼董事长要在全国办一百所学校，怀抱‘百年高平’教育梦！我们也有一个借高平兴学乐亭的契机振兴乐亭教育的梦想！”孟主任深情地说道。

我与参会领导合影，从左到右依次为陈春艳、郑洪涛、王凤亭、周桂林、孟宪福、周曼、郭成、聂文普

父亲老当益壮，由近及远，由小到大，慷慨陈词。最后，父亲说：“办好高平教育就是办好中国民办教育，高平教育人就是中国民办教育人！大家一定要记住民办教育与公办教育的区别：民办教育是经费自筹。学校办不好，大家都没饭吃。学校办好了，大家都幸福美满。所以，在办学时要有自主性，要改革创新，要办出特色。如果完全按公办学校模式办，民办学校公办化，那就只有死路一条！”

我深深震撼于父亲的讲话，更震慑于年近八旬的父亲燃烧的激情。今年春节以来，我的大脑处于阻塞状态，时时有窒息之感。三都民中“过山车”一样的办学历练至今仍如梦魇。突然，我又随着梦想飘过长江、黄河，到了乐亭。从我入驻乐亭开始，潜在的反对势力就在绞尽脑汁要把高平踩死在萌芽状态。所有人都不知道我这半年来大脑一直都是木的，所有的不利因素我都感受不到，我只想通过饮食与运动来驱除病魔，让大脑中的血液活跃起来，为生命起舞。就在高一家长会前的晚上，我与冉冉打篮球，一个多小时后，大汗湿透了衣襟，右脑突然不麻木了，只有舒爽得让我情不自禁想笑的感觉。为师生服务的思想那刻跃然心中，我意念专注，两天完成 2016 年 8 月 1 日版《高平典章》，并要贺仙迅速印刷成书，通知相关行政 8 月 6 日赶赴乐亭集中学习《高平典章》！是的，在血与火的战斗中，思想的火花才得以冲破心中如云的郁结划破夜空，那瞬间的光华照亮了征程中的思想之痛。在中国，我不再拘泥于各省的差异而思考适应各省省情与细节的不同版本的《高平典章》，而是以“为师生服务”为宗旨，全中国只用一个版本的《高平典章》：各省共性的东西固定为模式，有差异的东西由集团定框架，校长及全体员工根据各省各校实际定具体实施方案。那一刻，我的头不再麻木，我的心不再痛楚，我走出了思想之痛并彻悟历史上为何有人“抑郁而终”！

父亲周桂林先生在讲话

培训会上，我指着启智堂说：“刚到乐亭这房子只修好了框架，室内装修是按我的思想搞好的。《高平典章》就是各校行政工作的框架，谁动了框架，房子就会垮。体现行政思想与智慧的地方，就是看大家在同样框架下怎样搞好装修。譬如，典章规定，课程设置根据各省学业水平考试的难易，由校长与教学组商定。只要不突破每周 51 节正课、18 节辅导自习课的框架，文科开不开理、化、生，高三开不开音、体、美，等等，均由学校自定。我找校长要什么？分数只是表象，我要学生！每年 8 月行政培训会时，各位校长提人头来见！没有完成招生任务，校长的‘人头’，也就是职位，那就不保了！就地免职！”

全国通用的《高平典章》

大会表彰了2016年春季学期的功勋校长、功勋行政、功勋教师、优秀行政与模范采购（采购监察）。我说："校长被评为功勋校长，全体行政就是功勋行政。校长没评上，全体行政都评不上。这就是荣辱与共，就叫团结。凡有利于团结的言行坚决表彰，凡不利于团结的言行坚决打击！"

优秀行政龙华（右一）参加会议

与部分受表彰的优秀行政人员合影，图为来凤县高级中学优秀行政

人生百年

2016 年 8 月 16 日　星期二　晴　北京

“我在乐亭住两个月，写回忆录！”父亲特别开心，“在北京大学读书时适应了北方，我很喜欢这里，凉爽，我的腿也不痛了！”

从未见过父亲这样开心过，也是第一次听到父亲说要静下心来写回忆录。年近八旬的老人，终于可以放下一生眷恋的教育事业，放下生他养他的故土高坪村，蜗居北国乐亭的祥瑞宾馆 309 房间，关起门来回忆过往。

人生百年，最美的回忆是激情创业路？还是飞蛾扑火般没有结局的恋情？或者，十指相扣且笑且前行的温暖？……我想，能让一位八旬老人背井离乡而不觉孤独的乐亭和唐山，不是凉爽的海风，不是请他吃饭的杨县长和郑局长，而是这里一定留下了他青春年华时无忧无虑、无对无错的爱情故事！

我姑且就这样猜测吧！只有这种猜测能让我面对每个人百年人生的暮岁而心生敬畏。人类生生不息，传宗接代是最简单而又最有价值的事情，何况我们在完成这项伟业时还情深义重！只是，许多人同时迷上了和生命一样宝贵的事业，并且执着一念，直到迟暮之年才小心翼翼地放下，一如此刻的父亲。放下的一瞬，或能悟到人这一生最美好的还是爱情，事业只是爱的结晶和必然的产物。爱火不熄，事业不止！情到深处，责任如天！

所以，人生百年，最大的幸福就是用心经营爱情，或者无心却自然地去爱。蓦然回首，童年时我在外婆家茅草房后的土坑爬上去又快乐地溜下来，后来学会读书、写字便想着法子哭着喊着要妈妈去买我最爱的连环画……不知不觉长大了，最大的标志就是可以为了梦里伊人荒废全校第一的学业，也可为了心中的“女神”而要在跌倒后急起直追！慢慢

父亲在乐亭，他说要静心写好回忆录

地知道，读书不是目的，分数不是成功，“女神”不是爱情，财富不是幸福！自己最爱的就是最好的，用最好的自己用心爱，经营爱，自然爱！爱与梦比翼齐飞，便诞生了高平教育集团！

就这样到了中年。子娟、子龙属于中学时代的暑假竟已不多，父母、岳父母流连大好山河的岁月或已渐少？再过十年，老婆便要撞上更年期。中年的美景，于我而言，就是邀请父母、岳父母以及老婆与孩子到我突然之间在异省他乡新创办的学校一起吃饭、一起聊天、一起散步……

我与岳父母、老婆及孩子们在乐亭高平中学

“爸爸就是一个神话！”子娟说。

“是的，突然在这么远的乐亭就办了这么大一所学校，像做梦一样！”子龙佩服地说。

这是一个如梦的神话！1993 年，父亲招了 42 位初一学生，创办益阳高平中学。后来，我把益阳高平中学由 1997 年的 183 位学生发展到 2004 年的 5218 位学生，把 1 所学校发展到今天 36 所学校！

百年高平教育梦缘自父亲，但不会因为父亲年老体衰而终止，更不会因为我个人的恩怨情仇而放弃。人生百年，千年一梦，一代代高平人会在我及我的接班人的核心领导下不畏艰险、不恋坦途、矢志不渝地奋斗下去！如果，我的后代的品德、才华与情怀不适合领导“百年高平”，高平人会选择并推举自己的领袖！

我突然想起乐亭县委王书记问分管副县长杨冬梅:“你考察了高平集团，你说说，这么多人想到乐亭投资办学，你为什偏选高平？”

“高平的老板周曼不抽烟、不喝酒、不赌博、不泡妞！”杨县长认真答道。

培训会结束当天晚上，我与全体与会行政人员共进晚餐、举杯祝福

大家笑得前俯后仰。

其实，在对身边的人、事、物饱含激情并积极负责的一世爱情中，不是不抽，而是用行动驱散寂寞与忧愁；不是不喝，而是没碰上该醉的人、事与时候；不是不赌，而是用一生去赌百年高平的教育梦想；不是不泡，而是错过了最美的时间与最美的地点……

我便在父亲爽朗的笑声中，在高平教育集团全国与全球布局图前，张开双臂，逐梦远航……

读者评论选登

1. 高平集团龙华：每一次旅途都是你整理心得的最佳时期，而只有你才能这样做到，也因为你的执着一念，你才与众不同！

2. 高平集团曾泰：随笔写得很好，读起来有味儿！有生活气息，也有人生哲理，更有事业斗志！建议整理成小册子，给集团下属学校每位教职员工一本。

“热烈欢迎”

2016 年 8 月 22 日　星期一　晴　永顺

17 日和潘哥一起陪父亲吃晚餐。

“明天潘师傅送我去秦皇岛，周曼取两万块钱给我。”父亲笑得格外年轻。

“什么好事？”我好奇地问。

“和我 53 年音讯全无的北大老同学联系上了！”父亲兴奋地说。

“女同学？”我感觉到父亲从未见过的激情，猜测着问。

潘哥大笑，父亲也不好意思地笑了。

“告诉你吧！”父亲沉浸在半个多世纪的回忆中，“六一年到北大读书，我法律系，她历史系。我的俄语好，她不行，她跟我补习俄语。她是唐山市人，热情大方。她喜欢读书，我也喜欢读书。每周星期六她都到北大图书馆看书。她先去，帮我占个位子。每餐吃不完的她都留给我吃。一来二去，彼此欣赏，就这样好上了。她说：‘无论怎样不要离开我！’我说：‘永远不会！’我到唐山住了一个暑假。她妈妈给我做了两件衬衫，一条三角裤。第一次穿三角裤感觉好新鲜。后来她也到高坪村住了几个月。后来因为给中央上书，我被北大开除。随即‘文革’爆发，越读的书多越受打击，学生都被遣散到户籍所在地。我成了高坪村种田的农民，她也回唐山了。那时候没有手机，靠写信。她在北方城市，我在南方农村，我不想拖累她，给她写了封绝交信。这是我一生唯一后悔的事。每次看到电影、电视里那些负心的男人，我的眼泪直流。‘文革’结束后，她托北京的同学邀我回北京，那时候我已与你妈妈结婚，有了周毅。我拒绝了。这么多年来她成了我心中最大的遗憾，不知道唐山大地震她遇难没有？如果她还活着，不知道今生还能见她一面不？

父亲与寿哥亲切交谈

前几天我委托你寿哥帮我找，他是‘黑客’，半天就找到了！她还活着，住在秦皇岛。她妈妈也活着，九十多岁了！我打电话问她还记得我不？听得懂我说的话不？她说当然记得，听得懂话。我说我到秦皇岛看她，她还是年轻时那样热情大方，说：‘热烈欢迎！’”

“那您得穿上龙华给您买的新衣服！”我笑着建议道，“明天潘哥陪我爸爸去，我要去看病了。一直在撑着，现在七所新学校都成功开学了，我也要去湘雅住院疗养。右脑一直麻木，怕是脑梗塞！”

父亲活力四射，连连叮嘱我尽快看病：“没有身体，一切都是零！”

不过，我要感谢上天的恩赐，让父亲在阴差阳错中扎根中国的农村并在高坪村创办益阳高平中学，举起“高质量、平民化”的教育大旗。如果在北京、上海、广州这样的大城市，北京大学的学生会比比皆是。可是，在中国广阔而落后的农村，北京大学的学生却是凤毛麟角。当父亲扎根农村开创平民教育伟业时，其影响力与号召力就非常人能比了！原来，在中国，当大多数人以“跳出农门”为读书的目标时，却忽略了农村和贫困地区正是创业的极好舞台！在这里，竞争不大、人才短缺，只要乐于奉献、执着一念，便可大有作为。所以，我沿着父亲的道路走下去，扎根农村与贫困山区，活跃在中国一个个偏僻的小县城，在我智商、情商都极为普通的情况下，我却仅凭诚信与勤劳以及一生不变的教育梦想，在中国教育史上留下了浓墨重彩的一笔。我还要继续扎根基层走下去！

父亲找到了与他53年不见的初恋女友

18日晚上，潘哥发来了父亲与他53年不见的初恋女友的合影。沧海桑田，大家都会一天天老去。这一生曾经牵过的手、爱过的人因为历史而不得不尘封。做了许多事、创造了许多财富后不知不觉就老了。在不能做事、创业时重温心底最柔软的记忆，而且记忆中的她还活在中国，近在眼前，这样的老人，是幸福的！我一遍又一遍地看儿子拍摄的几张风景照，我不得不惊叹人与自然都是如此美艳！只要活着，一切美好！热爱生命，便热爱并理解生命中的一切。

读者评论选登

1. 德雅中学程学琼：好感人的爱情故事！

2. 高平集团崔晖：人老多健忘，唯不忘相思。

3. 乐亭高平中学陈亮：有故事的人，人生情感才丰富。

4. 高平集团李兴文：情义至真。

情不自禁

2016 年 8 月 23 日　星期二　阴　长沙

昨天，2016 年 8 月 22 日上午 9：18，隆重举行永顺县高平金海实验学校揭牌仪式。县委书记石治平，县长陈海波，以及永顺县委副书记、常务副县长、政协副主席、教体局局长等领导出席仪式。金海教育集团董事长杨建新和我一起参加。同时，一到九年级共 3400 位新生报到入学。

“前天原副省长唐之享等十余人到高平金海，唐省长说高平金海是湖南民办基础教育学校第一所！”杨总自豪之情溢于言表，“‘一流’有一批，‘一所’就只有高平金海啊！”

我情不自禁地张开双臂，想拥抱眼前的美好。去年 8 月 20 日破土动工，今年 8 月 22 日揭牌，3400 多名新生胜利开学！不是梦境，胜似梦境！我大笑道：“这就是一场成真的美梦！所以我的微信名叫‘如梦’！”

“今年县城小学生首次突破一万人！”教体局向林局长说。

“这广场、这学校大气！首次招生就突破 3400 人，永顺老百姓重视教育啊！原来到吉首、长沙读书的学生都开始回流了！”石书记十分高兴，“你在松桃办的学校开学没？”

“8 月 15 日开学，一到七年级招了 1800 多人！”

“不错！松桃人口多，是办学的好地方！”石书记兴致很高，“你在全国有多少个点呀？”

“36 个！”我笑道。

“周总不是考虑钱多钱少，而是为教育而生呀！”杨总笑盈盈地说，“我此后也只考虑为更多人搭起干事创业的舞台！”

与金海教育集团董事长杨建新合影于高平金海实验学校

搞完仪式，我坐杨总的车回长沙。

“我佩服任正非！”杨总说，“未来我要按任总的思路，让更多有能力的人入股办学！”

“我也在发展股东！”我笑道，“人生太美好了！我要让百年高平教育梦乘着健康的身体腾飞！”

“身体第一！你是要到长沙好好疗养了！”杨总建议道。

与陈海波县长（左二）、金海集团杨建新董事长（右二）合影

这时，收到寿哥的微信：

“曼夫子，你八月十六日的微信文章我看了三遍。在我看来，这个世界真正能读懂父辈的人几乎没有，除非超凡入圣！看到‘一定是因为无忧无虑、无对无错的爱情’，我惊讶之余就是感慨！我不是一个多事的人。八月十一日晚，叔父流着眼泪给我讲述了他催人泪下的往事。五十三年前，北大法律系二十位学生因为给中央上书而被开除学籍，一位学生被勒令退学。这位被勒令退学的青年就是曼夫子你父亲。叔父含泪告别北大，唯一依恋的只有初恋女友杨秀桂。杨女士生死不舍，要用工资养活老叔。老叔不愿连累杨女士，毅然决然斩断了这段恋情。我的眼睛也温润了！半个多世纪了，老人家仍然魂牵梦绕！当叔父要求我寻找杨女士，要当面向杨女士致歉，说‘是我负了她’，‘寻不到她我死不瞑目’。我左右为难，不知所措。不执行吧，天理不容；执行吧，如何向婶娘说清？犹豫几天，还是决定执行。我宁愿遭受婶娘责罚，否则要被天谴。启动计算机，进入网络，大海捞针，锁定秦皇岛，在北戴河第三中学发现了杨女士的信息，调出杨女士照片，经老叔辨认，说是很像。再通过

永顺县高平金海实验学校揭牌仪式现场

与永顺县县委书记石治平(右三)、县长陈海波(左二)、金海集团杨建新董事长(左一)一起给高平金海实验学校揭牌

杨女士所在学校校长证实，杨女士毕业于北京大学历史系，可以确认了。该校刘书记传来杨女士的电话号码，拨通后是杨女士儿子的电话。她儿子说不知她妈愿见不愿见，叫我留个短信。半小时后杨女士打来电话，一句‘桂林哥哥我记得’，感人！我已不知道我做了什么！南无阿弥陀佛！”

“谢谢寿哥帮我父亲了却一生遗憾！”我回道。

大美人生，情不自禁。

人在江湖

2016年8月29日　星期一　建始

原计划8月12日下午13：30从天津飞武汉，17：50从武汉飞恩施，再打的去建始，召开13日上午8：00开始的建始县高平国际实验中学与来凤县高平国际实验学校两校行政培训会。结果一场暴雨，18：30才从天津起飞。到武汉时已无飞机与动车到恩施，只好坐普通火车，而且是站票。凌晨5：30到恩施。看来，想睡觉也睡不成了。

坐多了飞机、高铁，越坐越烦。现在要在慢腾腾的火车上站一个通宵，看你还烦不烦?! 看着候车室拥挤的人群，才晓得这世上有许多人是不坐飞机和高铁的，而且由于没有买到票，许多人还要身不由己地站着，甚至站一个通宵。

候车室拥挤的人群

从4号车厢一直往前挤，过道上、座位下横七竖八地睡着赤膊的男人以及女人。车厢内弥漫着冰凉的馊气。当我走到9号餐车时，一道僵硬的玻璃门挡住了我。我只能隔着玻璃看到餐车里的男男女女好像都在谈恋爱一样地享受着。我怎么敲玻璃，大家都不理。

眼睛睁不开了，腰又特别酸痛。不知什么时候突然歪到地板上，一会儿就有长发“女神”轻轻搂着我。乍醒，才发现脑袋枕着一个扫把头，上面的痰水和着泥灰。

人在江湖，当你错过机会，当你虎落平阳，你不随遇而安，又能怎样呢？

13日上午8：00准时开始行政培训会。晚上9：00会议结束前，我说：“昨晚没睡觉，今天一天一夜培训，又没搞午睡。我希望大家都是做事的人，否则我会累死。为了多活几年，凡在其位不谋其政的人我肯定及时更换，请理解。”

19日上午，我又回到建始县高平国际实验中学参加初一家长会。在全体初中部教师的奋战下，初一新生已突破470人。到9月1日，肯定能突破500人。我激动，不仅仅因为到此为止，我今年新办的七所学校已全部完成招生任务，更重要的是，

车厢现场一角

事实证明，我具备了一年同时开创七所新学校的经历与能力，而且《高平典章》能在全国成功推行，让我陡增“制度自信”。

人在江湖，事业绊人手脚。要冲脱束缚，只能做自己想做和能做的。不能做的，放心交给身边能做事的人去做。

另外，法纪呢？人在江湖，能不或多或少地违纪违法吗？而纪委和司法部门只要盯上了你，无论你在哪里做着多么伟大的事业，都必须在规定时间到达规定地点。

这样，经历越多，便回归自然。人在江湖，少做点事无妨，多赚些钱无益，无论何时何地，千万不要违纪违法。只有这样，才能没有半点后顾之忧地去做事、去赚钱。

我决定去三都参加 8 月 26 日召开的 2016 年全县教育、教学工作表彰大会。

我听说，三都高平凤凰实验学校成了三都教育的一道亮丽风景！

又是一个通宵。到三都时，已是 26 日上午 8：00。石大大要我直接到民中。表彰会设在民中田径场，8：30 开始。四大家主要领导及全县带有“长”的人基本参会。石大大作为“突出贡献学校”代表激情四射地上台领奖。

石大大捧着奖牌与标有“10 万元”奖金的红色标牌下来了。高平教育集团被县委、县政府充分肯定。高平走的基层办学路线一次次被事实证明是成功的。

作为“突出贡献学校”的代表，我上台发言。

我的发言如下：

尊敬的梁书记、潘县长，尊敬的各位领导、各位朋友，亲爱的同学们：

谢谢大家！

参加如此隆重的教育教学表彰大会，作为三都教育人，我备感欣慰和振奋。在各位的关心、支持下，高平凤凰实验学校于 8 月 22 日顺利开学，招收初一新生 832 名，高一新生 212 人。总结成功的原因，可概括为“天时、地利、人和”！

第一是“天时”，也就是政策。高平教育集团在全国各地办学，有一个“潜规则”，那就是专门选择县委、县政府和教育局特别重视教育的县城办学。因为我们相信，一位好校长能办好一所学校，同样的道理，一位重视教育的书记、县长和教育局局长也一定能办好一个县的教育。第一次看到“黔南”两个字是在去年5月《中国教育报》头版头条的报道中。其中提到独山县梁嘉庚县长引进民办教育振兴独山教育的事迹。去年7月，受书记、县长委托，王炳银局长带队考察了高平集团。当我获悉三都县委书记就是曾经振兴独山教育的梁县长时，我于去年8月26日义无反顾地来到三都，我相信，有重视教育的领导，三都教育不会差到哪里去！

第二是“地利”。高平凤凰前临都柳江，后拥凤凰山，交通便利而又环境幽雅。今年7月，工地基建最紧张，天气最炎热的时候，由于自来水管破损，工地缺水。在校园田径场与学生公寓交汇处，忽现一股清泉，解决了工地缺水的问题。这神奇的凤凰山，那长流不息的清泉，当然要叫“秀才泉”了！而这出秀才，人杰地灵的土地，正是培育天下英才的风水宝地！

最重要的是“人和”。今年3月18日，县委、县政府科学决策，停止益阳高平教育集团领办三都民中、三中，同时改造老职中校区，创办高平凤凰实验学校，实现公办、民办良性竞争的局面。我面临两大难题：基建与招生。

我重用在宁乡与益阳碧桂园锤炼多年的吴红波为基建部部长，由他负责高平凤凰两万多平方米的学生宿舍与体育馆的建设。他采取“胡萝卜”加“大棒”政策，不论太阳有多猛、风雨有多大，一天24小时三班倒，创造了5月26日破土动工，8月22日开学入住的神话！这期间，三都县人民医院每天平均有30位左右的高平农民工因为感冒或中暑在打吊针。针管一拔，大家又上阵拼命。

“以后不叫你吴红波了，就叫你吴三桂！”我笑着告诉他，“吴三桂管云南、广西、贵州，以后高平集团在云南、广西、贵州的工程都由你来做！”

我是“突出贡献”学校的代表

招生更彰显了“人和”的魔力。今年春节以来，高平被个别别有用心的人妖魔化。再加上2014年一所民办教育集团领办民中失败也给三都民办教育蒙上了阴影。集团决定高一只招中考全县成绩居于前600名的学生，人数可以少，但标准不能降。初一通过考试，只招全县成绩居于前1300名的学生。同时，所有学生三年学杂费全免，包吃包住。以石绍军校长为首的高平凤凰人，深入全县各乡镇开展家访，宣传高平的办学理念、办学宗旨和办学思想。一次次碰壁，一次次回访。大家以“不要脸，坚持，坚持不要脸”的高平精神，终于感动了三都人民，成功完成招生计划！

今天，我要代表全体高平凤凰人庄严承诺：

我们将始终坚持“高质量、平民化”的办学理念，让广大平民子弟享受优质的教育！

我们将始终坚持“为师生服务”的办学宗旨，实现“智慧教师、阳光学生、和谐校园、幸福高平”的办学目标！

我们将始终践行以爱国情怀为基础、赏识教育为前提、养成教育为保障、吃苦教育为过程、国际教育为眼界、创业教育为目的，面向全体学生，促进学生全面而有个性地发展！

我们还坚信，今天，此刻，三都教育已揭开冲刺黔南州教育第一方阵的光辉序幕！

表彰会后，书记、县长约我吃晚饭。我感到无上光荣，也备感责任重大。我仔细调研了高平凤凰的各项工作，最后我说：“一切矛盾和问题不是事情有多么复杂，多么难，而是人太复杂，不团结。一切问题都是人的问题。我的学校太多，事情太多，如果我请的人不帮我做事，却制造问题，不团结，不勤快，我只能立即换人。对不起，

我创办的高平凤凰实验学校

人在江湖，身不由己。勤奋的人是不需要刻意培养的，懒惰的人永远培养不出。每个人一上班就要给高平创造价值。”

昨天，我火线提拔孙池章担任总务主任，杨再香担任膳食主任。我相信，事业不能掺和私情，更何况是并不勤劳又不服从后勤副校长领导的人，更不能继续留用。在一个单位，团结就是一级一级地服从，最后达到一切行动听指挥的效果。做不到这些，执行力与战斗力就是一句空话，所以，我不听任何解释与说明。

高平凤凰实验学校学生在军训

“周总，人换了，后勤的问题也就没有了！”今天，石大大兴奋地告诉我。

是的，且不说工作能力怎么样，能一切服从领导的人至少不会添乱。

读者评论选登

1. 高平集团曾泰：高平人的大家长，您真的辛苦了！没想到您会坐火车，那真的累人，我上次一路从天津转武汉到恩施也是站过来的！

2. 宾川教育局局长涂勇：曼董，我们更期望宾川高平一中具有更新的起点、更高的目标！

"一切为高平服务"

2016年8月30日　星期二　阴　罗甸—长沙

8月28日下午，吴红波、小陈开车，石大大、小姚、宾川小李在中山的朋友刘津汕和我等一行六人从三都出发奔赴罗甸。晚上20：30下高速。夜色中"山水湖城"、"长寿之乡"、"火龙果之乡"、"玉都罗甸"等闪光大字格外耀眼。

我连夜奔赴罗甸

到达县政府二楼会议室已是21：00。杨兴华县长、马素芬副县长、教育局卢海局长及财政、人社、国土、发改、公安等各局领导已在会议室等候我们一个多小时。

"周总辛苦了！"杨县长热情问候。

"不辛苦……只是现在两个耳朵里面嗡嗡作响，有点怪怪的！"

"贵阳海拔1100多米，到边阳降到800多米，进入罗甸县城就只有400多米了！"杨县长笑着解释，"高差大，都有这样的反应，一觉醒来就好了！"

"呵呵！"我笑了。

"你们来之前我们开了各部门碰头会，大家一致欢迎高平到罗甸办学。大家也讨论了办学合同，除了500万元的保证金，其他都没意见。至于职高校区的租金也就免了吧，高平不来，我们照样要办学，谁来交租金？不但没租金，政府每年还要投几百上千万元！我们要的是优质教育，各级各部门必须一切为高平服务！"

杨兴华县长和马素芬副县长等领导在会议室等我们

"我们全额垫资搞场平，

投资一个多亿修学校，一切资产都是国有，如果中间违约，前期一切投入无偿移交政府。更重要的是高平还要促进罗甸教育快速发展。无论怎样，赢的只有政府！还交什么保证金呢？”石大大温婉而立场坚定地说。

“从 2016 年开始，高平集团在任何地方投资办学，不交保证金。”我笑着说。

“这样吧，政府在按进度付场平款时留 500 万元，等你们主体完工后付清。”杨县长非常重视教育，“怎么样？办学本身就了不起，还投资帮我们办学，我只希望你们办好！”

“好的！”我当场拍板，“主体基础到正负零时付 300 万元，主体全部完工时付 200 万元！”

“接下来举行签约仪式！”马县长说，“杨县长签约后还要赶到都匀，明天州里开会。辛苦周总了！”

“这么大的喜事，谈什么辛苦！”我笑了。这是高平在贵州第三个县办学。

“签约时，高平和罗甸各派三位同志站到后排见证吧！”马县长提议。

签约完毕，杨县长与我亲切握手。

根据合同，罗甸县人民政府无偿划拨 79 亩土地并“四通一平”，负责 100 套公租房，提供公办教职工。高平集团投资 1.2 亿元人民币修建罗甸高平小学与高平幼儿园，一切资产归国有，高平负责经营，按民办收费。2017 年 9 月 1 日幼儿园、小学、初一、高一在幼儿园及小学校区同时招生开学。同时，政府负责将罗甸职中的师生于 2018 年 2 月底搬入边阳新校区，老校区以零租金交给高平集团改造后创办初、高中。

石大大在温婉而坚定地发言

签约后，杨县长立即召集各部门领导会议，成立建校工作组，马县长任组长。

29 日上午 9：00，各部门领导全部赶到新校址现场办公。

“不三班倒，场平都要四个月！”相关领导说。

“这里是坚石，爆破耽误时间！而且离周围民居太近！”

“联通的光缆马上要移！”

签约会场

“最严重的是高压走廊！不立即拆除，挖掘机根本进不了场！”

“如果好搞，两年前这里就应当修好学校了！这里原规划修罗甸实验小学，鸟瞰图早就挂出来了，但迟迟没动静。就看高平了！”

看来，合同上“周曼”两个字一签，各种麻烦事便滚滚而来。好在高平在每个地方办学都是啃硬骨头，斗争的经历告诉我：再难的事都不难，只要用对了做事的人。

这时，又出了一个大问题：本身只有79亩的校园，却在中间规划了一条7号路！

“最好取消这条路！”我向马县长、卢局长建议，“四周都是路，这中间修条不到300米的路，规划本身就有问题！”

“调规麻烦，要请示书记、县长！”马县长说，“卢局长下午去找找。”

现场会结束，我望着秀美山峰，心中只有一个信念：老历年前，罗甸高平小学与幼儿园要成为矗立在这峰回路转中的亮丽风景！

下午17：00，吴红波和小陈从教育局回来。

“下午15：00又开了协调会，各部门具体联系高平小学的工作人员已确定！”吴红波将名单递给我，“弃土场已定，高压走廊正在拿方案。当地许多人也找上门来要揽工程了！不容易搞啦！”

“想做事、想赚钱是对的！你是‘吴三桂’，怕什么？！”我笑道。

晚餐时，卢局长告诉我：“好消息！那条七号路取消了，县委、县政府一切向教育让路！一切为高平服务！一定要办好高平学校！商鞅改革遭车裂，历史上许多改革者都没有好下场。只要有益于罗甸教育，我卢海也豁出去了！也许有人恨我，但我不怕。

我与杨县长签约后亲切握手

我要我女儿大学毕业后不回罗甸工作，免得遭人报复。这样我就没有后顾之忧了！不过，昨天晚上签约，我兴奋得一夜没睡觉。只要高平办好了，罗甸的子子孙孙都会感谢我的，是我引进了高平！”

罗甸实验小学效果图

饭后，我要智哥从松桃连夜赶过来，商量场平的事。我知道，高平承载着许多兄弟、朋友和领导的信任与重托，我要立即行动。

今天上午，我带着智哥到了工地。“工期紧，要的不是一般做事的人，而是打仗的人！”智哥说。

打仗的人，首选吴红波。做事的人都要赚钱，但能把事情做好的人就应当让他赚钱赚得痛快。用好一个人，罗甸这里，我就只要考虑钱而不用考虑事了。

我要吴红波开车送我到贵阳北站坐下午 14：30 的动车去长沙。我们在惠水县城吃饭。饭前，我起草好场平合同交吴红波审阅后双方签字。合同约定，10 月 15 日前完成场平工程，罗甸所有基建工作与和基建有关的部门协调，由他全权代表我去做。10 月 15 日，我只过来看主体动工。

活出最健康的自己

2016年9月3日　星期六　晴　六安

精神健康应是人生的首要追求，因为她足以弥补物质的缺陷而使人快乐幸福，一如女神张海迪谱写了精神健康的生命壮歌！

精神健康的核心是健康的爱。爱父母、爱子女、爱伴侣、爱亲人、爱朋友、爱尘世众生，一个基本立足点应是把对方视同自己，是一个个有七情六欲，有优点、缺点的鲜活的生命。这样，我们才能理解并尊重对方，才能知足常乐并助人为乐。

这样，我们就不会理所当然地找父母索取，面对父母的过往私情也会加倍尊重而不是大惊小怪，更不会把父母情变当作放纵自我的理由。

这样，我们就不会把自己未实现的梦想强加于子女的身上，也不会把自己的价值观演变为子女必须遵守的行为规范。我们以自由、平等、率真的形象成为子女的榜样，也面对子女审判的目光。大家一起享受家的温暖，一起面对风雨、逐梦远方。

这样，我们就不会把伴侣视同自己的私有财产，藏得越严实越好，生怕别人侵犯、触碰甚至只是欣赏。我们既不为对方丢掉自己的世界，也不视对方为自己世界的全部。从一开始就知道，对自己关心、爱护的是亲人和朋友，而使我们内心疯狂、骚乱的是“白马王子”的帅气与阳刚、“白雪公主”的娇艳与柔美。随着岁月老去，生理功能日益衰退，我们慢慢领悟，伴侣的唯美境界，就是对方放之四海而皆准的良好品质，还有，他（她）适合并伴随自己。

女儿子娟和儿子子龙合影

这样，我们会加倍珍惜因为血缘关系而命中注定的亲人且想为他们做点什么。后来，在干事创业时发现，那些为了共同目标一道打拼的团队成员虽无血缘关系，但是其情其义比血缘来得真切和可靠，这样的战友，不是亲人却胜过亲人！

最后，面对芸芸众生，

我们或许会发现，健康的爱，是因为被爱的对象本身所具有的品质与价值。我们在热爱这些人的同时不知不觉地成就自己，并收获最大的财富——健康。

活出健康的第二个渠道就是运动。

以前在学校教书直至后来当校长，每天教室、寝室巡堂，早晨跑步，第八节课与师生打篮球，一天运动的时间不少于五个小时，运动的步数不少于四万步。而担任董事长以来，尤其今年春节至今，我的主要时间都在飞机、高铁和汽车上，很多时候，一天运动的步数不超过一千步。我的右脑和右手不知何时开始麻木起来。右手有时拿筷子都拿不稳，拿笔写不了几个字就打战。我烦躁不安，坐也不是，站也不是。

“典型的脑梗塞症状！”田哥告诫我，“快点去医院检查！”

在罗甸时，石大大听了我的陈述，肯定地说：“颈椎病压迫神经导致脑与手麻木！关键是每天要运动。睡觉时，把浴巾两头往中间滚，滚成一高一低两根棒状，代替枕头。按我的，坚持半个月就没事了。”

按照石大大的办法，每天早晚各做一小时肩颈运动，晚上睡觉时垫浴巾滚成的枕头，这两天脑与手好像不麻不酸了。看来，运动正是治病的良药。

我决定在湘雅做一个全身体检，发现病后对症下药。在服药的同时，无论出差还是在学校上班，每天坚持早晚各运动一个小时，保证每天运动步数不少于二万步。

此后每次出差，要严格规划行程。非我必到的由其他人代替吧。婚、丧、嫁、娶之事捎个人情吧。不这样，天天在天上飞，在车上睡，一不小心，运动不成，健康没了，百年高平教育梦就真的成了南柯一梦了！

这也进一步要求：我身边聚集的必须是能独当一面且身心健康的干事创业的人！不行的，就不要让他们待在身边。

健康的第三个渠道是合理饮食。

每天早餐尽量营养丰富，吃好一点。中餐敞开，吃个八到九成饱，各种食物都吃一点，不要忌口。晚餐少吃点，加个香蕉吧。上午十点吃点水果，下午四点喝杯牛奶之类的。

老婆龙华、女儿子娟及小豆豆与潘哥合影

与三哥等朋友合影于六安

最后，人还是要有“尽人事，听天命”的胸怀。生命就是一个过程，或长或短，何妨坚决地相信“生死有命，富贵在天”！这样，就不会不知满足并杞人忧天了。

不是尽了力就一定成功，不是特别注意就一定健康。可是这次做胃镜的经历告诉我：当麻药让我失去知觉任由医生摆布时，我想，死亡或许就是这样的甜蜜。医生将我拍醒后，我倒特别留恋生命中这种短暂的无知无觉的滋味。未来面对的死亡，一定就是这样的美好！

所以，我相信死亡是生命给人的最后奖赏！在我接受这份上天的恩赐之前，我要无忧无虑、无畏无惧、无怨无悔地享受今生！

天道酬勤

2016 年 9 月 16 日　星期五　晴　来凤

“董事长，乐亭是高平在北方办学的第一个县。乐亭县教师节表彰大会，你无论如何也要参加呀！”郑局长给我打电话。

“好！”我高兴地答道。

在 9 月 9 日上午 9：00 召开的乐亭县 2016 年教师节表彰及教育工作会议上，作为获奖代表，我第二个发言。

我在发言中强调：“在乐亭教育改革的大潮中，敢于吃螃蟹的教师都是怀着共同的教育改革的理想并期望在高平的舞台上有所作为的教师，敢于吃螃蟹的家长都是确信高平恰当延长学习时间、有序补课总比孩子在社会上沉溺网吧、无序补课要强的家长，敢于吃螃蟹的学生也都是独立自强、有梦想必有远方的学生！”

县委王书记在发言中用了 5 分钟左右的时间专门讲为什么引进高平。他强调说：“我们都想引进衡水、人大附中，可是人家请都请不来啊！我们与高平是你情我愿，一拍即合！而且，党中央、国务院鼓励民间资本投资教育，省委、省政府也提出了‘产城教’的战略构想，县委、县政府引进高平既办好了学校，又引进了近 3 个亿的资金，更重要的是引进了灵活的办学机制！”

真是天道酬勤。历尽艰辛，2016 年 9 月，是高平教育集团有特殊收获的季节。老学校不算，集团新创办的七所学校同时开学。横跨四个省的七所新学校同时开学，标志着在“高质量、平民化”教育实践方面的成功和我个人在人脉、融资、创业和管理方面跨越式的突破。

乐亭县高平中学学生在军训

我佩戴大红花，准备在表彰会发言，左一为县教育局郭成副局长

湖北省来凤县高平实验学校占地140亩，计划招收初中生2400人、小学生1200人、幼儿400人。2015年1月31日破土动工，2016年8月28日初中部建成开学，招收初一新生859人，初二插班生640人，初三插班生524人。

开学这天，人山人海，宽敞的食堂大厅挤满了排队报名的家长与学生，给有点萧条的凤城山水增添了无限生机。

我和全总、朱校长、殷总在目前集团内最为“高、大、上”的食堂前合影。

湖北省建始县高平国际实验中学占地65亩，学校主体与附属工程均由县政府修建好，计划招收初中生2100人。2016年4月17日与县政府签约，8月19日开学，招收初一新生498人，初二学生130人，初三学生132人。

湖北省建始县高平国际实验学校占地60亩，计划招收小学生1800人，幼儿300人。2015年10月18日动工，2016年8月28日开学，招收幼儿208人、小学一至六年级学生632人。

湖南省永顺县高平金海实验学校占地400亩，计划招收高中生4000人，初中生3600人，小学生3600人，幼儿800人。2015年8月20日动工，2016年8月22日小学、初中部开学，招收一到九年级学生3428人。

贵州省松桃苗族自治县高平实验学校占地386亩，计划招收高中生3600人，初中生3000人，小学生3600人，幼儿600人。2015年8月18日动工，2016年8月15日小学、初中部开学，招收一到八年级学生1998人。

我在表彰大会上发言

贵州省三都水族自治县高平凤凰实验学校占地65亩，计划招收初中生

1800 人，高中生 600 人。2016 年 3 月 25 日签约，5 月 26 日动工，8 月 22 日开学，招收初一学生 850 人，高一学生 213 人。

来凤县高平实验学校鸟瞰图

河北省乐亭高平中学占地 280 亩，其主体与附属工程均由政府修建，计划招收高中生 3600 人，初中生 2400 人。2016 年 3 月 22 日与政府签约，8 月 20 日开学，招收初一学生 279 人，高一学生 966 人。同时乐亭二中高二、高三共 1436 人搬迁入校。

来凤县高平实验学校开学场景

2016 年，高平教育集团完成新校投资 15 亿元人民币，新老学校全部成功完成招生计划，新增学生 13000 多人，所有学校按照《高平典章》有效运转。无论未来怎样，无论现在个别人怎么反对和诽谤，百年高平 2016 年在高平教育与中国民办教育史上客观地留下了浓墨重彩的一笔，也为国家教育扶贫事业尽了绵薄之力。我自己已经很满意了！我又要开启新的征程！

7 月份，二哥带着益阳人刘西南到我在建始、恩施、来凤、永顺办的学校考察。

“以前只听说周总在外地办了不少学校，没想到每所学校都办这么好！”刘西南感慨地说，“难怪喻市长说高平是典型的‘墙内开花墙外香’！真没想到高平在益阳办学情况一般，在外地却发展得这么好！”

“没有情怀就没有远方！”我笑了，“中国地方政府一般喜欢对外招商引资却忽视了当地的老板，所以高平在益阳不占‘天时、地利’，仅凭‘人和’走到今天，创办了中国唯一一所办在乡村的至今仍拥有 5000 多名学生的民办幼儿园、小学、初中和高中！这已经是中国教育史上的奇迹，可是一些地方官员在并未给高平多少政策扶持的情况下，反过来讲高平办得不好。‘人不出门身不贵’，所以，2004 年开始，我选择离开高坪村，面向全国各地办学！”

“你还是要回家乡，在益阳中心城区办所学校！”刘西南说，“现在益阳城区还没有一所上品位的优质民办学校。”

“不喜欢和益阳的政府官员打交道，总爱戴着有色眼镜看高平！”我不以为然地说，“全世界这么多地方都可以干事创业，为什么非得在益阳？父母在，我有家乡；父母不在，有事业的地方就是家乡！”

“人都要老，叶落归根，回益阳办所学校吧！”益阳农商行超哥诚恳地建议道。

而在长沙看病期间，刘西南连续三个晚上赶到长沙与我面议回益阳办学事宜。

“你专心于投资办学，我专心于部门协调，我们各自做自己擅长和喜欢的事！”刘西南反复强调。

“我好好想想吧！”

9月5日下午，刘西南又约我在长沙见面，我已到了武汉。回家乡办学，我处在可办可不办的心态之中。哪里政策好，我就到哪里办学。我并不想在父老乡亲面前证明什么。我也知道，无论家乡人还是异乡人，维系彼此情谊的只能靠共同的事业。而事业的成功，首要的是“天时”。没有政策却满腔热情地回家乡投身教育，岂不是自讨没趣？

“回来一起办吧！”9月6日上午，二哥来电，“刘西南昨晚到了高坪村，他很想与你合作办学。”

“好吧！”我终于下定决心，“你邀他今晚到武汉，我们签个合作协议。”

建始县高平国际实验学校

9月7日上午，在梅园宾馆6号楼216房间，我与刘西南正式签约。

“我负责投资办学，你负责与政府和部门官员打交道。”我再次强调，“回家乡办学，我只想专心办成益阳最好的幼儿园、小学、初中与高中！”

“专业的人做专业的事，我很喜欢！”刘西南说。他比我大几岁，而且硬是把我一路向西向北发展平民教育的心拉回了家乡，定位中南，以后就叫他南风吧。

“不管是回益阳，还是到长沙、株洲、湘潭，反正我们合作办一两所学校。你去找项目，我派贺仙协助你！”我对“南风”说，“你与政府签约后，我再来落实各项工作！”

龙华（左一）、龙新华（右一）等参观高平幼儿园

突然想起了泰哥。这位把我带入来凤的福将，现在在哪里忙呢？人生，遇上几个关键的人会改变自己的一生！这时收到泰哥的信息：“我激动万分！我要感恩高平教育集团这个伟大的平台！感恩总裁您一路不离不弃和关照！感恩事业伙伴！让我这个平民百姓，有幸搭上高平教育快车，今年也走进了百万富翁俱乐部！在此特别承诺，坚决跟随总裁，把自己的智慧和心血奉献给‘高质量，平民化’教育这伟大事业！”是的，一个优秀的团队，大家在彼此成就和改变呀！而现在，曾经一句“办多大的事筹多少钱”促使我勇敢创业的张剑波，辉煌时期身价超过 50 个亿，却因到美国与澳门豪赌沦落到被债权人追砍的地步。我突然想：我虽没去澳门豪赌，但我在银行贷款办学，这不也是在赌自己的办学能力吗？万一所有新学校都没有完成招生计划呢？所以，此后便以“有多少钱办多大的事”为准则，亏了也不怕！新办学校，自己不再投资，由合伙人投资，我只收品牌加盟费，输出智力与管理！

同时，身体是革命的本钱。这次全面体检结果出来了。两年前体检我一身健康，没有各种疾病，这次倒是生出了不少毛病！尤其是脑内多发腔隙性梗塞与椎间盘突出将要影响正蓬勃发展的平民教育伟业。人是必须信命的！因为人本身就是万千生命之一种，谁都要在生老病死之前臣服。从今天开始，我就要告别心爱的篮球运动，每天早晚各倒走一个小时，战胜椎间盘疾病。游泳和爬山应成为此后的主要运动。同时，我也要彻底告别东奔西走的生活，每半个月待在某所学校不动，以点带面，管好集团各校。此后，发展新学校的步伐会放慢甚至处于停滞状态，而加强现有学校的管理与品牌打造将成为我的主要工作。

这样，我必须在我办学的每个县或者相邻的几个县聘请一位总校长，他的使命是：完全代表我协调县委、县政府及与办学相关的各部门的关系，检查各校落实《高平典章》的情况并每月向我反馈一次情况，为我聘任校长、副校长提供依据。凡不

我与幼儿园的小朋友一起进餐

能有效执行《高平典章》的校长一律换掉。同时，派集团各部部长代表我到各校有重点地巡视。这样，有的学校，我可以一年不去！

我的身体状况决定了我不能像以前一样冲锋在前，但坏事也是好事，因为，这样我就能静下心来投身我喜爱的校园与课堂，潜心研究教育教学，做一辈子文化人而不做生意人。同时，战胜病魔，拥抱健康！而在用人上，我会更客观地以数据说话而不因情绪影响决策。此后的高平大舞台，活跃的都必须是有担当、想做事、能做事的高平人！

当然，我切身感受到目前中国城镇化潮流中，省会、市州尤其是贫困山区的小县城，人民群众正迫切期待优质教育。我本可以做得更多，但身体已不允许。我只能把已签约的学校做得更好！同时，在迫切需要的县城恰当复制高平教育。

昨晚，我请子娟、子龙的任课教师吃饭。有谁知道，我不是要孩子们单纯的分数，而是期望培养百年高平接班人应有的教育情怀。

是的，大美人生，我从2004年至今四海为家，为了平民教育东奔西走，每年与父母、老婆、小孩相聚的时间加起来不到20天。成就我的不是学生时代的分数，而是“达则兼济天下”的爱国与生命情怀。而今天，阻挡我一往无前献身平民教育伟业的，不是豪赌、吸毒和泡妞，却是健康。此后高平教育，要旗帜鲜明地把身心健康摆在首位，同时着力培育孩子们的个性特长与对身边的人、事、物饱含激情并积极负责的爱国与生命情怀。

百年高平之恩施州武陵国际实验学校

2016年9月17日　星期六　晴　来凤

百年高平计划于2017年8月20日开学的第一所学校：恩施州武陵国际实验学校。

项目选址于恩施州小渡船街道办事处旗峰坝居委会，位于旗峰大道和拟建的金凤大道、高旗大道之间，拟征土地180亩。总计划投资3亿元人民币，拟建一所十二年一贯制的寄宿制学校，在校学生总数为4800人。其中高中部1200人，初中部1800人，小学部1800人。初中和小学50%比例的学生为普惠性。另外，拟建容纳600名幼儿的恩施州高平幼儿园。

学校于2015年11月22日动工。学校高中部建筑总面积26000平方米，目前科技楼主体、宿舍楼主体已基本完工，教学楼正在进行基础施工，高中部完成建筑面积14000平方米，初中部场平与挡土墙工程已完成了工程量的三分之二，投入建设资金已达5000万元。财政出资的电力外接工程正在进行施工。二期规划方案（包括初中、小学、幼儿园和教师住宅）已在市规划委员会审议通过，正报州规划委员会审议。

恩施州武陵国际实验学校基建现场

初中部田径场北端有一股千年泉水，周围一百多户老百姓千百年来都在这里取水饮用。启动场平工程时，应老百姓的要求，我们将水引到挡土墙外面并修了一个蓄水池，供老百姓继续饮用。同时在校园内垂直留一个井道，供校园取水用。这有山有水的地方，一定是培育天下英才的风水宝地。

9月13日下午17：00，恩施州委书记向前进带相关部门到武陵国际实验学校调研，我向他陈述了目前存在的5点困难：

(1) 房屋拆迁工作尚有5户未达成搬迁协议，特别是一户正处于项目工程用地

恩施州武陵国际实验学校基建现场一角

中心，对整个工程影响最大，该户若迟迟不搬迁，高中部食堂位置不能进行填方，无法打桩，会对明年高中部开学造成影响，同时也会造成二期（初中部、小学部）工程无法启动。如遇暴雨天气，甚至会严重威胁“钉子户”一家的人身财产安全。

(2) 征地尾欠工作难度大，尚有 3 户未签订土地征收补偿协议，土地面积 3.314 亩。土地补偿及房屋拆迁不完成，国土部门无法核算成本，不能供地。

(3) 学校红线范围内的原为怡泰苑经济适用房用地（面积约 31.1 亩）的收储、供地工作未完成。

(4) 州民族职校施工造成高边坡安全隐患。因州民族职校开挖的堆填土方紧邻武陵国际学校高中部北面（拟建的高旗大道位置），形成了高约 20 米的高边坡，给高中部项目建设带来了很大的安全隐患。

(5)110 kV 坝黄线 34 号塔和 35 号塔之间线路穿过学校初中部校区，此线路高度过低，影响学校建设。

同时，我提出如下建议。

(1) 州政府尽快解决剩余 5 户拆迁、征地尾欠问题，尤其是处于项目中心位置的一户，以确保高中部明年 9 月 1 日如期开学。

(2) 国土部门尽快完成原为怡泰苑经济适用房用地 (31.1 亩) 的收储工作，并划拨至武陵国际实验学校。

(3) 请求相关部门督办解决民族职校开挖的堆填土方所致高边坡安全隐患问题。

(4) 请求电力部门在 110 kV 坝黄线 34 号塔和 35 号塔之间增设塔杆增撑高线路或进行线路迁改。

我陪向书记（右二）等领导考察施工现场

(5) 州规划局协调下属规划局尽快批准二期规划方案。

“教育是大事，各部门必须确保一个月之内完成拆迁工作！”向书记强调。

我决心在州委、州政府和州教育局的支持下，克难攻坚，确保恩施州武陵国际实验学校 2017 年 8 月 20 日开学。

忙完恩施的事正准备回高坪村与父母欢度中秋节，又接到宾川小李的电话，告知由云南省永平县人大常委会主任马伟军带队的十人教育考察团于 9 月 16 日上午从大理机场出发，将要考察集团湖南、贵州、湖北的学校，我需要在湖北等。

“周曼，中秋回高坪村吗？”父亲来电，“你身体有病，忙不赢，就别跑来跑去了！到来凤与老婆、孩子一起过节过生日吧！”

我向领导们提出建议

父亲的话总是这样暖心。与妈妈视频聊天时，她喜笑颜开。

哈哈，近几年来第一次与老婆、孩子过中秋、过生日！

昨天，9 月 16 日，农历八月十六日，我四十四岁。

昨天中午，我邀请集团来凤县高级中学和来凤县高平实验学校校级领导及龙新华、龙智华两家子和子娟、子龙、浩仔在太子轩共进中餐。小豆豆唱起了“祝你生日快乐”，大家欢歌笑语。

走到今天，我一直没有后悔过，因为我一直在做自己喜欢的事情。有人说，为梦想东奔西走这么多年，最终得到的是一身疾病。可是，有些碌碌无为的人二十几岁、三十几

向书记在施工现场讲话

岁不也是一身疾病却连治病的钱都没有吗？我现在停下创业天天享乐，一年挥霍两千万元就像一般工薪阶层一年花费两万元一样不会惋惜呀！可是，我的命就是这样贱，我偏偏视干事创业为人生最大的享乐，大把大把地把所有钱财投入到一所又一所学校。只是从现在开始，我会在创业的同时把锻炼身体作为自己的重要工作与享乐，并视创业为拥抱健康之余的另类享乐，而此后，这类享乐也要有所节制了！

这次在来凤县高级中学待了四天！我曾从无到有亲手创办这所学校并担任了四年校长，培养了两位清华生、一位北大生和一大批本科生。如今，校长办公室改成了董事长办公室。虽然我基本上不回来，但谭兄的老婆每天上午都要来打扫一次卫生。我坐在这窗明几净的办公室，格外温暖。这里，孕育了百年高平的梦想并让我拥有今天的高平教育王国。

没有搬走的农户

在抽屉里，我看到了自己三个不同时期的照片。“高堂明镜悲白发，朝如青丝暮成雪”啊！

还有子娟六年级的毕业照。黄毛丫头如今已是亭亭玉立的高二高平班成绩第一的学生。看来，人生真的是来不及品味的一场经历。不把握今天尽量多做点事情实在太浪费了，也太可惜。

子娟送给我一封信，并说：“爸爸生日快乐！”

这是子娟的真情流露。全文如下：

子娟理解我。谢谢！我很骄傲有这样的女儿，虽然我没有陪伴她日益长大。子龙送给我一首诗：

我很高兴，也很幸福。我终有跑不动的一天，愿我的后代有接着奔跑的情怀与能力。

“永远平安”

2016年9月21日　星期三　晴　桑植

9月15日收到宾川小李信息：“曼总好，现将永平县教育考察组人员名单转发给您，请查阅。谢谢（我已经分别转发给潘、孙两位部长）。

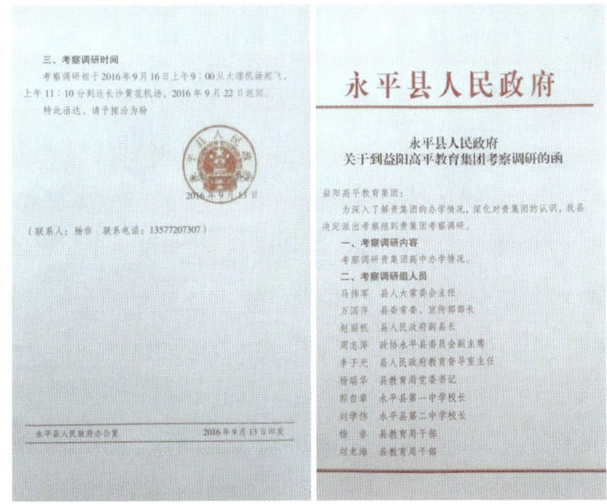

永平县人民政府

永平县人民政府
关于到益阳高平教育集团考察调研的函

益阳高平教育集团：

为深入了解贵集团的办学情况，深化对贵集团的认识，我县决定派出考察组到贵集团考察调研。

一、考察调研内容

考察调研贵集团高中办学情况。

二、考察调研组人员

马伟军　县人大常委会主任
万国萍　县委常委、宣传部部长
赵丽帆　县人民政府副县长
周志萍　政协永平县委员会副主席
李子光　县人民政府教育督导室主任
杨瑞华　县教育局党委书记
郭自章　永平县第一中学校长
刘学伟　永平县第二中学校长
杨　非　县教育局干部
刘龙海　县教育局干部

三、考察调研时间

考察调研组于2016年9月16日上午9：00从大理机场起飞，上午11：10分到达长沙黄花机场，2016年9月22日返回。

特此函达，请予接洽为盼

2016年9月13日

（联系人：杨非　联系电话：13577207307）

永平县人民政府办公室　2016年9月13日印发

永平县教育考察组人员名单

“您好！云南永平县教育考察组一行人员名单如下：

“永平县人大马伟军主任、宣传部万国萍部长（女）、政府赵丽帆副县长（女）、政协周志萍副主席（女）、督导室李子光主任，教育局杨瑞华书记（局长），永平县第一完全中学郭自章校长，永平县第二完全中学刘学伟校长，永平县教育局杨非主任、刘龙海主任；益阳高平教育集团投资部部长孙立杰（女），益阳高平教育集团总经理助理李红文。

“考察组于9月16日早上9时从大理机场出发，11时10分到达长沙机场。”

16日下午，考察组一行到达津市德雅中学。

“晚饭时，马主任放声歌唱，对高平办学充满肯定！”晚上23：00，道军兄来电。

17日下午，考察组到达松桃高平实验学校。

“麻书记代表集团讲话，考察组成员震撼于高平速度！”智哥说。

18日上午，考察组到达永顺县高平金海实验学校。

“永顺，永远顺利！永平，永远平安！”人大马主任激情四射，“我们有缘，期待周总到永平办学！”

我笑了。近段时间，不知是身体原因，还是心已渐老，出来不到一天就已想家。要知道以前半年不回家心中也无空落落的感觉。看来，人的身体与精神终究是要老的。

我谦虚而诚恳地说：“现在11：30了，考虑到马主任与万部长今天午餐后要提前回大理，我就再耽误大家几分钟。我不想托管一中、二中，因为要彻底振兴永

永平县教育考察组成员与德雅中学领导合影

平教育，必须独立地办民办学校，最大限度地激发教职工的潜能！我也才能践行《高平典章》！否则，面对哪怕只有10%的教职工反对改革的托管学校，我的头都会大，我不想浪费时间。”

下午，我们一行到了来凤县高级中学。座谈时，赵县长说：“希望曼总先托管一中、二中，再在条件成熟时独立办学！”

我摇了摇头，说：“托管是强奸，民办是自愿，无论我还是教职工，幸福额度完全不一样。老师自己愿来高平，在选择的时候就已接受《高平典章》。说通俗点，高平自己投资就应自己做主。任何典章制度都不可能适应每个人的要求，而托管，就是只要有几个人不满意，就可以推翻你所有的制度。都到了这个年纪，我已不愿明知不可为而为之，也不想委曲求全了。因为我现在的目标是想把事情做好而不仅仅是做大！”

“期望我们找到结合点！”赵县长说。

晚饭前，我们又考察了来凤县高平实验学校。学校越来越漂亮了。

19日中餐后，考察组一行先后考察了建始县高平国际实验学校、建始县高平国际中学和建始县民族高级中学。大家越看越兴奋，一致希望高平兴学永平。

“高平、永平，两个平呀！”政协周副主席说。

“曼总，我们一行已回到大理。谢谢您的精心安排。一路走来，大家眼界大开，收获不小。您的人品、您的能力和您对教育的倾心都让我深深折服。也对永平的教育充满了信心。期待能很快在永平见面。”今天上午11：00，我收到赵县长的信息。

“谢谢赵县长的鼓励！愿我们用最有效的方式，共同振兴永平教育！”

我与永平县人大常委会马伟军主任（左七）等领导在高平金海合影

有尊严地活着

2016年10月1日　星期六　晴　咸丰

无论生命多么宝贵和美好，反正都会失去。所以，活着时，不要怕，大胆一点，要有尊严地活着！

我与建始农商行杨董（中）一行在建始县民中座谈

尊严就是自己的生命态度。面对各种政治、经济利益的诱惑，不要迷失自我，不要拍马屁甚至背叛朋友，我就是我，鲜活而坚强。

尊严就是对待朋友始终如一保持真诚，虽然真诚的朋友在每个人的生命中少之又少！

我很幸运。我总是在困难的时候遇到了真诚的朋友。这种真诚让我明白，真诚就是挖空心思帮助朋友，绝不是那种顺水推舟地帮你的人。若是顺水推舟地帮你，在你遇到困难时，一定会顺水推舟地落井下石！

“你的事就是我的事！你的事没办好我的心就一直悬着，纠结！”建始县农商行杨董对我说，“你说建始政府欠你2000万元，我灵感一闪，那要政府担保贷1000万元不是顺理成章吗？！”

我骄傲，我突然倍感活着的尊严！不是因为杨董为我想出了贷款的办法，而是因为在困难时我见证了朋友的真诚！

我与刘书记在恩施州武陵国际实验学校基建工地上合影

“我要怎么做？”当我找廖县长讲完情况后，他直率而诚恳地说。

“给担保公司和教育局打个招呼，说明政府欠高平钱，以政府应付款作担保，支持高平贷款！”

“没问题！政府的钱也会想法尽快落实付给你！高平在建始实

恩施州武陵国际实验学校工地掠影

实在在投资，为建始教育做了大贡献！”

我浑身一下子有雨过天晴的清爽。我为地方政府、为老百姓做了这么多好事，为什么政府欠了我的钱我却想都不敢想着去要呢？见到政府官员，我总是语无伦次、胆小如鼠。可是事实上他们对我、对高平都是关心、关爱有加呀！我总是一个人扛着沉甸甸的经济、情感与事业的压力，迟早会由抑郁走向疯狂。不，我不要这样地活着！我的欢乐与忧伤、爱情与仇怨、成功与失败，我要与真心朋友一同分享与分担，同时，我也要分享与分担真心朋友们的欢乐与忧伤、爱情与仇怨、成功与失败！我要这样有尊严地活着！

又到恩施州武陵国际实验学校工地时，场平工作基本完成。

“五个钉子户，昨天签了一户了！老板发财了。几年前花 1.8 万元买了个破房子，这次拆迁补偿 120 平方米的房子 3 套、60 平方米的门面一个，还有几十万元的装修补偿款！”刘书记感慨地说，“高平造福老百姓啊！”

“是国家政策好啊！”我笑了，“中间那户什么时候动呀？”

“他要补 120 平方米的房子 3 套，另外补 120 万元现金。政府只能依法依规办，不能凭他个人想法给呀！”

9 月 26 日晚上，天降暴雨，洪水不分青红皂白地带着泥沙淹了过去，总是不愿搬迁的这户民居浸在了水中。在大自然面前，人是多么渺小。甚至，人的一些想法显得多么幼稚而苍白无力。顺其自然，或许更有尊严。

卢局长（前左一）亲临罗甸高平小学施工现场

事实上，我在改变许多人的生活，我更在以自己的方式改变许多学生的命运。就算明天就是死期，就算亲人远离、朋友背叛，记住：一就是一，我还是我。这就是尊严。

有时候，突然有人煞有介事地对我说："给我1000万元，帮你运作个全国人大代表当当！"也有人说："拿500万元来，我把某某国家领导人介绍给你！"我睁大眼睛看着对方，心想：当了人大代表、见了国家领导人又能怎么样呢？周曼就是个土生土长的办了几十所学校的农民！你这不是想骗钱吗？要当，就堂堂正正地当；要见，就干干净净地见！这就是尊严。

与赤水一河之隔、一桥相连的合江县九支镇在夜灯中愈加美丽

在中国，胡雪岩那样的"红顶商人"不也正是败在"红顶"上吗？！守住自己的底线，永远相信国家的威严、党的廉洁与自己的尊严，与"红顶"做朋友但不做交易！

可是现实中"小鬼难搪"呀！你不表示表示，他就像你欠了他的钱一样，表面上对你笑口常开，可就是用这样那样"莫须有"的借口不给你办事，让你哭笑不得，百口难辩，浪费时间！然而，一旦纪委追查，他比谁都胆小，就像小学生在老师面前写检讨一样，何年何月何日何时，几万几千几百，如数家珍，你不得不服！然后纪委找你核实，在你面前拍桌打椅，何谈尊严啊！最好的办法，就是宁可不办，绝不苟且。

有时也有难遣的苦闷。还在乐亭开学之前，学校各项工作千头万绪，后勤副校长王文汉突然发病，疑是冠心病。看着他做得井井有条的工作与日益发黑的额头，我在他请辞之后留下他一月有余，只为把所有湖南来的兄弟姊妹全部聚齐，只为大家一起喝酒！

我知道，我也病了！可是我人在江湖，无处辞职！所以我一杯一杯地喝酒，看能不能把病毒麻醉？纵使麻醉不了病毒，也麻醉了心中的苦闷，放歌了征程中非病不弃的战友情谊！

"喝了这么多酒，抽支烟不？"王校长为我点燃了香烟。

"不抽！不会抽！"我接过烟，连连摆手。

"这接烟的动作，不像不会抽的啊！"王校长笑道。

我深深地吸了一口，想熏死身上的病毒和比病毒更毒的抑郁！

不过，仅此一口，只因当着见证了我这些年来兴衰荣辱的朋友的面！而我知道，每个人，无论做什么，迟早会要丢掉健康！就这样忙里偷闲来一次放纵。

我醉了，因为我想醉！因为我想在必须接受的事实面前尝一尝生命的尊严，享受飞蛾扑火的凄美，走过只有张开双臂、呼朋引伴才能看到光明的黑夜。

无论以何种方式，我们终将走过。只愿，苦中作乐，以痛为美，因为，没有爱、没有痛，都不成其为人生。

“老板，28 日上午 8 点 8 分，罗甸小学及幼儿园破土动工，开始场平了！吉日吉时，恭喜恭喜！”吴红波来电，“等下，卢局长要跟你讲话！”

“周总，对不起，办手续耽误时间了，今天才动工！”卢局长说。

“够快了！谢谢卢局长！”

兴学罗甸，开创了我办学的新的管理模式：考察一次，签约一次。其他事情如谈判、基建、招聘、招生、管理等，交给高平人去做。那我的工作就是培养高平人。

我做出了一个重大而现实的决定：创办高平干部培训学校，培养高平人，我亲任校长。而干部培训学校必须依托于一所学校，并且我也要亲任这所学校的校长。

“恩施适宜居住，高速、高铁、飞机都有，你可以把高平集团的总部设在恩施！”好朋友建议。

我决定将高平集团湖北总部和集团干部培训学校设在恩施州武陵国际实验学校，我亲任该校校长。同时，这里暂时定为集团总部，集团全国各地的校长、副校长都必须到这里由我亲自培训并跟班学习两个月，再派往全国各地任职。

这样，我基本固定在总部，全国各地的学校，由校长治理，部长督查。我不再疲于奔命而要“运筹帷幄，决胜千里”！每年不一定到集团每一所学校，但凡我所去的学校，都是我想去和必去的。要么因为钱，要么因为人！

这天上午 9：30，我已到了四川泸州蓝田机场。“弥勒佛”与赤水市招商局杨副局长等到机场接我。

想不到飞过千山万壑，泸州竟然别有洞天，真乃天府之国！从泸州市到赤水市全程高速，半个小时车程。

杨局长带我们考察了赤水市占地 580 亩的教育园区。幼儿园与高中已建成开学，小学、初中正在建设之中，计划明年开学。

“赤水每年有几百名学生在四川泸县二中读初中。那学校民办公助，杂费、生活费不算，每年仅学费就是 19600 元！每年初一招 1500 人，报考的有一万多人！我儿子就在那里读初二，每周接送挺麻烦的。如果周总到赤水办学，我儿子立马转回来。”杨局长迫切期望我兴学赤水。

“在赤水怎么办学呢？”我问。

“把教育园区接过来，民办公助。”

下午，杨局长及招商局陈局长带我去见分管教育的吕副市长。市政府院子右侧是一幢保留完好的“侯公馆”，政府办公楼也是旧房子，带着一种历史的厚重感。

“学校不同，命运不同！欢迎高平到赤水办学！”吕副市长蛮肯定民办教育，“四川是人口大省，每年高考一本录取线比贵州多七八十分！四川的学生很喜欢到赤水读书，只要你来办学，每年至少可从四川招三百人！”

“赤水高考怎么样？”我问。

“今年全市一本300多人，一中本科上线率98%！每年高考在遵义市排在前三名！”吕市长说。

这是一个重视教育而又办好了教育的地方。我要杨局长带我到一中和五中考察学习。

五中是一所乡镇初中，条件一般，但管理到位，所以教学质量排在全市乡镇中学第一名，吸引了300多位城区学生在这里寄读。

所谓管理到位，无不体现在细节上！

晚上，我沿着赤水沿河风光带散步。回顾白天在学校的所见所闻，

细节一：所有学生寝室都以“竹”为中心命了一个名，寝室内部整洁、干净

细节二：每张餐桌上都摆了两个倒剩汤剩饭的塑料盆，食堂到处干干净净

细节三：每间教室内相同位置都有规格一致的班务宣传栏

细节四：每间教室前门外墙上都有规格一致的书柜

心中跳出一个观点：细节决定人的成败与尊严，细节也决定学校管理水平的高低，决定着学校的形象与尊严。一个做不好细节的校长不是好校长，一个没落实好细节的学校不是好学校。对于那些不关注细节，整天坐在办公桌前双眼直盯着电脑发呆的行政人员要立马停岗教育、培训，对屡教不改者必须更换！

与赤水一河之隔、一桥相连的四川省合江县九支镇在夜灯中愈加灿烂。这无形中给兴学赤水提供了一个稳定的生源基地。真奇怪啊，云贵高原气吞万里，却主要以赤水为界，放眼泸州，偶有一马平川之感。丹霞石、赤韵竹……这样得天独厚的宝地，怀揣着难言的美丽，低语着只有自己能懂的传奇。

“我是专为看‘四渡赤水出奇兵’而来的！”我对“弥勒佛”说。

29日上午，杨局长派司机送我们到赤水之畔的千年土城。我和“弥勒佛”在四渡赤水纪念馆里待了三个小时。我仿佛走进了那硝烟弥漫而又充满革命理想的英雄年代。

在一进门的大厅里，有一群雕像。毛主席面容清瘦，浓密的长发一根根飞起，仿佛天神下凡，要在生与死、血与火中改造社会，势不可挡。

“四渡赤水是我平生最得意之笔！”新中国成立之后，毛主席曾这样回忆道。

土城千年，赤水长流。我的灵魂被全面涤荡。四渡赤水是运动战的光辉典范；是理想至上，一切行动听指挥，不怕牺牲的今古传奇；更是一切从实际出发，实事求是，向死而生的经典案例。由古及今，我想到自己正在进行的“百年高平”的平民教育伟业。从现在到2020年，考虑到子娟、子龙均要先后参加高考，我暂时将恩施州武陵国际实验学校作为集团总部，我亲任校长，在办好学校的同时培训分派到全国各地的校级领导，苦练内功，厚积薄发。这几年，没有百分之百把握办好的学校，我要拒绝冒险，拒绝没有胜利把握的任何战斗。就像中央红军首先想夺泸州、宜宾，再渡长江。但当遭遇强大的川军时立即放弃，一渡赤水。从现在开始，凡投资超过1000万元

土城千年，赤水长流

的项目一律免谈。凡有成功把握且不投资，只要输出品牌与管理智慧的办学项目，我要把握时机，不受地域的限制，果断决策，立即实施。这也许就是“四渡赤水”的战略战术思想在创业中的运用吧！避实击虚，在自己能力范围内做事才有尊严！待到所有学校都有了自己的造血功能，能够以校养校，再借助国家某个大平台搞好顶层设计，向全国推广，在中国一百个县办一百所学校就不会只是梦想！因为，我确实找到并创造了一个可以轻松复制的平民教育模式，其社会效益、经济效益与政治效益兼备。就像潦倒的马云遇上孙正义，对方与马云沟通 6 分钟便向其注入 3500 万美元。我确信，总有一天，我或者是高平会有这样的奇遇，会有一个大财团选择投资高平教育，而我就做一个职业 CEO（首席执行官），不愁钱，只谋人并办事。

与老婆龙华、女儿子娟在武汉合影

子娟在北京参加考试

而夏院长愿意帮助我将子娟送到英国去读书，我表示感谢和支持。孩子们随着我的事业东奔西走，胸怀日益广阔。我希望他们有国际视野。“若真去了，舍不得。从出生到现在，子娟一直和我睡，没有离开过！”老婆打电话，“到北京去参加考试吗？你拿主意。”

“我想下再回你！”

这么多年在外安心创业，是因为老婆一直带着孩子，我没有后顾之忧呀。而子娟一旦去了英国，她将要独自面对生活中的一切。一直没有离开过妈妈，不放心呀！

然而，想到宋家六个小孩均从美国学成归国，尤其宋庆龄功垂千秋，后人都充分肯定宋父的目光与远见呀！让孩子们去独自面对人生的一切吧！有爱、有痛才有

教育，也才有尊严！

“让子娟去考考吧！多一份历练！”我对老婆说。

昨天上午，老婆将子娟在北京的考试照发给了我。祝福子娟，无论成功还是失败……

29日下午16：00，我飞离泸州，住武汉。昨天上午11：15从武汉飞恩施。吃完早餐，我朝登机口走去。眼前一亮：那不是子娟与老婆吗？大家欢呼雀跃，惊喜于不期而遇。

“今早4：00就起床了。北京到武汉也就一两个小时。”老婆说。

真好，地球很小，让我们快乐而有尊严，不负此生！

“现金为王”

2016年10月5日　星期三　晴　益阳

“曼哥，国庆到咸丰县坪坝营去‘树尖上行走’不？”仁义邀请我。到来凤8年了，却没有去过就在隔壁县的坪坝营。我便回道：“去！”

10月1日上午，仁义、龙智和我三个家庭组成了一个小小旅游团。65岁的岳母也乘兴前往。从来凤出发，不到三个小时，我们就到达目的地。

这里没有奇山异石，只有郁郁葱葱绿的海洋；这里没有人山人海，只有三五成群的男男女女、老老少少似闲庭信步。

“天赋氧吧，怡指天下！”原来，鸡公山索道载你看不到你想看的奇异风景，却让你沉浸在负离子足够疗你心伤的氧吧之中！

我与岳母（左二）、老婆等在坪坝营合影

旅游，我们到底是为了什么？是为了人山人海中拥堵几个小时，就为看一眼大佛的耳朵？还是为了心旷神怡，放松疲惫的身心？

人生，我们又到底是为了什么？是为了永远也做不完的事、赚不完的钱而东奔西走？还是力所能及地做些事、赚些钱来让本无意义的人生赋予幸福的内涵？

我想起了近代中国的张謇。他用30年的时间，于1922年达到人生的巅峰。他先后创办几十个工厂，建立了自己的商业帝国。他用工厂的盈利和自己的收入，办了240所小学，6所专科学校，一座博物馆，一座图书馆，一个气象台，16个慈善组织。在上海报纸“最受景仰之人物”的评选中，他的得票超过了当时健在的“国父”孙中山，位居第一。

然而，1922年以后，形势突变，棉贵纱贱，他盈利丰厚的大生纱厂严重亏损，资不抵债。以前赚的钱或股东分红，或捐资办学，或做了慈善。在企业做得顺风顺水时，没有懂得“现金为王”的道理，根本就没想过一旦市场变化，会立即陷入资金链断裂的风险。

张謇最后意识到问题所在时，他已不能两全。

年逾七旬的张謇奔波了三年多，企业仍没能起死回生，大生纱厂资不抵债，不得不由债权人接管。他被迫退居二线，做了名义上的董事长。

胡适评价张謇：“张季直（张謇）先生在近代中国史上是一个很伟大的失败的英雄……他独力开辟了无数新路，做了 30 年的开路先锋，养活了几百万人，造福于一方，而影响及于全国。终于因为他开辟的路子太多，担负的事业过于伟大，他不能不抱着许多未完的志愿而死。”

国家无钱便“国库空虚”，人无钱则应了“好汉无钱是重铁”！任何企业、事业，如果只投入而无经济效益，其社会效益再好，最终连张謇这样的大英雄也只能黯然退出历史的舞台。

所以，我们其实不需要国庆期间疯狂排队的旅游！我们更不需要以天下为己任却弄得自己积劳成疾、债台高筑，与幸福绝缘！一切均应审时度势，把握好度，适可而止。做好能做的事，唱响应唱的歌！

“你必须要考虑政策风险、资金风险和身体风险！”王兄诚恳地说，“万一政策变了，招生不景气，资金链一断，那该怎么办？恩施人有句话：男人四十四，眼前一把刺！到了这个年纪，再不像二三十岁啊！一晃就是五十岁了，身体会拖垮呀！”

“唉，一直想去住院都没时间！”我叹道，“反正事情永远做不完，干脆放下，十月份住院去！待养好了身体，再建立并坐镇总部，指挥全国！”

仁义（左一）一家在坪坝营景区合影

“拿中国地图横竖一折，其交叉的中心点在恩施州鹤峰县。从这里到全国各地都是最近的。所以，你总部设在恩施是对的！”

“那就确定把总部设在恩施了！”我坚决地说。

在这里，我要开

启“百年高平”新的征程。在这含笑前行的征程上，我要尽快让“高平”账上有大量现金。我要用最快的速度过渡到高平每一所学校不欠一分钱债务。当高平有了结余，再用结余的钱投入新的学校。

总之，永远要记着“现金为王”的道理。

“与人合作就像看对象一样，要选中人品。有时候要想远点，如果合作对象人品不好，你这辈子能够驾驭，你的后代呢？人无远虑，必有近忧啊！”王兄提醒。

我想起父亲常讲的一个故事：一位大地主，全国好几个地方有产业。他自己去能够收到租金，但后来他儿子去收租，一分钱都收不到。

我与老婆一起带着子娟、小豆豆在景区合影

从现在开始，凡不执行《高平典章》的校长，我绝不能被他冠冕堂皇的理由所迷惑。宁可立即换掉他而短痛，绝不能被他操纵、架空而长痛。因为，“现金为王”，当一个校长只知伸手要钱而不愿意执行《高平典章》，陷集团于亏损境地时，高平离破产之日也就不远了。忠诚并服务于集团是聘任校长的第一红线。

有思想并非坏事。可是自古至今，任何组织出现了两种思想、两个核心时，必有一场血与火的斗争，然后，成王败寇，改朝换代。“一山难容二虎”也是这个道理。所以，只要合乎事物发展的规律，听谁的都能成功，但只能听一个人的。谁的都听，则必败！

对于围绕一个核心而产生的不同思想，要进行必要的诱导；对于围绕不同核心而产生的不同思想，必须残酷无情地一棒子打死！

所谓“一棒子打死”，肯定是换人了，或许这就叫“政治”。连这点都不懂的董事长，位子一定坐不长久；连这点都不懂的校长，位子照样昙花一现。

二万五千里长征的目的是为了新中国的繁荣富强。将总部设在恩施标志着高平已经走过“二万五千里长征”，我的使命就是励精图治，让全体高平人过上幸福的生活，成为有钱人。

我还要用心经营总部学校，让它成为集团的标杆和示范。在教学上，争取每年清华、北大突破10人。

更有意义的是：我将亲自培养子娟、子龙走入理想的大学。

温馨的一大家子

当我和潘哥开车经过刚刚开通的来凤到永顺的高速时，原来要花一个多小时才能爬越的砂子岭，现在不要十分钟。路越走越通，生活越来越好，一切美好来之不易，要好好珍惜。

昨天凌晨，似醒非醒之间，父亲坐到我的床沿上。

“回忆录年前能写完。”父亲笑着说，“另外，你找个学校安排向满夫妇的工作。”

“那又到哪里去找个保姆照顾您和妈妈呢？一年四季，包括过年过节都不请假的保姆不容易找！”

“你娘老是怪他偷东西，又没证据。经常吵……不如换了！”

这时，妈妈也挪上楼来，坐到我的床沿上。爸爸妈妈针锋相对地讲了几个事，爸爸说：“不争了。争来争去，我们还能在这世上活多久呢？只要你不吵，一切都好说。我还不天天要陪你散步？每天晚上给你削苹果吃？”

“你的心地好，我很高兴。只是感情淡了！”

我与女儿子娟、儿子子龙合影于旅游车中

爸爸先下楼了。

“原来怕向满在菜里下毒，现在不怕了，反正和她一起吃！”妈妈悄声给我说，“他到北戴河，说大学谈的女朋友的娘还活着，我说你一定要去看看！大学谈恋爱，很正常呀！”

“那下学期把向满调走，另外请一个保姆吧！”

“那还是别调吧！找个这样的保姆也不容易！”

“那您就别怀疑她下毒呀、偷东西呀！快快乐乐过日子吧！”我望着妈妈，轻声说，眼泪竟不自觉地流了出来。或许因为病毒与年龄，妈妈开始了暮年的反常。然而，一位母亲的大度与仁慈，在数病缠身的迟暮里依然如泥沙中的金子闪闪发光！

我与父母、姐姐合影于老家的别墅前

“本着‘现金为王’的原则，我已确定以恩施为总部，停止盲目发展。”临走时，我对父母说，“好好珍惜在一起的时间，别吵。老了、病了，一切就都是对的，也是好的！什么事情都不计较，什么事情都找我。夏天接爸妈到北戴河度假，冬天接爸妈到云南过冬！”

“周曼是我的好崽呢！”父母笑逐颜开。

百年高平之湖南省永顺县高平金海实验学校高中部

2016年10月14日　星期五　阴　建始

百年高平计划于2017年8月20日开学的第二所学校：湖南省永顺县高平金海实验学校高中部。

永顺县高平金海实验学校鸟瞰图

9月12日，永顺县政协副主席全智给我发来信息："周总，书记、县长已多次过问，敦促高中部的建设。为了确保工程早日开工，实现学校按合同规定如期开学，还有大量前期工作需要在今年年底前完成！故建议您尽快成立班子，确定专人负责，以便和我们对接开展实质性工作。时间紧，任务重，我们一定精诚团结，共同努力完成这一宏伟目标！打扰了，盼回复！谢谢！全智。"

全主席还发来《关于永顺县高平金海实验学校高中部建设情况的汇报》。

10月4日下午14：30，在宁乡县万豪轩满园春色包厢，我召集杨董和朱校长开会商讨高中部开学及建设事项。

会议决定：按照集团与永顺县政府2018年9月高中部开学的协议和永顺县高平金海实验学校高中部建设指挥部的要求，成立集团建设指挥部，在2017年2月1日前完成地质勘探、初步设计批复、施工图纸设计及审查、预算与招标工作；利用初中部暂时闲置的教室招收6个高一班，2017年8月20日开学。

昨天中午12：30，我、潘哥、刘部长到达永顺。全主席、田书记、鲁股长和孙大帅在黑猪农家乐摆好了午餐。

"争取阴历年前完成招标工作！"我郑重承诺，"另外搞好高中办学许可证及法人登记！"

"相信高平速度！"全主席微笑着说。

"此后，刘部长负责指挥部工作，有麻烦就要找各位领导了！"我说。

“这些是我们的本职工作！”

我召集杨董（左）和朱校长（右）在宁乡县万豪轩商讨高中部开学及建设事项

大家彼此留下了手机号码。我带刘部长到指挥部，要孙大帅给他介绍情况。我抽时间到教体局找向局长。

“计划明年秋季招六个高一班，想在一中招几位学科带头人呀！”我笑着说。

“没问题……只是个别那种一个可抵 50 个的王牌教师还是别下手呀！”向局长始终这样温和，“到其他县去挖些骨干吧！”

“好的！”

“董事长，您到了永顺？”突然收到樊县长信息。我赶忙拨通樊县长的电话。

“晚餐我来安排。我调到宣传部了，我把向局长和新上任分管教育的宋县长一起喊过来！”樊县长总是这样细心，“你在学校等我，我们在学校转一圈后再吃饭！”

在南校门接了樊县长，陪着她到食堂、寝室、教室仔细察看，我内心一直快乐无比。

“看到樊县长，格外亲切，因为我们曾经为共同的梦想一起奋斗过！”

“很多人担心学校开不了学，现在已经有了 3000 多名学生了！我女儿也在这里读初一！”

“越来越好呀！您现在是永顺最年轻的县委常委呀！祝贺您！”

“本来有机会去长沙的，还是喜欢家乡这方水土！”樊县长笑着说。

这是一位有梦想、有情怀、有担当的共产党干部。无论多久不见，都会敬奉心间！

我与孙大帅（左）、刘江峰部长（右）合影

晚饭后直奔来凤。高速通了真好！原来要三四个小时，现在一个小时都不要了！

刚上床，接到永顺陈县长电话：“周总，到了永顺啊？”

“是呀！刚回来凤！”

“本来晚餐要陪你的，常务会到现在才散，下次再陪

我与樊未部长（中）、周为民校长（左）在永顺县高平金海校园中交谈

你！”

从第一次接触陈县长到现在，他一直这样热情，给我的感觉就是一个字：爽！我才悟到，真正的朋友不是天天见面，甚至也不需要天天联系，而是彼此内心认可对方的为人、处事，哪怕时隔十年、二十年，再相见，依然情深义重！

当然，不是每个人都有这样的福气，因为，不是每个人都能遇上彼此相惜的朋友！

“永平教育的硅谷”

2016 年 10 月 27 日　星期四　晴　丽江

10 月 7 日中午 12：30，宾川小李开车，我们赶到永平县城。教育局杨书记、肖局长带我们到博南人家吃饭。

第一次看到一个大竹筒里面装半筒水可以抽烟

子多母苦树

第一次看到一个大竹筒里面装半筒水可以抽烟。

“这样抽伤肺，但是过瘾！戒了一段时间，又抽上了……”

“明明伤肺还戒不了，真是好东西！”我笑道。

“湖南高平来了，永平教育从此站起来了！”肖局长十分高兴，“我国庆节前才到教育局，此前在乡里做了四年乡长，但我以前是老师，去乡镇前在教育局任副局长。只要能振兴永平教育，我就来劲！”

“我们一起奋斗！”我轻声说，又指着结满果子的树说，“这是什么树呀？果子能吃吗？”

“能吃！叫子多母苦树！”

每一个地方都有自己的特色呀！我们在适应一方水土时还要顽强地生存，改变当地教育。

饭后倒头就睡。突然听到敲门声，翻身起床，已是下午 18：00。开门时，赵县长站在门前！

“周总，休息好没？我们吃饭去！”我都不好意思了。

在清真星月餐馆吃晚餐。县人大马主任，赵副县长，县政协周副主席，县督导室李主任，县政府办李秘书，教育局杨书记、肖局长与刘主任，一中郭校长都来了。

赵丽帆副县长（右）带我选址办学

我选中了这块办学的热土

大家都很重视教育，也迫切期望高平落户永平。

“书记、县长、我、政协主席、宣传部部长、赵副县长、周副主席，教育局书记和局长，以前都教过书，当过校长，如果在我们手里还不能振兴永平教育，那就是对当地人民的犯罪！如果在我们手里办好了永平教育，那永平人民几代人都会感谢我们！”马主任分外豪爽而实在，“周总来了，我们心里踏实了！”

永平是一个只有 18 万人口的边陲小镇，是通往保山、德宏和缅甸的咽喉之地。博南古道闻名遐迩。

8 号上午，赵副县长、周副主席等十几位领导带我们先后看了三块地。第一块地、第二块地均在县城北部，交通不便。第三块地约 114 亩，东临博南路，西临银江风光带，南、北均规划有道路，是城市地王，也是办学的风水宝地。

最后，我们参观了永平县第一完全中学。郭校长带全体行政人员一字排开迎接我们。

这是一所老学校，有深厚的文化底蕴，也带着中国所有百年老校因当初缺乏规划、滚动发展的凌乱。我看了一下 2016 年高考光荣榜，“一本上线 6 人”格外醒目。

下午 14：00，赵副县长牵头组织洽谈。

“按宾川模式在那 114 亩地上办所完全中学，高中 1500 人，初中 1200 人！”我说。

“托管一中是前提！我们现在全州倒数第一，明年高考要摘倒数第一的帽子！”赵副县长说。

“这几年每年高考一本都是个位数，二本也就一二十个，这是对当地人民的犯罪啊！再过二十年，县里各科局一把手中只怕没有一个永平人了！干什么事永平人都没有话语权了！”一中郭校长伤感地说，“我自己干不干校长无所谓，强烈请求高平托管一中！”

“二中也必须托管！每年高考，州里是以全州各县一本、二本、本科上线率统一排名。单搞好一中还是不行！”杨书记强调。

看来，我极不想干的“托管”成了兴学永平的一个条件。为了再一次检验《高平典章》的生命力，我一咬牙，坚决地说：“好吧，一中、二中同时托管，政府每年给高平300万元托管费！学校一切投入由政府负责。同时，改革遇到阻力时，尤其是部分老师在网上散布高平的谣言时，期望县委、县政府和教育局支持改革的决心不动摇！”

永平一中校门

“肯定不会！改革是我们请高平来搞的，我们会做强有力的后盾！”人大云副主任强调。

以前领办学校，都是高平花钱提高教职工待遇，改善办学条件，就像做慈善一样，结果是老师反而不满意。钱一分不能少，事就是不按高平的做。所以，2009年，我停止领办，创办来凤县高级中学，开始民办公助的办学模式，一路凯歌高奏，直到今天。这次，我反其道而行之，我第一次提出由政府花钱请我来办学，我输出智慧，并做政府教育改革的权力代表与开路先锋。

我参加永平县与高平教育集团合作办学工作洽谈会

“快四点了，大家先休息下。我先去向书记、县长汇报，再由他们来拍板！”赵副县长说。

16：30，阿书记、字县长、马主任先后来到会场。

“赵副先把我们的意见传达一下吧！”字县长安排。

“同意无偿划拨114亩地给高平办初高中，但永平是穷县，师资配备不能像宾川，我们只能配60%！另外，一完小师生明年秋季搬到思源后，可以短期内零租金租给高平办小学、幼儿园。一中、二中交给高平托管，明年高考确保全州倒数第二，力争倒数第三！一中托管五年，二中托管到高平新学校开学，师生搬入高平。教职工每年淘汰比例不超过5%。托管费，请曼总支持，别要300万元！”

“100万到300万元之间，曼总说个数！”字县长说。

“高考要翻身，压力大呀！一中、二中有250位教师，一人1万元都要250万元！

阿书记（左二）在洽谈会上强调，谈判要抓大放小

登高看到的永平县城

我要钱是要提高教职工待遇，激发大家齐心协力拼高考，我自己不想要一分钱。我的目的还是要创办高平学校呀！况且，托管是一把双刃剑，没有搞出质量，我投资一两个亿新建学校都会打水漂呀！当然，创办若不按宾川模式，师资少于90%，我也不会干！”

“谈判抓大放小吧！”阿书记笑着说，“114亩地，那可是城市中心地段呀，价值一亿七千多万啊！全部给你办学！为永平教育做点贡献吧！”

“250万元不好听，托管费就260万元吧！”马主任豪爽地说。

“好，就依马主任的，260万元！”我干脆地应道。

晚餐时，阿书记说：“周总外出都是轻车简从，有时就是一个人。这样比较，我们的‘八项规定’一点都不过分！我喜欢看周总的微信，真实，有情怀。一个有情怀的人一定能把事做好！”

阿书记说完，给我夹了一个鸡腿，给字县长夹了一个鸡翅膀，风趣地说：“周总脚踏实地办教育，字县长引领永平教育展翅高飞！”

大家兴致盎然。

“什么时候签约？”我问阿书记。

“明天开会，后天上午就可以签！”

“我明天要去北京。长沙李总约了有点事。再择吉日吧！”

9日凌晨2：00，政府办将合同草案转交给孙部长，她和宾川小李把我从睡梦中叫醒。

创办新学校师资只配60%。我交代孙部长：“你和小李留在永平，要求新办学校按照宾川模式，否则不办！”

“曼总，经永平县委常委会讨论，决定按初中1∶15，高中1∶13的比例配备85%的教师！”孙部长16日来电。

“好！把新学校开学时间改为2018年8月。另外，和永平约好签约时间！”

“由您定！”

我查了一下，10 月 26 日“宜结盟”，便回道：“26 日吧！”

22 日，宾川小李来信：“曼董：上午好！有件事情向您汇报，请指示！26 日签约事宜涉及问题：①集团参加人员名单请您安排并及时给我信息；②托管签约可否安排在永平一中学校内；③对于学校参加人员，我们有没有特别要求；④创办学校的签约是否在永平县人民政府。请您指示！谢谢！李红文。2016 年 10 月 22 日。”

我回道：“我、你、孙部长。托管与创办签约均安排在政府同时进行吧……学校参加人员没有特别要求。我 25 日凌晨 0：00 到大理机场……”

“好的！按您的意思，我及时和永平方面联系！”

昨天，2016 年 10 月 26 日，上午 9：00，在永平会堂边上办公楼二楼会议室，举行湖南益阳高平教育集团托管永平一中、二中及创办永平县高平外国语学校的签约仪式。四大家领导，各科局与乡镇一把手，一中、二中校长参会。县委副书记赵薇主持会议。

首先，赵丽帆副县长讲话。她介绍了考察高平集团的情况及托管一中、二中和创办高平学校的主要政策。

接着，我发言。内容如下：

尊敬的字县长，尊敬的各位领导、各位朋友：

谢谢大家！

真是“千里姻缘一线牵”呀！

9 月 18 日上午，受书记、县长的委托，人大马主任亲率永平县教育考察团到了集团湖南省永顺县高平金海实验学校。在交流中，我印象最深的一句话就是：“这届班子，书记、县长、人大常委会主任、政协主席、宣传部部长、分管县长、教育局书记和局长都是教书出身，再不办好永平教育，对不起永平父老乡亲呀！”从中我深刻感受到各位领导对振兴永平教育的无限渴望。因为教育，我们结缘，我和高平不远万里来到永平！

我们来做两件事：托管永平一中、二中；创办永平县高平外国语学校。

为什么要由远在他乡的高平来托管？

我与字县长签订合作办学协议书

签约后，宇县长与我亲切握手

记得上次到永平，我听阿书记讲了一句话：“如果永平街上说普通话的外地人，甚至外国人多起来了，永平经济就发达起来了！”

这句话很有哲理。就像美国的硅谷，代表着世界科技创新的趋势。这个位于美国加州旧金山的狭长地带，无疑代表着这个星球、这个时代最伟大的创新精神，并且不断改变着这个世界。而据统计，硅谷市值超过10亿美元的企业，其创业者50%以上是外来移民。而在中国改革开放初期，正是外来人口创造了深圳这个创新的城市。因为外地人更富有创新、创造精神。

首先，外地人本身就不安于现状。他们远离家乡，就是为了改变自己的人生。他们的身上本来就有一种天生的冒险和创新、创业精神。

同时，作为外地人，高平进入永平，托管一中、二中，必将打破学校固有的人际关系与层级概念，建立全新的秩序。资历、经历、年龄不再是评判能力的标准。

当然，托管毕竟是在老地方，在老学校的管理架构下进行转型和创新，它在短期内会产生一定的效果，但要想有根本性的突破，是非常艰难的。因为毕竟还是公办学校，在机制上我们还不能完全摆脱公办学校繁文缛节的束缚；在经济上，虽然待遇较之以前会有所提高，但因不能放开收费，提高的幅度非常有限，因而对教职工的激励作用也非常有限。

所以，我们要做的第二件事就是投资1.5亿元人民币，在博南路边114亩土地上创办永平县高平外国语学校。就像硅谷集中了全世界的优秀人才，高平将要集中永平县和全国各地的优秀人才，大家齐心协力，打造永平和大理州教育的硅谷！

各位领导，朋友们！马上就要签约了。签约前，我是永平的过客；签约后，我就是永平教育人！我坚信，在各位领导、朋友的信任、支持与指导下，在全体永平教育人的共同努力下，以托管为切入点，以创办为突破口，永平教育必将插上腾飞的翅膀！谢谢！

然后，宇县长与我签约，各位领导见证。

最后，宇县长讲话。他强调：“各位要深刻理解县委、县政府深化教育改革的良苦用心，同时，县委、县政府在人、财、物上充分授权高平集团，全力支持高平集团！个别以教学为副业的教师，如果没有被高平选中，就下放到乡村小学支教去。请赵丽帆副县长牵头，成立领导小组，为高平搞好协调、服务工作！”

中餐后，我与各位领导一一握别。

阿书记在昆明开会。我拨通他的电话：“书记，我先回去筹备下，11 月 9 日带队过来！”

“好的！好好干！相信你！”书记鼓励我，“宾川信用社理事长正往永平赶，他想见下你！”

“好！”我应道。

在永平信用社庄理事长办公室，我与宾川信用社吴理事长会谈。

签约后，我与各位领导合影留念

“一直在找机会拜见周总，每次都错过了！这次总算追上周总了！”吴理事长分外热情。

“对不起！下次到宾川拜访您！”

“我是永平人，大学毕业后就在永平信用社工作，后来当了主任。我以前就在庄理事长这个办公室！”吴理事长介绍道，“找周总，就是想请周总跟宾川、永平信用社合作呀！”

“好啊！你们不找我，我也会主动找你们！反正所有业务全给信用社！”我不假思索地说。

“就要董事长这句话！”吴理事长万分高兴。

读者评论选登

1. 高平集团贺关先：品牌上来了，签约的筹码就上来了。这是一个好项目，也是一篇好文章！高平将引领着永平的教育，棒！棒！棒！

2. 高平集团曾泰：是的，办学就要做品牌，有了名气，托管费就会上涨！

百年高平之云南省宾川县高平第一完全中学

2016 年 11 月 2 日　星期三　阴　宾川—益阳

百年高平计划于 2017 年 8 月 20 日开学的第三所学校：云南省宾川县高平第一完全中学。

云南省宾川县高平第一完全中学鸟瞰图

学校占地 220 亩，建筑面积 92286.79 平方米，总投资 4.36 亿元，计划招收初中学生 1800 人，高中学生 3600 人。项目由高平集团与宾川县人民政府采用 PPP 模式之 BOT 形式进行合作建设。

10 月 28 日上午 9：00，在宾川县高平第一完全中学项目部，我召开项目推进会。

“何副县长被提拔为县委常委、宣传部部长后，指挥部办公室杨主任又退休了。我们想要县委尽快安排得力的人来管项目，请曼总向县委、县政府申请！”施工方袁总说，“质量、安全我们会搞好。进度方面，我们每天工作到凌晨 0：00，保证年前主体完工，明年 5 月 1 日前交学校。附属工程现在要同步进行。”

监理表示一切按要求，确保项目安全、质量、进度。

范工说：“附属工程的图纸设计院一直拖着，影响进度。”

在项目推进会上，大家就规划图交流意见

“办手续进展缓慢，主要是县里没有明确具体的牵头人，最好把何部长要过来！”小范说。

“办手续，要依靠县协调小组，但不能依赖！”刘部长强调，“小范主动作为，再借助宾川小李的力量。抓紧搞消防图审！”

“我是第一次到宾川，听了大家的介绍，看了现场，有喜有忧。喜的是9月份动工，一个多月时间，已经搞到现在这个样子，很了不起！”勇哥说，“忧的是政府人事变动，外部关系随之变化。那么，我们必须苦练内功，做好自己！另外，附属工程设计前要把我们的意图充分告诉设计方，免得他们设计好后再修改，因为他们是国企，什么都要讲流程！”

学校基建工地现场一角

我说：“综合大家的意见，我强调如下几点：袁总确保初中部年前主体完工，明年5月1日前交学校，校长5月2日要进学校办公，组织招聘招生；监理与范工确保安全与质量；小范与宾川小李跑手续。刘部长任总指挥，对我负责。前段项目部与云南设计院在理念上有冲突，核心是补充协议未签。我带队去一趟昆明，把协议签了，统一下思想，加快设计进度，尤其是附属工程的施工图要马上出来，与主体同步施工。另外，大家都要对县委、县政府和各部门心怀感恩，高调做事、低调做人！不要动不动就耍小孩子脾气！每个人的一言一行都代表集团形象！至于何部长的事，那是县委、县政府的事，具体怎么安排，我们说了不算！但可以向领导提出请求！”

中午，教育局请客。徐局长、王书记、赵副局长与政府协调组唐局长参加。

“周总来了就好！我们等了好久了！”徐局长高兴地说，“九月份之前老百姓都在关注高平一中建设项目，甚至谣传项目泡汤了！九月份动工以来，工人日夜加班，工程进度快、质量好！袁总非常不错！”

“明年5月1日前交学校！”我坚决地说。

“那就好！那就明年把宾川一中搬过来，同时开始初一招生！”徐局长鼓励道，

“这样就达到预期目标了！我们都是做大事、做好事！不是小孩子，一来气，就说不玩了！”

“哈……哈……”

“高平一中项目各级领导都很重视，10 月 18 日州委秘书长就到了工地！”徐局长接着说，“下一步州长还要来！”

“我们一定不负众望！”我表态，“年前我要到宾川待一个月，选拔校长、副校长，年后到集团培训一个月，4 月份开始招师、招生！”

“没问题！全力支持！”

“各项工作全面启动了，但原来指挥部常务副主任杨副主任退休了！请曼总找县委要个人！要他协调各部门、指导指挥部办公室工作！”唐局长说，“至于具体工作，我来做吧！”

“我找下领导吧！”

“校门前的道路修通一半了，剩下的一半也要要求政府抓紧修了！”唐局长说，“这种大事，只能曼总去向领导提了！”“好的！”

我拨通岳书记电话：“书记，您在宾川吗？”

“在外地开会。星期一晚上到宾川。”

宾川高平一中基建现场一角

宾川高平一中项目建设指挥部

“有些事要向您汇报！”

“好！工程进展怎么样？”

“保证明年 5 月 1 日前修好投入使用！”

“很好！星期二开个会！”

我决定在开会前带刘部长、范工、小范、向总、袁总一行到昆明和云南设计院对接，统一思想，加快设计进度，同时，与李院长签订补充协议。

大家很快在高中部桩基础、边坡地勘及初中部附属工程等方面达成一致。

最后，李院长说：“高平集

团即将在云南大发展，目前又已与永平签约，并且正与五六个县洽谈。我们要与高平集团进行战略合作，请各位务必认真搞好设计！”

岳黎松书记（右）和张成良主任（左）

11 月 1 日晚上 19：30，在县政府二楼会议室，岳书记、张主任、王副县长及各部门领导共商一中搬迁建设 PPP 项目。

教育局徐局长就项目进展情况作了简要汇报，指出了项目存在的问题，提出了恳请县委、县政府解决的问题并讲了下一步工作打算。

我补充道：“我们的工作目标：一是 2017 年 5 月 1 日前完成初中部主体工程及附属工程，8 月实现原宾川一中高二、高三年级搬迁新址和高一、初一招生办学的目标。二是加速高中部建设进程，2018 年 5 月，高中部主体工程及附属工程竣工，8 月高中部与初中部分区独立办学。年底，新学校全面建成。恳请各位领导多多理解、包容与支持！”

张主任强调：“高平在全国各地建校速度快，工程安全优质，难道在宾川就不行了？从目前进度与质量来看，非常了不起！高平拿几个亿的资金到宾川为我们的子孙后代办学校，难道我们还不能主动作为、上门服务？大家要有担当！不作为的，要追责！”

最后，岳书记讲话。

他说：“一、明年 9 月 1 日新学校必须要开学，宾川一中必须要整体搬迁到新学校！二、迁建指挥部要‘挂图作战’！要列出工作清单，未按时完成的纪检部门要追责！三、搞好水、电、路等配套工程。四、加强领导。老杨退休了，唐局长全权负责指挥部具体工作！”

岳书记讲完后，问道：“周总，还有其他困难吗？”

我召集集团工作人员到项目指挥部开会布置工作

“没有！谢谢！”

散会后，我召集集团工作人员到项目指挥部开会。

我强调：“一是人事。大家以我为核心。刘部长负责办手续，唐局长协调，小范、小李全力配合。老大负责现场安全、质量与附属工程价格洽谈，范工、黄工配合。袁总、石总负责施工，确保安全、质量与进度。二是职责。任何一块有问题，我直接追究负责人的责任。领先一步，步步领先！坚决反对悬而不决的事情再次发生！要快！时间是最大的成本！要低调、低调、再低调！任何人说话不注意场合的，立即换掉！”

读者评论选登

宾川县教育局局长涂勇：贯彻会议精神，锁定搬迁目标，细化综合措施，坚定发展信心，众志成城，攻城拔寨，全力以赴，以更高、更快、更好的工作向宾川人民交一份满意的答卷，让我们共同努力，携手并进吧！

“知其足，知其不足”

2016年11月5日　星期六　晴　益阳—来凤

10月24日上午9：00，阿亮在安徽省六安市的兄弟昊哥带我到该市裕安区政府办公大楼一楼招商局会议室，洽谈投资办学事宜。

与兄弟昊哥合影于六安

六安是合肥经济圈中心城市。1999年2月，裕安随六安撤地设市应运而生，全区总人口一百万，是典型的人口大区、现代生态农业发展大区。这里是红四方面军的发祥地，苏家埠战役作为“围点打援”的经典战例被收入美国西点军校教材。这里是全国十大将军县（区）之一，新中国授衔的裕安籍开国将军达32位。

裕安位于安徽省中西部，大别山北麓，襟江带淮，连豫望吴，是东进西出的交通要道，沟通南北的区域枢纽，形成了公路、铁路、航运、航空的立体化交通体系。特别是到合肥新桥国际机场仅40分钟车程。

这是一块投资兴学的热土。

“教育局拿个方案报政府！”分管招商的陈副区长说。

“政府只要给地、给老师，高平投资办学，太好了，我们正需要！”教育局王书记说。

“我们可提供投点资额15%的无息贷款！”发改委一位副主任补充。

“有这么好的政策吗？”我不由反问自己一句，喜不自禁。

散会后，王书记带我们去看地。

“以宝丰寺学校为基础，向东、向南征200亩地办幼儿园、小学、初中。以城南学校为基础扩建办高中。”王书记说，“教育局做个方案，报区委、区政府同意后再联系你！”

这时，收到老婆的信息：“你硬是不听我的一点点建议，不把身体放在首位，到处发展，这个社会钱是赚不尽的，好事大家都能做。身体才是你自己的。”

我的心突然一激灵，感觉人在江湖的难言的孤独。当一个人连身心健康都毫不在乎的时候，难道他还是为了钱而奔波吗？理想啊，真可怕的理想！

我不得不审视自己，思考人生。

与王书记（中）交流

人生，最大的快乐应是在事业与物质上知足！我一介农民，身无分文发展到今天，办了这么多学校，我应当自我陶醉和满足，否则，我会永无休止地奔波，最终迷失自我。这就是“知其足”吧！或者说，做人做事一定要把握“度”！否则，过犹不及啊！如近视是用眼过度，疾病是劳累过度呀！原来，兴趣能成就一个人，但过于执着，也能毁灭一个人呀！

但在幸福中自我陶醉时，做人还要“知其不足”，要有自知之明，知道自己的不足并用心弥补！

自我反思，我的“不足”如下：

其一，执着一念，事业比身心健康、家庭、爱情和金钱更重要。

别的不说，明明有病却不治疗，这岂不是拿自己的生命开玩笑？！44岁了，我一共陪了父母、老婆、小孩多少天呢？

我到底有多少钱呢？反正一有钱就一分不少地投到新办学校中，有时一分钱还要当一万块钱用，给自己平添筹措资金的无限压力，不能全身心做事！

其二，不晓得放松和娱乐。一句话，不知道怎样玩！

当大家都在打麻将、玩扑克时，我索然寡味，脑子依然在想办学的事。只要听到哪里有新办学校的消息，我就像打了鸡血一样亢奋，恨不得立即飞过去！

全国各地办了这么多学校，可是我却没有尽情游玩过学校周边的景点！

其三，做事创业多，学术研究少。

我一年有300天在奔波，真正坐下来从事教育、教学研究的时间太少。这是可怕的，一不小心就会落后于时代。

其四，情绪不稳，冲动，有轻度抑郁症。

面对不公与压迫，我的心中立即燃烧起火焰。若在旧社会，我一定会和刘邦、毛主席一样揭竿而起并坚持战斗到最后一刻。可是现在，政治清明，国泰民安，我的反抗只是徒劳，可是我有时灭不了心中怒火，又不会用娱乐来发泄。

譬如在津市，海卿常委、李阳副市长、蒋局长三人小组主动找我协商三中收回与德雅中学田径场回购之事。我们达成一致意见后市委常委会形成决议，教育局蒋局长根据决议与我签下协议，其中最重要的一条是:“自本协议双方签字盖章之日起，甲方负责在30个有效工作日之内向乙方一次性付清830万元。”

然而，当830万元已进入教育局账上，当三十个有效工作日早就过了，局领导却不签字付款。

我的两位战将：小范（左）与李红文（右）

“一直不付款，不知是什么意思！”我授权找教育局要钱的曹会计来电。

我的怒火一冒三丈，我便失去了理智。可是，我不能起义、不能杀人也不能自杀，虽然逼急了我似乎做什么都毫不在乎，就这样，我自我压抑并演变为抑郁症！

我能做些什么呢？在当下中国，或能帮我的究竟是媒体？是法律？是纪委？还是暴力？

难道做干部能这样洒脱吗？明明违约，想不付钱就不付？白纸黑字也只是一张废纸？如果国家的法律与党的纪律均不主持公道，我要么发疯，要么杀人，要么自杀，要么就当作什么都没有发生，继续一往情深地在贫困山区办我视同生命的学校……

我给教育局领导接连发出信息来宣泄压抑的心情。

发完一通信息，突然，我感觉自己陷入了情绪的怪圈，怨天尤人，冲动而不能分辨是非曲直。待冷静下来，我知道自己可以换一种方式来做，而不应如此发泄……就算过于自控而导致抑郁症，也应牺牲自己以成全别人！

但我在10月31日上午依然敦促曹会计拿着合同去找教育局要钱。无论方式对错，钱必须要！

我在垂柳青青的丽江留影

“蒋局长签字了！”曹会计高兴地告诉我，“钱明天能够到账！”

这一刻，我顿悟领导对我的包容，也意识到自己在冲动中误会了领导。

“领导，原来误会您了，对不起呀！谢谢您！择日到津市当面向您致歉！”我给教育局领导发了个信息。

11 月 3 日下午，我到了津市。晚上，我又给领导发了个信息：“领导，您好！我由于事情太多，全国各地跑，平常我们见面沟通也很少，所以产生了对您的误会，其实您一直很关心德雅、关心我，我参悟后真是惭愧万分，悔恨自己无知鲁莽。希望您给我一个当面认错修复关系的机会。周曼。”

11 月 4 日上午 8：30，我赶到领导办公室。

“对不起啊！真对不起！”

“没事，没事！”领导连连说，起身递给我一瓶矿泉水，“是不是觉得计财股股长、分管副局长签了字而我没及时签字就认为我故意卡你啊？你想过没有，830 万元，没我的同意，他们敢签字吗？”

我恍然大悟。人啊，在特定的情境下，一冲动，智商立即归零。难怪世界上每天都在发生一些完全可以不发生的悲剧！

我的心中只有歉意！同时，在顿悟中成长成熟……

原来，人贵有自知之明是生命最高的哲学。知道自己的不足并及时弥补正是人生正道。

此后，我要把健康、家庭、爱情、朋友与金钱视同事业。是这些让事业有血有肉有骨骼来支撑。

文武之道，一张一弛。没有疲劳就没有训练，没有恢复就没有提高。我要劳逸结合。

我要迅速建立集团总部，不能再打游击了。而我要坐镇集团总部教科所，搞学术研究。同时，永远不要脱离校长与教学岗位。

远处的风云

要学会自我调节。一有怒火，一有冲动，坚决记住：什么都不做，也不说！立即冲到室外跑步去！

我又来到了美丽的丽江

同时，闻过则喜。笑对所有人的批评，听得进意见，有则改之，无则加勉！不断发现自己的不足并及时改正！

这时，我便细心阅读朋友发来的信息并吸收其逆耳忠言中饱含的营养：“周总，我听了情况后，恕我直言，你管理的摊子太大，精力有限，必须打造一个优秀团队才可以持续、健康、良性发展。建议至少成立6个部门：①对外宣传部。把整个集团形象宣传好，特别要在有学校的县市宣传到位。集团总部负责整体策划，扩大区域性宣传，各学校负责把集团形象在当地宣传到位。②投资发展部。负责战略、规划、谈判、投资评估、合同等；③财务部。管好集团内部资金调配和总部收支。④办公室。上传下达，协调推动各部门执行董事会决议。⑤公关部。负责危机公关，重大关系处理，指导、考核各校长处理好与当地的关系。以后你本人只出席重大活动、仪式，只负责县长、书记接待。⑥教研部。指导、考核各学校管理和业绩，研究教育行业政策法规，创新教育教学方法等。只是一点浅见，挂一漏万，你自己去完善。也许有班门弄斧之嫌。”

朋友所建议的六部，目前尚有公关与教研两部尚未组建！

海纳百川，有容乃大！所有人的意见、建议都耐心听听吧！此生“知其足，知其不足”，正可朝着幸福绿洲快乐而奋勇前行！

读者评论选登

1. 高平集团崔晖：知人者智，自知者明。胜人者有力，自胜者强。让人舒服是一种软实力！

2. 高平集团贺关先：建立健全总部架构并做到科学、规范，使总部职能完整无缺，选贤任能，让各块职能充分发挥效能，并形成客观而理性的效绩考核机制，是当务之急，也是百年高平事业的基石之一！

放下，才能承担

2016 年 11 月 25 日　星期五　雨　长沙

在朋友圈中看到如下故事：

1994 年，健力宝在纽约设立了办事处，还花 500 万美元买下了帝国大厦的一整层。李经纬告诉美国记者：在中国，可口可乐和百事可乐加起来卖得都没有我多。

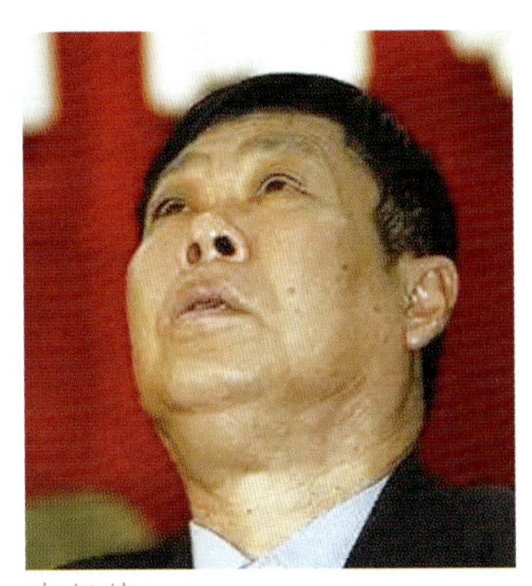
李经纬

登陆纽约的前后 6 年时间里（1991—1996），健力宝囊括了中国饮料行业产品、销量、利税、利润四项指标的所有第一。在国内的行业发展史上，至今没有任何一家品牌达到其曾经的统治力。

李经纬曾将可口可乐视为老师，这家公司靠一张神秘配方成了全球业内的头号霸主。李经纬觉得健力宝也可以达成如此成就，在国内，他已经找不到对手，于是带着东方神秘配方，希望征服全世界的消费者。

那时候的李经纬踌躇满志，是中国企业家的标志性人物。可是没几年，他却眼睁睁地看着自己一手创立的企业，被“贱价”卖给了资本炒家。健力宝易主后的第 9 天，李经纬突发脑溢血，在病床和轮椅上度过余生。

国防大学教授、博士徐如燕今年 40 岁，正是人生最华丽的年龄，一切才刚刚开始，却突然间被病魔终结，白发人送黑发人！ 2016 年 8 月 31 日，徐如燕病故。从发现病情到去世，仅一个月时间！当医生提起这一事情，数度落泪。

2016 年 9 月 8 日，国防大学庆祝教师节活动结束后，刘亚洲政委走上讲台，他发表了关于加强对中青年干部人文关怀的重要讲话。他说：“由于历史和文化的原因，中国人都活得很累、活得很苦。中国军人活得更累、更苦。我们的中青年干部活得最累、最苦。上有老，下有小。繁重的工作压力，复杂的人际关系，压抑人性的传统习

徐如燕

湘西州州长郭建群工作照

俗，令人窒息的竞争环境，无不在榨取着人们的身心健康……我们不能总是等到人走了以后，才去做那些给生者看的事情……"

又据《湖南日报》消息，湘西土家族苗族自治州州长郭建群因病医治无效，于2016年10月13日18：09在广州去世。

9月25日—30日，湖南14市（州）陆续召开党代会，并选举产生了新一届市委领导班子和纪委领导班子。郭建群是湖南省目前唯一的女市（州）政府一把手，还是目前湖南3位"70后"市（州）长之一。

从湘西土家族苗族自治州人民政府网站上的消息来看，郭建群10月9日还在参加湘西州政府党组中心组开展的2016年度第四次集中学习，并在会上讲话。

这样优秀而充满智慧的人物，难道不知道健康的重要？实在是因为执着一念而导致人在江湖啊！

我已经两次收到湘雅医院的通知："[健康管理中心]尊敬的周曼先生：您好！近期体检发现的问题不知您是否已知晓？特再次短信提醒您。①乙状结肠息肉、慢性非萎缩性（浅表性）全胃炎伴糜烂：请看消化科门诊。②脑内多发腔隙性梗塞、小脑幕右侧区结节影，蛛网膜粒：请看神经内科门诊。③亚临床型甲减：请看内分泌科门诊。④椎间盘突出：请看脊柱外科门诊。⑤轻度抑郁倾向：请结合您的自身情况进行心理调节与疏导，必要时到心理卫生中心门诊进一步诊治。对于体检发现的其他问题请仔细阅读体检报告，如有任何疑问请致电。上午：0731-89753194。下午：84327950（节假日不上班）。[湘雅医院]"

我在贵阳乌当区考察时留影

明明是数病缠身，我却没有停下来安心治病，依旧东奔西跑。此时，我才理解妈妈当年为什么一直不肯治病，等到住进医院时，从此失去了劳动能力！

11月7日下午，我给大哥打电话："在宾川吗？"

“回益阳了！高中同学廖杰去世了，肠癌，48 岁！”

我陷入沉思。这位与大哥在学生年代一起打架、追女生的铁血兄弟，在我印象中，其生命力之旺盛几乎无与伦比！为什么在病魔之前却如此不堪一击呢？！

“结肠息肉要尽快住院切除，否则很容易发生癌变！”医生的话又响在我耳畔。

前车之鉴，我必须警醒了！我不工作，地球照样转呀！该放下时放下，才能承担更大的历史使命！人生百年，放下，才能承担呀！

为了承担更大的使命，我决定住院。因为，要承担伟大的使命，第一条件是健康，然后才是智慧与勤奋。“［湘雅医院］周曼，您好！您已预约成功湘雅医院 23 病区（消化内科）床位，我们会尽快安排您住院，安排确切住院日期后即会给您发送短信，敬请关注，谢谢合作！ 2016/11/12 14:31:29。”

真要住院，才领略到看病难！直到今天，11 月 16 日，从预约到现在已经 4 天了，才找到床位！

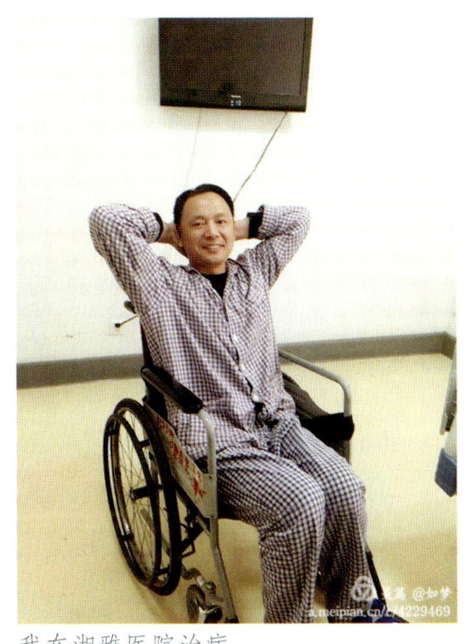
我在湘雅医院治病

而我今天上午终于在建始聚信担保公司签字了！ 2016 年短缺的最后 1000 万元资金，在建始农商行、建始县人民政府和高平集团建始几所学校的管理团队的真诚支持下，终于可以在明天到账了！在满怀感恩之时，真有绝处逢生的感觉！我也如履薄冰地领略到，当资金链断裂时，对我、对集团意味着什么！有时，就是几百万元的缺口，却要让一个充满朝气的集团面临倒闭的灭顶之灾！我之所以迟迟不愿住院，就是因为这笔钱若没着落，我的心不安啊！真是吉人自有天相，巧遇贵人！谢天谢地谢贵人！

经历了这场风险，我也要痛定思痛。我形成了一个重大决定：出院后，专心办好集团现有学校，逐步偿还债务。不再投资，专心进行教育教学研究。另外，找一个平台，兼一个职务，给有钱的财团打工，做一位民办教育职业经理人，满足并完成我“兼济天下”的教育情怀！反正，从不追求钱的我是肯定不适合当董事长的！做教育要有情怀，做老板却要会经济运作，会赚钱！不爱钱也不会赚钱的“身无分文，心忧天下”的我，只能办教育却不能当老板！愿上天快快为我“百年高平”的教育生涯赐予一位有经济头脑又有教育情怀的人当我的老板！我太猛了，为什么没有足够的钱却要办这么多学校呢？我翘首期待真主降临，让我速速脱离办学的欲海。

坐在高铁上，我又开始思考新法下的民办教育。中国民办教育协会黄秘书给我分享的许多文章让我十分认可，并进入我的思考范围。

最近，不少群里关于民促法修法的讨论持续升温，义务教育阶段，办学人笼罩着一股不祥之感。但我认为大可不必杞人忧天。

随着办学规模扩大，收入增加，再加上对教育的深入认识，我们应当把将学校办好当成第一追求，赚钱退居次要位置，从职业走向事业，实现人生价值，从中获得乐趣。

民促法关于义务教育阶段民校的非营利性定性，从另一个侧面倒逼办学人树立正确的办学目标，心胸更加开阔。

埋怨环境，天灰地暗；改变自我，天高地阔！同一平台，重新定位，顺势生长，再创新天地！

民办学校办学软环境改善，必定是“民校成为我国教育事业发展的重要组成部分和促进教育改革的重要力量”这个条文落到实处，政府购买民办教育课程和服务成为现实。民校教师好，民校办得好，投资人好，教育好，社会好，国家好。

同时，作为办学人，我们要吃透民促法修改稿在义务教育阶段的三个导向。

导向一：让思想境界高、懂教育的人在政府支持下做普惠型教育。

对于那些一味想赚取高额利润回报、把办学校当成做生意的逐利性的办学人，必须将其逐出义务教育领域或逼其提升思想境界，转变办学定位、意图。

让那些懂教育、爱教育、愿从事民办教育但缺少办学资金的有识之士，在政府财力支持下办有特色的实验学校，或参与学校管理与教学。

导向二：确保义务教育普惠公益性、教育均衡在政府主导下落到实处，保证孩子享受教育起点公平。

与父亲（左三）、岳父（右一）、岳母（右二）及老婆（右三）和儿子在老家门前合影

防控大中城市及沿海发达城市义务教育阶段公办与民办差距越拉越大，实现义务教育均衡成为空话。

将办学条件差、质量低的民办学校淘汰出局，加大政府投入，让进城务工农民工子女也能享受优质的基础教育。

导向三：引导义务教育阶段民办学校办学者转变观念，从更多地强调逐利逐渐转到更加关注教育品质。

要求办学者在办学过程中，遇到市场经济规律与教育规律冲突时，后者优于前者。

鼓励办学人从逐利性转向为社会做贡献的普惠公益性，实现从“商人中的教育人”向“有良知的教育中的经营人”的华丽转身。

引导办学人把办学重心转移到关注教育品质上来。

转变观念天地宽！认清形势，积极谋划，先行一步，顺势而为，定会成为义务教育民办学校重新洗牌和改变游戏规则的最先受益者！

实际上，除了一线、二线城市，许多在县域办学的民办学校董事长现在寅吃卯粮、有巨额欠款的不在少数。

我切实体验到县域民办学校发展史是一部与不利因素的斗争史、抗争史，是一部举办人的血泪史、辛酸史，是一部全家省吃俭用举全家资金的办学史！

县域民办学校举办人有三难。

一是与相关职能管理部门打交道难。每学期要接受食品、环保、安全、防疫、物价、纪检、纠风、党建等十余部门多次检查。多数检查不是指出问题、不足、隐患，督促改进，而是赤裸裸奔着罚款而来。

二是争取合理经费难。生均公用经费要么发给学生，要么不全额拨付，要么随意设立项目克扣。民办学校享受不到困难师生补助，分不到国家、省市骨干教师免费培训指标。民办学校与本地公办学校师生不享受同等经费补助。

三是解决“校闹”难。民办学校由于种种原因与家长、村民发生矛盾纠纷时，一则主管部门推诿扯皮，二则不坚持原则，让学校付出巨额赔偿，息事宁人。

更为让人敬佩的是举全家资产甚至高息借款办学的人。

县域民办学校多数是滚动发展，因此多数民办学校举办人几乎把每年结余全部用到了学校后续发展上，寅吃卯粮是常事，甚至因学校资产不能用于货款抵押，不得不向民间高息借贷，因此大量县域民办学校办学人有外债，上百万元是常事，有的竟高达几千万元。

呼吁制定民促法实施细则时，要充分考虑县域民办学校做出的如下贡献：乡镇为留守儿童完成九年义务教育、县城为缓解进城务工人员子女入学难皆做出了重大贡献，对举办人靠血汗积累甚至欠债筹办学校等给个明确说法，不能让好心人心凉。

当然，我们县域民办学校的办学人也要通过当地民办教育协会或其他渠道合理表达自己的诉求，让决策机构了解县域民办学校办学人的实际财务状况及办学实情。

期盼决策机构为县域民办学校办学人做主！尽快解决“三难”，尽快出台得民心的政策，让办学人吃个定心丸。

烦心归烦心，在县域义务教育阶段，办学人仍倾心办学，为此特向县域民办学校举办者致敬！

我在后半生将继续高举“高质量、平民化”的办学旗帜，找个我瞧得起的大平台打工去：只求所为，不求所得！

平台真的太重要了！因为在什么样的平台上注定要扮演什么样的角色！一位普通教师，我提拔他当行政人员或校长，平台不一样，风景也不一样啊！同样的道理，当我跃上更大的平台，我将领略更美的风景！此时，我就弄不懂那些国家赋予平台，不愁吃、不愁穿，可以尽情干事创业的政府官员还贪污、腐败干什么！我也觉得高平集团个别在行政岗位上眼高手低、不珍惜平台甚至贪腐的人实在太傻！反正，现在，我只为能找到一个尽情做事的平台而心花怒放，我只要在这个平台上不愁衣食住行就够了，只求多做事，不求荣华富贵，因为这至少比我名为董事长、实则负债人要强十倍！

突然之间我眼前又柳暗花明：就算找不到更大的平台，我就以高平为平台，只要停止投资，把现有学校经营好，再去复制些不需要投资的学校，我的人生不也风和日丽吗？！

总之，无论打工还是当董事长，我只要记住不再投资而只管尽情做事就一切OK！

晚上20：30，我赶到湘雅医院消化科16楼58号病房，按医生要求先吃洗肠药，准备明天动手术切除结肠息肉。

我打电话要潘哥晚上来拿我的身份证，明天开车去来凤，将车还给老婆，再与冉冉赴乐亭，要冉冉拿我的身份证为乐亭高平中学开户。潘哥再将我放在乐亭的丰田车开回长沙。

这一刻，我感觉到所有生命在面对死亡时都无限简单，无论多美的过程都只剩下记忆！所以，过程中，最好就是找个平台多做事而又不为钱所困！

昨晚不停地上厕所，今天，11月17日，早上7：00，护士又给我抽血了！我抓紧时间用手机银行给冉冉、龙华、刘永存、晖总、孔校长转款，太方便了！这还得益于表妹仁义的建议："曼哥，我给你提一个建议：财务总监是做什么的？难道是带个耳朵听你开会的吗？董事长关于资金的任何疑虑都应当由他来解决！每所学校欠多少钱，怎么解决，每所学校固定资产，信息化的成本，音乐室……都要单独列出来，学校与学校要对比啊！财务总监要去收集这些资料，凡是具有可比性的都要单独列出，不能一个学校一套！现在就要收集建始、来凤的初中的资料，然后由财务总监发给宾川、贵州股东，股东们互相找商家，你的成本才会越来越低。如果这些由曼哥你做，那你就是财务总监而不是董事长，你一定要把财与物的管理方案往财务总监身上压，然后在股东会上讨论，你才轻松啊！转账，现在无论是公司还是我自己都是网银、手机银行，这些你或者交龙华姐或者交出纳，跑银行排队的不应当是老板本人啦。"

其实，我就是一个"土八路"！除了以天下为己任的情怀，就是英勇顽强、不求所得地战斗！能创这么大的事业连我自己都感到是歪打正着！因为我经常为了资助朋友或学生几百上万块钱到银行一排队就是几个小时呀！

不过，我也闻过则喜，朋友们的建议我也合理采纳！现在也学会用手机银行了！哈……哈……不可思议！

终于等到 2016 年 11 月 18 日下午 18：00 了！自昨天这个时候从手术室出来到现在，整整 24 个小时！我终于可以进食温水与米汤了！确实有点饿……

确实，病是带着痛的！一个人躺着躺着突然参悟到"死"的伟大：死，原来是生命的制高点啊！当一个人没有参悟或者根本就没有考虑过死的时候，他（她）是对未来充满希望并为了这希望风雨兼程的，就像我从前那样。然而，一旦参悟到死，也就站到了人生的制高点，居高临下，提纲挈领，知道哪些应该做，哪些该义无反顾地放弃。人，在为梦想而战斗中变得理智而勇敢！

这次，我便有了坚定不移的选择：对已与政府签约的学校坚决投资并经营管理好，但不再与政府新签投资办学协议；以后，仅与政府签只办学不投资的协议；另外，努力找个平台去施展自己的才华，但只"打工"，不投资。

只是，不知道犯下这样那样罪行的人在牢狱里过得怎么样？我想，在医院里，人的身体越来越好，而在牢狱里，人的身体可能会越来越差吧。但是对孤独的领悟，或许是相同的。当我看到我所熟识的一批又一批人奔赴监狱，我只愿他们参透孤独后像牟其中一样慷慨出狱，又谋宏图。

一直关机。偶尔打开手机，看到很多信息。老婆发了一条："你在哪里住院？你今天电话打不通，把我急死了！哥哥告诉我你住院了，我知道应该是做那个手术了，但是又怕你是被纪委叫了。一天都心慌。”

我不由笑了。人生的制高点就是死亡。而在这样的制高点所领略到的生命的本质就是孤独。静静的孤独中唯一热闹的就是记忆中的人与事。那么人生，该热闹时应是干事创业，该孤独时就是住院或坐牢。耐不得孤独，自然不会有热闹的人生。所以，我愿独品孤独，为孤独之后的热闹储备能量。在孤独中，凡能用钱解决的，就不欠人情。

看得多了，心中就不会因为没有用钱或礼品感谢官场上支持高平教育事业的朋友而久久愧疚。不行贿，既是保护自己，也是保护朋友。真因不行贿而做不成事业，那不正是佛光高照吗？对于这些，只有在孤独中才能有所参悟。愿此后关机，老婆的第一反应不是纪委又找我去约谈了……阿弥陀佛！

在享受住院的心情中，身体康复得好快。11 月 22 日上午，我出院且坐车回到了高坪村，祝贺父亲 78 岁生日。

“打你手机不通，我就知道你住院了。我很高兴。今天根本就不要回。好好养病，把手机关着，天塌下来都不要管！”父亲反复叮嘱，“没有身体就没有一切！”

“知道你动手术，我就拜了杨泗将军，要他保你平安！”妈妈颤抖着说。

亲戚朋友陆续来了，父亲留下了一些人，劝走了一些人：“我只准备了两桌，28 个。”

我单独盛了一碗粥。看着大家大碗喝酒、大块吃肉，我越发饿了。

午饭后，老婆、仁义和子龙动身去来凤。我回房间睡觉，准备晚饭后回长沙继续疗养。

“你要好好休息，注意身体！没有身体，所有的一切都是零。我不想说什么，只希望你健康快乐就好！见证孩子们的成长，我很幸福！龙智表扬我带豆豆、家家带得好。做这些事情，为你们减去后顾之忧，我很幸福！其实很多事情你告诉我，我还不会太担心，不告诉我，反而让我更担心！其实，我知道你是一个好儿子、好父亲、好老公、好女婿、好董事长……，嫁给你我很幸福！因为选择这份感情，就选择了远方，也会与你一起风雨同舟、白头到老！所以，你一定要健康、幸福！奔五的男人，应该好好把握，平稳发展！我知道，你热爱你的教育事业，但是你不能不管自己的身体。一年的时间，让你身体跨了这么多，我们都已经禁不起折腾了，要好好保养，稳步发展！你说呢？”老婆到来凤后，给我来信。

我知道，余生每天都很珍贵，自当放下一切可以放下的，只愿承担惠及众生的使命……

百年高平之贵州三都水族自治县高平实验中学

2016 年 11 月 28 日　星期一　晴　长沙

百年高平计划于 2017 年 8 月 20 日开学的第四所学校：贵州三都水族自治县高平实验中学。

三都高平实验中学鸟瞰图

学校规划用地总面积 131780.31 平方米，建设规模为学生 6000 人，其中高中生 3600 人，教学班级 72 个，50 人 / 班；初中生 2400 人，教学班级 48 个，50 人 / 班。学校总建筑面积 95661.07 平方米。计划投资 3.5 亿元人民币。

10 月 20 日上午，正值水族“过年”，我到了三都。

刚到高平凤凰学校大门，遇见韦姐、杨校长、莫主任。

“来，到石大大家过年去！”

我和潘哥坐上孙主任的车，直奔石大大家。

沿途车水马龙，一派过年气象。

“水族的端节一个个乡镇轮着来，延续七七四十九天！在外打工的都要回，春节倒是不回了！”孙主任介绍道。

下午 18：00，我随王局长去他老家过年。我想了解，这样一位无畏无惧、带着浓郁的平民情结并总是主动替别人着想的水族汉子究竟出生在一个怎样的地方？

与韦姐（左一）、孔校（右一）、孙主任（中）一起过三都的端节

从水龙乡开始转入一条山腰曲径，恰好能通过一辆汽车。每每碰到迎面而来的汽车，都要折腾好一阵子。一个“堵”字给这荒山野岭平添无限喜气。

路越走越窄，坡越来越陡，迎面而来的车也越来越少。

“我们在半山腰走，下面是阴森森的沟！”王局长饱含深情地说，“从小学三年级开始，每天早晨 4：30 吃完妈妈炒的饭，打着火把，步行 3 个小时去上学，放学后又步行 3 个小时回家！父亲第一次送到学校，第二次送到离学校一公里的地方，第三次送到离学校两公里的地方，最后就不送了！胆量越练越大，而且在山沟里摸爬滚打惯了，什么苦都能吃！”

我不由生出无限敬意。所有的成功人士，背后都有成功的理由。

“那其他同学呢？”

“我是我们寨子当时唯一的读书人！其他人基本上读个小学一年级就辍学了。太苦了，都受不了！我哥哥读完了小学二年级，我弟弟小学一年级都未读完！”

“读了书就是不一样啊！”我叹道，“知识改变命运，教育改变人生！您现在贵为县委常委、宣传部部长，而当年的伙伴好多正期待您‘精准扶贫’呢！”

“扶贫先扶智，教育先行！”王局长担忧地说，“我现在担心你呢！这次国家投 11 个亿到三都办教育，公办学校全部投入到位，条件一流，我担心高平因投入不足而成为‘丑小鸭’呢！”

“民办教育也是国家的教育，同样需要国家的投入呀！”我笑道，“从长远而言，高平对于三都教育的贡献，不是投入资金，而是引进民办机制，引领三都教育！”

说话间，柳暗花明，前面木寨林立，灯火辉煌。

“到了！到这里就没有车路了，但有七十几户人家！”

“真是梦幻水寨呀！”我叹道。

按照水族的习俗，今天是大年初一。父母兄弟、亲戚朋友在“秀秀”的吆喝声中迷醉于今世的繁华。

“加快启动猴场新学校建设！场平都搞好了，风水宝地呀！书记也在过问！ 12 月 31 日前还未启动，政府就要另谋出路了！”

一个“堵”字给这荒山野岭平添无限喜气

我没有喝酒。我突然深感肩头的历史责任。我本匹夫，却以天下为己任，满腔激情地投身少数民族贫困地区的教育事业。我要在国家政策的指引下办好高平教育，这就是我对国家与民族的最大贡献，就是最大的爱国！我决定迅速启动猴场高平学校建设！

21日下午四点，我带着吴红波到了王局长办公室。他现在是宣传部部长兼教育局长。韦局长也在。

“什么问题？”王局长开门见山。

“真是梦幻水寨呀！”

我讲到高平凤凰基建立项、规划、用地及猴场高平国际学校开工等事项，他一句话答道：“在三都，用好石大大，一切OK！”

“那您给他电话讲下！”

“用人要容得不同意见，但决策权要自己把握好！”王局长提示道。

王局长拨通了石大大的电话，说：“周总决定启动猴场新学校建设，你就专心做总经理，搞协调、办手续，学校的事别插手了！看不惯的，别在学校讲，单独给周总说！拜托大伯了！”

我在一旁竖起了大拇指。

“明天要石大大将新学校鸟瞰图报书记审阅！”王局长吩咐我。

“好的！”

22日上午，我给石大大发了个信息：“大大，经与王局长反复商议，决定启动猴场高平实验中学建设。同时，就您的工作岗位、内容做出如下规定，特与您商议。①工作岗位：总经理。②工作内容：协调各部门，及时办理办学、学校建设的各项手续与证件（当务之急是高平凤凰办学许可证及学校建设审计和猴场开工，特派吴红波专门协助，听您调遣）；协调教育局，督促其落实办学合同中各条款，及时找其要人、要公用经费及其他钱物，为集团和教职工谋福利；协调周边各县，积极开发市场，力争每年发展一到两所新学校；服务校长，及时解决校长上报的各项难题，在招生阶段协调好教育局与各生源学校关系，形成招生合力；监督并检查校长执行《高平典章》的情况，形成督评报告，及时向董事长反馈，为董事长决策提供参考（督评情况只向我个人汇报，平时不惊动校长）。完成董事长临时交办的各项工作！周曼敬上！”

石大大回了个信息：“很好，这样集中精力谋发展更有利于高平在贵州的长远事业。做了二十多年校长，其中酸甜苦辣，如人饮水，冷暖自知。之前要求兼凤凰

三都高平实验中学总平面图

校长，是担心万事开头难，招不到优质师生，现在已渡过这关，只要抓好质量，下一步就容易了。

“把高平的事当作高平的事来做的人，绝对听话，不管对错，拿钱做事，一买一卖，人走茶凉。把高平的事当作自己的事、当作事业来做的人，共谋决策，甚至逆耳进言，荣辱与共。

“广纳良才，天下归心，高平事业才走得远。”

“是的！让我们携起手来，开创高平教育在贵州的新局面！”我回道。

下午，吴红波来电：“修建性规划通过了！”

我赶忙给王局长发了个信息：“谢谢王局长！我马上组织地勘与图审，筹备开工仪式。届时拜托您邀请四大家一把手和全县小、初、高校长参加！同时，凤凰办学许可证要请您亲自出马！另我已与石大大谈好！您再鼓励他一下！”

“周总：今天下午15:00梁书记约我、王局长带猴场学校方案去审查，他完全赞同这方案，并说现在的风格比原来大片红、大片白和小条绿显得更活跃。”石大大晚上发来信息。

我拨通他的电话。

“周总，我要集中精力跑外围、搞发展，你看哪个做校长，我开个会代你在学校宣布一下！”石大大热切地说，“瓮安、荔波都有意向办所高档次的民办学校！”

“要刘娟任校长，其余不动！我跟她讲后要她来找大大！”

“好的！”

我随即给老孔打了个电话，要他进一步提高后勤服务质量，并给刘娟发了个信息：“大大开会宣布你当校长后，你就总揽全局了！记住：舍得吃亏，有大格局，团结，做人讲感情、做事讲规则！你、老孔、宗华一定要三人同心，同进退、共荣辱，再不断团结、打造自己人、高平人！”

“不辱使命，不负重托！”刘娟回道。

刘娟开始稳步推进《高平典章》的实施。同时，她也面临着提升教学质量的巨大压力，而我，也面临着资金的巨大压力。在三都全县校（园）长会议上，王局长再三强调以下几点。①高平要努力，否则，就会由“金凤凰”变成“丑小鸭”，高平凤凰实验学校就要改名换姓。②三都县教育局现在卡上有现金 3.114 亿元，全县各校大兴建设，按照高标准，现代化设计。并且，全县将融资 8 个亿，将兴办 4 所现代化中学。高平面临竞争，不加大投入，可能就是只“白天鹅”，甚至是“丑小鸭”；③全县打算兴办民办幼儿园，建议高平可以在幼儿园方面投资。④现存“两个不道德”：一个企业一开始就以营利为目的是不道德的；一个企业如果不营利是不道德的。希望高平想办法解决这两个不道德。⑤高平凤凰高中部教学质量要达到全州前三名，初中教学质量三年内要赶超独山，否则，要换校长！

三都高平凤凰实验学校后勤副校长老孔又来信息了：“周总，10 月份需要发放的项目有：工资 24 万元，学生奖学金（9、10 两个月）32.2 万元，合计 56.2 万元；另外，还有校服款 37.3 万元（你说是 20 号给付的）。两项共计 93.5 万元。”

唉！我不是李嘉诚、马云，这种学杂费全免、包吃包住的学校再也不能办了！每个月按时找我要钱，确实有点受不了！县委、县政府和教育局如果不能加大扶持力度，这所学校迟早是办不下去的！

“告诉你一个好消息，这次为高平凤凰配了价值 500 万元的仪器设备！”王局长来电，“你亏本办学，为三都教育做贡献！政府当然要支持，你放心！”

是的，无论多么艰难，我已开始的事业就不能半途而废。11 月 15 日，石大大问我猴场新学校什么时候开学，我坚决地说：“明年 8 月 20 日！您按水族的习俗选个好日子举行开工仪式，您代表我在仪式上讲话！”

“我们找了一个水书世家先生选择开工典礼日期，定在 11 月 27 日。按他要求先于 7：38 在工地上举行特定仪式，9：38 再举行开工庆典大会。县政府重大工程

三都高平实验中学校门

三都高平实验中学效果图之一

开工都找他。入乡随俗吧。”

11 月 25 日晚，石大大转来王局长给他发的信息：“经请示梁书记和潘县长，周董事长不到现场，开工仪式取消！”

接着，王局长给我来电：“四大家班子，县直各单位，全县中小学校长都由县委办发了通知，你不来，我们自导自演，自娱自乐，像个什么样子？”

“好，好，过来，过来！”我不假思索地答应了。我才知道，该做的事情克服一切困难都要去做，毕竟人生都要讲个脸面与场面，这就是一个男人顶天立地的血性。我向红会领导请了个假，到医院取了些药，奔赴三都。

11 月 27 日 7：38，水族老先生主持了一个动土仪式。9：38，举行开工庆典。

县四大家班子，县直单位领导，全县中小学校长和高平凤凰实验学校全体师生参加庆典。王局长亲任主持。场面宏大、气氛热烈，一所黔南州最好的民办学校呼之欲出，温暖我的身心。

与三都县委常委宣传部部长王炳银合影于开工庆典

我在发言中说：“放眼猴场，办学场地平坦宽阔，前有源头活水，后有水墨清山，正是读书求学的风水宝地。当我听梁书记说‘要用三都最好的土地办三都最好的学校’时，我和全体高平人就坚定了‘给我们最好的政策，还三都人民最好的教育’的不变信念！今天，学校破土动工。我们将不舍昼夜，确保 2017 年 7 月 1 日前竣工，8 月 20 日开学。”

吴红波昂首走上舞台，气壮如牛，表示：“一定按时竣工，不辱使命！”

会上，潘仕进县长做了重要讲话。他说：“引进高平教育，创办高平实验中学，必将深远影响三都经济，造福三都人民。”

县人大韦主任宣布三都水族自治县高平实验中学开工后，与会领导剪彩并为奠基石培土。

调兵遣将

2016 年 12 月 30 日　星期五　晴　昆明

一方面抓紧建学校，另一方面抓紧组建校级干部团队，加强培训，在人事上确保高平 2017 年各校成功开学。

与洪德义（右一）合影于宾川

11 月 2 日下午 14：00，我在宁乡通程大酒店一楼茶座约见洪德义。这么多年，他在全国各地奔波创业，吃苦耐劳，卓有成效。

“老德，到云南永平县投资办学去，怎么样？”

“好啊！跟着曼哥混，我不怕！”

“我在永平创办高平中学，你可入股！”我说，“同时，你可在学校担任后勤副校长！”

“不知能胜任不？”

“当了这么多年老板，做得这么成功，抓后勤是小菜一碟了！”

“什么时候去？”

“本月 9 日到大理，我安排专人接！”

“好！”

待我到益阳时，我收到老德信息：“[去哪儿网]11 月 9 日 07:55-10:35 的东航 MU9733 长沙黄花机场 T2 至大理机场已出票，洪德义票号 781-8782685297。请提前 2 小时到机场值机。重要提示：航空公司不会以机械故障、航班取消等原因要求您进行付款或转账，切勿拨打来路不明的 400 电话，谨防欺诈！

这是一位雷厉风行的干将。能当老板的，能勤俭持家的，都是可以把事做好的有责任心的人。

我又约了姚 sir 16：30 到益阳天银茶座。

2005 年 9 月 11 日我领办桃江六中，姚 sir 当时担任教学副校长。后来，我调他到益阳高平中学任校长。一年后，桃江县教育局调他到桃江二中任校长，后又到桃江县教研室任主任。

“到永平一中任校长去，怎么样？”

“好啊！”

“目标是：2017 年高考全州倒数第二！”

“努力吧！”

真是快言快语！

“那就 9 号过去！”

“这么快啊？！好吧！”

晚饭后，我们分开。回到寝室时，收到姚 sir 信息：“周董事长：非常感谢你如此看重我，非常感激有你这样忠心实在的朋友。是你的人格魅力和为人的高尚品质深深感染着我，让我折服、羡慕、钦佩、敬重你及你们父子兄弟和全家。正因为如此，我今天很爽快答应了你的要求，同时也从内心承诺不负你的所托，哪怕违背我自己的‘三不’（不背井离乡，不担主责，不上讲台）原则底线。回家后与家人商议，我目前确实存在许多困难。①现居住在桃江的住房正在转让中，对方已付定金，本月内须办好比较麻烦的转让手续，我必须带相关证件现场查验、签字画押。②益阳新房子的装修大概还要 10 天才能完工，很多事只能由我自己做，尤其是设备添置方面。③买方的购房款一旦到位，我就必须立马搬家交房。搬家是很烦琐的，我不得不亲自办，别人无法代理。基于以上原因，恳请董事长将到位日期推延一个月，您看可以不？说实话，我很荣幸能在周总旗下效力，我也很自信一定会脚踏实地努力工作，交给你一份完美答卷。”

与姚建安校长（左）合影

“好的！”

“今天的喜讯确实来得有点突然，时间确实仓促了一点。但我也是说干就干的直性子。只是由于情况特殊，看您能否调整一下，我会尽快办完这些事，力争月底到位，行吗？敬请明示！”

“具体到 12 月 1 日吗？”

“谢董事长。我月底再向你汇报，聆听你的指示。”

“共享尘世繁华与风尘……”

“你太操劳、太辛苦了，早点休息吧，晚安！一切顺心，万事顺意，事业顺畅！”

这时，收到津市王文汉校长的信息：“曼总，你好！在高平工作期间感谢你对我的信任和关心，回家后到长沙对身体健康状况进行了彻查，没有什么大的问题。在乐亭出现的胸闷和心慌可能是疲劳所致，皮肤病回家就好了，特告知于你。人虽离开了乐亭，但常常关心着高平。如果曼总瞧得起我，我愿再次来到你的麾下，为你的事业兴旺发达效力！”

“姚 sir 私下给我讲，他家里一些事没有处理好，不能去云南，但又不好意思当面回绝你。”晚上，潘哥告诉我。

我决定去津市。11 月 3 日下午，我到达津市。王校长在新阳光茶座。

“到永平二中任校长去？”

“好啊！”

“上次一中安石副校长联系我，想出去做点事！您帮我把他喊过来！”

“马上落实！”

“他在一中干过哪些岗位？”

“办公室主任、德育副校长、教学副校长、后勤副校长，是位扎实肯干的人！”

“很好！到永平二中担任后勤副校长吧！他是我在师大校长培训班的同学！”

过了大约半个小时，安石过来了！

“到永平二中帮我搞后勤去？”

“好啊！什么时候走？”

“9 号上午 7：00 从长沙坐飞机到大理！”

“好！”

“我给你推荐一个人，和你一样不抽烟、不喝酒、不打牌，除了工作，就是写点东西、打下篮球！”王校说。

“谁？”

“蓝天！”

“我见过他！”

“在省示范高中任校长！学术型！以校为家，敢想敢为！”

“您帮我约下！”

晚餐由王校长请客。蓝天也来了。

“我的摊子越来越大，我想找个人代替我执行《高平典章》，并在执行中每年完善。同时，派驻新办学校发现、招聘并依据《高平典章》培训好校长、副校长、处室主任与备课组长。同时，在您身边配个助理及教学、德育、后勤、财务部长，您的职务就是集团总经理兼高平教育科学研究院院长。当集团某所学校出现问题时，您带着助理及教学、德育、后勤、财务的部长直接去接管学校，您兼任校长，其余人则兼任校长助理及教学、德育、后勤副校长和财务总监。待学校稳定并培养好了接班人后离开。”

“这个工作我很感兴趣！我把家里事情料理好后跟你一起打江山！”蓝天认真地说。

“好！以后就叫蓝院长了！”我高兴地说，“第一件事就是去接管永平一中！”

“我手头还有一些杂务要处理，月底我与蓝院长一起到永平吧！”王校长说。

“很好！”

我想，贺美人要年后才能出来，那年后再酌情安排。

恩施武陵国际实验学校基建工地掠影

11月5日，我到了恩施。恩施武陵国际实验学校中心位置钉子户拆迁后，食堂正在打桩，教学楼、科技楼、宿舍主体均已完工。看来，也要着手这所学校的行政招聘工作了。

11月6日中午，我带着恩施武陵国际实验学校工程部的人到宣恩一中新校区参观。原一中校长周和凯盛情接待我们。

三两酒下肚，周校长说：“如果喝了酒就开不得车，那就不要喝！总之，喝酒不能耽误工作！”

“家门校长，加盟高平做点事不？”

“可以啊！”家门校长豪气冲天，“我看着你到来凤办学，那时为了抢学生还有竞争！想不到你几年时间在来凤、建始、恩施和全国各地办了这么多学校！我内心佩服你！我跟着你干，不谈待遇，只求做事！你嫂子在人大还要任职五年，你看我赋闲在家，日子怎么过？”

“什么时候可以出来？”

“现在就可以！”

“好！那您9号飞大理，赴永平一中，代表我搞一个月调研！”

“没问题！”家门校长爽快得很，“提个建议，把‘恩施武陵国际实验学校’改名为‘恩施高平国际实验学校’！这么大的高平集团，不挂高平两字，就像养的儿子不跟自己姓一样，不爽！”

“正合我意！”

分开后，家门校长给我发了个信息：“谢谢你的信任。我建议尽快成行，最好以第三方了解为合适，只对你负责。尔后提出相关建议，供你决策！”

我与周老大在高平金海合影

“到云南省大理州永平县第一中学。这所学校我刚刚托管，目前是全州倒数第一，2017 年高考目标为全州倒数第二。周老大 9 号先期进入，帮我考察该校校长及全体行政。联系人为孙立杰。”

“好的，有什么事向你汇报。”

11 月 6 日晚上，孙部长发来信息：“曼总，确定好去云南的人员后发给我，我发给赵县和郭校。”

7 日上午，我给孙部长回复：“立杰：到一中人员为我、潘哥、宾川小李、周老大、蓝院长、老德、你，到二中人员为王文汉、安石、贺美人（女）。9 号，你、周老大、老德、安石、宾川小李到位，其余人员月底到位。请你速联系 9 号到的人员，约好到的时间、地点。前期两校工作人员由你牵头，由教育局组织入校，主要开展调研和对行政的考察工作。两校班子照现在的不动。你要代表我与郭、刘两校长谈话，要他们安心、扎实工作，完成 2017 年全州倒数第二的目标。你要综合协调，深入一线，待我来时告诉我：郭、刘及其他行政是否能继续留用！”

“好的，明白。除了人事方面，前期还需要调研哪些方面？”

“后勤！”

“好的，曼总。我到那后你安排过来的这些人都具体负责什么工作？你跟他们有交代吗？”

“你要他们这一段对学校各项工作搞调研并考察人事，学校工作由郭、刘两校长主持，你找他们谈好话……”

“曼总，把 9 号到位人员的联系方式发给我。能告诉我这三个人以前都是负责什么工作、担任什么职务吗？曼总，我好知道怎么安排。”

“老德是后勤副校长，周老大是校长，安石是后勤副校长。”

11 月 12 日，我收到老德的信息：“曼哥，今天我和周校长还有孙部长他们一起到了永平二中。环境很不错，也和石校长还有他们本校的李校长交流了几个小时。对于这几天的工作我发表一下个人的看法。第一，我和周校长在一中的调研已基本完成。周校长在教学和与人沟通方面是一个人才，但精力有限。第二，二中的石校长是一位学者型校长。二中相对一中来说老师矛盾这一块没有一中复杂，但同样挑战不小。第三，我希望你能尽快组织新的领导班子过来召开一中全体学生、家长、老师的宣传大会。因为既然有人提出这方面的要求，我们就必须接受他们的挑战。还有，我听周校长说，他过几天要回去。那么一中就形成了管理上的真空，我什么事都做不了。第四，我认为一中必须要找一个精通教学、善于沟通、精力充沛的校长。后勤也必须找一个有气魄、经验丰富的人，方能胜任。托管一定能成功。而我，善于沟通交流，善于人员安排和管理成本核算。但我文化水平很低，而且后勤这一块还真不懂。而贺娟教学方面没问题，但为人耿直，处事不圆滑。所以我和她都不是你的合适人选，你过来之前我没有太多的工作可以做了！”

我想，老德能如此客观地分析情况，发这么好的信息，水平并不低呀！

我便回道：“很好！你能做大事！潜心待在一中思考、学习！月底派管理团队过来！”

11 月 16 日，周校长发来信息：“昨天已结束调研活动，进入文字整理阶段，并向你提供参考建议。我要向你请假几天，一是心脏病方面的药这里买不全，二是宣恩一中有些事还未做完。19 号前将考察报告发给你。高三备考方案已落实，正在落实备课组备课措施。本次考试后的总结会已开，正安排优秀生的辅导措施。我在回恩施途中。下星期大理州州庆，永平一中放假几天，高三仍上课。”

“好的！谢周老大！”

11 月 19 日周校长发来信息：“本家，这两天在哪儿？调研报告已完成。若在来凤或恩施我就当面交给你，并就有些问题做些说明。若在外地就把 QQ 号发给我，我把文档发给你。另外，学校原有班子情况我没写在报告中，我想当面向你说明或电话告诉你。”

“在长沙……我要找个机会当面与老大了解情况后再做决策。”

这时，老德来信：“曼哥，昨天赵副县长和教育局的杨书记在一中校长办公室召见了我。赵副县长首先问我这段时间调研一中的看法，我肯定了现任领导对一中工作的努力和所取得的成果。第二，她说政府划拨给高平建学校的土地手续已经基本完成，她问我们这边的规划图以及基建准备工作做得怎么样。我说只要政府土地手续没有问题，我们的工作肯定没问题，一切准备工作都在有序进行。第三，她问我们什么时候可以正式开始托管工作并入驻学校。我说我们已经把这边的调研情况汇报给了集团，集团正在制定方案，月底就能正式组织团队上任管理。其中，郭校长谈到一中物理老师的水平有限，赵副县长问我们能否帮他们解决，我说，我们尽量想办法。我也同时向她反映了我们现在面临的问题，一是新建的食堂能否正常交付，二是老师的住房问题。她表示会尽快协调，支持我们。同时她也表达了她的担忧。她说我们双方都输不起，否则无法向永平的老百姓交代。今天，教育局黄局长，还有教育局的一个书记一起又到学校。黄局长问我们什么时候来正式接管，因为本月 21 日大理州放州庆假，26 日正式上课，他希望我们的领导班子 25 日能到。我说应该没问题。同时他提到 12 月初大理州会举行高三年级教学研讨会，他希望我们能做准备并参加。教育局另外一个人跟我探讨高效课堂改革。我说我们那边相对比较成熟，初中已经基本落实，高中没有。他问我效果怎么样，我说对于成绩好的学生来说能活跃课堂，并且能充分发挥他们的潜能，但是对于成绩差的学生就不如传统模式。他表示想让我们提供一套完整的高效课堂模式给他参考，我说等我们的新任校长来了以后，我找他商量后再汇报。”

永平必须尽快组织人员进驻了！

考虑到还没直接问清姚 sir 的真实想法，11 月 27 日，我决定给他发个信息：“姚 sir，什么时候能出来呢？”

“周总，你好。感谢上天让你我有缘，感谢上天让我与高平结缘，更感谢周总多次抬爱为我提供工作职位！周总，我现在心里十分纠结。去还是不去？实难做出选择。上次与你面谈回来后，关于去云南大理永平工作的事，遭到了我的家人及身边朋友的一致反对。其原因有：①这把年纪的人背井离乡，生活难习惯，水土难习惯；②所给报酬与工作负担和工作责任不相称；③已无负担的人何必过于强求更多呢？这是他们所说的理由。此外，最近市教科所准备聘我担任全市普通高中和职业高中英语教研员。这是一个难得的机会，我内心确实不想放弃。周总，我好纠结呵！不去云南，有伤你我情谊，我最不愿意做出有伤朋友感情的事。放弃市教研员工作机会，恐怕会后悔余生。我该怎么办？怎么办？怎么办？周总！”

“姚 sir，我相信，不去永平绝不会伤害我俩的情谊。做朋友的，就是期望对方生活得更好。愿兄紧抓市教研员的机遇。”

“周总，你不愧是干大事业的‘大家’，胸怀豁达，善解人意，敬佩、折服！说真心话，我最真实的也是最迫切的心愿，不是做市教研员，而是到益阳高雅外国语学校。经过在教研部门的 7 年工作，对中小学教育教学及其学校管理，我已基本了如指掌。特别是我的专业——外语。况且全市的情况，尤其是益阳、桃江，我已基本掌握。因此，我大胆认为，我完全适合益阳高雅外国语学校。我也相信自己一定能胜任！但愿且唯愿我还能在周总麾下用心干几年！”

益阳高雅外国语学校尚在筹建中，我暂不能有明确意见，所以我没有回复。但我相信，只要有缘，大家一定会以这样或那样的方式相聚。

我想起高满给我发的信息：“曼董：凭你我之间的相互默契及我这么多年摸索的经验，应该能帮你管理一方了。不过你要早点定下来，要不这边不好辞工了！曼董，回湖南了吗？好不容易说服老婆，出远门到你那里来。我还以为你那正好需要人手呢。没想到是这样？做决定前经历了好多的思想斗争。很有为你去管理一方的想法，在这里越来越觉得没意思了！”

28 日下午，我约了高满在长沙延年世纪酒店喝茶。

“想跟着你做点事。”高满说。

“后天就要走，去永平一中。”我说。

“那明天就要交辞职报告。只怕批不下来呀！”

“干脆跟老板讲明。试试吧。”

“尽力吧。最迟元月份出来。”

“好的！”

晚饭后，收到蓝院长信息：“周总好，前蒙抬举，礼聘我参与高平教育大业，因身份特殊，延至今日回复，很是失礼，望见谅。如永平事急，拟助你救急之需，以谢知遇。但有几个顾虑和建议呈供。①我不能长期坐镇一校，如前所议，考察和组建一所学校班子，而后司干部培训之职，做点研究工作，我比较适宜。②永平一中系永平教育魁首，我预料转制之初，矛盾会比较尖锐，中国人的体制内思维习惯，根深蒂固，为稳妥平稳转轨，希望配备得力助手，

与高满合影

如能与王文汉一道集中优势兵力解决一中问题，最为理想。个人孔见，谬误勿怼。请指示。”

“谢谢蓝院长！欢迎蓝院长！因集团又遇更大平台，我的时间更难把握……故想让您直接担任总经理，对我负责，专门选拔并培训干部……年前先入驻永平一中，用一个月时间把行政调配好并让学校走上正轨，再赴宾川面向全县选拔校长与副校长……当务之急是看后天能否去永平。”

“好。后天出发。”

“我派潘哥开车来接您。我要王校长任高平集团后勤部部长，协助您。”

王校长急朋友之所急，仗义而有担当，此后称之为海清。冉冉改任集团财务部部长，专管财务。

马上就要正式接管永平一中和二中了。早在11月19日，周老大来信告知他已完成调研报告，希望面呈。可是随着事业越做越大，我已不可能也不应该亲自全中国到处跑，只能坐镇总部，集团各校有情况能电话汇报的电话汇报，要当面汇报的各校派人到总部找我。昨天，我便给周老大发了个信息：“老大，能否明天下午到长沙一叙？”

“我明晚九点到长沙行吗？因为上午恩施到长沙票已售完，只有下午两点的，所以稍晚一点。到了再与你联系，长沙见！”

28日晚上22：30，在延年世纪1112房间，周老大向我递交了一份调研报告并滔滔不绝地进行解说。我感动于他的激情并认可他在教育教学与人事方面的见解。最后，他说：“本家，斗胆讲一句，托管永平一中，经济上肯定要亏啊。以后最好别搞托管了，或者，多要点托管费。”

这是一位充满激情、工作负责、敢想敢为且有点“任性”的校长。更重要的是他极想加盟高平。我灵光一闪，决定要他担任恩施高平国际实验学校高中部校长。

“周老大，从今天开始，你担任恩施高平高中部校长。你回恩施后帮我物色初中部、小学部校长。同时，明年高一招400人，初一招400人，小一招300人。你据此拟定招聘招生方案。”

“本家放心，在公办学校当了这么多年的校长，组织原则第一。一旦受聘高平，我会严格执行《高平典章》并绝对服从本家的领导。”

这时，收到一个信息：“周董不愧是作家，更不愧是中国民办教育领航人。周董高瞻远瞩，只有为了教育办教育，民办学校才能走得更高更远。真心祝愿高平教育集团在您的带领下，成为中国民办教育史上的奇迹，颠覆中国一直以来公办教育的现状！我非常赞同周董的教育理念，敬佩周董的精神，期待有朝一日能加入贵集团，为贵集团的发展尽自己绵薄之力，同时也为实现自己的教育理想而努力！等贵集团总部恩施高平武陵国际学校开学之时，我会去应聘。如能有幸应聘成功，我宁愿丢掉县一中编制，进入贵集团工作。我曾经一直在黄冈一所大型民办高中工作，前年才考回来，但我发现我还是更喜欢民办教育的高效管理方式和公平的平台。"

"恩施那边明年 9 月开学……年前将开始招聘……待有时间在恩施一聚？"

"好的，我曾经给您打过电话，我现在宣恩一中工作，去恩施也非常方便，随时期待您的电话。"

"哦……那您直接找您学校的老校长周和凯校长，他现在任恩施高平武陵国际学校高中部校长。"

"好的。"

我立即告诉周老大："要迅速发布招聘公告，广招良师。"

12 月 1 日，孙部长来电："曼总，现有几件事情须汇报给你。①这个学期是否组建新班子？如涉及郭校长和刘校长，须提前报组织部，由县组织部负责安置。如集团新任命校长，也须把新任校长的简历和任命材料报教育局，由教育局审核后报组织部。所以这次如有变动，请您提前告知新任命人员并把材料带过来。② 5 号交接仪式第二项谁代表集团发言及介绍管理模式？第四项即新任命校长做表态发言也需要您提前做好交代。③是否在这次来就组建新班子？您要在 2 号前通知我，我汇报给赵县长。"

"我明天上午过去，开会议定相关事宜。今天，潘哥和蓝院长、海清、高满开车过来了，明天也能到。"

其中，高满给我发了个信息："曼董，为了兄弟的事业，我赴汤蹈火！尽管现在觉得有点愧对玉潭，但跟随你去，心意已决，但愿能替你撑起一片天！"

"愿我们同甘共苦，风雨同舟！"

原计划要海清任二中校长，现已任命他为后勤部部长，我决定任命安石为二中校长。

"石兄，我要请您任二中校长。我择日过来……拜托兄长呀！"

"曼总，我使用的是新手机，刚打开原来的手机。看到短信，感谢您的信任。在您指导下一定努力和尽力。"

我又要文亮从宁乡老家赶到永平，任二中总务主任。

12月2日上午10：00，我飞抵大理。冉冉也从乐亭飞赴大理。孙部长和永平一中唐主任在机场迎接。

在赴永平的高速上，我想到永顺高平金海高中部明年要开学，计划招收高一新生400人。要马上任命校长了。

我想起2001年省校长培训班的同学"猛男"，原永顺一中副校长，现花垣高级中学校长向兄。

"向校长，上次谈及去永顺任校长之事，不知兄长下定决心没有？"

"我没问题。"

"好呀！我想让兄长年前到任，3月份组织招师招生，计划明年9月招收400名高一新生。"

"哪天约个时间谈谈思路行吗？"

"好……下周二到长沙一聚？"

"可以。"

中午杨书记请吃饭。

下午14：30，我与杨书记一起去找阿书记。

"阿书记，找您汇报两件事。第一，一中郭校长和二中刘校长的人品和能力都很不错，但要改革，一把手不换肯定是换汤不换药，不会有效果。所以请求更换，同时请求对两位校长进行妥善安置。第二，后天下午云南设计院李副院长过来，我们要启动新学校的规划建设了，请求成立协调领导小组。"

永平县城

"没问题。只要有利于教育改革，有利于永平教育质量的提升，我们都会积极支持。具体事宜由你向教育局、向赵副县长汇报。”

“通过一个月调研，托管还是不那么好搞。”

“表现在哪些方面？”

我把从调研组和郭校长那里了解到的情况向阿书记做了汇报：

1. 后勤保障问题

(1) 对现在学生食堂承包方的合同如何终止的问题。自 2016 年 10 月 8 日在县政府召开“永平县与高平教育集团办学工作洽谈会”后，学校就已主动着手，动员承包方清产核资，做好移交的前期工作。后县政府又于 10 月 24 日召开了“清产核资”工作会议，要求学校做好食堂的清产核资工作。会后，学校也及时传达并做了具体要求，但遭到食堂承包方的抵制，理由是“政府不赔付违约金，移交的事情免谈”。对此，学校又继续做了多次思想工作，目前，承包方的态度有一定转变，但要彻底、妥善地解决问题，光靠学校层面来做工作已于事无补，最终还得政府拍板。

(2) 学校食堂是否趁此机会收归学校自主经营？按照国家和省、州政策，学校食堂理应“收归学校管理，实行零利润经营”。所以，学校建议：趁此次一中、二中托管之契机，将一中、二中的学生食堂收归学校管理，由县政府每年核拨给学校食堂工作人员工资，一次性理顺一中、二中学生食堂的管理工作。

(3) 教师住房问题。

2. 教师编制问题

学校目前的编制人数是 144 人。这是十多年前下达的编制指标。当时学校只有高中部，所以，这个数字不包括初中的编制。但学校在 2013 年恢复了初中办学，规模是 6 个班，需要教师 18 人。

3. 外部干扰问题

(1)“文山会海”耽误了学校工作。事实上，县里的许多会议，诸如林业、工业、农业、烤烟、畜牧等会议，都与学校没有什么直接的关系，但非得通知学校参加不可，而且都指定让主要领导参加。这样的会议，不参加的话，又要挨批评，找约谈；参加的话，又耽搁了手里边的正事，久而久之，时间也耽搁了，学校也管理不好。质量上不去还得受惩罚，挨批评。所以，建议县委、县政府，与学校工作无关的会议最好不要求学校参加，让学校领导安心抓管理、搞教学。

(2) 脱贫攻坚挂钩工作很无奈。学校的中心工作是教育教学，搞好学校管理，提高教学质量，才是学校对社会最大的贡献，才是真正的脱贫。所以学校应该是一心一意搞管理，全心全意抓教学。可是，政府把扶贫挂钩工作也安排给学校，这就把学校搞得难上加难。一方面教师本来就紧张，还得抽出专人去蹲点搞扶贫；另一方面，学校本来就靠政府拨款，资金极度困难，但每年还得挤出七八万元来扶贫，实在是很无奈。据我们了解，大理州大多数县（市），比如祥云、巍山等教育大县，政府并没有安排学校参加扶贫挂钩工作。

(3) 学校的行政级别问题。一直以来，整个大理州 12 个县市中，只有永平高中学校的行政级别是副科的，其他县市的高中都是正科级（大理市五所一级完中是正处级），由此可见永平对教育的认知和重视程度不够高。我们倒不是想争什么级别。关键是挂了个什么副科，就是干部。既然是干部，那么各种会议，各种繁文缛节也就蜂拥而至，严重占用了我们学校管理的时间。好处没有份，责任一大堆。所以我们认为，学校最好是去行政化，让我们安安心心抓管理，一心一意搞教学。

4. 学校欠债问题

学校的债务问题。目前，学校局部修缮改造过程中有 34 万多元的债务，其中学校配电房设备设施还欠 11 万元，欠校园监控设备费 23 万元，还需要政府拨款解决。

5. 人事问题

一中现有领导班子 16 人，其中校级领导 5 人（校长、书记各 1 人，副校长 3 人），办公室主任 1 人，政教处 3 人，教研处 3 人，教务处 2 人，总务处 2 人。领导虽多，但运转速度缓慢，工作效率不高，部门与部门之间衔接沟通不够，管理上采用副校长分管年级的扁平化模式，虽然对年级工作的主动性有一定好处，但也带来了各自为政的局面。加之学校对行政成员的考核缺少严格的量化制度，造成拖拉扯皮，吃“大锅饭”的现象比较严重。所以，要调整班子并将责任明确到位，严格考核，赏罚严明，方能实现高效管理。

阿书记表态：“该政府负责的，政府一定落实到位。另外，新班子成员的考核录用一定要力争做到‘德才兼备，以德为先’，不能受任何人情和关系的左右，也没有必要考虑目前担任什么职位。如果不称职，就是校长、副校长也一样不能用；如果有才能，一般老师也应该提拔重用。调查了解可以采取私下走访、档案资料查询、集体民意调查等形式。”

回到格林酒店后，我召集孙部长、安石、冉冉、老德开会。

“学生普遍厌学，认为待在教室里吵闹就是给了老师天大的面子。昨天，一位五十多岁的老师当众跪在讲台上，只求学生上课不吵。”安石忧心忡忡。

看来，高平教育面临新的革命。

晚饭后，潘哥一行入住一中公租房。

“明天上午 8：30 在一中行政会议室开会。”我布置道。

12 月 3 日上午、下午开了一整天会。我在会上强调行政调整的原则后，又强调以下几点：

第一，一言一行都要树立“高平人”形象，同时尽心尽力带动全体一中二中教职工尽可能多地成为高平人。

第二，教师 5% 的淘汰安排在 2017 年春季学期结束时实施。关键是要严格执行《高平典章》。只有记录详细，考评严肃公正，到时候证据在握，规则摆在那里，才能让出局者无话可说。

第三，教学质量是重中之重。质量是学校的生命线，是一所学校赖以生存的根本。永平高中因近几年质量下滑而备受社会诟病，永平县委、县政府也为快速提高教学质量而到处“取经”，这才有了跟高平的结缘。高平因办学的“高质量”而受到永平人民的信赖。如今双方已喜结良缘，自是好事，但质量是否能够如期提升，是否能够满足永平十八万人民的期望，是否能够让县委、县政府满意，永平人民拭目以待。能否成功，则完全取决于质量。质量高，则永平好，高平好；质量上不去，那永平也好，高平也罢，就是真真正正的“平”了，而“平”就是失败！所以，必须下定决心提高质量，坚决扫除一切不利于教学质量提高的障碍。率先垂范，勤奋、勤奋再勤奋。

要提高教学质量，就要解决学校目前在教学、教师和学生中存在的问题。

1. 教学方面

(1) 课堂教学缺少统一的、成熟的、固定的模式，故教师们在教学过程中总是凭着自己的经验，各自为政，单打独斗，各行其是。教学理论乃至教学经验缺少权威指导和引领，教学模式五花八门，教学进度很难统一，教学水平和教学态度也是良莠不齐。最终导致教学质量不稳定、教学水平难以整体稳步推进的尴尬局面。

(2) 教研工作局面打不开。尤其是综合科中的地理和物理学科，一直都在拖着其他学科的后腿。这两个科目，与其他科目比，水平本来就较差，加之高考时又无法单独实施奖惩，导致教师免不了有吃“大锅饭”的思想。

(3) 教学常规检查不给力。

(4) 教师自觉学习提高的意识薄弱。

(5) 学校的学术氛围不浓。

2. 教师方面

(1) 教师的危机意识薄弱。近十年来，教育的人事运行不顺畅，一中的人事也处于“进得来，出不去”的境地，进了一中仿佛就进了保险箱。

(2) 普遍缺乏教育理想。主要体现在两个方面：一是教师个体在现在的工作状况下，普遍缺少对自己的人生规划、职业规划；二是即使有规划，也不能够很好地和学校规划、年级规划、学科规划结合起来，借助集体的规划助推个人的规划。

(3) 自我提升、自我完善的意识不浓。

3. 学生方面

永平的学生存在的问题很多，主要有以下六个方面：一是学习动力不足；二是缺少明确的学习目标；三是学习自觉性较差；四是意志力薄弱，缺乏吃苦精神；五是安于现状、不思进取；六是懒惰。

第四，人事安排。

(1) 我任集团董事长兼高平干部培训学校校长，专心培养“高平军”，培养副校长、校长。学员由集团各校校长推荐“志在四方”的 26 ~ 35 岁的青年才俊并经总经理与各部部长考察。蓝天为集团总经理兼高平教育科学研究院院长，统率集团各部部长并选拔校长、校长助理以及教学、德育副校长并加以培训。在此基础上选拔并培训各省总督与总督助理，以及教学、德育处长和教育科学研究所所长。贺仙为董事长助理，目前常驻长沙任高平腾风股份有限公司综合办主任。海清为集团后勤部部长，选拔并培训后勤副校长及各省后勤处处长。冉冉为集团财务部部长，选拔并培训各校财务总监与出纳及各省财务处处长。潘哥为集团安全部部长，开好车，确保董事长、总经理及各部部长出车安全。选拔并培训各省安全处处长。非出车期间，协助学校招生、德育、安全与后勤工作。江峰为集团工程部部长，负责各校基建工作，选拔并培训各省基建处处长及各校工程部指挥长。立杰为市场部部长，负责市场拓展及公共关系维护，选拔并培训各省市场处处长。熊辉为采购部部长，对接厂家，选拔并培训各省采购处处长及各校采购与采购监察。

潘哥从乐亭驱车到达永平

(2) 高满任永平一中校长，安石任永平二中

12月3日，我在会上强调行政调整的原则后，指出必须重点抓好的工作

校长。老德任一中后勤副校长，文亮任二中总务主任。

(3) 蓝院长牵头，组织各部部长，根据《高平典章》的岗位设置并结合永平实际，选好一中、二中行政班子报我批准后任命。

(4) 组织原则：下级无条件服从上级。上级带好下级而不能惯坏下级。各级大刀阔斧，尽心尽力又科学艺术地执行《高平典章》并逐年完善。

(5) 托管费260万元，一中150万元，二中110万元。平常待遇按一中二中现有水平发放，托管费根据明年高考中考成绩发放，但要提前制定方案并全校教师学习，明确方向。

(6) 高满、安石、老德、文亮工资在各校按《高平典章》发放。蓝院长、海清工资按《高平典章》分别在一中、二中发放。

最后，我总结道："今天的会议明确了集团的发展方向与组织架构，并明确了集团总经理与各部部长人选。所以，这次会议不单纯是托管一中、二中的筹备会，而是深远影响高平发展的重要会议，可以称之为高平的永平会议。高平的历史要记住这一刻。"

吃完饭后，我在烤肉吃

"与曼总相识已久，带着对高平的向往与好奇，我们走到了一起。定当尽心尽力，为曼总卸下一些担子。"蓝院长说。

会后，一中郭校长邀请我们去云龙县乡下吃饭。弯弯山路上开车一个多小时，终于到了。

在这里尝到了家乡20世纪80年代杀"年猪"呼朋唤友的乡土温情。

吃完饭后，还可以一个人随意地烤肉吃。

高满兴致盎然地说：“我们这个年纪最适合出来闯荡了。小孩读大学去了，自己也积累了一些经验，精力也还充沛。出来，一路的风景，看蓝天白云，吃土生土长的烤猪肉。来，多吃几块！”

人生就是一种历练。我要让余生的每一天都精彩纷呈。

“曼总，郭校长想找你单独聊聊。”孙部长说。

“好，明天上午要他到格林酒店312房间。”

4日上午10：30，郭校长到了我的房间。

“曼总，刚才赵副县长、教育局杨书记和肖局长找我，征求我的意见。”郭校长说，“问我愿不愿调到教育局搞教研或调到其他单位。”

“你怎么说的？”

“服从组织安排。个人想留在一中教两个班的语文，当个班主任。”

“加盟高平怎么样？”

“这是我最真实的想法。具体干什么？”

“今晚云南设计院李院长就要过来了。我们马上要开始永平高平外国语学校建设。你担任建设指挥部指挥长怎么样？”

“谢谢曼总信任，一定尽力搞好工作！”

“你的主要任务是抓安全、抓质量、抓速度、抓形象。我们要建永平最好的学校。同时协调部门关系。你还要像一面旗帜，从现在开始，把永平一中的骨干教师引向高平。”

“没问题。一中不是没有好老师，而是没有好环境、好机制。从一中调到大理的非常一般的教师，几年时间就成了名师。”

“那明天上午开会就下聘书！”

“很好。曼总工作效率真高呀！”

“时不我待，该做的事看准了就不含糊。我要让每一天因此精彩！”

午饭安排在一中门前的一个小饭馆。

“从现在开始，郭校长担任高平教育集团永平县高平外国语学校建设指挥部指挥长。”我向大家宣布。

“祝贺郭校长。欢迎加盟。”大家纷纷道贺。

“来，合影留念。”

郭校长为人厚道、朴实，以后就称之为老郭。

饭后，蓝院长与海清到二中刘校长家里去座谈。

大约四点，蓝院长与海清到了我的房间。

“刘校长很坦诚。离开二中后，第一，希望进城；第二，永平县教育系统副科级干部也就3个，他是其中之一，所以，组织安排时哪怕弄个副科虚职，脸面上还过得去；第三，如果不好弄，希望能回一中教两个班的语文，他老婆也是一中语文教师，他去二中前在一中任副校长。期望曼总能找书记、县长争取，妥善安置刘校长，这样有利于托管成功推进。”

与王文汉（左一）、孙立杰（左二）、蓝院长（左三）、老郭（右三）、潘哥（右一）等人合影

“好的。”

“整体感觉永平人朴素，好打交道。”蓝院长说，“二中的教职工特别欢迎高平，他们终于借助高平可以进城了。要不然，一辈子待在乡镇，不容易啊。”

我也有同感。摸着一米多高的辣椒树，我分明沉浸在一种异乡的好客情怀与振兴贫困山区教育的激情之中。

晚饭，老郭带我们去他老婆开的酒厂吃。

“喝酒的坐到我这桌来。”我大声吆喝。

哈哈，手术之后，医生要我吃饭时细嚼慢咽，我以前5分钟能吃完一餐饭，现在延长到50分钟。我知道，吃饭不再像以前一样是完成任务，甚至废寝忘食，一边吃饭，一边与“酒仙”们聊天，成了余生每日三次必有的享受。

“周总，考虑到近两周一中、二中行政管理团队组建有一个时间差，建议明天两校的交接仪式上强调现有的管理人员各自履行现职岗位责任，政府相关领导要强调转轨时期的纪律。”蓝院长说。

“好的。”

5日上午8：30，赵副县长率教育、国土、规划、住建部门的领导到永平高平外国语学校选址处现场办公。

“周总来了，我们心里就踏实了。”赵副县长说。

“要多久完成规划设计？”我问云南设计院李副院长。

“最快要两个月。不要赶，到2018年开学吧。”李院长说。

“好的。”

这是永平县城难得的一块方方正正的平地，永平教育的复兴，将依赖并必须无愧于这块土地。

“离学校100米左右的地方正在规划修建县体育馆、博物馆、图书馆、展览馆。这些资源可以共享呀！”李院长说。

而学校公路对面，正在修建县客运站。

这是办学的风水宝地。

老大、智哥、小范一行从宾川赶了过来。大家看到这样好的地方顿时激情高涨。

我与李院长等研究规划设计图

“我要10%的股份。”老大说。

“我也来10%。”智哥说。

“我要看老爸、老妈的意思。”小范笑眯眯地说，也无什么负担的样子，典型的“富二代”。

“看什么看？……这么好的项目，我们两个加起来搞20%！”智哥十分坚决。

“智哥说了上数！”小范蛮高兴。

“我也搞10%吧！”老德表态。

哈哈，集合大家的力量，共创永平教育的辉煌。

上午10：00，在永平一中阶梯教室，举行永平一中托管交接仪式。

参会人员有：县委、人大、政府、政协、教育、财政、审计、监察、督导室、安检、公安、市场监管、卫生、保安公司、人社、编办的领导，高平集团领导，一中全体教职工，家长委员会代表和学生代表。

由教育局肖局长主持会议。他介绍了托管前期情况后，接着由我讲话。

我讲了以下几点：

第一，介绍高平集团参会领导，同时强调集团各位领导的工作职责，说明集团化办学的管理模式。

我特别强调：总经理和各部部长根据“就地取材”的原则在一中选拔并培训干部。所有干部每年8月份到高平干部培训学校由我组织集中培训。高平教育科学

学校公路对面正在修建县客运站

研究院负责课堂模式探究、教学进度及考试试卷制定与评比、教辅资料研发。

第二，百年高平教育梦：在中国一百个县办一百所涵盖幼儿园、小学、初中、高中教育的当地最好的学校，让常年在校的一百万名学生享受“高质量、平民化”教育。

第三，办学理念：高质量、平民化。

收费不高质量高，平民子弟读得起。让广大平民子弟享受高质量教育。

譬如一中、二中托管后，按公办学校标准收费，但要引进先进的《高平典章》，面向全国引进先进的管理与教学人才。

永平县高平外国语学校开学后，一个学期的学杂费也就四五千块钱，这是一般平民家庭能够接受的。

第四，办学宗旨：为师生服务。

我们奉行“员工至上、学生为本”的方针，一切工作为师生服务。

首先，考虑教职工待遇。在与政府谈托管协议时，我们争取了260万元的托管费。这些钱集团分文不要，而是全部用于教职工。其中一中150万元，二中110万元。请新组建的学校行政班子拿出绩效奖励办法。另外，集团要拿出一部分资金用于适当提高行政人员的待遇。集团从全国各地引进的教学与管理人才的待遇全部由集团拨付。2018年永平县高平外国语学校开学后，教职工的待遇更会成倍提高。

高平教育集团托管永平县第一中学交接仪式

其次，我们优秀的教职工团队为学生提供优质的教育与生活服务。未来的永平教育，在全州的综合排名要进入前八强。永平人民的子弟，不需要背井离乡，就在家门口，同样可以考入清华、北大和各级各类理想的大学。

第五，教育思想：爱国教育、赏识教育、养成教育、吃苦教育、国际教育、创业教育。

爱国：热爱祖国，对身边的人、事、物饱含激情并积极负责。

赏识：没有种不好的庄稼，没有教不好的学生。

养成：教育简单而言，就是养成良好的习惯。

吃苦：延迟满足自己的欲望，唤醒心中沉睡的巨人。

国际：眼界决定境界，世界公民中国心。

创业：爱岗敬业，拥抱幸福。

第六，但求所为，不求所得。

托管公办学校，集团投入人力、物力、财力，只为提高学校教育教学质量。

创办民办学校，一切资产归国有，所有办学结余全部用于继续办学。

期望全体教职工理解高平人终身从事的非营利性的民办教育事业，以但求所为、不求所得的奉献精神，精彩每一天，不负此生。

我讲完话后，进行交接仪式。一中郭校长将学校公章与清产核资账目交给我。

接着，我宣布任命高满为一中校长，老德为一中后勤副校长，老郭为永平高平外国语学校建设指挥部指挥长。

一中郭校长（右）将学校公章与清产核资账目交给我

新任校长高满讲话。他说："我一个人的力量是有限的。永平一中的兴起，要依靠全体教职工！"

老郭代表老班子及全体教职工做表态发言。

他说："从2013年开始，我们就在寻找合作伙伴。原来想请那些知名学校的退休校长过来，但因待遇太低未能如愿。现在高平来的是一个团队，这是永平教育的历史机遇。我一定全力配合，全力支持。"

最后，县委副书记赵薇讲话。

她表达了振奋之情，并对高平集团和一中全体教职工提了要求。

下午15：00，在永平二中按照相同程序举行交接仪式。

与一中一样，整个会场庄严肃穆，甚至比一中更为安静。

当我与刘校长握手并准备接过他移交过来的清产核资表时，我知道，我又在做一件并无经济效益却在造福永平子孙后代的大事。

随着我的教育梦想的逐步实现，安石、文亮做梦也没有想到自己会在彩云之南一个离县城七十多公里的边陲小镇接过我的聘书。当然，我这辈子，可能也不会再有时间第二次来这个偏远乡镇：杉阳镇。

我在发言的最后说："这次全州统考，永平依然是全州倒数第一，而且与全州倒数第二相距甚远。要赶上来，需要全体教职工多流汗。2018 年永平高平外国语学校招聘教职工，不论人情、资历与阅历，就看 2017 年高考、中考成绩。"

晚餐，书记、县长都参加了。我们备受鼓舞。

我出席永平县第二中学托管交接仪式

"没有 2017 年高考的胜利，就没有 2018 年再战高考的机会！永平之役是一场硬仗，只能背水一战！"饭后，我召集集团各部会议，"我明天要回长沙，请大家以蓝院长为核心，奋发有为，干出实绩。"

6 日下午，我在长沙延年世纪约见花垣向校长。

"刚才听了周总讲的一番话，我完全愿意加盟高平。请周总帮我解决两个难题：我老婆在花垣财政局工作，希望调回永顺；我一个兄弟两口子在花垣高级中学食堂打工，期望能到永顺学校食堂工作。我自己，一直想回永顺。我原来在永顺一中任副校长，后来竞聘到花垣边城高级中学任校长。我的编制与档案永顺一直没有放。而我的父母都在永顺乡下，不愿去花垣。"

"你兄弟两口子到学校食堂工作我现在就可以拍板，但你老婆跨县调动，我要向书记、县长和教育局局长汇报。"

"好的。十年前竞聘到花垣，现在永顺的石书记当时在花垣任县委办主任，他很清楚我的事。为了我的事，两个县的领导闹出了很大的意见。永顺下文处分我，花垣就下文表彰我。永顺不放档案，花垣就为我重建档案。永顺派领导到花垣接回我六次，花垣又派领导到永顺把我六次接回。当时闹得沸沸扬扬，惊动了州领导。最后我痛下决心，留在了花垣。"

"原来这么多故事。"我笑道。

"是啊……你想把高平金海办成什么样的学校？"

"首先超过永顺一中，然后做湘西州第一。"

“可以做到。在湘西做教育，首选就是永顺。也只有永顺才能办湘西最好的教育。其他县都不行。周总好眼光。我也是明白了这一点，才想回永顺，在高平的舞台上，让我余生活得更有意义。而且 2001 年我们同过学，这也是缘分。”

“一起努力吧。”说完，我与向校长分手。

“周总好！我已经到宾馆，很高兴能与你沟通。希望一切顺利，晚安！”向校长给我发了个信息。

“努力。”

这时，收到老郭来信：“曼董，您好！新学校什么时候招生的事，是一个战略问题，我认为有两个方案。方案一：抓紧时间建校，在 2017 年 7 月底交付使用，8 月份开始招生，创造高平的‘永平速度’，但招生的数量、效益就直接取决于 2017 年永平的高考质量。方案二：按照普通情况下正常的速度建设，在 2018 年 5 至 6 月建成交付，8 月份开始招生，但招生的数量和质量同样也取决于 2018 年永平的高考质量，有利因素是多出一年的拼搏时间。正常情况应该是 2018 年比 2017 年更上一个新台阶。这两种方案决定了高平外国语学校的建设进度。如果执行方案一，那么从现在开始，就要紧锣密鼓，周密计划安排每一天，精心设计每一步工作流程，开足马力，全力投入，力争在 2017 年 8 月份顺利招生。如果执行方案二，那么时间安排、工作进度就没有方案一那么紧张，但缺陷是少了一年的办学效益。无论是方案一还是方案二，最关键的还是取决于高考质量。曼董，你应该心里有数，权衡利弊，是执行方案一还是方案二，应该及早决定，以便更好地确定新学校的建设方案。”

“执行方案二。”

“好的，谢谢曼董。”

老郭已经进入集团的工作角色了。就地取材恰好能弥补调兵遣将的诸多不足。两者结合便能绽放绚烂的火花，成就事业。

8 日上午，我给永顺教体局的向林局长发了个信息：“尊敬的向局长，您好。在永顺吗？……有事汇报：我想招花垣边高向校长到高平当校长，能否将他两口子调入永顺？”

向局长没有回信息。

永平县第二中学校园建设规划图

晚上，我到了永顺。教体局请客。

“您收到我的信息没？”我悄声问向局长。

“收到了。当时邢副局长在我身边，她看了你的信息后为你点赞。了不起，把有能力的人都网罗到了高平！”向局长笑眯眯地说，“十年一个轮回啊！十年前他离开永顺，我临危受命，接了一中校长。十年后，他又要经过我的手回永顺，断不了的缘呀！我会抓紧向书记、县长汇报，尽力吧！”

“谢谢向局长。”

“原来高中部规划修两栋六层的教师住宿，现在我改成了一栋，24层，288套。我想让它成为溪州新城标志性建筑。拜托向局长协调啊！”

“已与住建局协调好了！高平的事就是教体局的事！当时民促法修订案出台，很多人给我发信息，说这下高平只怕完蛋了！我告诉他们，2015年县政府与高平签约时，在合同里双方就约定了高平为‘非营利性’！”

“哈……哈……”

9号晚上，蓝院长发来信息：“董事长：永平一中聘任情况是否收到？中层变动较大，但队伍年轻化，应该更有活力，有战斗力。明天起，我们转二中，下周三之前完成管理人员聘任。请您指示。”

“已收到。好的，尽快完成聘任。”

只是，二中刘校长没有安排好，心里实在有点不安。

“曼董，这两天忙于一中工程，没跟你汇报。今天，我约了我们高平人到我老家杀猪吃。安石校长跟我讲了一个担心，就是县里边没有把刘学伟校长安排好，刘校长有情绪，可能导致对二中的工作不利。然后我跟他讲：请你放心，二中的人脉基础我比较厚实，有什么问题我下去摆平。他听了我的话就放心了。曼董，你放心好了，石校长那边的事，除了重大事项，一般的事情就交给我处理得了。”

“好的！谢谢老郭！”

“曼总，工作辛苦，注意保重身体。本周做了两个整治。一是校门口秩序整治，严禁学生放学、上学时在门外摊位购买零

永顺高平金海高中部鸟瞰图

食吃，严禁进入小店买烟喝酒，严禁在校门外逗留。周五放学、周日上学，效果很好，社会及家长反响好。二是学生行为习惯整治，初见成效。开始了高三、初三的月休制度，两个年级老师认识统一，行政支持。”安石校长发来信息。

与大哥周毅（左三）等人合影

一切工作顺利推进。蓝院长在工作总结中说：“经过广泛接触，全面了解了两所学校的教师心理需求，筛选出群众公信度较高的候选人，结合新聘校长意见，确定了新的管理团队人选并报送永平县教育局审查通过。经董事长审批同意，于12月14日分别召开了两校聘任大会，公开聘任，颁发聘书。聘任大会上，永平县教育局党委书记对两所学校管理干部作了任免职说明，并对全体教师提出了积极参与改革、自觉接受高平集团管理、努力提高教学质量和办学水平的要求。当天晚上，两校校长各自召开了学校行政会议，明确分工责任，严明工作纪律。自此新的管理团队正式按新机制、新体制运行。聘任工作期间，一中张寅菊副校长、二中张政刚书记带领两所学校原管理队伍，坚守岗位，确保了过渡期间正常的管理秩序。新的管理团队运行三天来，工作热情饱满，学校师生面貌焕然一新。”

“周总好！很欣赏你的办学理念，佩服你的发展眼光。不知道永顺领导那里有希望吗？”13日，花垣向校长问我。

“已汇报……正在等候中。”

“已报告领导，同意。加快办理。”17日，向林局长回信。

“谢谢！具体操作要向校长找您吗？”

“要他快把申请送来，下周就开人事领导小组与常委会。”

我赶忙给向校长打电话。他正在长沙开会。

“下周一送过去！”他说。

又收到蓝院长的报告：“曼董好！永平的托管工作到目前进展顺利。新的管理团队在两位校长带领下，正按高平管理模式推进管理工作，已入正轨，渐入佳境。财务已全部接管，财政应拨经费已拨付到位，托管费近两天可到账。我们对两校管理人员分校进行了集中培训，解读《高平典章》，强调推进思想转轨和管理手段更新。

督促两校拿出加强毕业年级管理的措施。永平县50位人大代表及县长字云飞分别视察了一中工作，赵副县长在一中召开了加速推进项目工程协调会。他们对托管工作效果给予了充分肯定。阻力主要有以下几个方面。①食堂虽定于2017年2月25日交付使用，但进度不容乐观。②食堂、商店回收谈判搁浅。对方提出350万元赔偿要求，遭县主要领导否决，教育局牵头的协商不欢而散。③集团提出的食堂采用自动化设备方案，教育局不认可。以上几点，我们没有主动权，只能依靠教育局和县政府予以解决。我个人以为，一是以集团名义催促政府对建筑商、后勤承包商施压，尽早落实协议相关要求，让集团接管后勤服务系统，否则既影响两校教职工待遇的提高，又制约学校一体化管理的落实。需董事长亲自联系书记、县长。二是按教育局要求配置食堂设施。财政拿钱，政府采购，能满足我们食堂需求即可。以上建议，请董事长定夺，并对后期工作予以指示（另：永平义务教育阶段放假时间为2017年1月13日，高中自行安排）。”

“您和潘哥26日12：30到大理机场接我，我们一起去宾川，向宾川县委、县政府和教育局请示后，面向全县择优选聘宾川高平一中行政班子。”

26日下午14：30，我们一行来到宾川高平一中工地。真是神速：食堂、教学楼、综合楼均已封顶，整个工地热火朝天。

“年前男生寝室一定封顶，女生寝室建到第三层，保证2017年5月1日前交付使用。”袁总信心满满。

学校修好，要学生啊！而吸引学生的，首先是好老师、好行政、好校长。

这次过来，就是为选拔优秀行政人员而来。

27日晚餐，我约了人大常委会张主任、宣传部何部长、武装部周部长与教育局徐局长，向他们汇报面向全县招聘行政人员事宜。

“我想年前面向全县选聘高平一中常务校长、校长助理，初、高中部教学、德育副校长，以及教务和学生处主任，还有招生专干，确定人选后，年后脱产到湖南培训一个月，4月份开始面向全县招聘、招生。”我向各位领导汇报。

“先行一步搭建班子，很好！”张主任总是给我大哥一样的温暖，“徐局长这边要全力支持，一定要配备最强的班子，办大理最好的学校。”

“将来祥云、永胜、洱源甚至大理的学生想读最好的高中都要首先考虑高平一中！”何部长对高平一中一直饱含深情，“尽快组建班子，进入工作状态。”

“校长由高平从外地选派，其余人员由我负责提供。”徐局长激情中充满智慧。

“好，明天上午我与蓝院长到教育局找您。”我说。

“8：40吧！”

我的信心满满。我所参与的是党政领导共同支持的事业。有这么多朋友一样的领导的真诚扶持，一定能办好高平一中。

忙完宾川事宜，28日晚上19：00，我在永平一中三楼小会议室召开集团部长会议。

蓝院长总体介绍了托管一中、二中的情况，感觉“非常顺利”。体现为：按《高平典章》岗位设置进行行政人员聘任的力度大；新上岗的行政人员干劲足；石校长、高校长工作得力，堪称“实效”与“高效”；教职工拥护改革。

我强调：“大家的智慧与辛劳成就了一种崭新的模式：托管。对此，我们要好好总结并编入《高平典章》。我们的管理方略：形成模式，复制模式。《高平典章》就是模式，各位部长在自己分管工作现有模式的基础上要结合实际不断完善模式，然后物色并培训各个岗位人员去复制模式。总经理把握全局，负责人事总调度，特别关注校长及其助理，以及教学、德育副校长。王部长、熊部长密切配合，对接厂家，自己装备食堂、超市及学校其他一切设备设施。元旦休假4天。下段工作安排：2017年1月3日开始，蓝院长由宾川小李带着找徐局长完成宾川高平一中行政人员招聘；1月2日，孙部长与潘哥、义总去洱源谈合作办学协议，谈完后，孙部长、潘哥到永平协调各部门关系，与王、熊两部长一道全力搞好一、二中食堂及超市交接工作。”

开完部长会议后，我和蓝院长将高满、安石、老德、文亮留下来，重点强调：“后勤在经济上对我负责，在工作上无条件服从校长安排。”

今天上午，潘哥送我到大理机场，说：“蓝院长这个人请对了。在高平集团你请的这么多人中，我第一佩服他！没有不良嗜好，说话干脆，做事老练，经验丰富，不怒自威，讲规矩，有办法。一中二中托管，这么复杂的事，你开完会就走了，他操作得井井有条，游刃有余。”

这是我的福气。唯愿我的身边广聚天下贤才。只是对老德有点不放心，便给他发了个信息：“老德，兄弟同心，其利断金。你是我信任的人，所以你要时刻站在我的角度考虑问题。你要记住如下几点：①勤奋细致。凡高校长安排的事全力以赴。②廉洁。凡学校的开支你要亲自把关，该开支的按财务制度办，不该开支的坚决不同意并向我报告。③低调谦和。要想尽千方百计为大家服务，调动所有人的工作积极性。④谦虚好学。尽快熟悉学校工作流程。”

“谢谢曼哥的信任，我知道怎么做了。”

高平托管后的永平一中行政班子

“曼校，又要在您百忙之中打扰您几分钟了。昨天刚刚结束月考，这次的成绩比同类班级要好那么一点点，但反映出来的更多的是不足。晚上回去，我跟朋友讨论了很久，关于教学、关于高平、关于我们的未来……来到贵州，离家千里，所以我更多地把高平、把高平人当作了家和亲人。承蒙曼校不弃，让我负责一班和其他三个班的生物教学，要承担起第一届精品高中的任务，肩上的担子不用说很重，压力也是前所未有。工作上我勤勤恳恳，但仍然有很多不足，所以我将一如既往地学习和探索更好的教学方法和教学模式。虽然我的生活基本上就是工作，但偶尔还是会有一点点寂寥，特别是当我有什么大、重物件想搬回宿舍的时候，有什么问题想探讨一下的时候，偶尔被打击想跟朋友聊一聊的时候……会发现，我的身边，缺少朋友。虽然我跟同事和谐相处，但朋友们大多已成家立业，很多话题和经历都高于我很多……在高平蒸蒸日上之际，我辈将更加努力，但生活方面确实有点小问题，所以想请求曼校，上次您应允进入高平的彭承邦能否也安排在贵州工作呀？我跟他在高中时就是好朋友，他的人品和学识都挺不错，“211”高校学历。他本人是非常愿意的，也相信好男儿志在四方。就希望一起打拼的时候有个好搭档。为了我们共同的教育梦，还望曼校成全！”大学毕业后追随我到乐亭，后又安排到三都的来高首届学子刘金菊来信。

“好的……要他过年后到三都上班！”

“周校长，您好！我是您的来高毕业的学生彭承邦。一转眼四年就过去了，四年来，我有几次去母校看望昔日的老师，可没能有机会看望您，毕竟您是大忙人嘛。每次听到刘金菊同学说曼校又在河北、贵阳等地办了学校，我打心底佩服，您还是那么有理想，干劲十足！我衷心祝愿高平早日遍布全国！最近我父亲和我商量，要我考虑走教育这条路，我个人也很乐意。然后呢，我就托刘金菊向您请示，看看能否给我个教育平台。听到您肯定的消息，我很是喜悦，我很想在数学教育上做出成绩。我从小就对数学有独特的爱好，大学也一样没有放弃数学。发本条短信向您表示我衷心的感激，也同时表明我走数学教学之路的决心。最后，想问下曼校，来高放寒假之前几天，您会在来凤吗？学生很想来看望您，和您聊聊天，听听您的教诲与指导。”

“好的！好男儿志在四方！咱们一起努力！回来凤后约你！”

“谢谢曼校！”

我想，随着集团的不断发展，面向中老年教师群体调兵遣将，局限太多，因为他们都已成家立业，上下牵挂。高平干部培训学校还是要培养一批年轻的“学生军”，四海为家，自由拼搏。

天降大任

2016 年 12 月 31 日　星期六　晴　三都—来凤

沿着湘江风光带散步，看湘江水涨，望世纪楼王，竟不能寄情山水，心中萌生奇思异想。

表妹小卫介绍阿亮给我认识，说：“他政商两界，朋友多得很！”

与阿亮接触，感觉他天马行空，一般的项目瞧都不瞧！

我在湘江边上留影

“给你介绍个创业教父！”阿亮说。

就这样，在毛家饭店与长沙李总第一次见面。

“我想在中国一百个贫困县办一百所涵盖幼儿、小学、初中、高中的当地最好的学校！但我一己之力不行，想从国家层面以精准扶贫的方式全国推广！同时，获得不少于 100 亿元的贷款支持！”我表明想法。

“我想想！”长沙李总轻声说。

过了两天，阿亮说李总要约我详谈。

在贺龙体育馆旁的美丽传说二楼，我们谈了两个多小时。

“你的事业社会效益、经济效益、政治效益兼备，值得做！我们合作办两三百所吧！在去北京之前，今天先谈好规则。因为做人要讲感情、做事要讲规则！”长沙李总精明干练。

我们把相关规则谈好后，李总说：“就这样先来个口头的君子协议吧！9 号到北京集合，10 号办事！”

想不到被人视为“痴人说梦”一样的办一百所学校的梦想，竟有人与我一拍即合！

10月9日下午16：30，我赶到北京东三环丽莎路威斯汀酒店，住到3002房间。透过窗户，迷雾中感觉北京好大、好气派！

长沙李总一行六人晚上21：30赶到酒店。我们聊了半个小时，他说："大家先休息，明天上午9：00集合！"

10号吃早餐时，我一个人在34楼。除了我，其他都是外国人。原来二楼还有自助中餐厅。突然想到贫困山区找一个外国人照片就大肆宣扬"外国语"的学校，心中无限感慨，仿佛看到了北京与一些山区的诸多区别！

我到了北京，张开双臂想要拥抱的从天而降的大大的"馅饼"，会带给我什么？

上午9：00，我已早早地等候在大厅。

拨通长沙李总电话，他说："上午你先休息，我出去办点事，中午一起吃饭！"

我回到房间，开始等待。

突然接到贵州省普安县姜副县长的电话："周总，告诉你一件事，我调到政协去了，教育局魏局长调到县编办去了。你是一个很真诚的人，我还记着你到普安办学的事呢！"

"谢谢！政策有改变吗？关键是土地与师资。高铁什么时候通？"

"今年年底通高铁！"

"政策好，我就过来！您帮我了解一下再告诉我，好吗？"

"好的！"

这时收到来自恩施的喜报："学校中心位置的钉子户已签协议。今天已开始搬迁。

恩施学校开始搬迁的房子

从2013年3月耗到今天——2016年10月10日，总算搬迁了。这么多年来，我都一直没有急过，因为我既相信"水滴石穿"的道理，也执行"东边不亮西边亮"的原则。现在好了，全面铺开建设吧！

等待总是无聊的，看朋友圈也是一种享受。突然看到10月8日国务院常务会议图解，其中提到国务院研究加大开放教育领域民间投资的力度。

长沙李总没有回来，中午由他的朋友陈总请客。我们到全聚德吃北京烤鸭。看到“始建于 1864 年”的招牌，我突然感到百年老店品牌之不易，同时感到不是一代两代人就能轻易成就百年品牌。

如今，我坚定打造百年高平教育的梦想，我的使命，不是去找钱，而是要静下心来探究适合中国国情的教育规律！

当我们用心把每一个简单的事情当作艺术来做时，再简单的事情都不简单了！就像吃烤鸭，北京烤鸭竟做到了极致。

我要用心把高平教育的教育、教学与后勤的每一个细节按照“服务师生”的宗旨做到极致。

待长沙李总回来时已是下午 14：30。

“首期融资 200 亿元！”他十分高兴，“国家鼓励民间资本投资教育、医疗、养老、体育事业！我跟你合作，首先要对你有好处，同时要对我有好处！现在是智慧经济，譬如你有技术、懂管理，他有资金，另外一个人有人脉资源，当大家没有组合在一起时，都很艰难甚至在荒废，而当大家组合在一起时，那就不是 1+1=2，而是 1+1 大于 2，甚至大于 3，大于 4！我就是这个组织者！”

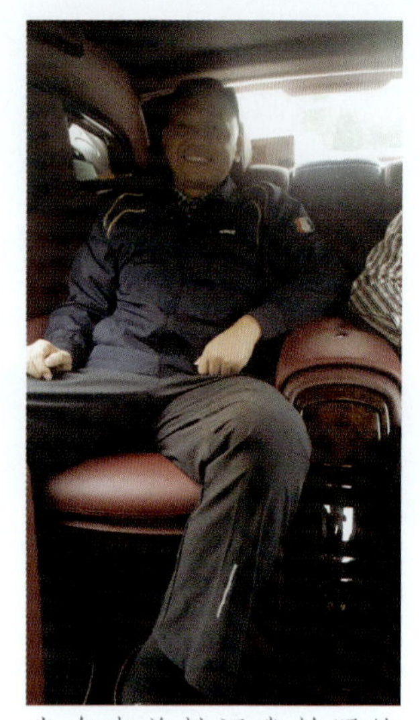

坐在李总批评我拍照的劳斯莱斯车上

我对李总“两百个亿”将信将疑，但对他说的饱含智慧的话佩服得五体投地。我甚至认为，思想本身比现金更重要。我决定交他这个朋友。

晚餐时，李总的朋友派了两辆劳斯莱斯来接我们。坐上这价值 1000 多万元的车，我才晓得世界上有钱人真的不少，而且知道怎样享受人生！我本布衣，把所有的钱都用于办学校了，所以，我依然过着布衣的生活，甚至，永远改变不了……

“看到一辆劳斯莱斯就像看到稀世珍宝一样不停地照相，人家怎么看我们？气场在哪里？！”回到宾馆后，李总批评道。

我只知道笑。我也接受了他的批评。当然他不知道，我一直奔波在贫困山区，我真的是第一次看到并坐上这样奢华的豪车，我无法控制自己的好奇，也不善于为了气场而伪装自己！

不过，我就是我。若人生真的跃上新的舞台，我也会有新的台风与气场……因为，无论舞台多大，我真的不怕！

17日至19日，长沙李总派谢总带队考察了集团永顺县、建始县和津市的学校。

“你是一位做实事的人！”晚饭后，在建始大道散步，谢总说，“我会跟李总建议，合作，就要找你这种人！”

22日下午14：00，谢总约我在长沙城事会交流。

“我们写个高平教育考察报告，交到中国红十字会总会事业发展中心去碰碰运气！”谢总激情飞扬。

“好！本身在贫困山区办学就是做好事！”我不由产生幻想，“如果由红会向全国推广高平教育，那高平的社会影响就截然不同了！”

“投资教育真的有前景吗？”谢总睁大眼睛盯着我。

我给谢总看了如下文字：“在经济恢复尚不明朗的情况下，投资人此时仍然敢于大手笔投资于教育行业，原因之一是教育行业的抗周期性和反周期性。经济衰退的时候更是要为自己投资，增加未来竞争力；经济衰退的时候，人们越是愿意投资学习，以增加日后的竞争力。同时也因为人们更有闲暇，希望通过‘充电’来度过危机期。别的不说，看看各大商学院门口汹涌的排队人潮就是证明。原因之二是教育行业在中国的市场增长前景广阔。世界银行2007年发布的报告提到，中国从小学到大学的学生人数占世界的17%，但是教育市场价值却只占3%不到。因此世界银行预测，在未来10年内，中国将是全球增长潜力最庞大的教育与职业培训市场。再者，中国人本来就重视教育，不论是为子女还是为自己，人人都想在13亿人里靠自己的能力出人头地。顾客基础如此庞大，教育事业自然‘钱’景广阔。”

“给红会发个邀请函吧！”谢总交代。

我要贺仙写好邀请函交谢总去办。

邀请函如下：

关于诚邀中国红十字会来集团考察的函

中国红十字会：

为响应党中央和习近平总书记“精准扶贫”的伟大号召，巩固教育“精准扶贫”的辉煌成果；为得到贵会对高平教育集团的全面了解、正确指导和大力支持，更好地推广“高质量、平民化”的办学理念，更有力地促进高平教育集团事业持续健康发展，经集团董事会研究，决定诚邀贵会教育考察团一行于2016年10月下旬来我集团及各校考察、指导。初拟考察路线为：湖南永顺高平金海实验学校—湖北建始民族高级中学、高平国际实验中学、高平国际实验学校—湖南津市德雅中学。

特此函达，敬候佳音。

益阳高平教育集团

2016 年 10 月 22 日

11 月 4 日下午 14：00，在美丽传说 8888 包厢，长沙李总组织会议。

“中国红会决定近期考察高平！若获得红会认可，你以后的任务就是全身心办学！与政府谈合同都不是你的事了！”长沙李总说，“我就希望你名利双收，把高平做成中国民办教育第一品牌！到时候，我为扶植过你而骄傲！”

“办多少所？”

“至少一百所！”

“太有诱惑力了！”

“你现在管得好 38 所，当发展到 100 所时，你管得好吗？”

“没问题！这是我一直的梦想！”我顿了顿，“兴趣与爱好所在，没问题！我制定标准，再全国复制！”

“很好！但没搞好我就要找你追责！”

“一定不辱使命！”

“另外，学校属非营利性，但可以成立教育服务公司，通过基建、培训、设施设备供给等营利啊！”长沙李总又说。

我若有所思。目前，我与政府合作办了几十所学校。“高质量、平民化”的社会理想让我把这些学校的资产全部定位为国有资产。我的梦想是办一百所学校，而所有投资，我只求收回股本与财务成本。所以，民促法修订对我并无多大影响，惠及众生的义务教育本应是“高质量、平民化”的！

我若有所思地与李总交流时收到黄秘书的信息

这时收到中国民办教育协会黄秘书的信息：“周董事长好！民办教育修法后，民办中小学不准营利。您对集团发展有何战略考虑？”

“什么时候定稿？”

“还在审议，反对的代表也不少！”

“不营利……能收费吗？”

“收费可以，但产权归学校，结余不能拿走。”

“投入的成本呢？”

“可收回！”

又收到三哥的信息：“不知你今天可看到全国人大关于民办学校的有关规定？”

“看了……对我们办学没什么影响……因为我们的学校本身就是非营利性的……”

不过，具体怎么应对，还要看新法怎么定啊！只是，在中国办事，朋友所说的“政策风险”似乎已近在眼前！但我办一百所学校的梦想依然未改！

当然，无论政策甚至是法律的突变，我都满怀为国为民的光荣与自豪感！因为人生，真的，若看透了，我们并不需要国家来褒奖和肯定自己的奉献，但要记住：你做错的任何事情，会有人来追责甚至追罪！而政策无论怎样变，想想那些每个月两千多元工资的饭店服务生满脸的笑容，你还有什么好埋怨的呢？！

原来，人生，就是要尽己所能追逐幸福，做这辈子视同生命并让更多人因之幸福的事业而已。

11 月 8 日上午，长沙李总带我们一行五人坐高铁从长沙奔赴贵阳。

“从今天开始，你要准确定位：你既是益阳高平教育集团的董事长，同时又是心源正毅（北京）教育发展股份有限公司的教育总长！公司有公司的规矩！新的历史使命你能完成，我们就长期合作。完成不了，我们就要找其他人！”长沙李总交代。

“明白！”我轻声说，“给我一个好的舞台，我就能唱一台大戏！”

我知道，长沙李总在考察我，我也在考察他。在我没有做出与他正式合作的决定之前，我也很愿意跟着他到处跑跑，因为在我心目中，他是一位有智慧的文化人。一旦与他合作，权力范围内的事我大刀阔斧、执着顽强地尽心尽力干好，权力范围外的事无条件服从。

“第一次看到你，给我的印象很好，你们父子两代人的教育情怀也感染了我，再加上你的项目是朝阳产业，我才决定与你合作！”长沙李总又说，“合作，就是要解决你不能解决的问题，同时达到我们共同的目的！市场拓展与资金由我来解决，学校管理由你负责！教育总长不好当啦！我们在上层推，但若你在基层办不好学，基础不稳，那就会出大问题！你要先制定标准，再全国复制！难就难在定标准，就像打印材料，先要一个字一个字地打，等到材料打完了，再复印就很快了！

我在去贵阳的高铁上用手机写文章

一定要先定标准，哪怕闭门造车，也要先定好，搞好顶层设计后再推广！”

“确实如此！”

“‘心源正毅’四个字是当代24岁的神童靳普定的，教育之本在于心，不仅仅是考试拿高分，要正本清源啊！”长沙李总十分高兴，“人生，不是看你往哪里走，而是看你同谁一起走！一个高人，不会带着你往低处走的！”

我若有所悟。长沙李总，应是我这么多年来遇到的高人之一，而且来得如此有缘，如此及时！

我们一行入住贵阳凯宾斯基大酒店。

我们在房间里分了工：长沙李总为董事长，我为教育总长，贺仙为投资部部长，新华社的记者小丽为董事长办公室主任。

小丽给我们发了张“日程安排”：作为教育工作者，11月9日一天和10日上午，我们将陪同中国红十字会事业发展中心顾问邵振翔、主任江丹一行考察贵阳市南明区、乌当区的教育并洽谈合作办学事宜。

我隐隐意识到，我一不小心踏入了百年高平崭新的舞台。或许，我也要从此告别个人奋斗的草根生涯，不顾一切地融入团队发展的时代洪流！

11月9日上午，我们考察了正在改扩建的贵阳市第三十二中学。

学校坐落在贵阳市南明区富源中路57号。原学校占地面积43.2亩，2007年新征土地67.67亩。新征土地和原有占地共计110.87亩。

学校总投资为28047.17万元。目前已支付总工程款为5648.18万元，剩余工程款待审计完毕后再支付。

教学综合楼含实验楼与行政楼。

学校建设规模为42个班，计划招收2100名高中学生。学生宿舍45间，可容纳540人。学生食堂可同时容纳1152名学生就餐。

贵阳市第三十二中学鸟瞰图

教学楼实际建有45间普通教室，11间120平方米的功能教室以及1间阶梯教室。

连廊将教学楼和综合楼连接在一起。

300 米田径运动场，建筑面积为 29189.2 平方米，资金投入 3800 万元。

“明年 7 月 1 日前能完成学校建设，9 月 1 日开学！”南明区区委朱书记说。

考察完毕，我们到区政府三楼开会讨论合作办学事宜。

首先观看了中国红十字总会《大爱无疆》的视频。“人道、博爱、奉献”的精神冲击我的灵魂。

江丹主任的助理王国华介绍了红会事业发展中心在教育与养老方面的理想，并着重介绍了中国红十字基金会北京拔萃双语学校不以营利为目的的慈善性教育、艺术特长教育与国际教育。

南明区区委书记朱丽霞介绍了区域基本情况，表示要将第三十二中学修好后交给北京拔萃双语学校经营管理。

陪同江丹主任（中右三）考察贵阳南明区，图为朱丽霞（中左一）在汇报情况

江丹主任说：“我外公和母亲都是教师，我们是教育世家。关爱、培养小孩就是关注民族的未来，所以我选择办学校。让贫困家庭的小孩照样享受优质教育是我的使命。我同意到贵州南明来办学。合作模式就参考北京拔萃双语学校的，由政府建校并配置好设备设施，资产归国有，提供一定比例的公办教师，我们经营五十年！具体由我中心负责教育的张剑辉主任与大家对接吧！”

朱书记表态坚决支持：“只要拔萃能落户南明，能给的政策我们全部给！”

我第一次亲临这种谈判场合，第一次感受到地方政府对优质教育资源的渴望。想起自己在个别偏僻、落后的小县城，高平投资几个亿，找政府多要几个老师都很难，甚至在招生的时候还受到百般刁难，心中真是五味杂陈啊！现在在省会城市，政府是不要我们投一分钱，把学校修好，只要我们来经营管理呀！只要教育教学质量呀！难道，我还要去个别小县城为了自己的教育梦受气受罪吗？

我不由笑逐颜开，仿佛看到了自己后半生的金光大道……

11 月 10 日上午 10：00，我们到达乌当区区委三楼常委会议室洽谈教育合作。为确保引进高端、优质教育资源到乌当，以常文松书记为首的党政班子作好了充分

的准备。

欧阳副区长做了乌当区教育发展情况的汇报。重点提出以下合作建议。

(1) 教育培训。希望借助“拔萃教育”科研资源，与区教育培训中心进行教育培训合作。

(2) 挂牌引领。希望借助“拔萃教育”等国内知名教育品牌与区内乌当中学、新天学校、乌当二中、乌当三中等公办学校开展挂牌指导、集团化办学等。

(3) 合作领办。希望“拔萃教育”品牌教育资源进驻乌当，对在建的乌当四中、下坝镇九年制学校、振新幼儿园、高新小学、高新幼儿园和拟于“十三五”期间新建的乌当五中、北衙九年制学校和迁建的乌当小学等公办学校进行领办。由乌当区提供相应硬件资源，由“拔萃教育”优质团队对学校进行管理。

我在观看中国红十字会视频《大爱无疆》

(4) 完全民办。希望借助“拔萃教育”品牌团队力量，以独立兴办教育为核心，配套相关资源，在区内偏坡布依乡建设教育城。

江丹主任说：“现在全国各地都在邀请我们去办学。新的民促法规定非营利性学校投资者不能获得收益，结余只能用于办学。这就要求办教育必须有情怀，对投资者如此，对政府更应如此，要尽量提供最优惠的政策！乌当区以常书记为首的党政班子对教育很有情怀，我们同意过来办学。四种合作模式都可以谈，细节会后再商议。教师培训可以将教师派到北京拔萃双语学校跟班学习，我倾向于按红会与北京朝阳区办拔萃双语学校的模式办学。事业中心教育部这块工作由剑辉负责。他原来是总会办公厅主任，是清华大学的博士生，很有才华。我要过来的，他也愿意跟着我干！剑辉你讲几句！”

“教育首先是一种精神。红会人道、博爱、奉献的精神正可培养学生的情怀与担当！”剑辉说，“拔萃教育教学的高质量与管理的高品位自不必说，国际红十字会这个平台所提供的国际教育资源和中国红十字会总会所整合的国内核心教育资源将在贵阳立即凸显其不可比拟的优势。我表个态：我将组织一个优秀的教育管理团队，兴学乌当，不负江主任和各位领导的重托！”

常书记深情地说：“欢迎江主任一行来到黔中秘境、生态乌当。江主任对教育与养老的情怀深深感染了我们！我表个态：区委、区政府全体干部务必统一思想，抢抓红会事业发展中心到乌当办学的战略与历史机遇，以最好的服务、最优的政策，确保‘拔萃’尽快落户乌当！”

考察贵阳乌当区，该区常文松书记（左二）等人在座谈会上

座谈会后，江主任一行考察了乌当二中和新天小学与幼儿园。

回到宾馆，透过窗户，贵阳市区尽收眼底。两天以来的所见所闻连同这山城丽景令我心潮起伏。我感受到了“富”与“贵”的明显差异。在有些人的眼中，并没把我视为文化人，而只是视我为做生意赚钱的富人。谁能真正理解我今生“只求所为、不求所得”的情怀？到今天为止，我倾其所有投身教育事业，所办学校都为非营利性学校，我因此背负银行的贷款，为教育事业终日东奔西跑。可是，有些人视周曼为只为赚钱的富人，对我的教育情怀不屑一顾甚至嗤之以鼻。比如，我2016年在一个国家级贫困县所办初中三年之内要向地方政府交6500万元租金，而学校所有收入还无法偿还这些租金的利息，可是“只求所为、不求所得”的我还是津津有味地投身学校工作。却不料6月4日，掌握办学许可权的县教育局竟下红头文件称我“非法招生”，真是啼笑皆非！若只为钱，我完全可以不办这所学校呀！又要我投资，又不支持招生，换了其他老板，早就拍屁股走人了！可是对山区教育的执念让我含笑亦含泪地委曲求全！又如另一个地方，政府拖欠我的工程款达三年之久。终于在牺牲集团利益的前提下获得政府一次性付款830万元。却不料，钱刚到账，财务总监告诉我要向税务局交几十万元的“不动产销售税”！在一个国家级贫困县，2016年我将1000多名学生的学杂费全免，还要包吃包住，三年在学生身上就投入1000多万元，明明政府、老师、家长、学生都得了好处，可是又有几人真心褒奖我这种没有钱还要打肿脸充胖子的教育情怀？谁叫你在别人心中是个“富人”呢？在另一个国家级贫困县，为了配合政府初中全部进城的决策，我初二、初三共1000多名学生也是学杂费全免呀！后勤副校长今天又给我发信息了：“董事长您好！本月应支付工资约40万元，支付代收教辅材料费38万元。近期应付棉被、校服、高压电等款约200万元，到3月份要付款近300万元，应付乙方工程款300万元，累计资

金缺口800万元。请董事长酌情考虑安排。”天啦，天长日久，满腔教育情怀只怕要致我于万劫不复之地！但是谁来肯定呢？一切都是应该的，因为你是“富人”！因为你这样做不就是为了赚钱吗？！哈……哈……！而“贵”就不同！这两天，我“狐假虎威”地跟着红会领导晃悠，当地领导们把我视为专家与贵宾！生怕我们不来办学，也只要我们来办学呀！钱，那是政府的事，我们，只负责办学，只负责提高教育教学质量！这，就是“贵”的威力所在吧！若身“贵”，哪里还会捐资几千万元却只能买气来受呀！……无疑，此刻，我放弃一切财富也要开始由“富”到“贵”的蜕变！我也相信，余生要追逐的“贵”字，就是品牌，就是教育、教学、后勤服务上真正的水平与能力！此后，我决不能再为“富”而工作、奔波，只为“贵”竭尽全力！

其实这辈子我就只想大刀阔斧地做自己喜欢的事业。可是偏偏一做事就要钱，而我本来就对钱看得太轻，也从来没有为了钱而奋斗，所以，我轻金钱而重事业的做法其实使我现在面临巨大的经济压力。因为我哪怕没钱，依然在不停地办学校呀！我做梦都在想：如果哪一天，我不要考虑钱，我只尽情地办学校，办一百所学校，那该多好啊！

谁知道，一不小心，红会有可能就要让我美梦成真！

所以，我并不认为特朗普入主白宫是一件坏事。一个大富豪，当他成为总统，他只是想借这个平台多做点事，而不是为了钱！这种情怀，至少我相信！

他在获选总统后说：“我们一起努力，开始这项刻不容缓的任务：重建我们的国家，重塑美国梦。我的一生都在商界摸爬滚打，我看见了那些来自世界各地的项目和人群中未被开发的潜力。我只能说竞选结束后，我们的工作才刚刚开始。我们会立刻开始为美国人民服务，我们会做出成绩，让你们为你们的总统感到骄傲。你们会非常骄傲。再次声明，能成为你们的总统，我很荣幸！”

我想为中国的民办教育做点实实在在的事情。当我不是为了钱而工作时，这种情怀无比真切，也使我有决心投身一个由红会搭起的干事创业并不求回报的平台。

贵阳市掠影

恰好，民促法的修订也给了我一个义无反顾的法律背景！

“2016年11月7日上

午，十二届人大常委会第二十四次会议以124票赞成、7票反对、24票弃权，表决通过了关于修改《民办教育促进法》的决定，修正案自2017年9月1日起施行。历时三次上会审议，争议颇大的《民办教育促进法》修法这次终于落定。其中有三点值得关注：一、对民办学校按照非营利性和营利性进行分类管理。修正案规定，非营利民办学校的举办者不得取得办学收益，学校的办学结余全部用于办学；营利性民办学校的举办者可以取得办学收益，学校的办学结余依照公司法等有关法律、行政法规的规定处理。在收费方面，修正案规定，民办学校收取费用的项目和标准根据办学成本、市场需求等因素确定，向社会公示，并接受有关主管部门的监管。非营利性民办学校收费具体办法，由省、自治区、直辖市政府制定，营利性民办学校的收费标准，实行市场调节、由学校自主决定。修正案还规定，在本决定公布前设立的民办学校，选择登记为非营利性民办学校的，根据依照本决定修改后的学校章程继续办学，终止时，民办学校的财产依照本法规定进行清偿后有剩余的，根据出资者的申请，综合考虑在本决定施行前的出资、取得合理回报的情况以及办学效益等因素，给予出资者相应的补偿或者奖励，其余财产继续用于非营利性学校办学；选择登记为营利性民办学校的，应当进行财务清算，依法明确财产权属，并缴纳相关税费，重新登记，继续办学。具体办法由省、自治区、直辖市制定。二、修正案规定，民办学校的举办者可以自主选择设立非营利性或者营利性民办学校，并且选择时间没有再做限定，但是禁止设立实施义务教育阶段的营利性民办学校。此次修正案‘禁止设立实施义务教育阶段的营利性民办学校’，这是由义务教育的公益性决定的。义务教育是每位公民所享有的基本权利和义务，是一个国家教育事业发展的基础。义务教育体现的是国家的意志，是政府必须提供的基本公共服务，也是国家强制公民必须履行的义务。义务教育的属性决定了其不适合由营利性的民办学校来实施，否则就有可能影响义务教育政府责任的落实，影响义务教育的均衡发展。因此，现代国家普遍将义务教育纳入政府基本公共服务的范畴，其承担责任的主体是政府举办的公办学校。禁止设立实施义务教育阶段的营利性民办学校，这也是世界其他国家教育改革发展的一贯政策经验。但禁止举办义务教育阶段的营利性民办

特朗普

学校，也会影响民间资本进入义务教育阶段的热情。三、修正案进一步完善了对民办学校的扶持政策：健全民办学校学生的资助制度，规定了非营利性和营利性民办学校在财政、税收优惠、土地、收费等方面的扶持政策。特别是规定了非营利性民办学校与公办学校在税收、土地等方面享有同等的政策，明确了鼓励的方向。此次修正案强调了非营利性民办学校与公办学校在政策优惠方面的平等地位。在使用国家资产、享受国家政策的举措方面使民办学校与公办学校的差异性越来越小。政府作为公共资源调节者和分配者，优先鼓励支持非营利性学校发展，不仅符合其组织机构的公共性品格，也符合当前广大人民群众的教育文化观念。但优先设立非营利性民办学校，并不代表歧视和反对营利性民办学校，两类民办学校只是存在政策支持方式方法上的差异。进行分类治理，差异化扶持，其目的恰恰是助推营利性和非营利性民办学校公平发展。”

我决定高平办的所有学校都登记为非营利性学校。下半生，我也决定在红会搭建的平台上大干特干，不求所得，做个不折不扣的不考虑钱、只考虑事的“打工皇帝”！非营利性民办学校的办学结余，全部用于办学！

11月12日下午15：00，在长沙美丽传说一楼会议室，长沙李总召集谢总、陈总、肖司令和我开会。

首先，李总要我介绍贵阳之行的感受。我强调了机遇与压力并存的观点，并号召大家都要专心来做这空前绝后的事业。

李总说：“剑辉授权由我组织一个团队来打造国际国内第一民办教育品牌。我们的战略定位要与战略资源相匹配！市场拓展、融资与教育管理是我们的三驾马车。在新形势下，我们向政府要政策，向市场要学费。利益分享，要充分考虑与我们合作的团队、跟着我们干的人都要有钱赚。同时，有所为，有所不为。先搞哪里，后搞哪里，要有层次感，要有轻重缓急！未来的竞争是管理的竞争，最大的压力是管理的压力。我们要建立大数据的企业、数字化的集团。红会不要利，只要名。我们要

与心源正毅董事长李永健（左）、总经理张剑辉（中）一起出席南明区座谈会

充分嫁接红会资源，完成这一伟大使命。我们内部合作协议签好之后，周曼要去守摊子，把学校办好！”

谢总接着讲话：“在巨大的压力面前，我感受到了第二春！目前要确定几个具体事情：机构设立、股份组成、合同文本、资金落实。教育管理这块，周曼无可取代。”

我再次发言：“第一，我们要以红会为舞台拓展市场，以办非营利性学校找政府要政策。第二，要迅速找金融机构融好资。办好学校，通过收费收回成本。第三，我确保每一个项目签约后接过来，不只是守摊子，而是办当地最好的学校。先在省会、直辖市、自治区首府等一级城市办学，再到州、市等二级城市办学，最后到县城办学。在每个省会、直辖市、自治区首府等一级城市建立学校管理总部及教育科学研究所，在北京建立集团管理总部与中央教育科学研究院及干部培训学校。我的要求如下。①不参与市场拓展与领导关系维护。对于领导，人品好的，我敬之为朋友，在他们支持下办当地最好的学校！人品不好的，我真的不会因自己有求于他们而违心地去拍马屁！更不会与他们搞利益输送。我要确保我的后半生专心致志办中国民办教育第一品牌，如果像有的人达到人生巅峰后却因行贿沦为阶下囚，那我们现在就不要开始！②开源节流，专心办学，不承担融资与债务。这些年当董事长把脑袋都搞大了，尤其是资金有限却以天下为己任，好像要办尽天下所有学校的疯狂做法让自己未老先衰！在新的公司，我不谈钱，不管钱，不当一把手，我只想开开心心、专心致志地办一百、两百甚至上千所学校！只求所为，不求所得！与我这种办学狂人合作，还请李总把握好资金，千万不要让资金链断了。今天有言在先，我只负责办好学校，资金方面我不承担责任。③请李总争取，要把高平作为中国红十字总会下与‘拔萃’平等的一个教育品牌。在省会、地级市用‘拔萃’的牌子，在县里用‘高平’的牌子！在新的平台上，我不能见利忘义、趋炎附势，依然要不忘初心，不忘‘百年高平’的梦想！这样，后半生的奋斗才能安心、专心！红会的平台令我欣喜若狂，李总这个团队也高手云集，但若丢了高平，我便不参与这个团队，不借助红会的平台了！”

作者近照

11 月 13 日晚上，在经过久久思考后，我给长沙李总发了个长长的信息：“李总，您好！与您交往，视野因之开阔、平台因之提升，激情因之愈涨，梦想因之飞扬，

非常感谢！今天上午，我在高坪村向父母以及哥哥、姐姐通报了昨天长沙会议精神，形成如下意见，特向您反馈。第一，在父亲的引领下，我和我的大哥、二哥、姐姐均投身民办教育。父亲放弃中国传统的‘立长不立幼’的观念提名并要我担任董事长，完全是因为我的勤奋、为人处事及对集团所做的贡献。今天，面对新的历史机遇，我在为自己做出历史性选择时不能不考虑家族的利益，不能不传承两代人打造的‘高平’！我期望确保高平独立的法人地位并争取做中国红十字会总会下的一个全国知名教育品牌。确保高平独立办学的权利。第二，关于市场拓展。在我手下，有 32 位如‘弥勒佛’这样的人在祖国各地为高平开拓市场。我根据项目的好坏给他们不同的奖励。这中间许多人除了为高平奔波外再无其他事业。经我与几个核心人物商量，大家形成如下意见：我加盟红会后，他们继续为高平开疆拓土并形成奖励机制。实际上，我们最需要的是市场拓展能力与学校治理能力。我倒希望在融资渠道尚未畅通时，我们迅速启动投入小而社会影响大的项目。第三，关于我自己。一旦签约，我便做好了终生专心为公司服务的准备并努力践行。我的价值，不仅仅是那些职业校长们在教育教学方面的贡献，严格的成本控制与多年基层创业形成的土办法所收回的成本正是股东们所需要的！而我所做的一切，正是我们这个即将辉煌的公司得以辉煌的基础。所以，李总在调查全国民办教育投资人对职业管理人的通用做法后，应当考虑我所占股份的恰当比例。实际上，您签下办学项目后，您只要安排好财务总监，其他所有事情我都可以按您的要求做得漂漂亮亮！不管用什么手段与渠道拿下项目，核心是项目落地并办成当地最好的学校呀！最后，请李总放心，如果有缘合作，我是一个权力范围内大刀阔斧、尽心尽力做事，权力范围外无条件服从的人！若能合作，我期望先签法律文书再全面启动各项工作！”

陪江丹主任（中）考察贵阳乌当区教育

“收到，我会尽快回复！”李总回道。

11 月 14 日下午，受李总委托，谢总请我喝茶。

“你发给李总的信息他转给我了！”谢总说，“实际上，你就是高平！在目前中国，要完成办几百所学校的使命，非你莫属！因为，你有经验，更主要的是你有这个梦想，一直有，别人想都没有想过啊！”

11 月 15 日晚上，李总给我打电话：“我相信并珍惜缘分！我看重你的教育情怀！我倡导利益分享机制！今天我给江丹主任专门汇报了高平教育，汇报了你们父子两代人的平民教育情怀，江丹主任大加赞赏！看来，高平纳入红会旗下不成问题！你做好准备，整装待发吧！”

很好！让我在红会的旗帜下，在李总的引领下，下半生就专心地做中国顶级的民办教育！

我决定在大任即将落肩前，到湘雅住院治病，做好身体方面的准备！

11 月 16 日晚上 20：30，我住进湘雅医院。

我给贺仙发了个信息：“贺仙：从明天开始，我要静休几天，手机处于关机状态。谢总有事时我要他找你！你要全权代表我办事！关于与李总的合作协议，把握三点：第一，高平冠名中国红十字会总会事业发展中心益阳高平教育集团，同时保留独立的法人地位，在不影响我专心为心源正毅工作的前提下，允许高平集团每年独立办学（可能一所都不办，但保留这个权利）；第二，我在新组建的公司占 28% 的股份，在董事会领导下，全权负责公司所有学校的教育、教学与后勤管理；第三，高平独立开拓的新学校纳入心源正毅或新办的湖南公司管理，根据项目的好坏给予高平一定比例的奖励。……另外，湖南新办公司，我已委托南风去办……到时你直接找他，找谢总要相关资料并提供给南风……一切拜托！”

贺仙回道：“周总放心休养。我会照旨办理。新公司名今晚初定为湖南高平腾风教育管理股份有限公司。我和谢总初定由刘律师起草合同草案！”

我又给长沙李总发了个信息：“李总：您好！激动人心的事业需要我做好一切准备！我决定明天住院，动手术切除结肠息肉！特向您请假十天！出院后全身心随您共创伟业！”

“好的！”

我又给谢总发了个信息，他回道：“好的！健康的体魄是伟大事业的基石！你在哪住院？一是我们适时看望您；二是李董星期五回长沙，把高平腾风的合作协议签了便于开展后续工作。今天下午请了律师，贺部长等参加，初拟合作公司为湖南高平腾风教育管理股份有限公司。董事长为李总、总经理为你、总监为肖司令。经营范围（上次已发给您）。以上供参考。”

“好的……今天下午手术……不要来看呀……”

“好的，我们稍后看望！祝手术圆满成功，贵体早日康复！”

我没有告诉谢总自己住在哪个医院，也没有告诉其他任何人。我想，共创伟业与幸福，我和我的团队要风雨同舟、朝夕相处！而住院，我自认为是人生对我的最高奖赏，那需要独自享受。以后，每年都要一个人到湘雅住上个十天半个月，以慰我为教育“金戈铁马”的战斗生涯。

11 月 22 日，我给谢总报告：“谢总，您好！手术顺利，今天出院，明天可接受召唤了！就地待命！”

“恭贺周董手术圆满成功，康复出院！贵体健美，大展雄风！李董恭候你面商重要事宜。与李董联系后再联系您。”

一会儿，谢总来信：“周董，明天上午您方便吗？可以的话，明天上午十点到美丽传说商量工作。而后李董率我们陪您夫妇俩共进中餐！”

“好的！明天上午十点准时赶到美丽传说！我老婆今天下午去来凤了，我一个人过来。康复期间只能喝白粥呀。美丽传说能熬吗？”

“由专业厨师制作营养粥。”

又收到李总信息：“恭贺康复！明天一聚，共商高平腾风！”

23 日上午 10：00，我们改在迅风科技公司会议室开会。

“周总，恭贺康复！董事会一点心意：大吉大利！”开会前，谢总送给我一个礼物。

我有点激动。我一直不愿接受任何人的看望，生病都是悄悄地治疗。这是我这辈子收到的第一个病后礼物呀。此情此景，不能不收。因为，这是我即将参与的一个崭新的团队。日后有机会再还情吧。

会上，我们统一了思想，决定迅速组建平台，注册新的公司。

新的公司命名为湖南高平腾风教育管理股份有限公司。新公司由李总的腾风思锐公司与我的益阳高平教育集团合资创办，注册资金认缴 1 亿元人民币，由李总担任董事长，我担任总经理，谢总担任执行总裁。益阳高平教育集团保持独立的法人地位。

在新公司中，李董代表谢总、肖司令等占股 70%，我占股 30%。李董负责市场开拓、资金筹措，我负责学校管理。

会议确定原始股金 200 万元作为启动资金。我出 60 万元。此后一切资金问题由李董负责，我的任务就是把学校办好，不负红会的重托。

同时，会议明确董事会 5 人，监事会 3 人。高平这一方，我与贺仙为董事，龙华为监事。

李董最后说：“以后红会有两个教育品牌：拔萃与高平。这次在北京，我向江主任汇报了你们父子的平民教育情怀与在山区办学的实绩，她大加赞赏，也认可了高平。她准备亲自考察高平办的几所学校！此后，打高平品牌办的学校，你占股30%，打拔萃品牌办的学校，你占股20%。另外，在意识形态上，必须坚决跟着党走。同时，钱要赚，但不能以赚钱为目的。要有办教育的特殊历史使命。真正的教育家，像孔子、陶行知，他们赚了多少钱？！”

李总（中）与我在签约前进行交流，左为谢总

午饭后，在美丽传说 8888 包厢，李董与我签下了“高平腾风”的投资协议。

随即，谢总安排钟隐去注册公司。

这辈子我真是所有事看准了说干就干呀！也不管有什么看不见的地雷与火坑！

这时，老婆来信：“昨天我了解到很多关于你现在合作伙伴的事情，那样的人太深不可测，太可怕了！你自己提防一点！即使你只管理不负责融资，但是学校建设等方面都是以集团名义签合同的话，出任何问题，别人都只会找你。而只要资金链一断，就会牵连整个集团！凡事你一定要慎重！身体健康应该摆在第一位，绝对不能重蹈妈妈的覆辙！”

“我会把握好，请放心。”

在我的心中，伟人与疯子、英雄与罪犯之间只隔一张纸，关键靠自己把握。我知道自己现在正在做什么。为了中国民办教育，余生，我抱定“但求所为、不求所得”的信念。

“但求所为”就是找一个平台，不受市场与资金的约束，专心进行教育科研，让“高质量、平民化”的教育旗帜飘扬海内外，让超过 100 万名学生享受收费不高质量高的平民教育。我不跳上红会的平台，市场拓展和资金将是我无法跨越的门槛，因为，凭周曼一己之力，实在是匹夫之勇，既艰辛又成就不了大业。

反之，就算不与李董合作，我也要跳出奔波、穿梭于集团各校，纠缠于日常事务的怪圈，搞好顶层设计，抓好高平教育、科研工作，成就集团核心竞争力。1997年至今，我一直扎根基层，深切体验了祖国基础教育的现状。大江南北的教育历练，成功与失败刻下的教育轨迹，成了我今生最宝贵的财富。但我需要在这个基础上尽快升华。我牢牢控制的，应是高平干部培训学校与高平教育科学研究院。此后，事无巨细，应当是我派人到各校巡视或各校派员到总部向我汇报，而不是我时刻深入各校，“御驾亲征”呀！

与老婆、儿子合影于老家门前

所以，加盟高平腾风，服务红会事业，恰是回归本源、务我专业、展翅长空的良机。

“不求所得”则是我专心进行教育科研的初心。以前，我把所有办学结余全部用于不断办学，而且新办学校的投资远远超过我的办学结余，所以，我不得不贷款。照这样循环下去，到我 70 岁时，我可能办了 100 所学校，但我的负债也可能在今天的基础上增加了 100 倍。辛苦一生，除了一屁股债，我又得到了什么呢？而现在，在红会与李董的召唤下，我毅然跳出此前的创业模式，停止投资而专心办学，这样，我很快就能偿还所有债务，不再贷款，而且所有学校都可以办得更好，精益求精，何乐而不为呢？而且从此运筹帷幄、决胜千里，高平品牌响亮而周曼身份显贵，夫复何求？至于新的合作伙伴是否欺骗我，我不考虑了。既已在利益上抱定“不求所得”的决心，我便愿为合作伙伴效犬马之力并成就自己“百年高平”的教育梦想。

“耽误你几分钟，告诉你，子娟参加全县演讲比赛，普通话标准、手势自然、表情丰富、气场宏大，获得了全县一等奖！”老婆来电，“下次回来给你看视频！”

我不由心花怒放。孩子，青少年时期应博学而有一定专长，应全面而有一定个性。待时机成熟，就要跳出井底，离开温床，去领略外面无奈而精彩的世界。无畏以翔蓝天，无惧而舔骇浪。

我们的周围，时刻都有好人和坏人，但好与坏也是相对的：好人常干坏事，坏人也干好事！所以，干事创业，好人坏人并不重要，重要的是自己要有本事和服务社会的坚定不移的信念。如果，今生，博采坏人之好，喜获好人之助，何愁梦想不能成真？

我便给李董发了个信息：“李董，您好！谢谢您对我的赏识与信任。您对挂高平与拔萃品牌时我的股份的分配让我看到了您的大度与气魄，这更坚定了我全身心追随您共创中国民办教育空前绝后的伟大事业的信心与决心。另外，贵阳市乌当中学与乌当三中均为公办学校，建议不要轻易挂牌领办，因为老学校短时间内见不了成效，但同样要耗费管理力量，还要投入资金……当然，如果政府同意每年给八百万元以上的托管费，那就可以放心大干了……仅供您参考。”

“收到。做好29号赶赴贵阳洽谈合作办学细则并签署相关合作协议的准备工作！

11月25日上午9：00，我到了美丽传说对面嘉盛国际广场五楼523办公室。这是高平腾风的临时办公室。谢总将我安排在靠窗的一个独立办公室里，大约有15平方米。

女儿子娟演讲照

“以后不外出就在这里办公。吃饭、睡觉在美丽传说。”谢总说，“李董基本上不会来这里，有事你就吩咐小谭、小李。”

晚上18：30，剑辉、小丽到了长沙。大家商定27日到邵阳市新邵县，29日到贵阳。

在崭新的平台上，我开始了新的征程。

新邵人口有83万，县里正在筹建一所可容纳6000人的高中，但缺钱。

“谢谢剑辉对家乡的关心、支持，我们正需要引进教育品牌与资金。”县委书记说。

29日，我们到达贵阳。到12月1日离开贵阳时，我们基本形成如下思路：在乌当区征地1000亩，其中500亩办幼儿园、小学、初中和高中，500亩办大学。南明区以第三十二中为基础合作办学。

其间，29日晚上21：30，在乌当区丽坤酒店六楼，召开有石大大、刘部长、刘娟、老孔、吴红波、陈总、朱监理参加的会议。

在大家发言前，我强调：“新的工作平台决定了新的管理模式。以前是我到学校召集大家开会，现在是我以省会城市为管理中心，通知大家赶到我这里开会，汇报工作。我要组建一个庞大的教育集团，组织纪律是事业健康发展的保障。凡董事会形成的决议，各校要无条件服从并执行。不但要执行，而且我要检查执行的结果。执行不力的，换人。一个强大的组织，他可以左，可以右，这不会影响他的强大。

但影响其强大的是有令不行。所以，服从与执行力将成为高平全体干部的基本政治素养。不具备这个素养，就不能也不会让其进入高平干部团队。至于我们的教职工，必须个个优秀。如果有不优秀的员工，不是教职工个人的问题，而是校长不严格管理，惯坏的。没有落后的群众，只有落后的干部，也就是这个道理。”

接着，大家先后发言。我根据大家的汇报，做出如下安排：“石大大抓紧督办基建扫尾工作，12 月之内办好高平凤凰学校办学许可证、法人登记证并到信用社开好户；争取民中及高平凤凰项目资金；负责协助施工方办理猴场工程相关手续；确保高平凤凰教师享有与县内其他公办教师同等的评优及评职称的权益；代表我到罗甸找政府按合同要钱；物色三都小学部校长和罗甸小学部、中学部校长，一个岗位物色三人报我审定。刘娟要确保教学质量并开始酝酿明年的招生政策及收费标准。明年开始所有学生要收费。老孔必须搞好生活，高质量服务教育、教学。不是亏本就一定能搞好服务。恰恰相反，所有高质量的服务都是有偿的。到华天开房，有 8888 元的套房，也有 488 元的标间。价格不同，服务不同。但不管哪种档次，都是赚钱的。新的民促法也允许民办学校收费，老百姓花钱买服务，办学结余继续用于办学。同时，配合基建部搞好基建审计工作。吴红波基建工作的速度是先快后慢，快时以高速度为高平争了光，现在要加快扫尾工程。朱监理没有代表我履行好监理职责，下不为例。”

在湖南新绍考察办学项目

最后，我说：“期望大家全面履职，没做好工作的要追责。”

靠集资、贷款和办学结余不断办学只是事业的初级阶段。靠品牌而不投资却不断发展高平事业才是事业的最高境界。从今天开始，我将走品牌运营之路。那就是有闲钱就投资办学，没闲钱就靠品牌吸引别的人或财团投资办学。反正我要过上没有任何经济压力的专心于高平教育的办学之路。红会给我带来了前所未有的发展机遇。加盟新的团队，我更注重的是从中学到更多，做更大的事。通过接触更高层次的人而提升自己的品位，做大自己的气场，修炼高屋建瓴的气度。但无论走多远，登多高，我都始终不忘“百年高平”的初心并用一生坚决践行，我要站在巨人的肩膀上而登高望远。当谢总告诉我李董十分欣赏我，说我“有修养，事业心强，一是一、二是二”时，我很欣慰。其实，任何一个团队都需要我这种埋头做事又矢志不渝的人。我要让大家因为我努力而更有尊严，更加幸福。同时，在新的平台上，我要信守“不抽烟、不喝酒、不打牌，不贪不腐，与政府官员交朋友而不搞利益输送”的终生承诺。当然，最后，我要感谢自己在今天，当我四十四岁的时候，义无反顾地选择“但求所为、不求所得”的人生。这样，我既挣脱了不断恶性投资有可能导致资金链断裂的时代魔咒，又能驰骋心志，四海飞翔。在跨越“老板与董事长”的“地雷阵”后，回过头来，没有谁比我更能深刻参悟下面这段文字：“每个月还能拿到工资的员工都应感谢你的老板，尤其是这两年。有人说：‘小老板在愁、中老板在挺、大老板咬着牙夜夜难眠，这就是我们的 2015！’这话可能说得有点严重，但 2015 年，老板们的确不容易。曾经的百强连锁、福建 IT 界的‘庞然大物’——已经做了 15 年，年销售额达 50 多亿元，最高峰时员工逾 2000 人的一丁集团突然倒下了，全国数百家门店突然关闭。消息刷满了朋友圈，也震撼了商圈。2015 年 12 月 1 日，一丁副总林德志所撰写的文章出现在网上，正式确认了一丁破产传闻，并发了一篇长文，称‘解脱了’。信里面，林德志说了三点反思：第一，永远不要跟银行借钱；第二，永远不要向民间借贷；第三，量力而行。他说，以后牢记这三点，我们一定还会东山再起。你也许不知道，你上班玩手机的时候，你的老板正在焦虑；你也许不知道，你盼望发薪的时候，你的老板正在下一张借条上签名。现在的老板，80% 以上面临着资金压力、经营困难、倒闭风险。海难覆船的时候，最倒霉的是船长，船员可以逃命，但船长舍不得他那条船！他不要求你与这艘船共存亡，只请你做好自己分内的工作！很多人都想自己创业当老板。总觉得现在老板给的待遇太低，不够，想单飞。其实，又有多少人真的明白老板的苦衷？为何不好好利用好现在的平台，做最好的自己！ 10 个老板，9 个都是苦出来的。没有谁随随便便就能成功，每一位老板可以说都有一笔‘血泪账’。事实上，很多老板在日常生活方面，花钱不如职员潇洒，甚至被人说‘抠门’，做什么都要‘算账’。其实老板长期生活在成本和利润之间，花一笔钱，自然而然就会细算，经营本来都要精打细算，何况当了老板，就等于是自己的长工，不管生意好不好，收入高不高，你都得扛着。当一个老板，因为企业是自己的，开弓就没有回头箭，谁也不会因为你的生意不好就同情你，谦让你；该交的税要交，该付的工资不能不付，房租，水电，办公费等，一分也不能少。大家都是在这个市场找饭吃，都有一本难念的经。在严酷的环境中，人最强烈的本能就

是生存；老板在激烈的竞争中，唯一的选择就是赢利。”

历经二十年摸爬滚打，今天，我终于甩掉了扣在我头上的“紧箍咒”——老板和董事长的虚荣与执念，专心致志地做自己爱着的事业。我轻松而纯粹，欢喜又真诚。同时，对自己当老板时所承受的不能承受之重和现在带着我前行的董事长及天下所有依然不停奋斗的老板致以崇高的敬礼！

12 月 12 日上午 10：00，在健晖公司四楼会议室，召开湖南高平腾风教育管理股份有限公司股东、董事与监事第一次全体会议。李董主持会议。

首先，贺仙解读公司章程。

接着，由我解读公司组织机构图。

解读完毕，我补充说明：

第一，组织机构图是根据在全国 31 个省（市、区）100 至 500 个县办学的战略目标设计的。我们先定岗定薪，再根据公司发展逐步定人。

第二，目前工作人员。董事长李董兼任市场部部长，我任总经理兼教学部部长，谢总为执行总裁兼后勤部部长，贺仙任教学部副部长，永康任财务部部长，钟隐任市场部工作人员，小谭任后勤部工作人员。

财务部部长永康解读了公司财务管理、薪酬、补贴方案。

谢总汇报了公司当前主要工作，提出要求解决的几个问题：请求大家全力以赴解决一个亿的资金问题；12 月份要力促签约 2017 年 9 月能开学的三所学校。

我在谢总讲完后补充说明益阳办学情况。

李董最后说：“第一，统一认识。我们在办现代教育企业。企业，赢利才有竞争力。但我们要明确自己在中国民办教育中扮演的角色，要有历史的使命感。我们要追求教育内容的现代化和高平腾风教育人的现代化。第二，章程是公司的宪法。第三，精心组织，抓落实。第四，重点突破。目前我们就几杆枪、几箱炸药，但要拿下第一个山头。最后要明确我们搞的是层级管理，每个人都是有权限的，不能随心所欲。股东谁也剥夺不了，但董事长、总经理、总裁及各部部长，能者居之。三五年后，我不一定还是董事长。另外，周总设计了布局全国的组织机构图，但我们现在还是在‘井冈山’。所以我们要艰苦创业。薪酬问题，我、周总、谢总是股东，先定下每年 20 万元的标准，但不按月发放工资。等到三所学校同时开学时再补发。非股东的按月发放工资。中层每年 10 万元以内。普通员工月薪不低于 4000 元。定好标准，按月发 80%，其余年终发放。周总谈谈看法。”

我笑着说：“加盟高平腾风，我从来没想过要拿工资。我过来有两个目的：向大家学习，为大家做事。”

谢总也表示没意见。

“最后，大家一定要认识到，高平腾风是智慧经济的一个典型案例，创业初期，我们要有吃苦的准备。一年之后，高管的待遇应当是一年50万元甚至上百万元了！中层也应能达到20万元！如果大家看不到这一点，现在就可以不干！周总思考好五级工资标准后报董事会。”李董最后说。

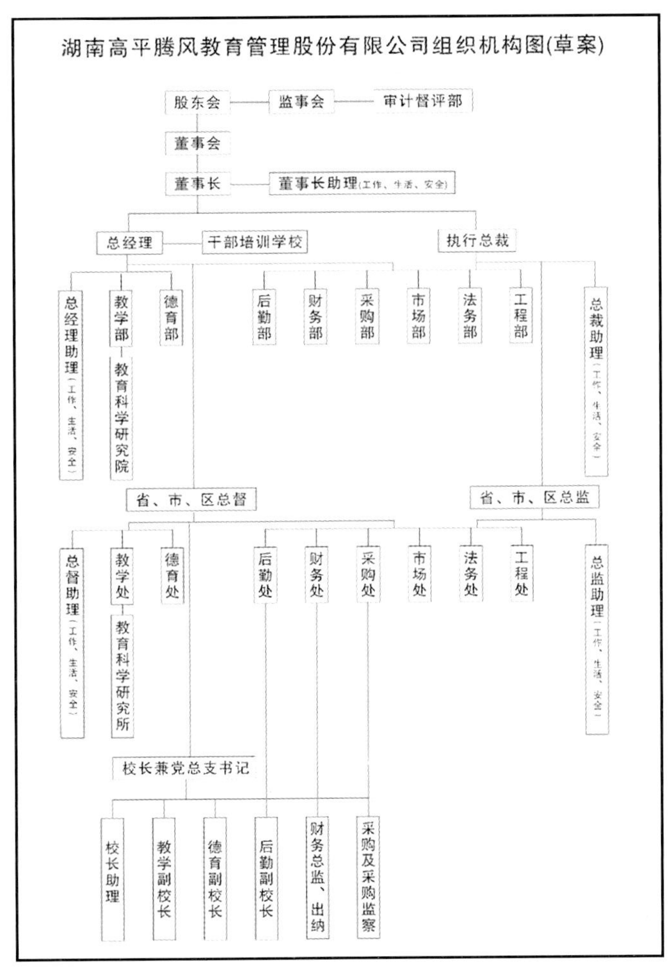

我设计的高平腾风组织机构图

会后，李董与我交流，说：“办教育要用情怀来担当，用责任来实践。没有钱时要学会赚钱，有了钱后要学会利益分享，学会扶贫济困。你现在做的是实体经济，你还没有领略到资本经济的好处。到那时候，钱不是问题，你只管用心做事。”

我突然想起沅陵县政府还欠我372万元，按合同今年年底要付给我。大任在肩，我需要先把这些事抓紧了断。

拨通教育局向本孝局长的电话。

“周总好！”向局长非常客气，“我已经辞职了。”

哦……我赶紧拨通沅陵老李的电话：“李总，在哪？”

“沅陵。”

“教育局人事有变动？”

“现在局长姓李。”沅陵老李说，“分管副县长也有变动，莫副县长调到政协去了。”

“您帮我联系一下沅陵职中的李培养校长。再约一下老局长向卫国。我今天赶

到沅陵来，我们一起吃晚饭。”

“好。”

“您帮我约下教育局新任局长，今天下午16：00到他办公室去。”我又说，“我打金副局长电话，怎么停机了？”

“他现在没管财务了，专门负责思源学校建设。”

与沅陵老李合影

我不由有物是人非之感。2006年到沅陵办学，现在已是2016年。十年寒暑，我由34岁转眼到了44岁。十年前共谋教育改革的领导，如今纷纷面临内退甚至退休啊！只是不知道新上任的领导是否会按合同按时给我付款……

我按时赶到教育局。沅陵老李已等在门口。李局长正在召集党组会。我与老李在阳台上等候，看鹤鸣山小学的学生在绿茵场上打滚。

约一个半小时后，散会了。沅陵老李把我带到李局长面前。

“现在何书记分管财务，具体情况我不清楚。”李局长客气地说。

我将合同书递给李局长。

“我清楚，还欠372万元，按合同现在要付了。”何书记热情地说，“已经在办手续。请周总放心，一定按约付款。钱拨到职中，你找李校长就可以了。”

“谢谢！谢谢！”我心中欢喜万分。沅陵的领导办事，总是如此爽快！

沅陵老李又带我到计财股。

刘股长翻出一张付款单，说：“手续都办了，很快就要付了！”

真想不到领导们在我还没有来讨债时就已主动为我办理相关付款手续。谢谢！谢谢！好人一生平安。

这时，收到财政局舒股长信息：“周总你好！我县欠你的资金372万元，按协议今年全部付清。我们准备明天拨付到职中。你下个星期四与职中联系。”

太感谢了！美得令人心痛的沅陵，是我心中永久的牵念。我甚至想，我还要在恰当的时候回沅陵办所学校。

晚餐后，向卫国局长带着我和沅陵老李到沿江风光带散步。

“你是到沅陵真心实意投资的，你改变了沅陵六中与职中。”向局长兴致很高，“沅水对岸职中漂亮点的房子都是你修的，晚上看过去好绚烂。当年你退出时，我是本着对历史负责的态度与你签好退出合同的。所以，虽然我离开了教育局，该付给你的钱政府一分不少地按约按时付给你了！”一辈子遇到几个真心朋友真是前世修来的福气。

12 月 20 日上午，沅陵老李来电：“我在教育局计财股。372 万元已拨到职中。”

“您要李校长速给我转款。”

下午 15：30，手机显示钱已到账。

真爽快！愿天下所有政府官员都能有这种“为人民服务”的情怀。

从 10 月 9 日到今天，我终于理顺了自己的发展思路：作为益阳高平教育集团董事长，在新形势下，我独资新注册湖南高平蓝天教育科技有限公司，专心经营好集团目前已建好的学校，在逐年偿还债务的同时高举“高质量、平民化”的办学旗帜，采取两种方式新办学校：托管公办和民办学校或者在有办学结余时在少数民族贫困县不断新建非营利性民办学校，走品牌运营之路。同时，作为中国红十字会总会事业发展中心心源正毅（北京）教育发展股份有限公司教育总长和湖南高平腾风教育管理股份有限公司的总经理，我要本着向大家学习、为大家服务的宗旨，但求所为、不求所得，做好“高质量、国际化”教育。而将“高质量、平民化”与“高质量、国际化”水乳交融，便是我人生的最高境界。

当然，我也日益清楚，心源正毅与高平腾风是智慧经济的一个典型案例，也是一个把梦想放大到无穷大的平台。在这里，我所接触到的上流社会的人仿佛让我置身虚拟的世界，真实而又虚幻，担当而又善变，朴实而又奢侈，智慧而又冷酷。我也在不知不觉中有了“登泰山而小天下”的气场，以不卑不亢而又真实坦荡的情怀笑对我所遇见的所有人。而这里我所面对的资本市场，更是一场风云变幻的游戏。一会儿是几百个亿，一会儿又是一切归零。好在从一开始我就以“不求所得”的态度投身其中，我只想人生中多一些学习与历练的机会，只愿在如幻似梦的愿景甚至是自我放逐与欺骗中，渐渐参悟高官当久了便渴望平民生活的自由、老板做久了便追寻员工工作的清闲。正因如此，我不愿也不会身陷其中。同时，我以更为清醒的经济头脑、高屋建瓴的人生气度，本着不集资、不贷款，有了结余再量力而行的原则，坚持走品牌运营之路，将高平蓝天好好经营，把高平好好地搭建为一个让众多高平人实现梦想的真实平台，过每个人都在最后不得不喜爱的幸福的小日子。

思路已定，格局已出。不管未来成与败，悲与喜，一切均在期待之中，一切都让我加倍欢喜，一切也都是命中注定！就让我不忘初心，奋勇而快乐地前行。

当《湖北日报》采访中心总监王淳问我是怎样到建始办学时，我说：“偶然的原因是朋友牵线介绍，必然的原因则是我在中国一百个县办一百所学校的百年高平教育梦！”“故天将降大任于斯人也，必先苦其心志，劳其筋骨，饿其体肤，空乏其身，行拂乱其所为，所以动心忍性，增益其所不能！”回首过往，此前经历的一切打击、挫折与磨难，都是人生“破茧为蝶”的前提。如果人生真有天降的“馅饼”，那也只属于那些梦想着“馅饼”并时刻准备着张开双臂拥抱它的人们！

我与《湖北日报》采访中心总监王淳一行在我建始的办公室合影

天降大任，我心飞扬。我早已准备好了！我马上开启百年高平新的征程！